国富论

[英国]亚当·斯密 著

章　莉 译

译林出版社

图书在版编目（CIP）数据

国富论 /（英）亚当·斯密（Adam Smith）著；章莉译．—南京：译林出版社，2023.9
书名原文：An Inquiry into the Nature and Causes of the Wealth of Nations
ISBN 978-7-5447-9637-8

Ⅰ.①国… Ⅱ.①亚… ②章… Ⅲ.①古典资产阶级政治经济学 Ⅳ.①F091.33

中国国家版本馆 CIP 数据核字（2023）第 061253 号

国富论 [英国] 亚当·斯密 / 著 章 莉 / 译

责任编辑 陆晨希
装帧设计 胡 苨
责任印制 董 虎

出版发行 译林出版社
地　　址 南京市湖南路 1 号 A 楼
邮　　箱 yilin@yilin.com
网　　址 www.yilin.com
市场热线 025-86633278
排　　版 南京展望文化发展有限公司
印　　刷 江苏凤凰扬州鑫华印刷有限公司
开　　本 880 毫米 ×1240 毫米 1/32
印　　张 10.5
版　　次 2023 年 9 月第 1 版
印　　次 2023 年 9 月第 1 次印刷
书　　号 ISBN 978-7-5447-9637-8
定　　价 69.00 元

《国富论》导读

晏智杰[1]

一年多前，在商定出版亚当·斯密《国富论》的精粹版时，我曾答应写一篇导读。现在，章莉女士的新译作即将问世，这篇导读也该交卷了。但真要动起笔来，心中又不免有几分忐忑，主要是因为《国富论》这本书非同寻常，其内涵博大精深，虽经多年研读有所领会，也不敢说做到了完全和准确地把握。但答应的事情不能不做，于是只好放胆执笔“导读”了。我想的是，同读者一起研读，相互切磋，不当之处还请读者不吝指正。

亚当·斯密（1723—1790）是十八世纪中期英国最负盛名的政治经济学家和伦理学家，他一生研究的学问涉及天文学、纯文学、修辞学、哲学、伦理学、政治学、法学和政治经济学等。但在生命即将终结之时，这位伟大的社会科学家和先进思想家，本着他始终坚持的严谨求实、认真负责的精神，坚持要友人将其所有尚未完成和出版的文稿统统付之一炬，以至于后人所能看到的他的专著只有两本：一本是1759年问世的《道德情操论》，另一本便是1776年初版的《国民财富的性质和原因的研究》（简称《国富论》）。斯密在这两本书上花费了毕生的精力，而在《道德情操论》上下的功夫似乎更大，先后修订了六版，《国富论》则修订了五版。

《道德情操论》使斯密以伦理学家一举成名，而《国富论》则奠定了他作为英国古典政治经济学奠基人的崇高地位和名望。《国富论》问世当年便出版了德文译本，随后几年出版了丹麦文、法文、意大利文和西班牙文等各种译本，1789年又首次在美国出版。该书初版发行前并没有得到评论方面的帮

[1] 晏智杰（1939—　），江苏仪征人，北京大学经济学院教授、博士生导师，曾任北京大学经济学院院长、中华外国经济学说研究会副会长、北京大学市场经济研究中心名誉主任等职。

助，但半年就卖光了，这比出版商预料的要好得多。斯密的挚友、著名哲学家大卫·休谟说："真了不起！好极了！亲爱的斯密先生，我对您的著作非常满意。细细读完，我如释重负……现在我只是对一点还感到不安，即这本书需要人们聚精会神地去读才能读进去，而目前很少有人能坐下来专心读书，因而该书最初也许不会受到非常热烈的欢迎。但我相信，该书所包含的丰富而深刻的思想、敏锐的观察，以及大量令人感兴趣的新奇实例，终究会引起人们对它的注意。"事实证明，休谟所言不虚。

英国国会议员在辩论中引用该书是几年之后的事了，但在他们公开提到这本书之前，该书就已经对英国当时的预算法案和自由贸易法案产生了影响。尤其值得一提的是，著名的威廉·皮特（1759—1806）首相就曾深入研究过斯密的著作，并成了斯密最忠实的信徒。他采纳斯密学说，减轻关税，按照自由贸易原则同法国签订通商条约，还根据《国富论》的精神进行了种种改革。人们认识到，斯密的这本书为自由竞争经济制度和政策提供了坚实的理论基础，而在此后的一百多年间，《国富论》的基本理论和政策主张，确实构成了西方国家主流经济学的基础，直到1929年至1933年爆发资本主义世界性经济危机。这次空前严重的危机宣告了完全自由竞争制度的终结，也宣告了斯密学说的支配地位的终结，取而代之的是国家干预主义新时代，以及作为其经济学基础的凯恩斯主义经济学。然而，即使在这种新的历史条件下，《国富论》仍然不失其永恒的历史价值和现实的借鉴意义，人们仍将《国富论》奉为市场经济的经典，认为它所阐述的市场经济机制的基本原理在一定条件下仍然有效，只是不再把它看作适用于任何场合的普遍原理罢了。事实上，在国外媒体历来举办的各种有关"影响人类进程的若干著作"的调查中，《国富论》总是赫然在列，从不缺位。《国富论》仍然是西方国家广泛流行的经济学经典著作，在民众中拥有极高的普及率。为庆祝《国富论》问世二百周年，英、美等国经济学界在1976年举办了规模宏大的科学研讨会，发表了为数众多的学术论文，其中不乏新的研究成果。亚当·斯密的母校英国格拉斯哥大学的出版社还集数年之功，倾力推出了六卷本的《亚当·斯密著作通信集》，其中包括：《道德情操论》、《国富论》、《哲学论集》、《修辞学和纯文学讲义》、《法学讲义》和《亚当·斯密通信集》，外加一本《亚当·斯密论集》和一本新的《亚当·斯密传》。前苏联和东欧国家的经济学界当年也举办了纪念学术研讨会，学者们提交的论文后来汇集成册出版，题为《亚当·斯密和现代政治经济学》。

《国富论》与中国素有不解之缘。斯密著书立说之时，正值中国清朝乾隆盛世后期，斯密在书中对中国悠久的历史和农耕社会的现实发表过不少评论，反映了这位身处资本主义工场手工业时代的智者对一个尚处于发达阶段的中华封建帝国的独到之见。然而，历史发展阶段和国情的差异致使《国富论》被译介到作者曾关注的中国还要等待百年之久，而成此伟业的是我国近代启蒙思想家、著名翻译家严复，他的《国富论》中译本以《原富》为名于1902年问世。应该说这是一件大事，但时代条件的限制又注定了它的影响必然十分有限。进入二十世纪三四十年代，随着马克思主义(经济学)的传播，深入研究作为马克思主义来源之一的英国古典政治经济学成为时代之需，于是出现了《国富论》的新译本，承担此项历史性重任的是著名的马克思主义经济学家和研究家王亚南和郭大力。他们的中译本直到二十世纪七十年代还经过修订重新出版，在一个相当长时期内是国内读者能够看到的唯一中文全译本，实在功不可没。

《国富论》在中国真正为公众所知，甚至在一定程度上的“普及”，是最近三十多年来的事。改革开放事业的推进，社会主义市场经济体制目标模式的确立，激发了公众对《国富论》的强烈关注，人们不再满足于从马克思主义经济学来源的角度对它加以研究，而是希求从中汲取建立和发展市场经济体制的理论和思想营养。这种时代的变迁和发展大大推动了《国富论》的译介工作，涌现了各种形式和篇幅的中译本。章莉女士的这个节选本就是一种新的尝试，从篇幅巨大的原著中选取足以反映或涵盖其基本框架、基本思路或基本观点的章节，这无疑会有助于读者在较短时间内对该书的基本精神和论点有一个准确的理解和把握。[①]

《国富论》是时代的产儿。十八世纪中叶的英国，资本主义生产方式已经有了长足发展。

---

① 顺便提一下，现在市面上所看到的各种中译本的原本大都是1937年凯南版。埃德温·凯南是伦敦大学政治经济学教授，由他编辑、作序、注释、边注和索引的一卷本是公认的优秀版本，流行多年，其可靠性是没有疑问的，可它毕竟是七十多年前的版本了。因此有理由期待，格拉斯哥大学1976年版的最新《国富论》中译本早日问世。

首先，农业资本主义关系在延续三个世纪之久的圈地运动中逐渐形成。圈地运动的主要内容和实质是，各地领主以暴力和欺诈等手段强占农民的公有地以至份地，改为他们私有的大农场或大牧场，以应大量生产和出口羊毛和毛制品之需，史称“羊吃人”。它使大批农民丧失土地，沦为雇工或流浪汉。到斯密时代，英国的独立小农已经基本消失，在大地主土地所有制基础上建立起来的资本主义大租佃农场逐渐发展起来，农业已经转入按照资本主义方式经营的轨道。

其次，随着封建行会手工业的逐渐分化瓦解，资本主义工场手工业已经成为手工业生产的主要形式。通过雇工进行的相当大规模的毛纺织业遍布英国西部、北部和东部各个地区，其雇工人数和产品占出口额的比重均达到空前规模。此外，资本主义性质的工场手工业还遍及制盐、冶金、棉织、啤酒、丝绸等部门。工场手工业的发展和市场需求的增长促进了新技术的发明和生产方法的改进，使纺织品、煤、铁和农业品等产量大幅度提高。生产发展又促进了交通运输业的发展。英国资本主义工业步入了快速发展的新时期，处于产业革命的前夜。

与此同时，英国的殖民掠夺和海外扩张也达到了空前的规模。以东印度公司为代表的拥有特权的垄断贸易公司，从海外攫取了巨额财富和利润，为资本主义产业的大发展提供了丰厚的资本。十七世纪中叶以后，英国通过同葡萄牙等国的战争，夺取了大量殖民地，建立了海上霸权。进入十八世纪之后，英国进一步加紧了海外扩张和殖民掠夺的步伐。通过1740年至1748年和1756年至1763年的战争，英国先后夺取了原属法国和西班牙的大片殖民地(包括加拿大的全部，从路易斯安那到密西西比河以东的全部领土，还有佛罗里达)，最终使英国成为世界上头号殖民强国，开始了英国称霸世界的时期。

最后，资本主义生产方式的迅速发展，使英国社会阶级关系发生了巨大而深刻的变化。农民和封建贵族急剧分化，新兴资产阶级迅速崛起，形成了地主阶级、资产阶级和无产阶级三大基本阶级。新兴资产阶级和土地贵族的矛盾居于主导地位，资产阶级和无产阶级的矛盾还处在幕后。十七世纪中叶，英国资产阶级革命以同封建贵族势力妥协而告终。因而在革命暴风雨基本结束后，封建大地主和金融贵族的代表仍然在议会里占有重要地位，他们和新兴资产阶级在新形势下继续进行着较量。政治斗争主要围绕着选举法展开，势力不断上升的资产阶级要求在议会中增加自己的名额；经济斗争的焦点则集中在要求废除或修改仍然妨碍资本主义发展的政策法令和制度，诸如谷物法、行会制度、税收制度、货币制度等。

英国古典政治经济学就是在这种历史条件下成长起来的，它是新生的处于上升阶段的资本主义时代的产儿，又反过来极大地影响和促进了这个时代的发展。在亚当·斯密以前，在英国和法国已经先后涌现出一批卓越的经济思想家或著作家，包括被誉为政治经济学之父的威廉·配第、法国重农主义学派首领魁奈和伟大代表杜尔哥；而创作了堪称古典政治经济学奠基之作《国富论》的亚当·斯密，则是他们中间最杰出的代表。他们的经济学说的历史使命，就是批判封建主义（包括为封建皇权服务的重商主义），为新兴的资本主义制度鸣锣开道。

亚当·斯密似乎具备了担当这一历史重任的全部条件。他身处苏格兰当时的产业重镇，亲眼目睹了工场手工业的巨大优势，又继承并发展了前人和同时代人的先进思想，在历经多年潜心创作并几经修改之后，终于在1776年向世人推出了《国富论》这部鸿篇巨著。他此前的全部经历和知识经验的积累，包括在格拉斯哥大学教授道德哲学，在该校任教期间发表《道德情操论》，以及此后作为年轻的巴克莱公爵的私人教师赴法国游历和研修，还有他在天文学、修辞学和纯文学及法学等领域的广泛涉猎和深入研究，事实上都为《国富论》这部划时代巨著的问世准备了条件。

阅读《国富论》首先要了解斯密关于政治经济学的性质和功能的观点，并准确把握其主题、核心思想和基本要求。过去很长一段时期，我国学术界习惯于从价值论和分配论的角度来解析《国富论》，为的是说明马克思主义经济学同斯密理论的批判和继承关系。于是，斯密学说中的价值论和分配论就成为人们关注和研究的重点，而这些理论似乎也就被看作斯密学说的主题。其实不然。不是说斯密学说中没有价值论和分配论，也不是说这些理论在他的学说体系中不重要，只是应当明确指出，《国富论》的主题另有所指，而价值论和分配论则都是为论证和阐述这个主题服务的。

亚当·斯密说："被看作政治家或立法家的一门科学的政治经济学，提出两个不同的目标：第一，给人民提供充足的收入或生计，或者更确切地说，使人民能给自己提供这样的收入或生计；第二，给国家或社会提供充足的收入，使公务得以进行。总之，其目的在于富国裕民。”于是，《国富论》的主题被确定为“国民财富的性质和原因的研究”，即如何发展社会经济，增加国民财富，并使民众富裕。为此，斯密一方面探讨了发展生产、积累和使用资本，以及“自然而然的”收入分配的理论或法则；另一方面，在对重商主义制度进行系统批判的同时，提出了建立一种“最明白、最简单的自然自由制度”的主张。在这种制度下，“每一个人，在不违反正义的法律时，都应听其完全自由，让他采用自己的方法，追求自己的利益，以其劳动及资本和任何其他人或其他阶级相竞争。”这就是斯密的经济自由主义理论和政策体系，其基本社会诉求是：反对国家对经济生活的垄断、专制和干预，要求尊重和保护私有财产，施行自由经营、自由竞争和自由贸易制度和政策。这个主题、核心思想和基本要求，贯穿于《国富论》的始终。这里需要提醒的是，在阅读《国富论》时，不要只注意斯密的经济学理论，而忽视了关于经济制度改革的内容。事实上，这二者在斯密学说体系中是相辅相成的一个整体。

《国富论》全书由一篇序言和五篇正文构成。篇幅不长的序言是一个纲要，说明了全书的宗旨、基本框架和核心论点。前两篇系统阐述了国民财富生产和分配的基本原理，这是全书的核心和重点。其中第一篇研究“劳动生产率提高的原因”，以及“劳动产品在不同社会阶级间分配的自然秩序”。前者说明分工协作如何促进了劳动生产率的提高，后者阐述了商品交换法则，即“原始未开化时期”的按劳动交换商品的法则，以及在“土地私有和资本积累条件下”按照三种收入（工资、利润和地租）交换商品的法则。第二篇研究储备的性质、积累及其使用，强调指出了资本积累与合理利用即生产性使用资本的重要性。第三篇是对近代欧洲各国经济发展历史经验和教训的考察和总结，集中于产业结构和优先次序问题。这是对前两篇建立的理论原理的证实，也是对它的充实和发挥，可以说这是最早的经济发展史。第四篇是对重商主义和重农主义的批评，重点是重商主义。这实际上是经济学说史的雏形。第五篇研究公共财政，斯密提出了一系列旨在保护和增进国民财富的财政和税收原理，不妨认为这是财政学的一个起点。很显然，“在亚当·斯密那里，政治经济学已发展为某种整体，它所包括的范围在一定程度上已经形成。”（马克思语）

关于国民财富的性质和原因，以及经济自由主义的优越性，斯密的阐述和论证主要集中在以下几个方面：

第一，基于工场手工业的现实，斯密正确地指出，扩大和深化劳动分工，以及增加资本积累并生产性地加以使用，是增加国民财富的两大基本条件和途径。而国民财富不再是指货币，而是指各种能够用来满足人们需求的物质产品，包括各种生活便利品和必需品，货币只被视为一种交换媒介和工具。不用说，相对于重商主义的信条来说，斯密的这些观点具有革命的意义。重商主义将金银货币视为财富的主要形式，将对外顺差贸易视为致富之基本途径。这种观点对于反映新兴产业资本利益的古典经济学来说已经过时。斯密将目光转向生产领域，强调生产要素即劳动和资本的重要性，适时地反映了这种观念的转折和进步。斯密指出，生产高效率来源于细密的劳动分工和不断增加的资本积累。他考察了工场手工业分工之所以能提高劳动生产率的理由，指出了生产和市场之间的相互依存关系，论证了资本积累的作用、条件和使用方法等。看得出，斯密专注于增加商品生产和供给，而市场需求的扩大在斯密心目中是不成问题的，他完全没有意识到市场需求还会有受到限制的一天，更没有想到将来还会发生生产相对过剩的经济危机。这当然是时代条件使然，不能苛求于斯密。

第二，商品交换的必然性和公平性。斯密认为，商品交换的必然性根植于人性之中，而其公平性则基于交换的等价性。斯密认为，人的本性是利己的（指的是人生来有其生存权和发展权，有其自身的不容别人侵犯的合法权益，并非自私自利或损人利己），但在分工条件下，要利己必得利他，也就是通过商品交换为别人或社会提供有益的商品或服务。市场交换的自然法则是等价交换，而等价交换的依据是两类：在“原始未开化条件下”是生产商品所花费的“辛苦和麻烦”，这包含了后来发展起来的劳动价值论的萌芽；在“土地私有和资本积累条件下”是三种收入，即工资、利润和地租，理由是，在这种变化了的历史条件下，生产出来并实现了适当交换的商品的全部价值不再仅仅归劳动者所有，而是必须从中“扣除掉”地租和利润。这就是所谓的三种收入价值论。这种以商品价值分割的结果来说明价值决定的观点，不久就受到了“英国古典政治经济学的完成者”（马克思语）的批评校正。值得注意的是，斯密虽然肯定了商品交换的等价原则，但他同时又指出，在第二种条件下，土地地租是对劳动产品的第一扣除，资本利润是第二扣除。换句话说，斯密看到了公平交换外衣下包藏的实际的不平等。

第三,“看不见的手”的作用。斯密指出,人人都追求自身的利益,但是由于利己必得利他,加之竞争会驱使每个人尽力将其生产或服务尽可能地做到最好,其结果必然得到有利于全社会的结果,好像有一只“看不见的手”在支配着每个人的思想和行为。斯密说:“确实,他通常既不打算促进公共的利益,也不知道他自己是在什么程度上促进那种利益,他只是盘算他自己的安全……在这种场合,像在其他许多场合一样,他受着一只看不见的手的指导,去尽力达到一个并非他本意想要达到的目的。也并不是因为事非出于本意,就对社会有害。他追求自己的利益,往往使他能够比在真正出于本意的情况下更有效地促进社会的利益。”依据这种思想,斯密大力倡导经济自由主义,严厉批判了重商主义的各种举措,反对国家干预经济生活,反对国家阻碍个人自由经营和自由贸易。

第四,当然,斯密不是无政府主义者,相反,他认为国家是必要的,而且有其必不可少的职责,包括国防、治安、交通、维护市场秩序等等公众需要而私人不能做、不愿做或做不好的事。总之,国家或政府应是一个“守夜人”,而不应是经济生活的主宰。另一方面,国家履行自己的职责需要财政的支持,甚至维护君主的尊严和地位也不能没有花销,因而建立一定的税收制度是必要的。不过,他强调税收制度应当本着公平、确定、便利以及廉洁和经济等四项原则,并详尽论述了各种税收的利弊得失。

斯密的《国富论》所倡导的经济自由主义,包括对市场经济体制优越性的论述,无疑体现了当时先进的思想和观念,符合发展社会生产力的客观要求,因而能够而且实际上对人类社会发展产生了重大促进作用和影响。然而,这一切都离不开反对和清除重商主义这种已经过时的理念和政策的历史背景和条件,也离不开新兴的资本主义生产方式尚处于它的初级的上升阶段这种历史背景和条件。这些背景和条件既决定了斯密学说的进步性和革命性,也决定了它必然具有历史和认识的局限性,使其所揭示的经济自由主义原理不可能永远正确和普遍适用。

经济自由主义学说和实践的最大弊端,常常体现在生产和经济的波动和分配不公这两个方面。斯密时代之后的历史一再证明,自由放任虽然在一定时期内的确起到了促进生产发展的作用,然而这种发展是在周期性波动甚至经济危机中前进的,随着经济波动和危机而来的是生产力的破坏和民众的失业和贫困。竞争促进了效率，却铸就了不公平。这种动荡和破坏在1929年至1933年爆发的世界性大危机中达到空前的规模和深度，它宣告了经济自由主义的终结，当然也揭示了斯密学说的缺陷和局限性。从这个角度来说，以凯恩斯主义为代表的国家干预主义学说，何尝不是对斯密自由主义学说的一种校正和补充。当然，从亚当·斯密到凯恩斯，西方经济思想经历了一个漫长的发展和演变过程，并不是一蹴而就的。

《国富论》问世至今，已经过去二百多年了，今天当我们阅读《国富论》这部伟大著作时，秉持这种历史的和分析的眼光恐怕是不可或缺的。既充分肯定它是经济自由主义学说发展历程中的一座丰碑，又清醒地看到它的历史和认识的局限性；特别是在我国三十多年来基于一定程度的自由竞争的市场经济体制改革取得了巨大成就，而世界却刚刚经历了一场比1929年至1933年危机更严重的金融危机和经济危机的时候，更应如此。不知这样说是否妥当？

2010年10月20日

于北京海淀百旺家苑寓所

本书译自英国梅休因有限公司 1930 年版《国民财富的性质和原因的研究》(*An Inquiry into the Nature and Causes of the Wealth of Nations*)，简称《国富论》(*The Wealth of Nations*)。

目 录

第二篇　论储备的性质、积累和使用

第三篇　论不同国家中财富的不同发展

第四篇　论政治经济学体系

第五篇　论君主或国家的收入

引言和全书设计

各国一年的总劳动，是为它的国民提供一年生活必需品和便利品的源泉。这些满足人们需要的产品，既包括本国劳动的直接产品，也包括用本国产品购买的外国产品。

每年的劳动产品供给每年的消费，

由于产品数量与消费者数量的比例有大有小，因此在给定生活必需品和便利品数量的条件下，一国国民福利的好坏将取决于它的人口状况。

供给的好坏取决于产品与人口的比例。

但是，这个比例在每个国家的大小会根据以下两个情况而定：一是劳动的技能、熟练程度，以及该国对劳动总体使用的态度；二是全部劳动分配于有用劳动和无用劳动的比例。无论该国的资源、气候和国土面积如何，其年供应量是丰富还是不足，都取决于以上两种情况。

这个比例依劳动的技能和有用劳动的占比而定。

一国年供给量的丰歉看似更依赖于前者而非后者。在原始未开化的渔猎社会，所有有劳动能力的人，或多或少地都会被分配于有用劳动，全力以赴地为自己、家人或没有劳动能力的老弱病残族人提供生活必需品和便利品。尽管如此，他们的生活依然极其贫困，以至于常常被迫直接杀死或遗弃他们的婴儿、老人和长期患病的族人，任其饿死或被野兽吃掉。与之对应，在文明繁荣的社会里，尽管相当部分的人根本不劳动，但他们中大部分的消费却十倍乃至百倍于劳动者。不仅如此，由于文明社会的劳动产品数量巨大，几乎所有产品都供给充足，因此，即便是生活在最低层的穷苦工人，只要他勤劳而简朴，其享用的生活必需品和便利品也

劳动技能的影响要大于有用劳动占比的影响，文明社会里产品的数量更多可以表明这一点。

会大大多于任何一个野蛮人所能得到的。

生产率改进的原因和收入分配的自然秩序是第一篇的主题。

劳动生产率改进的原因何在？劳动产品在社会不同阶级间分配的自然秩序又是什么?这构成本书第一篇的主题。

调节有用劳动占比的资本是第二篇的研究主题。

无论一国的劳动技能、熟练程度及其对劳动使用的态度处于何种状态，假设它们不变，年产品的供给量将取决于全部劳动在有用劳动和无用劳动之间的分配比例。本书将会说明，有用的生产性劳动的数量，无论何时何地都取决于直接或间接雇用劳动的资本的数量。因此，本书第二篇的主题是资本的性质，资本逐渐积累的途径，以及因为资本使用方法的不同而导致劳动数量也不同的机制。

本书第三篇讨论引致欧洲重视城市产业、轻视农村产业的原因。

在当今劳动技能、熟练程度和对劳动使用的态度都相当进步的国家里，管理和指导劳动的常规计划却各不相同。实际上，这些计划并不都有助于产出最大化。一些国家的政策偏重于激励农村产业的发展，而另一些则偏重于刺激城市产业的进步；鲜有国家能够做到公平对待所有种类产业的。自从古罗马帝国衰落以来，欧洲的政策越来越倾向于艺术、手工业、商业这些城市的产业，而非乡村的农业。本书的第三篇将解释引致这些政策出台的客观因素。

第四篇解释不同政策所带来的不同理论。

尽管这些计划的最初制定，很可能是出自于某些特殊阶层的私利和偏见，但他们并没有考虑或预见到这些计划的后果对社会整体福利的影响。然而，在此基础之上，却产生了完全不同的政治经济学理论。他们中的一些人夸大城市产业政策的重要性。而另一些人则强调农村产业政策的重要性。这些理论不仅对学者的观点，而且对君主和主权国家公共政策的制定，产生了深远的影响。我将在第四篇中详尽说明这些不同的政策，以及它们在不同的年代和国家所产生的主要影响。

第五篇讨论君主和国家的开支、收入和债务问题。

前四篇的主题，是解释绝大多数民众的收入是如何构成的，以及在不同年代、不同国家供给他们每年消费的那些源泉的性质。第五篇即最后一篇，则讨论君主或国家的收入。在这一篇中，我将努力说明：第一，君主或国家的必要开支有哪些，这些开支中的哪些应当由社会全体公众的赋税来承担，哪些应当由社会中的特定阶层或其中的部分成员来承担;第二,向全体社会公众募集那些对社会整体而言不可或缺的经费开支的不同方法，以及每一种方法的主要优缺点;第三,也是最后,导致当今几乎所有政府采取抵押部分收入借债或签订合同借债的原因是什么，这些债务对实际财富,即对每年社会劳动和土地的产出又有哪些影响。

第一篇

论劳动生产率提高的原因
及劳动产品在不同社会阶级间
分配的自然秩序

本篇导读:第一篇和第二篇是全书的理论基础部分,分别介绍了一国实现富裕的两大支柱:劳动分工和资本积累。第一篇介绍了劳动分工增进一国财富的机制,它是建立在劳动价值论基础之上的,而劳动价值论创造的价值如何分解为各阶级的收入——工资、利润、地租——也是本篇的主要内容。值得一提的是,正是在劳动创造价值和价值分解为三种收入之间,斯密论证了本书的一个重要原理——"看不见的手"。

第一章 论劳动分工

本章导读：在引言中指出劳动是一国财富的源泉，一国福利取决于劳动生产率和有用劳动的数量之后，斯密在这一章中讨论了影响劳动生产率的因素——劳动分工。他正确指出，劳动分工是提高劳动生产率的主要原因，途径有三：提高劳动者的熟练程度；节省工种之间转换的时间；促进机器设备的发明。有了劳动分工，每个人只完成单一工作，每一件产品都由大量劳动者协作完成。通过劳动分工，同样数量的劳动者生产出更多的产品，社会可以实现普遍的富裕。

劳动分工是提高劳动生产率的主要原因。

劳动生产率最显著的改进，以及指导和运用劳动所体现出的劳动技能、熟练程度和态度的大部分，似乎都是劳动分工的结果。

可能在特定企业中更容易理解。

当我们考察某些特定制造业如何开展劳动分工时，就能很容易理解一般社会劳动分工的效果。人们普遍认为，在一些小型制造企业中分工开展得最充分。实际上，那些小企业的分工也许并不比大企业更加充分。只是因为小企业的主要职责是满足少量顾客的少量需求，因此其工人的数量必然也很少，所有不同工种的工人通常可以集中在一间厂房中，并在监督者的监督下工作。相反，那些大企业的职责是满足大部分人的大量需求，企业中的每一个工种都雇用了大量的劳动者，以至于根本不可能将他们集中在同一间厂房中，因此我们很难同时见到多于一个工种的工人。尽管在这样的大型企业中，工作实际上被细分为更多的工序，但是和小企业相比，由于分工不那么显而易见，也就较少为人们所察觉。

例如，在制针业中。

举一个本身微不足道、但分工却时常为人所关注的制造业——制针业——的例子。一个工人如果既没有受过相应的技术培训（劳动分工使得制针业成为一种专门的职业），使用生产扣针的机器（它也可能是同样的劳动分工导致的发明创造）也不熟练，那么即便竭尽全力，也许一天连一枚针也生产不出来，更不用说生产二十枚针了。但是，按照现行的行业模式，不仅整个制针业是一个独立的环节，而且这个行业本身又分成多道工序，这些工序中的大部分也同样形成一个独立的环节。一个人抽铁丝，一个人将其拉直，第三个人将其截断，第四个人将一头磨尖，第五个人将另一头磨光准备接上针头。制作针头需要两到三个独立的工序：把它装在针上是一个，把针涂白是另一个，甚至将针用纸包装起来也是一个独立工序。制针的重要环节据此可以分成十八道工序。在一些工厂中，每一个工人仅完成其中的一道工序；在另一些工厂中，同一个人可能要完成其中的两到三个工序。我考察过这样的一个小厂，它仅雇用了十个工人，其中一些工人先后完成其中的两个或三个工序。尽管他们很穷，必要的机器设备也很简陋，但是只要他们尽力而为，其中一些人一天可以制成十二磅的针。一磅中号针最多有四千枚。因此，像这样的十个劳动者，一天最多可以制成四万八千枚针。每个工人制造其中的十分之一，一天可以制成四千八百枚针。但是，如果他们被分开独自完成全部劳动，而不是专司其中某一个固定工序，他们中的每一个很可能一天也做不成二十枚针，甚至也许一枚也做不好。他们的工作效率将不及用当前生产模式——将他们的不同操作进行适当地分工、组合——所能达到的生产效率的二百四十分之一，甚至四千八百分之一。

在所有行业中，劳动分工的效果都是一样的，在职业的分化中也是如此。

尽管其他工业或制造业中的大多数分工没有这样细致，也无法分解为如此简单的操作步骤，但是分工效果是类似的。而且，只要实现了分工，工艺制造的生产效率一般都会大大增进。不同行业、职业之间的相互分离，似乎也是因分工提高了劳动生产效率所致。在工业水平较高、进步较快的国家，行业的分化也是最深入的。在未开化社会由一个工人单独承担的工作，在进步社会常由多人分担。在进步社会中，农业工人和工业工人各司其职。那些生产出最终制成品所必需的劳动，总是被分解为多道工序，由不同的人操作。在麻纺厂和毛纺厂的每一个部门，从亚麻和羊毛的生产，到麻的漂白熨烫，再到布料的染色和浆纱，设置的工序何其多啊！但是，农业不像工业，它本质上不要求如此多的分工，也不能将各个务农环节截然分离。把养殖劳动和种植劳动像铁匠劳动和木匠劳动那样完全分离，是不可能的。纺工和织工一般都由两人分担，而耕地、耙地、播种和收获常常由同一人完成。随着季节转换，农活不同，一个人也不可能一年四季只干一样农活。所以，农业不能完全、彻底地分工，可能是农业生产效率的改进总是跟不上工业的原因。诚然，那些最富裕的国家，无论农业或工业都比邻国先进，但在工业上的优势明显大于农业。富国的土地一般耕作得更好，投入了更多的劳动和费用，从而和土地面积及原有的肥沃程度相比，产量也较高。但是，产量的优势，与投入了大量的劳动和费用相比，就没那么突出了。富裕国家的农业劳动生产率并不总比穷国高，至少不像工业劳动生产率那样具有明显优势。因此，供给市场的同质谷物，富裕国家的并不总是比穷国的便宜。尽管既没有法国富裕，也不如法国先进，但同等质量的谷物，波兰却和法国一样便宜。尽管法国不如英国富有、先进，但是在其盛产粮食的省份，大多数年份的谷物价格和英国一样。然而，据说英国的谷物耕作比法国好，而法国又好于波兰。如果不考虑穷国农田耕作的劣势，虽然其谷物的价格和品质在某种程度上可能优于富国，但其工业竞争力和富国就没法比了，尤其是和那些工业与自身的土壤、气候和位置都相宜的富国相比。例如，法国的丝绸比英国的质优价廉，因为至少在当前对原丝征收高额进口关税的条件下，法国的环境和英国相比更适合丝绸的生产。但是，英国的铁器和粗纺织品在各方面都优于法国，而且同样质量的产品比法国便宜得多。据说，波兰除了一国生存所必需的少许粗陋的家庭手工业外，几乎没有任何制造业。

分工的好处归于三个原因：

同样数量的劳动者通过劳动分工大大增加了完成的工作量，原因有三：第一，单个工人的劳动熟练程度提高了；第二，在不同工种间转换劳动的时间节省了；第三，大量方便和简化劳动的机器设备发明出来了，它们使得一个人可以干多个人的工作。

(1) 提高了劳动的熟练程度；

首先，工人劳动熟练程度的增进势必增加他所能完成的工作量，由于劳动分工将每一个工人的所有工作缩减到只有某一种简单的操作，并将此作为自己终身唯一的职业，当然能够大大增进他的熟练程度。一个普通的铁匠，虽然能够熟练使用铁锤，但从未制造过铁钉，假定迫于某种原因，必须试着制造铁钉，我想他一天至多只能造个二三百枚，而且质量很差。如果有个铁匠虽然擅于制钉，但是制钉并非他的唯一职业，那么竭尽全力也很难在一天制造出超过八百或一千枚铁钉。我曾见过几个不足二十岁，除了制钉之外从未接受过其他技能培训的男孩，当他们全力工作，每人每天能制造出二千三百枚铁钉。然而，制造铁钉无论如何也不是最简单的工作。一个给火炉鼓风的人，同时还要调整火力，加热钢铁，打制铁钉的每一个部分，在打制钉头的时候还要更换工具。制针或金属纽扣的分工更加细化，其中的每一个步骤都更简单，终身以此为单一职业的工人，其劳动熟练程度也更高。除非亲眼所见，否则你不敢相信这些工厂里的某些工种的操作速度快得超出想象。

(2) 节省了劳动时间；

其次，不同工种间转换劳动会浪费时间，而节省这些时间的好处，比我们最初设想的大得多。在不同空间内开展的、使用不同工具操作的不同工作之间进行转换不可能很快。一个乡村织工，自己种植一小块农田，从农田到纺织机，再从纺织机到农田，往来穿梭，势必会浪费很多时间。当两种工作在同一个工厂车间中完成时，损失的时间无疑会少一些。即便如此，浪费依然相当严重。通常一个人在转换工种时要闲逛一会儿。当他开始新工作时，就像他们自己所说的那样，很难立即热情饱满、全神贯注地投入工作，有些时候甚至在磨洋工。那些每天要干二十种不同活计，每半小时就转换一次工种的乡村劳动者，自然而然地、甚至是必然地形成了闲逛、懒散和随便的习惯。结果是，他们常常习惯于迟缓懒惰，即便在高压之下，也不能勤勉劳作。所以，即便没有技能方面的缺陷，这些习惯也足以减少他所能完成的工作量。

(3) 使用了由工人发明的机器，

最后，人人都知道，运用合适的机器能够大大便利和节约劳动，这一点无需举例说明。我在这里仅说明，所有极大地便利和节约了劳动的机器设备，其发明似乎都起源于劳动分工。当人们全神贯注于单一目标时，较易发现简单易行的解决方法。分工的结果当然是，每一个人的注意力全部集中到某一个简单的目标上。因此，我们可以预期，只要还有改良的余地，他们中的某一个自然会很快发现完成其工作更加简单易行的方法。在劳动极度细分的工厂里，大量使用的机器设备最初都是由普通工人发明的，他们往往被雇佣于做一件极其简单的工作，却自然而然地将思维转移到如何更加快捷地完成工作上。无论是谁，只要他时常参观这些工厂，就会经常见到一些非常精巧的机器设备，它们都是由那些力图便利和节省自己劳动时间的工人发明的。最初的蒸汽机，需要安排一个小男孩，按照活塞的升降，不断开关锅炉和管道之间的通道。一个贪玩的男孩发现，只要将打开通道的阀门把手系在机器的另一个部分上，阀门就可以自动开关，无须照看；而他自己就可以自由自在地和小伙伴玩耍了。这个机器最大的改进之一，就这样最先被一个试图节省自己劳动时间的小男孩发现了。

或是由机械工程师或哲学家发明的机器。

尽管如此，但并不是所有机器设备的改进都是由那些使用机器的人发明的。大量的改进工作归功于制造机器的专业工程师的智慧；另一些则归功于哲学家或思想家，他们的专长是观察思考而不是具体操作，他们常常能够整合那些毫不相干的资源。在进步的社会中，哲学家和思想家就像其他职业一样，成为某一社会阶层的专职。类似于其他职业，他们的工作也被细分成大量的分支，每个分支致力于形成独立的阵营或流派。同样的，哲学家的分工也可以增进学术水平，节省时间。当每个人在他的特定领域内更加专业时，整个社会的工作成果将增加，而科学技术水平也会因此大大提升。

因此一个管理良好的社会普遍富裕。

在管理得当的社会里，通过劳动分工，各产业会生产出大量的产品，从而将富裕的生活普遍延伸到最底层的人民。每一个工人在其需要之外，拥有大量的剩余产品可以支配，其他人亦是如此。因此，他可以用自己的大量产品交换其他人的大量产品，换言之，交换他人大量产品的价值。他向其他人大量提供他们所需要的产品，其他人也同样供给他的所需。因此，社会各阶层实现了普遍的富裕生活。

即便一个日工的外套也是大量工人的产品。

通过考察一个文明且繁荣的国家里最普通的手工业者或者雇佣劳动者的日常用品，你就会发现，每个工人为了获得自己的日常用品，在其受雇的行业中是只做一部分甚至是极小的一部分工作的；这些工人的人数难以计算。例如，日工所穿的毛呢外套既粗糙又简陋，却是大量工人联合劳动的成果。为了完成这件便装，需要牧羊人、分拣工、梳毛工、染工、粗梳工、纺工、织工、漂洗工、裁缝等多人共同劳动。而且，这些工人通常在相隔遥远的地方居住，将原料在他们之间运输得需要多少商人和运输员啊！把染工使用的不同染料从世界各地的偏远角落收集起来，又该需要多少商业和航运业，更别说造船者、水手、帆布制造者和绳索制造者了！同样，为制造最普通的工人使用的工具得需要多少种类的劳动啊！姑且不论水手的航船、漂洗工的水车，甚至织工的织机，就让我们看看最简单的生产器械——牧羊人剪羊毛的剪刀——得需要多少种不同的劳动。为生产一把剪刀，采矿工人、熔炉建造者、伐木工人、烧炉工人、砖瓦生产者、泥水匠、照看熔炉的工人、机械安装工、铁匠等等，所有的工人必须联合起来劳动才成。同样的，如果我们查看一下这个牧羊人的服装和全部家具，贴身穿的粗麻衬衫和鞋子，床和床上用品，做饭用的炉子，从地下采掘出来、经过长时间的水陆运输才可使用的煤炭，以及其他所有的厨具、桌上的摆设、刀叉、盛放分装食物的陶瓷和锡制盘子，面包和啤酒，透明的、可以遮风避雨的玻璃窗，还有那些赏心悦目的物品所需要的全部知识和技艺。没有这些发明，北半球不可能成为如此宜居的地方，而且玻璃的制作还需要工人们生产各种便利使用的工具。我想，如果我们检视所有商品，考虑投入其中的各种各样的劳动，我们就会意识到，如果到没有成千上万人的协助和合作，文明社会中的普通民众，即便是按照最不切实际的想象，也不可能实现目前普遍得到的简单舒适的生活方式。当然，和上流社会极度奢侈浪费相比，普通民众的日用品无疑极其简单。即便如此，一个欧洲国家王子的消费品超出一个勤劳俭朴农民的消费品的数量，很有可能并不比后者超出许多非洲国王的数量大，而这些非洲国王是上万衣不蔽体的黑奴的绝对统治者。

第二章 论分工的起因

本章导读：互通有无的交换倾向，是人类进行劳动分工的起因，而分工一旦实现，又锻炼了人们不同的才干。因此，人们表现出来的才能差异与其说是天赋的差异，不如说是交换倾向实现了劳动分工的结果。

分工的起因源于人类的交换倾向。

益处良多的分工，原本不是人类智慧的结果，尽管人类的智慧确实预见了并期待着分工能为人类带来普遍的富裕。它必然是人类本性中某一不易发觉的倾向缓慢而渐进达致的结果，这就是人类倾向于互通有无、物物交换、相互贸易。

这种倾向只有人类才有。

这种倾向是不是人类基本本性中无法进一步考察的一个，或者更有可能，这种倾向是否是人类理性思考能力和语言能力的必然结果；这些问题不属于当前研究的课题。这种倾向是人类所共有的且为人类所特有的行为，在其他物种中找不到，其他动物不懂得分工合作或其他任何形式的契约。两条猎犬在追逐同一只野兔时，有时也会表现出某种形式的协同行动。每一条猎犬都会将野兔赶向它的同伴，或者在同伴将野兔赶到自己身边时尽力截住它。但是，这并不是真正的契约行为，它仅仅是在那个特定时刻二者的目标偶然一致而已。没有人见过狗与狗之间会公平谨慎地相互交换肉骨头；没有人见过一个动物用它的肢体语言或声音向另一个动物示意：这是我的，那是你的，我愿意用我的和你的交换。当一个动物想要得到人类或另一个动物的东西时，它除了讨好物品的所有者之外，并不会利用其他任何劝说商讨的方式。小狗讨好母狗;家犬则在主人进餐的时候,千方百计地献媚以吸引主人的注意而得到食物。人类有时也会对同胞采取同样的手段。当他没有其他方法能够引导他们依愿行事时,他就会使尽浑身解数讨好他人,以获取他们的善意。但是,他却没有时间在所有场合都这样做。在文明社会,每个人时时刻刻都需要多人的合作和帮助,但终其一生也无法交上许多好朋友。而其他动物,个体成年后就完全独立了,正常情况下不需要其他动物的协助也能生存。人类常常需要同胞的帮助,但无法完全依赖他人的善行。当他能够激发他人的利己心以做对自己有利的事情,并且告诉他们按他的要求行事对他们自己也是有利时,他更容易成功获得帮助。任何一个人想要和他人做任何一种买卖,必须先这样做。给我我想要的,你就能得到你想要的,这是每一个要约的本意。通过这种方式,我们从他人那里获得所需帮助的极大部分。我们得到的食物并非来源于屠夫、酿酒师和面包师的恩惠,而是出于他们自利的动机。我们致力于唤起他们的自利心而非仁慈;我们从来不告诉他们我们的需要,而告诉他们可能得到的好处。只有乞丐才情愿依靠他人的施舍过活,甚至连他也不能完全依赖他人的施舍。实际上,善人的施舍为他提供了生活资料的全部来源。虽然这种道义最终为他提供终身需要的各种必需品,但是,施舍没有、也不可能在他发生需要的时候随时随地供给他所需要的物品。乞丐的即时需要大部分还是以常用的方式获得的,例如契约、以物易物、花钱购买。他用一个人施舍的钱购买食物;用另一个人给他的旧衣物去换更合身的衣服、住所、食物或钞票,用这些钱,他可以在自己需要的时候满足衣、食、住的需要。

交换倾向出于自利的动机,并且引发了分工。

由于我们是通过契约、物物交换和买卖行为获得所需的大部分帮助的,因此这种交换倾向引发了最初的分工。例如,在一个狩猎或游牧部落里,一个人比其他人更擅长于制造弓箭。他经常用弓箭和族人交换家畜或野味,最终他发现，通过这种方式获得的食物比他自己亲自捕猎到的还要多。因此，从自身利益出发，他开始把制造弓箭作为主业，从而成为一名军械师。另一个人则因擅长建造小草房或可移动的房屋而被邻居邀请帮忙造屋，同样用家畜和野味作为报酬，最后他也发现以此为业对自己更为有利，从而成为了一个房屋建筑师。依此类推，第三个人成为铁匠或铜匠，第四个人成为硝皮者或制革者，皮革是原始社会主要的服装原材料。就这样，可以用自己的剩余劳动产品交换他人的剩余劳动产品的可能性，激励了每一个人专攻一种劳作，并且激发了他们有助于其事业发展的天赋才能。

由此提升了能力差别相对于天赋差别的重要性，

实际上，人们的天赋差异比我们想象的少得多。那些看似引起成年人职业差别的才能差异，在大多数情况下，与其说是分工的原因，不如说是分工的结果。在完全不同的个体之间的差异，例如，一个哲学家和一个街头搬运工之间的差异，与其说是来源于天性，不如说是来源于后天的习惯、风俗和教育。在他们六岁或八岁之前，他们没有什么区别，他们的父母和小伙伴恐怕也无法看出他们之间有什么明显的差异。但是，不久之后他们就会从事完全不同的职业。于是，他们的才能差异日渐显现，日益加深，最终哲学家的虚荣心不容他承认二者之间有任何相似之处。但是，人类如果没有交换的意愿，那么每一个人都必须生产一生所需的所有必需品和便利品。如果所有人承担的任务和工作毫无区别，那么就不会有如此多的因职业差别而导致的巨大才能差异。

并且使这些差异尽其所能。

由于交换倾向在不同职业间造成了巨大的才能差异，也正是交换倾向使得这些才能差异物尽其用。许多同类但不同种的动物从天性而来的天赋差别，竟比人类没受习俗和教育影响之前的差别要明显得多。哲学家和街头搬运工之间的天资差异，还不到猛犬与猎狗、猎狗与长耳狗，或长耳狗与牧羊犬之间差异的一半呢。然而，这些同类不同种的动物却很少能对彼此有用。猛犬的力量根本无法得到猎狗的敏捷、长耳狗的机智或牧羊犬的温顺的辅助。由于缺乏交换的意向和力量，这些不同天资的效应无法整合为共同的资源，对增进种群的生存状态和便利没带来一点益处。每一个动物依然独自为生，自己保护自己，无法从自然赋予它们的不同天赋里获得任何益处。与之不同，人类之间极其不同的天资被相互利用，基于普遍的买卖、交换需求，利用他们各自才干生产的各种商品，被运送到共同的市场上，在那里，每一个人都从才能相异的人那里购买自己需要的产品。

第三章 论分工受市场范围的限制

本章导读：市场规模越大，对产品的需求越多，才会引发实现产量增加的劳动分工。斯密认为，运输业是连接不同地区市场的必要手段，而水路运输成本低廉，因此沿海或者河道附近的地区水路运输便利，可以获得大范围的市场，从而经济发展较快，分工也更深入。

分工受交换范围的限制。

既然交换的力量引发了分工，那么交换的力量，换言之，市场的范围将会限制分工的程度。当市场范围极小时，没有人有足够的动力致力于一种专业，因为市场小得无法成功地将其剩余劳动产品交换到他所需要的他人的剩余劳动产品。

大量商业只能在大城市开展。

有些产业，其中一些极其低微，只有在大城市才能得以开展。例如，搬运工只有在大城市才能谋生，小乡村对于他而言市场范围太小了，哪怕是中等城市也无法为他提供足够的劳务需求。散布在苏格兰高地那样偏远地区的小村庄，那里的农夫自给自足，同时兼任屠夫、酿酒师和面包师。在那些地方，我们在二十英里之内不可能找到两个铁匠、木匠或泥瓦匠。居民居住分散，最近的两户人家相隔八到十英里，他们只好亲自动手做许多小事情。这些小事情在人口众多的大城市，一定会求助于其他工人代替完成。乡村工匠无论在哪里都不得不进行各种不同操作，这些工作使用相同的原材料，而且工艺相似。例如，农村木匠要制造各种木制品，乡村铁匠要打造各种铁器。前者不仅是一个木匠，同时是细工木匠、家具师，甚至是雕刻师，同时还要造车轮、耕犁，乃至二轮车或四轮车；后者的工作更加繁杂。在偏远的苏格兰高地内陆，不可能存在制钉那样的产业。一年工作三百天，每天制造一千枚铁钉的工人，一年可以制造三十万枚铁钉。但是在那里，一年也销不掉一千枚铁钉，即一年中一天的工作量。

水运拓宽市场。

经由水路运输开拓的市场范围远大于陆路运输，因此在沿海地区和运河沿岸，各种各样的工业自然而然地分工更细，发展更快，而且这些分工改良通常用不了多久就会普及到内陆地区。一辆八匹马拉、两人驾驶的宽轮货车，在伦敦和爱丁堡之间运输四吨重的货物，一个来回要耗时六周。六到八个水手驾驶的货船，在伦敦港和利斯港之间花费同样的时间，可以运输二百吨货物一个来回。因此，经由水路花费同样的时间，六至八人在伦敦和爱丁堡之间可以运送货物的数量，等于四百匹马拉、一百人驾驶的五十辆宽轮货车运送货物的数量。陆路运输即便运费再低，将二百吨货物从伦敦运往爱丁堡，至少也需要支付一百个人三周的生活费，四百匹马和五十辆车的维持费，以及和维持费几乎相等的折旧和损耗。与之对应，通过水路运输等量货物，只需要六至八个人的生活费，二百吨货船的折旧和损耗，加上较大的风险价值，即水路和陆路运输保费的差额。所以，假设两地之间除了陆路运输之外没有别的交通工具，那么除了那些重量轻、价值高的商品之外，其他商品无法在两地之间进行交易，因而两个地区所能开展的贸易往来只能是现有条件下的一小部分，从而相互提供彼此工业生产的激励力度也只能是现有条件下的一小部分。如果只有陆路运输，世界上距离遥远的地区之间就很难发生贸易往来。什么样的货物才能负担得起从伦敦到加尔各答的高昂运费？即便存在这样的珍贵商品，用什么样的保障手段才能让它们安然无恙地通过两地之间无数的蛮荒之地呢？然而，现今两座城市之间贸易往来频繁，并为彼此提供了市场和巨大的生产激励。

所以，最初的工业改良发生于沿海和运河沿岸地区，

既然水运优势如此明显，工业技艺的改良自然将会率

先发生在水运便利的地方，它为各种各样的劳动产品打开了全球市场。而且，这些改良通常相隔很久之后才会普及到内陆地区。环绕内陆地区的是广袤的乡村，长期以来不能为沿海地区的工业产品提供较大范围的市场，从而和沿海以及运河沿岸少有贸易往来。因此，内陆地区的市场范围将取决于附近乡村的富裕程度，其工业改良也在乡村发展之后。在我们的北美殖民地，种植业往往分布在海岸线和运河沿岸，很少辐射到距二者遥远的地区。

例如，古代居住在地中海沿岸的民族。

根据权威的历史考证，居住在地中海沿岸的民族最先开化。地中海是迄今为止地球上最大的内海，没有潮汐，因而除了风吹起的波浪之外没有汹涌的波涛。由于海面平静，岛屿棋布，离岸又很近，地中海地区的条件非常有利于早期航海技术的萌芽。那时，由于没有指南针，造船技术又不发达，人们往往害怕远离海岸驶向波涛汹涌的大海。在古代，驶出"海格立斯之柱"，即驶出直布罗陀海峡，长久以来就被视为最刺激、也最危险的航海探险。就连古代以航海技术和造船技术闻名于世的腓尼基人和迦太基人，也是过了很久才敢于尝试。此后很长的时间里，他们是唯一敢于尝试的民族。

最早发展起来的国家包括埃及，

在所有地中海沿岸的国家里，埃及似乎是最先开发农业和手工业的国家，并且其生产技术发展到了相当的高度。上埃及仅将它的版图拓展到距尼罗河几英里的地方，而下埃及由于河道纵横，略加改造就可以通过水路连接所有的大城市、较大规模的村镇和大量乡村中的农舍。这与当今荷兰境内的莱茵河河段以及马斯河几乎效果相同。内河航道的通达和便利，可能是埃及早期繁荣的一个重要原因。

以及孟加拉省和中国。

埃及农业和手工业的早期发展，类似于古代东印度的孟加拉省和中国东部的某些省份，尽管这些古老事迹如何伟大并未被西方历史学权威确认过。在孟加拉省，恒河和其他几条大河形成大量的水运通道，和埃及的尼罗河一样。而在中国东部的省份，同样有几条大河加上它们的支流形成数量庞大的水路网络。由于这些水路纵横交错，提供了比尼罗河、恒河，甚至二者加总起来的范围还要广阔的内陆航运系统。值得一提的是，古埃及、印度和中国并不鼓励外贸，其炫目的财富似乎来源于内陆航运。

所有的非洲内陆地区，以及黑海、里海以北的遥远地区，像古代的塞舌尔、现代的鞑靼和西伯利亚，从古至今一直处于野蛮未开化状态。鞑靼的海域终年冰封无法通航，而其境内尽管有若干条世界级大河流经，但是由于河流之间距离遥远，国内大部分地区依然无法开展商业和交通。在非洲，既没有欧洲波罗的海和亚得里亚海那样的大海湾，也没有横跨欧亚的地中海和黑海，更没有亚洲的阿拉伯湾、波斯湾、印度湾、孟加拉湾和暹罗湾，从而无法将海洋贸易深入到非洲广袤的内陆地区；而且非洲大河之间相距甚远，无法进行大规模的内陆航运。如果流经一国的河流没有大量的支流形成水路网，或者在流入海洋之前经过其他国家，这个国家的商业就不可能成气候。因为下游国家往往能够设障阻挠上游国家和海洋之间的通航。巴伐利亚、奥地利和匈牙利各州极少利用多瑙河的航运，如果多瑙河在进入黑海前，全流程被一个国家控制，其航运能力就会被极大开发。

而非洲、鞑靼、西伯利亚、巴伐利亚、奥地利和匈牙利则非常落后。

第四章 论货币的起源和使用

本章导读：本章承上启下，介绍了商品交换的中介——货币的起源，目的是为了引出下文对商品名义价格，尤其是与之对应的真实价格的考察。因此并没有什么值得特别提请注意的内容。本章主要介绍了货币起源于交换的需要，最初的形态是实物，然后随着交换便利的要求，逐渐演化为金属块，然后到铸币。拥有铸币权的君主，通常通过减少铸币中的成色来减少自己的实际债务量，因此铸币成色不断下降，债权人的利益不断受到侵犯，而社会财富也因此重新分配。

分工形成后，每个人依赖交换生活。

一旦分工广泛形成，一个人的劳动就只能提供他所需要产品的极小部分。他用自己的剩余劳动产品换取所需的其他大部分产品，这些产品同样是他人的剩余劳动产品。至此，每一个人依赖交换过活，在某种意义上成为一个商人，而社会也发展成为商业社会。

物物交换的困难引发某种商品被选作货币，

但是，在分工初期，交换在发挥作用时，常常受到各种限制和阻碍。我们假设，一个人拥有的某种商品的数量超过其自身所需，而另一个人却不够用；而且，前者乐于出售，而后者乐于购买剩余的部分产品。但是，如果后者不幸没有前者需要的任何产品，交易就无法实现。屠夫肉店里的肉自己食用不完，而酿酒师和面包师却很想购买。但是，如果除了他们各自的产品之外，他们没有任何东西可供交换，而屠夫当前需要的酒和面包已经得到满足，那么他们之间的交易就无法实现。屠夫做不成供应商，而酿酒师和面包师也做不了顾客，他们之间相互提供的服务很少。为了消除这种不方便，分工初步形成后，每个朝代都有有识之士尝试用一种新方法来经营业务。这个方法就是，除去自己的独特商品之外，他总是预备一些特别的商品，在他看来，用这些商品交换别人的产品很少会被拒绝。

可能史上有很多不同的商品曾被选作该用途。原始社会，据说牲畜曾被用作商业中的一般交换媒介。尽管用牲畜做媒介非常不便，但是我们发现，古代许多商品交换时常常以牲畜的数量来计价。荷马曾说，狄俄墨得斯的铠甲值九头牛，而海神格劳克斯的铠甲值一百头牛。在阿比西尼亚，盐曾被作为交换媒介；在印度沿海地区，曾用某种贝壳作为交换媒介；类似的还有纽芬兰的鱼干、弗吉尼亚的烟草、西印度殖民地某些地方的糖、其他一些国家的兽皮和鞣皮。而今天据我所知，苏格兰某个郡的劳动者还常用铁钉代替货币交换面包或酒。

例如，牲畜、盐、贝壳、鱼干、烟草、糖、皮革和铁钉。

然而，所有国家的居民似乎由于某种无法抗拒的理由，几乎都会首选金属作为交换媒介。金属不仅在携带过程中不易磨损，比任何物品都抗腐蚀；而且，它们在分割成大量小块的过程中也不会有损耗，因为很容易就可以将小块金属重新熔铸还原。这个特性是其他同样耐久的商品所不具备的，是金属所有特征中决定它适于作为交换和流通手段的根本性因素。例如，一个人想要买盐，但是只有牛而没有其他物品用于交换，他只得一次购买和一整头牛或羊的价值相等的大量食盐。他不能少量购买，因为牲畜不能无损耗地分割成小份。同理，如果他想多买，他也必须购买双份或三倍的数量，即必须买和两三头牛或羊等值的食盐。相反，如果用金属代替牛羊来交换食盐，他就可以根据他的即时需要，非常方便地分割相应份量的金属，购买等值的物品。

由于耐久性和易于分割的特性，金属是货币的首选材料，

不同的民族曾将不同的金属用作货币。铁是古代斯巴达人交换的一般手段，古罗马人用铜，而那些富有的商业民族往往用金或银。

例如，铁、铜、金和银。

这些金属最初用作货币时，似乎是原本的条状，没有任

何铸造或封印。普林尼引用古代历史学家提麦奥斯的话说，直到塞尔维乌斯•图利乌斯时代，古罗马人购买所需商品时使用的都是没有任何封印的铜条，他们没有任何有封印的货币。因此，在这个时期充当货币的是金属粗条。

此后，用封印的方法标明重量和成色。

金属以这种粗陋的状态使用，有以下两种极大的不便。首先，不便于称重；其次，不便于化验成色。贵金属分量上的细微差别，在价值上却相当显著。准确称重它，需要非常精密的砝码和天平。称重黄金尤其是一项极其精细的工作。实际上，贱金属哪怕有称重的小误差，结果也不严重，无疑不需要太精确的测量。如果一个穷人每次买卖价值一法新的货物，他也要称重那个小铜板，就会非常麻烦。而化验金属的成色则更加困难和繁重，必须把金属的一部分放在坩埚，用适当的熔剂将其熔解，否则化验的结果就极不确定。尽管如此，在铸币制度出现之前，除非经过上述困难复杂的程序，否则人们常常遭遇赤裸裸的欺诈。他们出售货物所得到的，往往不是一磅纯银或纯铜，而很可能是在外形上极其相似，但实际上却混合了大量贱金属的合金。为了避免欺诈，便利交易，刺激各种工商业的发展，所有国家的民众发现，有必要进一步改进交易媒介。方法就是，在购买商品常用的某种金属上加盖印章，标识其重量和成色。于是就有了铸币、造币厂，这种铸币制度的性质类似于此前的麻布呢绒检查官制度。所有这些制度都是通过加盖公印来确认市场上商品的品质和数量。

最初封印只是表明货币的成色，

最初加盖到流通金属上的公印，主要是用于标识最难确认也最重要的金属的成色。当时，英镑上的刻印和今天在银盘和银条上的刻印非常相似；而西班牙式标记则常常刻在金块上，用于认证金块的成色而非重量，这种标记往往只刻在金块的一面，而不是把两面都覆盖。据说，亚伯拉罕称了四百锡克尔银子给埃夫龙用于购买麦比拉的土地。据说，当时用于商业流通的货币，和今天金块、银条的使用方法一样，都是只称重量，不数个数的。传说古代英格兰的撒克逊国王的税收，不是用货币而是用实物征收的，例如各种各样的粮食；是征服者威廉将货币征税的方法引入了英国。然而，在很长的一段时间内，征收的货币在缴存国库时用重量而不是个数统计。

准确称重这些金属是非常困难和不便的，这就引发了硬币制度的发明，在硬币的两面甚至边缘都铸上封印，既确认货币的成色，也标识货币的重量。因此，这样的硬币在交易时数个数就可以了，如同现今的使用方法一样，避免了称重的麻烦。

后来，硬币上也标识货币的重量。

从这些铸币的名称上就可以看出，最初是用于表明其中所含金属的重量或数量。塞尔维乌斯•图利乌斯最早在罗马发明了铸币，在那个时代，一个罗马阿斯或庞多含一罗马磅的纯铜。它像今天我们的特鲁瓦磅一样，分成十二盎司，每盎司含一盎司纯铜。爱德华一世时期，英国的一英镑含一陶尔磅纯银。一陶尔磅比一罗马磅多一些，比一特鲁瓦磅少一些。直到亨利八世十八年，特鲁瓦磅才被运用于英国的铸币。在查理曼大帝时期，法国的利弗尔包含一特鲁瓦磅纯银。由于查理曼大帝时期，所有的欧洲民族都在特鲁瓦市集上交易，这个市集名气很大，渐渐地那里使用的称量制度和手段为世人所知，并且得到了普遍的认同。自亚历山大一世至罗伯特•布鲁斯时代，一苏格兰镑和一英格兰镑包含同样重量和成色的银。英格兰、法国和苏格兰的一便士，最初都含有一便士重量的纯银，它是一盎司的二十分之一，是一磅的二百四十分之一。先令最初似乎也是用于标识重量的。亨利三世时代的法律规定，当一夸特小麦值十二先令时，售价一法新的上等小麦面包的标准重量应当是十一先令四便士。尽管如此，先令对镑或便士的比例，不如便士和镑的比例关系那样稳定统一。在法国第一代君主时期，一法国苏或先令在不同时期有时含五便士，有时含十二便士，有时含二十便士，有时含四十便士。在古撒克逊时期，一先令有时只包含五便士，而且好像不像他们的邻居古代法国人的币值

铸币最初的名称是用于标识其重量。

那么易变。从法国的查理曼大帝、英国的征服者威廉王时期开始，镑、先令和便士之间的比例关系就像今天这样比较稳定了，虽然两国之间的货币价值差别依然很大。我相信，世上所有国家的君主都是贪婪不公的，他们辜负民众的信任，会不同程度地减少硬币中最初标明的金属的实际含量。罗马阿斯在共和国后期，含铜量被减少到最初重量的二十四分之一，原含一磅纯铜，到了最后只剩下二分之一盎司了。与此类似，英国镑和便士的含量只及过去的三分之一，苏格兰镑和便士只及过去的三十六分之一，法国镑和便士只及过去的六十六分之一。显然，通过这种方法，拥有铸币权的君主得以用更少的银子支付债务和履行职责。表面上看，好像只有君主的债权人被剥夺了部分权益，实际上，这个国家所有的债务人都从货币成色的下降中得到了好处，他们用新的价值较低的铸币偿还名义数量相同的旧债务，而这些债务在借取时，计值的铸币成色更高。因此，铸币成色下降常常有利于债务人，不利于债权人。它有时会导致个人财富大量和普遍的重新分配，其后果甚至超过严重的政治危机。

就是在这种情况下，货币日益成为所有文明社会的通用交换媒介，通过它，一切货物得以销售，实现相互交换。

下一个主题是决定商品交换价值的法则。

我下面要继续讨论人们在以货物交换货币，或物物交换时所遵循的法则。这些法则决定了所谓商品的相对价值或交换价值。

价值既表示使用价值，也表示交换价值。

应当注意，价值这个词有两种不同的含义，有时它表示某种特定物品的效用，有时它又表示占有该商品时所拥有的购买其他商品的能力。一个被称为使用价值，另一个被称为交换价值。那些使用价值巨大的物品往往交换价值很小；反之，一些交换价值巨大的物品有时候使用价值又很小。水的作用无法估量，但是用水什么都交换不到，人们也不会用任何东西去交换水。相反，钻石用处很小，但是交换钻石往往需要数量极大的其他物品作为代价。

为了探究支配商品交换价值的基本规律，我将尽力证明：

三个问题：(1) 商品真实价格的构成因子是什么？(2) 真实价格的不同组成部分是什么？(3) 为什么市场价格会偏离真实价格？

首先，衡量交换价值的真实尺度是什么？换言之，所有商品的真实价格包含的是什么？

其次，真实价格的各组成部分是什么？

最后，是什么原因致使价格的这些构成因素中的部分或全部，时而高于、时而低于它们的自然价值或自然比例？换言之，是什么因素致使商品的市场价格，即实际价格，有时和所谓的商品的自然价格不一致？

将在下面三章中作答。

在接下来的三章里，我将尽力全面、清晰地解释以上三个主题。为了达到这个目的，我恳请读者耐心而专注。也许下文的某些细节显得不必要的繁冗，因而需要读者耐心地阅读。某些地方即便是我尽力给出最完全的解释，依然可能在某种程度上显得含糊不清，恳请读者细心体会。为了确保表述清晰易懂，我往往不惮繁琐。但一些极其抽象的主题，即便我殚精竭虑，力图清晰表达，依然可能显得不甚明了。

第五章 论商品的真实价格和名义价格

本章导读：这一章介绍商品交换时的数量关系，或者说两物相交换时的比例。斯密论证了这个比例有两个尺度：第一，是劳动数量；第二，是市场上用数字标识的货币价格。斯密定义前者是商品的真实价格，而后者是商品的名义价格。用我们今天的理解，前者是交换价值的本质，后者是交换价值的现象。斯密认识到，确定前者非常困难，因此用商品的真实价格进行理论分析，而接受商品的名义价格作为实际的交换尺度。

劳动是商品交换价值的真实尺度，

判断一个人是穷是富的标准，是他负担生活必需品、便利品和休闲娱乐活动的能力有多大。但是，劳动分工一旦全面展开，每个人凭借自身劳动只能为自己提供上述物品的少数几种，而绝大部分必须从他人劳动中获取。这样的话，一个人或穷或富的标准，则是他所能支配的劳动数量或者有能力购买的劳动数量的多少。因此，对拥有某商品但不用于自己消费，而是用以交换其他商品的人而言，该商品的价值等于交换或者支配的劳动数量。因此，劳动是所有商品可交换价值的真实尺度。

以及为所有商品支付的第一价格。

任何商品的真实价格，即想要获得该物的人为它支付的实际耗费，是为获得该物付出的辛苦劳动和忍受的麻烦。一物对已经获得它、想要处置它或者用以交换其他物品的人的实际价值，等于该物通过交换其他商品能为其所有者节省的辛苦和麻烦，其所有者将这些辛苦和麻烦转嫁给他人。用货币或者商品交换的物品，实际上是用我们的劳动购买的，其数量和通过我们自身的辛苦和麻烦所获得的一样多。这些货币和商品实际上节省了我们的辛苦和麻烦。它们包含一定数量的劳动的价值，我们用它们来交换在同一时期含有等量价值的商品。劳动是第一价格，是为所有商品最初支付的货币。用以交换这世上所有财富的最初的支付手段，不是金银，而是劳动。对于拥有这些财富并想以其交换其他新产品的人而言，财富的价值与其所有者凭借它们交换到的或支配的劳动数量完全相等。

财富是交换劳动的权力。

据霍布斯先生所言，财富即权力。但是，获得或者继承一笔巨额财产的人，获得和继承的并不必然是某种政治权力，即民事或者军事权力。他的财产也许为他提供了获得二者的手段，但财产所有权并不能够立即将上述权力转移给他。财产所有权立时直接转移给他的是交换的权力，是对所有劳动或市场上所有劳动产品的某种支配权。他的财富多少实际上和这种交换权力的大小成比例，或者说和这笔财富赋予他的、能够交换或支配他人的劳动时间，或他人劳动产品的数量成比例。

但是，价值通常不用劳动时间来估计，因为衡量劳动时间非常困难；

尽管劳动是所有商品交换价值的真实尺度，但是商品估价通常并不依据劳动时间。确定两种不同劳动之间的数量对比往往非常困难。在两种不同工作上花费的劳动时间，并不能独立决定二者之间的比例。同时需要考虑的是，不同工作忍受的辛苦程度及运用天赋的差异。一个小时的艰苦工作和两个小时的简单操作相比，前者的劳动可能更多；同样的，如果某项工作上运用的技能需要十年才能习得，那么在这种工作上花费一小时比在普通简单的工作上花费一个月的劳动还要多。但是，找到某种衡量劳动辛苦程度和天赋能力的精确尺度却不容易。事实上，当交换两种劳动产品时，通常要考虑上述两个因素。但是，二者之间的交换比例却不是依据某种精确的尺度调整，而是由市场讨价还价决定。这种粗略的等价交换即便不够精准，但是对于维持日常交易也就足够了。

而且，商品常常用来交换其他商品，

除此之外，各种商品更多地用于交换另一种商品而不是劳动，因此它往往和另一种商品而不是劳动相比较。于是，自然而然地，我们会用该商品交换的商品数量而不是劳动数量来估计它的价值。同样的，大部分人也更容易理解特定商品的数量，而不是劳动的数量。前者是一个实实在在的物体，后者却是一个抽象的概念。抽象概念即便可以表达得足够充分，可以让人理解，但是无法做到具体物品那样自然、明显。

特别是货币，因此，我们更多地用货币估计商品的价值。

然而，一旦物物交换被以货币为中介的交换所代替，那么所有特定商品就不再直接交换另一种商品，而是交换货币。屠夫不会直接带着牛肉或羊肉去交换面包师和酿酒师的面包或啤酒，而是先将牛羊肉带到市场上换取货币，然后用货币交换面包或啤酒。他所获得的货币数量，同时制约着他所能交换的面包和麦酒的数量。因此，对屠夫而言，用牛羊肉直接换取的货币的数量来估计牛羊肉的价值，比用它们间接换取的面包和啤酒的数量来估计其价值，要自然而直接得多。同样的，说一磅肉值三便士或四便士，比说一磅肉值三四磅面包，或值三四夸特啤酒更加合适。因此，某物的交换价值通常用它所能交换的货币数量来估计，而不用其换得的劳动数量或另一种商品数量来估计。

金银价值变动不居，时而耗费大量劳动，时而耗费少量劳动，而等量劳动对于劳动者而言，总是意味着等量的牺牲。

尽管如此，金银价值同其他商品一样多变，有时升值，有时贬值，有时易于交换，有时交换却很困难。一定数量的劳动能够交换或者支配的劳动数量，或其他商品的数量，往往取决于彼时金属矿藏已探明的出产量。十六世纪美洲金矿大发现，使得欧洲金银价值下降了近三分之一。由于将金银运往欧洲市场耗费的劳动减少了，因此金银能够交换或支配的劳动也减少了。虽然这次金银价值变动可能是有史以来最大的一次，但绝不是唯一的一次。然而，如果一种计量标准因人而异，比如一步、一拓、一把，就不能作为测量他物的精确尺度。与此类似，如果某种商品自身价值频繁波动，也绝不能作为其他商品价值的精确尺度。对劳动者而言，等量劳动永远具有相同的价值。在劳动者正常的健康、气力和精神状态下，在正常的熟练程度和劳动强度下，等量劳动需要消耗劳动者等量的闲暇、自由和幸福。他必须支付的代价是相同的，无论作为交换其劳动所能得到商品的数量是多是少。诚然，劳动交换的商品数量时多时少，那是因为商品的价值改变了，而不是交换它们的劳动变化了。无论何时何地，难以获得或者必须耗费许多劳动才能得到的商品，其价格必贵；而容易获得或者只需耗费少量劳动就能得到的商品，其价格必廉。因此，劳动自身价值从来不变，它是所有商品无论何时何地估计价值或者比较价值的终极尺度和真实标准。劳动是商品的真实价格，而货币只是其名义价格。

然而，雇主却认为劳动力的价值变动不居。

尽管等量劳动对于劳动者而言价值总是相等的，但是对于劳动者的雇主而言价值却时高时低。雇主在购买劳动力时，支付的商品数量有时多、有时少，对他而言，劳动力的价格似乎和其他任一种商品一样多变，时贵时贱。实际上，不是劳动力的价格在变，而是其他商品的价格有时昂贵，有时低廉。

据此，劳动有真实价格和名义价格之分。

因此，常识认为劳动和其他商品一样，可以说存在真实价格和名义价格。所谓劳动的真实价格，是由交换劳动的生活必需品和便利品的数量构成；而劳动的名义价格则由交换劳动的货币数量表示。劳动者是富裕还是贫困，劳动报酬是丰厚还是微薄，和劳动的真实价格而非名义价格成正比。

真实价格和名义价格之分有时具有很大的实际意义。

商品和劳动的真实价格与名义价格之分，不仅具有理论意义，而且具有相当大的实际意义。等量的真实价格具有等量的价值，但是等量的名义价格有时却会因金银价值的变动而相去甚远。因此，当以获得永久租金为条件出让一块已开垦的土地时，如果想要租金的实际价值永远不变，从保有这块土地权益的家庭利益出发，不要把租金定为固定的货币数额非常重要。在这种情况下，等额租金的价值受到两种不同因素的影响。首先，不同时期等值铸币中所含金银数量不同；其次，不同时期等量金银价值也会不同。

因为铸币成色倾向于减少，

君主和政府通常认为减少铸币成色对其短期有利，而从不认为增加铸币成色会对其有任何好处。因此，我相信各国铸币中的贵金属含量必然持续减少，绝不可能增加。此等趋势必然减少名义租金的价值。

而且金银的价值倾向于下降。

美洲金银矿的发现，降低了欧洲金银的价值。人们通常推测，此种状况会不断持续下去，而且似乎会长期持续下去（尽管我认为这种推测并没有确实的证据）。根据这种推测，金银价值的下降必然引致货币租金价值的减少，而不是增加。即便合同规定租金要用若干盎司的纯银或某种成色的银来支付，而非用若干镑的名义铸币来支付（例如一定数量的先令，等等）。

1586 年以来，英国名义租金贬值了四分之三。

即便是在名义铸币价值稳定的国家，实物地租的保值功能也远胜于货币地租。直到伊丽莎白十八年，都有这样的规定，在所有学院的土地租约中，三分之一的租金要按谷物缴纳，要么用实物，要么参照邻近市场上的谷物现价折算成货币缴纳。据布莱克斯通博士估计，尽管最初以实物租金折算的租金数量仅占全部租金的三分之一，但以现在的货币计，却二倍于剩余三分之二的原货币租金。据此，最初的货币租金价值大约已跌落至原值的四分之一，或者说与原先等值的谷物价值相比，现值不及其四分之一。然而，自菲利普王朝和玛丽王朝以来，英国铸币成色几乎没有变化，等额的英镑、先令和便士中间含有的纯银数量几乎完全相等。因此，各学院货币租金的贬值几乎全部源于纯银价值的下降。

苏格兰和法国的情况相近，其旧契约规定的名义租金如今近乎分文不值。

如果银价跌落和铸币成色下降同时发生，那么损失就更加可观了。苏格兰经历了英格兰从未发生过的严重的铸币成色下降，而法国的铸币成色下降得比苏格兰更大。因此，有些原值相当可观的租约，现在已经跌落得几乎分文不值了。

谷物租金价值比货币租金要稳定，

在相距久远的不同年代，等量劳动几乎总是可以用等量谷物（劳动者的生活资料）购得，而等量的金银或其他商品却不行。因此，即便年代久远，等量谷物几乎具有相同的真实价值，换言之，其所有者有能力支配的他人劳动数量相近。我要强调的是，等量谷物比其他商品更可能交换等量劳动，尽管等量谷物也不一定能够交换到等量的劳动。我在后文中将尽力说明，劳动者的生活资料或者说劳动的真实价格因时因地而异。劳动者的生活资料在不断进步的国家比在经济停滞的国家要充裕，而在经济停滞的国家又比在经济倒退的国家要充裕。而其他各种商品所能交换的劳动数量，在彼时将和它们所能交换的生活必需品的数量成比例。谷物租金的价值，依照一定谷物能够交换的劳动数量的变化而变化；而以其他商品计的实物租金的价值不仅受到谷物所能交换的劳动数量的影响，而且还受到该商品所能交换的谷物数量的影响。

但是，在年与年之间却经常波动。

尽管一个世纪一个世纪地看，谷物租金的价值变化小于货币租金，然而谷物租金在年与年之间变化却颇大。我将在后文中尽力说明，劳动的名义价格在年与年之间不会随谷物价格的波动而波动，劳动名义价格似乎决定于生活必需品的通常平均价格，而不是偶然的暂时价格。就像我在后文中将要详述的，谷物通常的平物价格将会依据银价调节，而银价又受到为市场提供金银的金属矿藏产量多寡的影响，或者受到要将一定数量的银从矿山运送到市场上所必须雇用的劳动数量，进而这些劳动者所要消费的谷物数量的影响。尽管银的价值在年与年之间极少波动，在世纪之间有时有较大的波动，但是通常在半个世纪或一个世纪以内价值稳定不变，或者变动极小。因此在相应的时期内，谷物的平均价格将会同样保持稳定状态。同样的，劳动的货币价格也将保持稳定，至少在社会其他各方面的条件保持不变的时候是如此。与此同时，谷物某一年的短期货币价格却时常会上涨到前一年的两倍，或者举例而言，从每夸特二十五先令上涨到五十先令。但是，当谷物价格上涨后，不仅名义谷物租金而且真实谷物租金也将是原先的两倍，换言之，可以支配两倍数量的劳动或者两倍以上的其他商品。在所有这些波动的过程中，劳动的名义价格与其他东西一起持续同样的变化。

因此，劳动是价值唯一的普遍尺度。

综上所述，劳动显然是价值唯一的普遍尺度和精确尺度，它是我们在任何时间、任何地点比较不同商品价值的唯一标准。我们不能用不同世纪交换商品的银的数量来估计不同商品的真实价值；我们也不能用不同年份交换商品的谷物数量来估计不同商品的真实价值；然而，我们可以用劳动数量最精准地估计不同世纪、不同年度的不同商品的真实价值。不同的世纪，谷物比金银适合作为价值尺度，因为不同世纪等量谷物支配的劳动数量更接近。而不同的年度，金银比谷物更适合作为价值尺度，因为不同年度等量金银支配的劳动数量更加接近。

但是，在日常交易中，货币就足够了。

区分真实价格和名义价格，尽管对于约定永久租金或者签订长期合同可能有用，但是在日常买卖和交易中，没什么用处。

货币价格在同一时空内是交换的准确尺度。

在相同的时间、相同的地点，商品之间的交换比例用真实价格表示或用价格表示，都是一样的。例如，在伦敦的市场上，你用任一商品交换到的货币越多，同一时刻、同一地点你能够购买或支配的劳动数量就越多；反之亦然。因此，在同一时刻、同一地点，货币就是所有商品真实交换价值的准确尺度。当然，这个论断仅适用于相同的时空内。

在相距遥远的两地之间的贸易上，人们只需要考虑货币价格。

虽然在相距遥远的地方，商品的真实价格和货币价格之间并没有通用的交换比例，但是，商人将货物从一地运往另一地，除了买卖商品的货币差价或者银两的数量差额之外，不会考虑其他因素。例如，在中国广东，半盎司的白银能够购买的劳动和生活必需品、便利品的数量，远多于伦敦的一盎司白银。因此，在广州售价半盎司白银的商品对其在广东的所有者来说，比在伦敦售价一盎司白银的商品对其在伦敦的所有者来说更有价值，更加重要。不过，如果伦敦的商人能够在广州以半盎司白银的价格买入商品，然后到伦敦以一盎司白银的价格售出，这笔买卖的利润就是百分之百，好像白银在伦敦和广州两地的价值完全相等似的。对这个商人而言，在广州半盎司的白银能够支配的劳动数量和生活必需品、便利品的数量，实际上比伦敦一盎司的白银还要多的事实并不重要。无论如何，在伦敦一盎司白银赋予他的购买力总是两倍于半盎司的白银，这才是他真正看重的。

因此，毫不奇怪，人们更倾向于使用商品的名义价格。

由于是商品的名义或者货币价格最终决定了那些目光长远或急功近利的买卖，进而也会调节几乎所有日常生活中需要考虑价格的交易，因此，人们在日常交易中倾向于使用商品的名义价格而非真实价格，就不足为奇了。

本书中，有时会使用谷物的价格。

尽管如此，在本书中有时有必要比较不同时空里某一特定商品的不同真实价格，或者比较该商品在不同时空里赋予其所有者支配他人劳动的不同能力。这样，我们所要比较的，与其说是该商品通常的出售所换得的不同的白银数量，不如说是不同数量的白银所能换得的劳动数量。但是，在相隔久远的时空里，劳动的时价无论在何种程度上都无法确知。谷物价格则不同，尽管鲜有常规的书面记录，但是，一般而言，人们对谷物价格了解得比较清楚，而且它还时常受到历史学家和著述家们的关注。所以，我们应当比较满意地使用谷物时价，尽管不是作为劳动时价的精确比例，而是通常可得的最近似的比例。下面，我试图作做此种类比。

多种金属曾被用于铸造货币，但是只有其中的一种被定为本位币，而其往往是最先使用的那种金属币。

在产业发展进程中，商业国家发现，同时使用多种材质的金属铸币可以便于交易。黄金用于大额支付，白银用于中等额度的支付，而铜或者其他贱金属用于小额支付。不过，这些国家往往只将其中的一种金属当作特殊的价值尺度，而通常选择的似乎是最先用于交易手段的那种。一旦开始将其作为本位金属，哪怕最初只是因为没有其他货币可选择，而现如今再没有必要继续这样做的时候，人们会依旧按照惯例行事。

古罗马以铜币为本位币。

据说，罗马在第一次布匿战争之前的五年内才开始制造银币，而此前罗马只有铜币。所以，铜长久以来是该共和国的价值尺度。在古罗马，所有的账目记录，以及所有的资产估值，要么使用阿斯，要么使用塞斯特帖。阿斯是长久以来处于支配地位的铜质铸币，一塞斯特帖折合两个半阿斯。尽管塞斯特帖最初就是银币，但是却用铜币来估值。在古罗马，一个有钱人指的是能够大量拥有他人铜币的人。

而现代欧洲国家则选择银币。

在罗马帝国的废墟上建国的北方民族，似乎在安定之初就使用银质货币，而且好像此后好几个世代都不知道有金币或者铜币的存在。英格兰在撒克逊时期只有银币，直到爱德华三世时期才有少量金币，而到了大不列颠的詹姆士一世时期还没有铜币。据此，我们可以相信，根据同样的理由，在英格兰及其他所有欧洲的现代国家，所有的账目记录、所有的商品和资产估价，一般都是用银币作为计量单位。当我们想要表达一个人拥有多少财富时，我们不会说他有多少几尼，而会说他大概能够支配多少英镑。

本位币最初往往是唯一的法币。

我相信，最初各国很可能将那种专门用作价值标准和价值尺度的金属铸币规定为法定的支付手段。在英格兰，黄金锻造铸币后很久，才成为法定支付手段。金币和银币之间的兑换比例不是由法律法规确定的，而是由市场交换决定的。如果债务人以黄金偿债，债权人可以拒绝接受，或者按照双方一致同意的黄金价值接受。铜币至今也不是法定支付手段，仅仅用于交换小额的银币。在这种情况下，本位金属或非本位金属之间的区别绝不仅仅是名义上的。

随后，两种金属之间的交换比例由法律明文规定下来，二者都成为法币，二者之间的区别也不再那么重要了。

随着时间的流逝，当人们逐渐习惯使用不同的金属铸币时，也开始熟悉各种铸币之间的交换比例。我想，大多数国家发现，将铸币之间的交换比例用法律形式规定下来更为方便。例如，规定何种成色和重量的几尼可以兑换二十一先令，或可以成为该金额债务的法定偿付手段。此时，在该兑换比例持续有效期间内，本位金属和非本位金属之间的区别就仅仅是名义上的了。

除非二者之间的兑换比例发生变化。

然而，一旦此前的法定兑换比例发生变动，两种金属之间的区别再次变得或者说至少似乎变得重要起来。例如，假定法定一几尼金币的价值减少到二十先令或者增加到二十二先令，在所有账目以银币计值、所有债权债务关系以银币约定的场合，无论金币的价值如何变动，以银币支付大部分金额不会发生变化；但是，若以金币支付则金额会有出入。金币贬值时，需要的金币数量增加，金币升值时，需要的金币数量减少。白银的价值似乎比黄金的价值更加稳定。此时，白银可以衡量黄金的价值，而黄金不能衡量白银的价值。黄金的价值似乎取决于能够交换到的白银数量，而白银的价值并不取决于其能够交换到的黄金数量。不过，此类区别当然和人们习惯于用白银而不是用黄金记录账目、表示金额大小直接相关。即便发生了兑换比例的变化，一张面值为二十五几尼或五十几尼的德拉蒙德先生的期票，依然可以和从前一样具备二十五几尼或者五十几尼的支付能力。兑换比例变化了，用黄金偿付该期票的数额不变，但是用白银偿付的数额则会发生变化。对于偿付这样一张期票而言，黄金似乎比白银的价值更加稳定。黄金似乎是白银的价值尺度，而白银不能作为黄金的价值尺度。如果人们习惯于用这种方式记录账目、承兑票据或者约定货币债权，那么将认定黄金而不是白银作为价值的标准和尺度。

在条例规定货币之间兑换比例的有效期内，特定金属的价值调节整个铸币体系的价值，例如在大不列颠。

事实上，在法律规定各种金属铸币以某种不变的比例相互兑换的期间内，本位货币的币值决定其他所有种类铸币的价值。例如，按照常衡十六盎司合一磅，铜币十二便士含有半磅的铜，而这些铜由于质量不佳，半磅铜在铸造前很少能值银币七便士。但是，根据法定的兑换比例，铜币十二便士可以换得一先令银币，在市场上它和一先令银币是等值货币，随时都可以换成一先令银币。即便是在大不列颠金币改革之前，至少在伦敦及其周边地区流通的部分金币价值已经下降到标准重量之下了，其减值程度仍小于大部分的银币。尽管如此，二十一先令的已磨损银币依然可以交换一几尼金币，后者即便也有磨损，然其程度却远小于前者。最近的条例将金币的价值几乎恢复到标准重量，正如它可能给任何一个国家的铸币带来的效果一样。法令规定，在政府机关接受的金币只能凭借重量，只要强制执行这条法令，就能够将金币中的含金量恢复到标准重量。然而在金币改革之前，磨损的银币依然在流通；而且二十一先令的磨损银币，在市场上依然和价值一几尼的优质金币等值。

金币改革提高了银币的价值。

金币改革显然提高了和金币兑换的银币的价值。

在英国造币厂，一磅黄金可以铸造四十四个半几尼，按照二十一先令兑换一几尼计，价值四十六英镑十四先令六便士。因此，一盎司重的金币的价值等于三英镑十七先令十又二分之一便士的银币。英格兰不征收铸币税，如果你将一磅重或者一盎司重的标准金块送往铸币厂，你将会得到不折不扣的一磅重或一盎司重的金币。因此，每盎司三英镑十七先令十又二分之一便士就成为英格兰黄金的铸币价格，即英格兰铸币厂回收标准金块时必须支付的金币数量。

在金币改革之前，市场上一盎司标准金块的价格多年高于三英镑十八先令，有时还会升值到三英镑十九先令，甚至时常达到四英镑。这个数量的金币很可能是已损耗的金币，它们含有标准黄金的重量低于一盎司。通过金币改革，市场上的黄金价格鲜有高于三英镑十七先令七便士的了。金币改革之前，黄金的市场价格总是或多或少地高于铸币价格；而自金币改革以来，黄金的市场价格通常会低于铸币价格。但市场价格是用金币还是银币支付并没有区别。因此，最近的金币改革不仅提高了金币的价值，而且提高了和标准金块相应比例的或和其他商品相应比例的银币的价值。不过，由于影响绝大多数其他商品价格变动的因素很多，金币、银币和其他商品成比例的价值上升，并没有和标准金块兑换时那么明显。

在英格兰造币厂，一磅重的标准银块被铸成六十二先令的银币，据此，六十二先令的银币含有一磅重的标准银。因此，每盎司五先令二便士就成为英格兰白银的铸币价格，即英格兰铸币厂回收标准银块时需要支付的银币数量。在金币改革之前，市场上一盎司标准银块的价格在不同时期有时是五先令四便士、五先令五便士、五先令六便士、五先令七便士，甚至时常高达五先令八便士。不过，五先令七便士更常见。自从金币改革以来，一盎司标准银块的市场价格通常降至五先令三便士、五先令四便士或者五先令五便士，鲜有超过五先令五便士的了。即便金币改革以来银块的市场价格显著下降，但是并没有降低到银块的铸币价格水平。

英格兰银价被低估了。

对比英国各种金属铸币，铜的价值被高估了，而银的价值则被低估了。在欧洲市场上，就法国、荷兰的铸币而言，一盎司的优质黄金可以交换大约十四盎司的优质白银；而就英国铸币而言，一盎司的优质黄金可以换大约十五盎司的优质白银。也就是说，对比欧洲的通常估价体系，在英国等量黄金可以交换更多数量的白银。但是，就像英国市场上铜条的价格并没有因为铜币高估而上涨，银块的价格也没有因为银币的低估而下降。银块依然保持着和黄金之间的正常兑换比例，同样的，铜条也保持着和白银之间的正常兑换比例。

洛克关于银块市场高价原因的解释是错误的。

直到威廉三世王朝的银币改革之后，英国银块的市场价格依然在某种程度上长期维持在铸币价格之上。洛克爵士认为，银块的市场高价是允许银块出口而禁止银币出口的结果。他说，允许银块出口导致对银块的需求高于对银币的需求。但事实是，在国内需要银币用于日常买卖的人口数量，肯定要比需要银块用于出口或其他用途的人口数量多得多。今天，我们同样允许出口金块，而限制出口金币，但是金块的价格却跌落至铸币价格之下。不过就像现在一样，当时英国银币的价格和黄金相比确实被低估了，因此，金币（在当时人们也不认为需要任何改革）也像现在一样调节着整个铸币体系的兑换比例。既然银币改革在当时没能成功地将银块的市场价格降到铸币价格的水平，但现在的类似改革恐怕也不可能实现这个目标。

如果银币改革了，银币很可能会被熔为银块。

如果像金币一样让银币恢复其标准含银量，根据现价，一几尼金币很可能在兑换银币时比在市场上购买银块时能够得到更多的银。在银币含有足额银的情形下，熔掉银币可能有利可图。首先，将一定数量的银币熔成银块，在市场上用这些银块换成多量的金币，然后再用这些金币按法定比例换成银币，如此这般，就可以得到更多的银。适当调整当前的金币兑换银币的法定比价，似乎是预防此类不妥的唯一方法。

银币应当高估，并且仅用于兑换几尼，而不再充当法币。

如果我们将银币兑换金币的比例高估一些，高估的数量和眼下低估的程度一样多；同时，除了兑换几尼之外免除银币充当法币之责，就像铜币除了兑换银币之外不能充当法币一样，此类不妥就可能得到缓解。债权人不会因为银币高估而受损，就像眼下债权人不会因为铜币高估而受损一样。只有银行家们会受此法之害。从前，当面临挤兑的时候，银行家们通常会支付六便士的小额货币来拖延时间，但是高估银币后，他们用这种丧失信用的方法回避即期支付将被阻止。结果是，他们必须时刻在银库里保持比现在多得多的现金。这当然对银行家们是非常不利的，但是却非常有利于保障其债权人的安全。

即便没有重新铸造，如果能够适当地规定金银的兑换比例，银块的价格也会跌落至铸币价格之下。

金币的铸币价格是三英镑十七先令十又二分之一便士，但即便是现如今最优质的金币，其含金量也不可能超过一盎司的标准黄金。所以，人们可能会认为，它不能够交换多于一盎司的标准金块。但是，金币远比金块便于交易，而且即便在英格兰铸币是免费的，黄金的所有者将金块送到铸币厂，不等上几周也是不可能取回金币的。现在铸币厂的业务极其繁忙，可能取回黄金要等上几个月之久。延期支付金币等同于抽取了小额的赋税，同时在某种程度上使得等量金币比金块价值更高。如果英格兰的银币价值和黄金价值挂钩，即使没有进行银币改革，银块的市场价格也将低于其铸币价格。所以，即便是现在已耗损的银币，其价值还是会受到其所能兑换的优质金币价值的调节。

对金银征收小额的铸币税，也可能会赋予等量金银币相对于金银块更多的优势。此时，铸币制度会根据铸币征收的税额成比例地提高铸币的价值，正如制造金银器将会根据金银器的制造费用成比例地提升金银器皿的价值一样。金币的优势不仅在于可以防止熔解金属货币，而且在于可以防止金属货币的输出。即便是应民众迫切的产品需求而需要输出货币，但不久之后货币的大部分就会自动流回国内。因为在国外金属货币只能够按照其重量出售，而在国内它却能够交换到价值高于等量金属的价值。因此，将金属货币带回国内就能实现利润。据说，法国的铸币税高达百分之八，而法国货币一旦输出很快就会自动回流。

铸币税可以预防熔解和输出货币。

金银块市场价格的时常波动和所有其他商品的价格波动是出于相同的原因。这些金属在海陆运输过程中时常因为意外事件遭受损失；在装饰用的镀金、镶边工艺中，在金属币的流通中，在金属器皿的使用中，也会不断地损耗。因此，那些没有金属矿藏的国家，需要长期进口这些金属以弥补损耗。我们可以相信，金属的进口商就像所有其他商品的进口商一样，努力使其日常的进口数量与其预期的金属市场需求量相等。然而，无论他们的考虑如何周到，总难免有时进口太多，而有时又进口不足。当进口金属块的数量多于市场需求量时，他们宁愿将其中的一部分以低于正常水平的价格出售，而不愿将其再度出口为自己招致风险和麻烦。与之相反，当其进口量低于市场需求量时，他们通常能够得到高于正常水平的收入。但是，尽管金银块的市场价格由于上述原因时常波动，但是与其铸币价格相比，即便可能高也可能低，却可以多年持续保持稳定。我们可以相信，这种持续的稳定性源于铸币的某种特性，这种特性使得一定数量的铸币价值高于或低于其中应含有的金属块的价值。从结果的稳定性中可以推断出，原因也应当是持续稳定的。

金银块市场价格波动的原因和一般商品一样，但是和金银币铸币价格的稳定价差却源于金银币的某种特性。

一国货币在某一特定年代、特定地点在多大程度上是价值的精确尺度，决定于流通中的货币在多大程度上符合

商品价格依据货币中实际含有的贵金属数量而调整。

其标准，换言之，流通中的货币实际上含有多少应含有的纯金或者纯银的数量。例如，如果在英格兰四十四又二分之一几尼确实含有一磅标准黄金，或者十一盎司优质黄金和一盎司合金，那么英格兰金币价格在任何时空都是商品真实价值的精确尺度，其精确度和商品的自然价值一样。但是，如果因为刮削或者耗损，虽然损耗程度不同，四十四又二分之一几尼的金币含金量低于一磅标准黄金，则价值尺度将会像其他各类度量衡一样不确定。由于完全符合标准的度量衡非常难得，商人们会尽量根据他们的经验确定的通常的度量衡来调整商品的价格，而不是依据度量衡实际测量的数据。与之类似，铸币秩序混乱的结果是，商品价格的调整不以货币中本应含有的纯金、纯银的数量为依据，而是以通常经验确定的货币实际含有的金属数量为依据。

应当指出，关于商品的货币价格，我总是理解为这些商品出售的纯金或纯银的数量，而并不考虑铸币的名称为何。例如，我认为爱德华一世时期的六先令八便士和现在的一英镑价值相等，因为二者中含有等量的纯银接近于我们的判断。

第六章 论商品价格的组成部分

本章导读：在第五章中，我们曾指出，斯密不加区分地使用耗费劳动和节省的劳动，或者说商品耗费生产者的劳动和支配的劳动来决定商品的价值。在第六章中，斯密又提出了一个新的价值概念——三种收入价值论，并最终回答了这个问题。他说，在有了资本积累和土地私有之后，商品的交换价值中除了偿付劳动的工资之外，还要支付利润和地租。因此，商品的价格总是可以分解为工资、利润和地租三个部分中的某几种或全部。

劳动数量是早期交换的唯一尺度。

在资本尚未积累、土地尚未私有之前的人类早期蒙昧阶段，获得不同产品所需要的劳动数量不同，不同劳动数量之间的比例，似乎是不同商品相互交换的唯一尺度。例如，在一个渔猎社会，猎取一头海狸耗费的时间通常两倍于猎取一头鹿，毫无疑问，一头海狸可以交换或者价值两头鹿。耗费两天或者两小时的劳动所获物品的价值，是耗费一天或者一小时劳动所获物品的两倍，这是非常自然的道理。

对于特别艰辛的劳动要进行补贴。

如果一种劳动比另一种劳动更为艰辛，那么自然就要对它进行一些额外的补贴，以某种方式进行一小时劳动所获得的产品，时常可以交换以另一种方式进行两小时劳动所获得的产品。

同样的，对于非同寻常的技能和天赋也要进行补贴。

此外，如果一种劳动需要卓越的技能或者天赋，人们出于对能力的尊重，自然对其劳动产品的估价要高于其中耗费的劳动时间。这些能力和技巧是长期训练的结果，因此对这些产品的价值高估，仅仅是对获得这些能力所需耗费的时间和劳动的合理补偿而已。在进步社会，对此类特殊的艰辛劳动和卓越技能的补偿，通常体现在差别工资中。在人类早期蒙昧阶段，肯定也会进行类似的补偿。

此时，全部劳动产品属于劳动者。

在此阶段，全部劳动产品属于劳动者本人，获取或制造每一种商品所需的劳动数量，通常是调节这种商品一般能够购买、支配或者交换多少劳动的唯一因素。

但是，当开始使用资本时，必须支付利润作为资本所有者的报酬。此时，产品价值分解为工资和利润两个部分。

一旦资本在某些人手里积累起来，其中的一些人自然会将这些资本用于雇用那些勤奋的工人，他们给工人配备原材料和生活资料，以从工人的劳动产品销售中获得利润，得到工人在原材料之上新增的价值。最终产品交换来的无论是货币、劳动，还是其他商品，其价值在足以弥补原材料价格和工人工资之外，还需有一些剩余作为利润，以补偿资本所有者投资所承担的风险。因此，工人在原材料之上添加的价值此时将分解为两个部分。其中一部分支付工人自己的工资，另一部分支付雇主的利润，作为其垫付全部原材料和生活资料的报酬。除非预期工人劳动产品的销售收入在弥补其资本之外还有剩余，否则资本家不会有兴趣雇用工人；除非预期利润与资本成比例，否则资本家也不会进行大规模的投资。

资本利润不仅仅是管理和指挥劳动的工资。

也许有人认为，资本利润只不过是某种特殊劳动工资的别名，即管理和指挥这种劳动的工资。然而，工资和利润截然不同，它们遵循完全不同的规律，资本利润同管理、指挥劳动的数量、艰辛和技能都不成比例。资本利润同时受到投入使用的资本数量的支配，其大小和使用的资本数量成比例。例如，我们假定在同一个地方制造业的一般利润率为百分之十，此地有两个不同的工厂，都以每人每年十五英镑的价格雇用二十名工人，即每个工厂的年投入成本是三百英镑。此外，假定一个工厂的原材料是低等品，每年原材料成本为七百英镑；而另一个工厂的原材料是精加工产品，每年原材料的成本为七千英镑。因此，一个工厂每年投入的总成本为一千英镑，而另一个工厂的总成本则为七千三百英镑。根据每年百分之十的利润率，前一个工厂每年的预期利润只有一百英镑，而后一个工厂的预期利润则高达七百三十英镑。尽管所获利润额差距极大，但他们在管理工厂或指挥工人上所付出的劳动几乎是一样的。在许多大工厂，几乎全部的指挥管理工作都委托给一个总负责人，这个人的工资可以正确地体现监督和指挥劳动的价值。即便雇用这些负责人时，其报酬通常不仅要考虑其劳动和技能，而且要考虑职位所要承担的责任，但是，其报酬不会和他要掌管的资本数量成比例。与此同时，资本家尽管因此免除了所有的劳动义务，但却期望能够按照其投入的资本数量成比例地获得利润。所以，资本利润成为商品价格的一个组成部分，它和工资截然不同，遵循不同的规律。

劳动者和雇主分享产品，劳动数量也不再是价值的唯一尺度。

在此阶段，劳动的全部产品不总是属于工人。大多数情况下，劳动者必须和雇用他们的资本所有者分享劳动产品。此时，获取或制造产品所需的劳动数量，也不再是调节商品能够购买、支配和交换的劳动数量的唯一因素。显然，为生产中耗费的劳动垫付工资、配备原材料的资本，也必须支付利润作为报酬，利润是决定交换多少劳动的另一个因素。

当土地成为私有财产，地租构成大部分商品价格的第三个组成部分。

一旦一国的土地全部被私人占有，成为人们的私有财产，地主就像其他人一样喜欢不劳而获，甚至对于土地的自然产物也要求一份地租。森林中的树木、田间的野草，以及所有土地上的自然果实，当土地共有时，劳动者耗费的只是采集它们所需要的劳动数量，而现在对劳动者而言还需支付额外的价格。劳动者必须付费才能够获得采集权，从而必须向地主缴纳其采集或者生产的产品的一定比例。这部分产品，或者这部分产品的价格就包含了地租，于是大部分商品价格中有了第三个组成部分。

各部分的价值由劳动时间衡量。

必须指出，价格中所有不同组成部分的真实价值的大小，由各部分所能购买或支配的劳动数量衡量。劳动数量不仅衡量价格中分解为劳动工资的部分，而且衡量价格中分解为地租和利润的部分。

在进步社会中，以上三个部分一般都会存在。

每一个社会的每一种商品，最终都会分解为三个组成部分中的这种、那种或者全部三种；而在进步社会中，这三个组成部分或多或少地进入到绝大部分商品的价格构成中。

例如，在谷物价格中，

例如，在谷物价格中，一部分支付地主的地租，另一部分支付劳动者的工资或者生活费，以及生产谷物使用的耕畜的饲料，第三部分支付农场主的利润。这三个部分似乎迟早会构成谷物价格的全部。也许有人会想，还需有第四个部分用来更新农夫资本的折旧，换言之，弥补耕畜及其他工具或农舍的损耗部分。但是必须认识到，任何农用工具的价格都是由以上三个部分组成的。例如，耕马的价格由养马场的地租、养马人的劳动及农夫垫付的上述租金和劳动工资的资本利润三个部分组成。因此，尽管谷物的价格好像同样支付了马匹的费用，但是全部谷物价格迟早会分解为地租、劳动工资、利润三个部分。

在面粉的价格中，

就面粉价格而言，我们必须加入谷物价格、磨坊主的利润和他的帮工的工资；就面包的价格而言，我们必须加入面包师的利润及其帮工的工资。除此之外，在两种商品的价格中，还要加上将谷物从农场运送到磨坊的劳动工资，将面粉从磨坊运送到面包房的劳动工资，以及垫付这些工资的资本的利润。

在麻布的价格中，都会存在三个组成部分。

亚麻的价格像谷物价格一样分解为三个部分。在麻布的价格中，我们必须加上梳工、纺工、织工、漂白工人的劳动工资，还要加上每一个工种各自的雇主垫付的资本放入利润。

在人工程度较高的商品中，地租的比例较小。

当每一种商品接近成品阶段时，价格中分解为工资和利润部分的比重会越来越大，而分解为地租部分的比重将减小。在制造过程中，不仅利润的数量不断增加，而且每一个后续阶段的利润都比前期阶段要多，因为后续阶段需要的资本数量总是多于前期。例如，雇用织工的资本数量一定比雇用纺工的资本数量大，因为其资本不仅要补偿雇用纺工的资本及利润，而且还要支付织工的工资，而利润总是和资本数量成比例的。

然而，在最发达的社会，也总有一些商品价格仅仅分解为工资和利润两个部分，而一些为数甚少的商品价格中仅包含劳动工资。例如，在海产品的价格中，一部分是渔夫的工资，另一部分是投入渔业的资本的利润。地租很少进入价格构成中，尽管也有例外，这种情况此后我将加以说明。淡水渔业的价格则迥然不同，至少在欧洲的大部分地区如此。鲑鱼捕捞需要支付租金，这个租金尽管不能称之为地租，但却和工资、利润一起构成鲑鱼价格的一个组成部分。在苏格兰的一些地区，有些贫民会沿着海岸线捡拾一种叫作苏格兰玛瑙的色彩斑斓的小石子。雕刻师向他们支付的价格仅包含他们的劳动工资，既没有利润，也没有地租。

一些商品的价格只含有三个组成部分中的两个，甚至一个。

但是，每种商品的全部价格最终仍然必须分解成三个组成部分的某一个或者全部。当商品价格支付了土地的地租及种植、制造、运输的劳动工资之后还有剩余，它必然是某人的利润。

但是，至少包含其中的一种。

既然单独来看，单个商品的交换价值或者价格能够分解成三个组成部分的某一个或全部三个部分，那么就一个国家所有劳动一年的总产品的交换价值或价格整体而言，也可以分解成相同的三个部分，并且在不同的居民间进行分配，要么作为劳动的工资，要么作为资本的利润，要么作为土地的地租。每个社会每年全部劳动收集或者制造的所有产品，换句话说，它们的价格以这种方式在不同社会成员之间进行初次分配。工资、利润和地租是所有收入或交换价值的最初来源，其他形式的收入最终都来源于其中的某一种。

全部年产品的价格也分解为工资、利润、地租三个部分。

任何人从其拥有的资源中获取的收入，肯定要么源于劳动，要么源于资本，要么源于他的土地。源于劳动的收入被称为工资，源于运用资本的收入被称为利润，源于出借资本而非直接使用资本获得的收入被称为货币的利息。这是

工资、利润、地租是各种收入的源泉。

借入者因为使用借入的货币得以获取利润而支付给出借人的补偿。当然，利润中的一部分应当属于借入者，他承担了使用货币的风险和麻烦；另一部分则属于出借人，他为借入者获取利润提供了机会。货币的利息总是一种派生收入，它不是用使用货币得到的利润支付的，就是用其他收入支付的，除非借入者挥霍无度，借新债还旧债。除此之外，源于土地的收入称为地租，属于地主。农夫的收入部分来源于其劳动，部分来源于其资本。对他而言，土地是一种工具，农夫借由这种工具得以挣得工资、赚取利润。所有的税收及一切以税收为基础的收入——薪俸、抚恤金、各种年金——最终来源于三种初始收入中的某一种，说到底，要么是由工资、要么是由利润、要么是由地租支付的。

它们有时会相互混淆。

当三种收入分属不同个体，它们的界限清晰；但是当它们属于同一个人，有时则会相互混淆，尤其是在口头用语上。

例如，乡绅的地租被称为利润，

当一个乡绅亲自耕作部分自己的土地时，支付耕作费用之后，他应当既获得地主的地租，也获得农夫的利润。然而，他却习惯于称其全部所得为利润，这样，他至少在口头上混淆了地租和利润。在北美洲和西印度群岛的耕作者多属于这类情况。他们中的大部分耕作自己的土地，难怪我们很少听说种植园的地租，而经常听到的是种植园的利润。

一个普通农夫的工资被称为利润，

普通的农夫很少雇用监工指挥日常的耕作。他们通常自己亲自劳动，犁地、耙地等。因此，在他们的收成中支付地租之外的剩余，不仅用于弥补耕作使用的资本的折旧和使用资本的一般利润，而且还可以支付属于他们的作为劳动者和监工的工资。然而，在地租和资本折旧之外的剩余，都统称为利润。显然，其中的一部分应当是工资收入。农夫自己劳动节省了这笔工资支付，当然自己就挣得了它们。因此，在这种情况下，工资又和利润混淆了。

个体经营者的工资也是如此。

一个个体经营者，他拥有足够的资本购买原材料，维持自己的生活，直到生产的产品在市场上销售。他挣得的收入中应当既包含其所雇用的雇工的工资，也包含其将雇工的产品出售后所获得的利润。然而，他全部的收入统称为利润。在这种情况下，工资同样和利润混淆了。

而耕作自己土地的园丁所挣得的利润和地租却被称为劳动工资。

一个在自己的花园里亲自劳动的园丁，集地主、农夫和劳动者于一身。因此，他的产品首先应当支付地租，然后是利润，最后是工资。然而，他的全部收入却统称为劳动工资。在这种情况下，地租和利润及工资混淆了。

年产品中的大部分归属于游惰阶级，产品在两个阶级之间的分配比例决定下一年产量的增减。

由于在文明的国家鲜有商品的交换价值仅由劳动构成，而是由地租和利润构成绝大多数商品交换价值的绝大部分，因此，一国劳动年产品所能购买或者支配的劳动数量，总是远远多于种植、生产、运输这些产品所需耗费的劳动数量。如果一国尽其所有雇用可得到的全部劳动力，每年劳动力的数量将会因此大增，则后续年份的产品价值将会大大超越前一个年度。但是，没有一个国家将全部年产品用于供养劳动者，到处都有游惰的人，他们消费掉年产品中的大部分。因此，年产品在这两个阶级之间分配比例的不同，将会决定各年之间年产品总值是增是减，还是维持不变。

第七章 论商品的自然价格和市场价格

本章导读:本章的核心观点是,商品的市场价格可能高于、低于或恰好等于自然价格,但是自然价格是市场价格的中心,所有商品的价格会不断趋近自然价格水平。可见,各要素的所有者追求自身收益最大化的自利动机,是导致市场价格和自然价格相等的根本原因。斯密还强调,收益调节机制只有在市场是完全自由的时候才会发生作用,而例外就是垄断。因此,可以说,自由竞争是实现商品价格与自然价格相等的制度保证;而自私自利则是实现商品价格与自然价格相等的内在动力。这就是为什么斯密本人没有明说,但是现代大家普遍将自由竞争视为“看不见的手”的原因。所以,译者认为这是斯密《国富论》中非常重要的一章,甚至是最重要的一章。

平均或一般水平的工资、利润和地租被称为收入的自然率,

在每一个国家及其周边地区的不同产业中,总是存在平均工资水平和一般利润率。我将在下文中证明,这个平均工资水平和一般利润率部分决定于一国的整体状况,即国家是贫是富,是处于发展阶段、稳定阶段还是后退阶段;部分决定于不同产业的特殊性质。

同样的,在每一个国家及其周边地区存在平均的地租水平,我将同样证明,它部分决定于该国和周边地区地理位置的整体状况,部分决定于土地自然或者经过改良后的肥沃程度。

这些平均水平可以成为当地彼时流行的自然工资、自然利润和自然地租。

如果某种商品的价格恰好等于生产、制造和将其运送到市场上所需支付的自然地租、自然工资、自然利润之和，那么，我们就说商品是按照自然价格出售的。

商品这样销售时的价格就是自然价格，

进而，我们说商品是按照其价值出售的，换言之，按照供给者为实现其在市场上的供给而耗费的实际成本出售的。尽管通常而言，我们在商品的最初成本中不强调再出售者的利润，但是，既然再出售者可以用同样的资本、用其他方法在周边地区赚得一般利润，如果他再次出售商品的价格不能为他提供等量的平均利润，那么显然他在这次交易中就蒙受了损失。况且，利润是他的收入，是他生活的正当来源。就像在生产商品并将其供应市场时预付了工人的工资或生活资料一样，他用同样的方法预付自己的生活资料，并且其消费水平一般与预期的销售利润相当。因此，除非商品销售能够为他提供这笔利润，否则商品就没有为他赚取通常的实际成本。

它实现了实际成本，包括利润，

所以，即便实现一般利润水平的商品价格不一定是经销商在某个时点的最低价格，但是这个价格一定是在相当长的时期里他所期望出售商品的最低价格，至少在市场是完全自由的、他可以随心所欲地转换经营项目的时候。

因为没有人愿意长期销售商品而不赚取利润。

商品通常的实际销售价格被称为市场价格。市场价格可能高于、低于或恰好等于自然价格。

市场价格

单个商品的市场价格由供求决定，即决定于实际供给市场的商品数量和那些愿意支付商品自然价格的需求者的需求量之间的对比关系。需求者愿意支付的自然价格能够完全支付地租、工资和利润，从而能够实现商品的供给。这样的需求者被称为有效需求者，他们的需求是有效需求，因为只有有效需求才能够成功诱导商品的供给。有效需求和绝对需求不一样。一个非常贫穷的人在某种意义上可以说有六架马车的需求，他当然想拥有它，但是他的需求不是有效需求，因为市场上不可能有满足穷人需求的六架马车。

由供给和有效需求决定。

供不应求时，市场价格高于自然价格；

当某种商品的市场供给量低于有效需求量时，那些愿意支付足额地租、工资和利润以诱导商品供给的需求者就不能全部得到满足。他们中的一些人宁愿支付更高的价格也不愿得不到商品。竞争立即在购买者之间展开，市场价格将会多少高于自然价格水平。价格上升的程度决定于物资缺乏的程度，以及竞购者的富裕、奢侈程度，这些因素影响竞争的激烈程度。在同样富裕、同样奢侈的竞争者之间，相同的供给缺口所引起的竞争激烈程度，取决于所需求商品对人们的重要性。因此，在封城期间或者歉收的年份，生活必需品的价格昂贵。

供大于求时，市场价格低于自然价格；

当市场供给量超过有效需求量时，它们不可能全部出售给那些愿意足额支付地租、工资和利润以诱导商品供应市场的需求者。供给商品中的一些必须以较低的价格卖给那些出价较低的人，而此等低价格必然使得所有商品的价格下降。市场价格将会多少低于自然价格水平。价格下降的程度决定于供给过剩有多严重，从而卖者之间竞争有多激烈，或者决定于出清所有商品对卖者的重要程度。如果需求缺口相同，易腐烂的商品比耐久商品的销售竞争更加激烈，例如，同样的供给过剩，柑橘市场的卖方竞争一定会比废旧铁器市场激烈。

供求相等时，市场价格等于自然价格。

当市场供给量恰好和市场需求量相等时，市场价格便会完全等同或极其接近于自然价格水平。卖者手里的现货只能以自然价格出售，不可能得到高价。不同卖者之间的竞争迫使他们接受相同的自然价格，当然，不能禁止他们低价出售商品。

供给量会自动调节适应有效需求。

商品供给量会自动调节以适应有效需求。对使用土地、劳动、资本供给商品的人而言，供给量永远不超过需求量是有利的；而对其他人而言，供给量不少于需求量是有利的。

当供给过剩时，价格中的某个组成部分会低于自然率水平，

无论何时，只要商品的供给量超过其有效需求量，商品价格中的某个组成部分必定会低于自然率水平。如果地租下降，地主为了自己的利益必定减少部分土地的供给；如果

是工资或者利润下降，工人和雇主为了自身的利益，必定会减少他们的劳动或者减少资本投入。市场供给量很快就会减少到和有效需求量相等的程度。价格的各个组成部分将会上升到自然率水平，商品价格将上升到自然价格水平。

供给短缺时，价格中的某个组成部分会高于自然率水平。

与之相反，如果商品的供给量低于有效需求量，价格的某个组成部分必定会上升到自然率水平之上。如果地租上升，地主出于自身的利益必定会提供更多的土地用于该商品的生产；如果是工资或者利润，所有工人和经营者出于自身的利益必然很快增加劳动和资本的投入以备货供应市场。市场供给量因此很快就会上升到和有效需求量相等的程度。价格的各组成部分将会下降到自然率水平，商品价格将会和自然价格一致。

自然价格是市场价格趋近的中心。

因此，自然价格是市场价格的中心，所有商品的价格会不断趋近自然价格水平。各种意外因素可能有时会把商品价格抬高到自然价格水平之上，有时又将商品价格压低至自然价格水平之下。但是，无论何种障碍阻止市场价格固定在这个恒久的中心水平上，市场价格总是会不断趋近自然价格水平。

劳动数量自动调整以适应有效需求。

每年供给市场产品的劳动，将依照这种标准自动调整总劳动数量以适应有效需求。它的目的当然是恰好满足市场有效需求，而不是供给过度。

但是，既定数量的劳动，其产品总量有时却会波动。

但是，在某些产业，同样的劳动数量在不同的年份生产的产品数量差别很大，而其他产业的产品数量总是完全或近似相同。例如，同样数量的农业人口在不同的年份生产出来的谷物、葡萄酒、油、啤酒花等产品的数量波动极大；但是，同样数量的纺织工人在不同的年份生产出来的麻布和呢绒的数量却完全或近似相同。就前一种产业而言，除非劳动的平均产量和有效需求一致，否则劳动的实际产量总是大于或小于平均产量，因此，供应市场的产品时而多于有效需求，时而少于有效需求。因而，即便有效需求持续不变，商品的市场价格也时常波动，时而高于自然价格，时而低于自然价格。在后一种产业，等量劳动的产品数量完全或近似相等，恰能满足有效需求。因而，当有效需求持续不变时，商品的市场价格倾向于稳定不变，完全或者近似等于自然价格。每个人都有这样的经验，麻布和呢绒的价格不像谷物价格那样时常大幅波动。麻布和呢绒价格的变化受需求变化的影响；而谷物价格的变化不仅受需求变化的影响，而且受非常多变的谷物供给量的影响。

价格波动主要影响工资和利润，对地租影响不大。

商品市场价格的短期波动时常发生，它主要波及价格中分解为工资和利润的两个部分，分解为地租的部分受其影响甚少。明确的货币地租，无论就比率还是就价值而言，几乎完全不受市场价格波动的影响。毫无疑问，占初始产品的一定比例或一定数量的地租，其价值会受到初始产品市场价格短期波动的影响，但是其比率却不会受影响。在签订租约的时候，地主和农场主根据各自的判断，尽力按照产品的一般平均价格调整地租率，而不是按照短期偶然波动的价格。

根据商品和劳动市场供应量的情况，对工资和利润产生不同的影响。

市场上，商品或劳动供给过剩或不足时有发生，换言之，已完成的或即将完成的产品供给有时过剩，有时不足，从而无论是工资还是利润都要受到价格波动的影响。国家往往会提高黑色布匹的价格（类似场合下该商品的供给往往不足），从而增加了拥有大量黑布存货的商人的利润。它对纺织工人的工资没有影响。此时，市场短缺的是商品，而不是劳动；供应不足的是制成品，而不是未来产品。但是，它却会提高裁缝的工费，此时市场短缺的就是劳动了。换言之，市场对劳动的需求，对未来产品的需求，超过了即期供给。它同时压低了彩色丝绸和布料的价格，从而减少了拥有大量此类存货的商人的利润。它也压低了从事此类商品加工的工人的工资，因为对此类需求往往要停止半年甚至一年。市场上该商品和劳动的供给因此过剩。

但是，市场价格可能会长期高于自然价格，

即便人们可以说，任一单个商品的市场价格以上述方式趋近自然价格，但是，有时出于意外，有时出于自然因素，有时出于特殊的管制政策，许多商品的价格可能长期远高于自然价格水平。

当某种商品的有效需求增加时，该商品的市场价格会上升到自然价格之上，那些经营该商品的人通常会非常谨慎地保守这个商业秘密。如果这个秘密公之于众，那么他们的巨额利润将会诱导潜在竞争者将其资本投入到该产业中，从而有效需求将会被充分满足，而市场价格将会迅速跌落至自然价格，甚至有时还可能低于自然价格。如果商品市场和产地相距甚远，那么经营者就可能保守这个秘密多年，同时独占超额利润。然而，这类秘密迟早会被发现，超额利润迟早也会消失。

有时是因为不了解高额利润产生的原因，

生产环节的秘密要比流通环节保持得长久。一个染工发现了一种可以将成本降低一半的制造染料的技术，如果他管理得当，可以终生保守秘密，独享这项发现带来的利益，甚至可以将它传给子孙后代。他的超额收益来源于市场为他的个人劳动支付了高价格，正确的说法应当是，来源于他的个人劳动所得到的高工资。但是，因为这部分超额收益总是与其资本同时出现，就像收益总额和资本总量成比例似的，因此，通常人们将其看成超额的资本利润。

或是因为生产环节存在技术壁垒，

此类市场价格的高企，显然是出于偶然原因，然而效果却可能持续很多年。

此类原因导致的价格高企会持续很久。

有些自然产品需要特殊的土壤和环境，也许一个地域辽阔的国家所有适于生产这种产品的土地，都不能够满足市场的有效需求。因此，供应市场的全部产品将会分配给那些愿意出高价的人，这个价格高于根据自然率支付的生产和运输产品所需要的土地地租、劳动工资和资本利润的总和。此类产品很可能好几个世纪持续按照这个高价格出售，在这种情况下，一般地租是价格分解的各部分中高于自然率水平的那部分。出产此类珍稀产品的土地地租，和邻近地区同等肥沃程度、同等耕作程度的土地地租不成比例，例如法国一些土壤和位置稀有的葡萄园的地租。与之不同，将此

有时价格高企是因为特殊土壤的稀缺性。

类商品运往市场所使用的劳动力的工资和资本的利润，却和邻近地区其他产业上使用的劳动力的工资和资本的利润很少有出入。

此类原因导致的价格高企会永远持续下去。

此类市场价格高企显然是出于自然原因，它妨碍了有效需求得到满足，而且其效果可能会永远持续下去。

垄断和存在商业秘密的效果是一样的。

赋予个人或者一个贸易公司以垄断特权，其效果和在流通、生产环节存在商业秘密是一样的。垄断者通过长期保持市场供应短缺，有效需求得不到满足，进而实现以高于自然价格的价格出售商品，其收入无论是工资还是利润，都会提升到自然率水平之上。

垄断价格是可获得的最高价格。

垄断价格是各个时期可获得的最高价格。与之相反，自然价格或自由竞争的价格虽然不是所有时期的最低价格，但长期来看却是最低价格。前者是任何时期能够从买者手中榨取的最高价格，换言之，是买者愿意支付的价格；后者是卖者通常能够接受的最低价格，换言之，能够维持其经营的最低价格。

联合的排他特权等行为是一种广义的垄断。

企业联合的排他特权、学徒制度，以及其他各种限制某个行业竞争数量的法规，虽然影响程度不及垄断，但是趋势相同。它们是一种广义的垄断，有时令某个产业所有系列的产品的价格持续数代高于自然价格水平，同时使得投入该产业的劳动工资和资本利润多少高于自然率水平。

这类市场价格的高企，在导致此类垄断的政策法规的存续期内将长期存在。

市场价格很少长期低于自然价格，

各商品的市场价格尽管可能长期高于自然价格水平，却很少会长期低于自然价格水平。无论是价格中的哪一部分报酬低于自然价格水平，利益受损的那部分人将会立即感受到损失，并且立即将投入使用的土地、劳动、资本撤离该行业，直到市场供应量不再过剩。因此，商品的市场价格很快会升至自然价格水平——至少在完全自由竞争市场中是这样的。

诚然，类似的学徒制度或企业联合法规，在某一行业的繁荣时期能够将工人的工资水平提升至自然率水平之上，但是有时当行业衰退时，同样的法规却将工资压低至自然率水平之下。在繁荣时期，他们限制他人进入本行业和自己竞争；同样，在衰退时期，他们也限制他人进入其行业。但是，这些法规压低工人工资的持久性不及提高工资的持久性。在繁荣时期，这些法规的效果可能持续好几个世纪；但是在衰退时期，当一些在繁荣时期受该行业供养的工人死去之后，这些法规的效果就终止了。一些工人死去后，为该行业培训的工人数量将会自然调整到和有效需求相适应的水平。只有那些和印度、古埃及一样严酷的政策（在这些国家，各人依据教规必须子承父业，否则就被视为亵渎神灵），才会导致在某一行业中出现好几代人的工资和利润水平低于自然率的现象。

但是，学徒制度和企业联合法规却可能长期将工人工资压低在自然率水平之下。

以上就是目前我认为需要交待清楚的、商品市场价格和自然价格之间在长期和短期的区别。

自然价格本身也会因其组成部分——工资、利润和地租——的自然率的变化而变化，各个国家这些自然率的变化又受到其社会背景的影响，即这些国家是穷是富，是处于快速发展、稳定不变或是持续衰退的状态。我将在接下来的四个章节里尽可能详尽地解释导致工资、利润和地租的自然率发生变化的原因。

自然价格会因为工资、利润、地租的自然率的变化而变化。

首先，我将尽力解释那些决定工资率的自然因素，同样解释对这些因素产生影响的一国的富裕状况、发展状况等。

在第八章中我将解释工资的变化，

其次，我将尽力解释那些决定利润率的自然因素，同样解释对这些因素产生影响的一国的不同背景因素。

第九章解释利润的变化，

尽管投入不同产业的劳动和资本的货币工资、货币利润大小不同，但是在所有不同产业使用的劳动的货币工资之间，以及在所有不同产业使用的资本的货币利润之间，似乎保持着一定的比例。后文中将要说明，这个比例部分决定于不同产业的性质，部分决定于一国制定和执行的不同政策法规。尽管这个比例受到来自政策法规多个角度的影响，

第十章解释工资和利润的区别，

但它似乎很少受到一国的贫富状态、发展状态的影响，而始终保持相等或近似相等。

第三，我将详细解释调节这个比例的所有不同因素。

第十一章解释地租的变化。

最后，我将尽力解释那些调节地租的自然因素，以及那些提高或降低土地产品真实价格的因素。

第八章 论劳动工资

本章导读：在这一章中，斯密讨论了劳动者货币工资的决定因素。劳动者的货币工资主要由工人和雇主谈判决定，或者说决定于劳动供求力量之间的对比。劳动者的最低工资水平，是劳动者维持自身及其家庭的最低生活费用。而一国财富增长得越快，收入和资本积累得越多，用于雇佣劳动的专用基金就越多，劳动者的工资水平就越高，很可能会高于最低生活状态。理论论述之后，斯密讨论了几种影响劳动者工资水平高低的具体因素。

劳动产品构成劳动的自然报酬或劳动工资。

劳动产品是劳动者的自然报酬。

最初，所有产品属于劳动者。

在土地尚未私有、资本尚未积累的原始状态下，劳动产品全部归劳动者所有。他不需要和地主或者领主分享劳动产品。

如果这种状态保持下去，所有产品都将更加便宜。

如果这种状态持续下去，劳动分工引发的效率改进，应当会提高劳动者的工资水平，并且所有的商品都将更加便宜。由于等量劳动生产的产品天然地可以相互交换，用以交换的产品所包含的劳动量自然就更少了。

尽管表面上许多物品可能更加昂贵了。

尽管所有商品实际上更加便宜，但表面上许多商品显得比以前更加昂贵，或者说可以交换更多数量的其他产品。例如，假设大部分行业的劳动生产率提高了十倍，或者说一天的劳动可以生产十倍的初始产量，但是在一些特殊行业，劳动生产率只增加了一倍，即一天的劳动产品数量是初始状态的二倍。用劳动生产率提高较多的产品和提高较少的产品交换，前者十倍数量的劳动产品只能换得后者二倍数量的商品。因此，后者的一定数量，例如一磅重的物品，似乎比以前贵了五倍。尽管交换这种商品需要五倍的其他产品，但实际上生产和购买这种商品所需要的劳动数量只是从前的一半。因此，获得该物比从前容易两倍。

这种状态终止于土地私有和资本积累的出现。

但是，劳动者独享劳动产品的原始状态很快就结束了，人类开始了土地私有化和资本积累的时期。因此，在劳动生产率极大提升之前，这种原始状态就已经结束了，从而没有必要继续深入研究它对劳动报酬和劳动工资的影响。

地租是第一个扣除部分，

土地一旦成为私有财产，地主就会要求分享从其拥有的土地上生长或收获的几乎所有劳动产品的一部分。地租是从农业劳动产品中扣除的第一个部分。

利润不仅是农业中的第二个扣除部分，

农业劳动者很少拥有足够维持生存到收获时节的生活资料，他的生活资料一般来源于雇用他的雇主的积蓄。农场主雇用农业劳动者的前提是，要么分享后者劳动产品的一部分，要么获得预先垫付的积蓄加上一个利润额。因此，利润是从农业劳动产品中扣除的第二个部分。

也是其他手工业和制造业的扣除部分。

扣除利润，不仅农业劳动产品是这样的，几乎其他所有产品都是如此。在一切手工业和制造业中，大部分工人都需要雇主为他们预先垫付劳动原材料、工资和生活必需品，直到工作完成为止。雇主分享他们的劳动产品，或者分享劳动加诸于原材料所增加的价值，这一份额就是利润。

个体劳动者同时得到工资和利润。

实际上，有时候个体劳动者拥有足够的资金购买工作的原材料，以及维持生活直到工作完成。他既是雇主又是雇工，因此独享全部劳动成果，或者独占劳动加诸于原料所增加的价值。这部分增值包含原属于两个主体的两种意义的收入——资本利润和劳动工资。

但是这种情况不常见。

尽管如此，此类情形并不普遍。在欧洲的任何一个地区，二十个受雇于人的工人才对应一个个体劳动者。劳动工资普遍被理解为雇主和雇工为两个不同个体时劳动者的报酬。

工资决定于雇主和雇工之间的合同约定。

一般而言，劳动工资的高低取决于劳资双方签订的合约。劳资双方的目标完全不同，工人盼望多得，雇主期望少给。前者联合起来争取高工资，后者联合起来压低工资。

雇主拥有更多的优势。

然而在一般场合，不难预见在两派争夺中谁更占据优势，能够成功迫使另一方接受他们的条款。雇主由于人数较少，易于联合。除此之外，法律支持、至少不阻挠他们的联合，而对于工人联合，法律是严令禁止的。我国没有一条法令禁止雇主联合降低工人工资，但是却有很多条法令禁止工人联合要求提高工资。在这些争端中，雇主比雇工更能坚持到底。地主、农场主、工厂主，包括商人，即便不雇用一个工人，也可以依靠其积累资金生活一两年。没有工作，许多工人坚持不了一周，极少能挺过一个月，能坚持一年的几乎没有。尽管在长期，工人之于雇主的必要性和雇主之于工人一样，但是在短期，二者的相互依赖却是不对等的。

尽管雇主联合组织比工人联合组织少见。

据说，我们很少听到雇主之间会联合，却常常听到工人之间的联合。但是，谁要是据此假想雇主事实上真的很少联合，他就未免过于不谙世事了。雇主们随时随地保持一种秘而不宣、团结一致的联合，力保工人工资低于实际工资水平。无论何地，雇主背叛联合体都不常见，并且会被近邻或同阶层的人所耻笑。实际上，我们很少听说这类联合，因为有人会说，这是天然的结合，没有人会知道。雇主有时也会建立特殊的组织，以期将工人工资降低到实际工资率以下。但是在采取行动之前，他们会始终保持完全沉默，保守秘密。有时，工人能够明确意识到雇主的密谋，但他们却毫不抵抗地屈服，其他人无法得知事实的真相。但是，这些组织时常也会受到与其对立的工人保护组织的抵抗。有时，即使没有这些组织的挑衅，工人也会为了提高工资组织起来。他们的理由有时是生活资料涨价，有时是雇主从他们的劳动产品中占有过多的利润份额。但是，无论他们的组织是防御性的还是攻击性的，他们的行动总是众所周知。为了迅速达成统一决定，他们总是高声呐喊，有时甚至动用令人震惊的暴力。他们孤注一掷，和那些要么饿死、要么胁迫雇主即刻答应其要求的愚蠢而极度绝望的人们一起行动。在此情形下，雇主们往往也开始高声呼喊，他们千方百计地寻求政府执法部门的支持，要求严厉执行那些严格取缔仆人、劳动者、短工联合的法案。结果是，工人从那些暴力中得不到任何好处，这部分是因为政府执法部门的干涉，部分是因为雇主的顽固对立，部分则是因为大部分劳动者急需生活来源不得不屈服。无论如何，总是以工人联合的首领受到惩罚和毁灭而告终。

但是，雇主无法将工资降到某个水平之下，

尽管在争议之中，雇主最终会取得胜利，但是长期来看，似乎存在某个工资下限，雇主无法将哪怕是最低等的劳动工资减少到此限度以下。

即一个人的生活必需品和一个家庭的维持费用。

个人总是依靠劳动生活，而其劳动工资至少要能维持其生存。大部分情况下，工资还要适当高于这个水平，否则工人无法维系家庭，劳动者阶层也就无法传宗接代了。据此，康替龙先生似乎提出，最低等的普通劳动者应当获得双倍于其生活费用的工资，这样，夫妻二人就有能力抚养两个子女。其中，妻子由于需要照顾孩子，她的劳动所得假设只能供养自己。但是据统计，有半数孩子在成年前就夭折了。因此，最贫穷的劳动者夫妇二人都想生育四个子女，以保证有两个孩子能够有机会存活至成年。但是，据称四个孩子必要的生活费用和一个成年劳动者相等。康替农继续论证说，一个壮年奴隶的劳动价值双倍于其自身的生存费用，他认为一个中等水平的劳动者的劳动价值不应当低于一个壮年奴隶。因此，即便是最低阶层的劳动者，为了维持一个家庭，一对夫妻挣得的报酬至少比他们两人自身的生活费用要多一些。但是多多少，是按上文提到的比例，还是按照别的比例，我不欲论证这个问题。

工资有可能大大高于这个水平，

可是，某些情形有时也会有利于劳动者，他们得以将其工资大幅提升，高于公认的最低人道标准。

在劳动力需求量增加的地方，

当所有国家对依赖工资生活的人，即劳动者、短工、各种各样的服务人员的需求持续增加的时候，换言之，每年提供的就业机会比上一年大幅增加时，劳动者就没有必要为提高劳动工资而联合了。劳动力的短缺促使雇主之间展开竞争，为了得到足够的人手，他们竞相提高劳动工资，自然打破了那些限制工资增长的潜在联合。

由指定用于支付劳动工资的工资基金的增加而引起。这些基金包括：

很显然，对工资劳动者的需求，必须与被指定用于支付劳动工资的基金同比例增加。这些基金分成两类：其一是超过维持生存所需的收入部分；其二是超过雇主自己所需支出的积蓄额。

收入的结余，

当地主、年金受领人、有钱人得到的收入多于足够维持其家庭日常生活的预算金额时，他就会用节余的部分或者全部多雇用一个或更多的仆人。这些收入结余的增加，自然会增加他雇用的仆人的数量。

资本的结余。

一个个体劳动者，例如一个纺织工或者鞋匠，在足额支付其劳动所需原料和保留足以维持其生活到产品售出之后的金额之外，还积攒了更多的积蓄，他自然用节余雇用一个或更多的短工，以便靠他们的劳动获得利润。这类节余的增加，自然会增加他所雇用的短工的数量。

对工资劳动者的需求随国民财富的增加而增加。

因此，对工资劳动者的需求必然随着各国收入和资本的增加而增加。收入和资本的增加，就是一国国民财富的增加。因此，对工资劳动者的需求自然随一国国民收入的增加而增加。国民财富不增加，对工资劳动者的需求就不会增加。

高工资往往发生在国民财富增长快而不是存量大的国家。

是国民财富的持续增加，而不是国民财富的现存规模，引起劳动者工资的提高。因此，是那些最有活力，或者说财富增长最快的国家，而不是最富有的国家，劳动者的工资最高。当今时代，英格兰当然比北美洲的任何一个地区都要富裕。然而，北美洲的劳动工资却远远高于英格兰的任何地区。在纽约州，普通工人一天一般挣三先令六便士，相当于英币的二先令。造船的木匠每天挣十先令六便士，外加一品脱价值六便士的朗姆酒，加总相当于英币的六先令六便士。建造房屋的木匠和泥瓦匠一天挣八先令，约合英币四先令六便士。裁缝帮工挣五先令，合英币二先令十便士。这些价格都高于伦敦同等劳动的价格，而且据说其他殖民地的工资水平和纽约一样高。在北美洲各地，生活必需品的价格却远低于英格兰。北美地区从来没有发生过饥荒。在最糟糕的年份，他们也有充足的商品供给，只是出口量更少。因此，如果劳动者的货币工资比宗主国各地都高，那么劳动的实际价格，即经由劳动工资实现的对生活必需品和便利品的支配能力，必将更高于宗主国。

北美洲比英格兰更加繁荣。

尽管北美洲没有英格兰富裕，但是它却更加繁荣，而且以快得多的速度获得更多的财富。一国是否繁荣的明确标志，是其居民数量的增加。英格兰和大多数欧洲国家，人口翻番至少需要五百年的时间；而在英格兰的北美殖民地，人们发现，在二十到二十五年内人口就能翻一番。现在，人口增长如此之快的主要原因不是持续的新移民，而是移民繁殖后代的速度飞快。据称，那些活着的老年人甚至可以看见五十到一百甚至更多的嫡亲后代。由于劳动报酬丰厚，多子女的家庭，其子女不仅不是家庭的负担，而且还是家庭富裕和繁盛的来源。每一个孩子劳动力，在其离开家之前，据计算可以为其父母净得一百英镑。一个有四五个孩子的寡妇，在欧洲中产阶层或下等阶层中很难再婚，而在北美洲常被当作一笔财富看待。孩子的价值是婚姻最大的激励因素。因此，我们毫不奇怪，北美洲的人们会越来越选择早婚。可是，即便早婚极大增加了人口数量，在北美对人手短缺的抱怨却从未停止过。在那里，对劳动力需求的增加，以及维持他们的工资基金的增长速度，似乎远快于能够找到的雇工数量的增长。

在富裕但是经济停滞的国家，工资不高。

一个国家即便非常富足，但是长期处于停滞状态，我们可以预计那里的工资也不会高。该国的工资基金、居民的年收入或者资本存量可能规模最大，但是如果这种规模或者接近这种规模的状态持续了好几个世纪，那么每年雇用的劳动者也非常容易得到供给，即使超过供给，在下一年也能得到想要的数量。在那里，劳动力不会短缺，因此雇主也不必通过提高工资竞争劳动力资源。相反，劳动力的数量在这种情况下自然会超过需要量。这样，那里就会有持续的工作岗位不足，劳动者不得不通过降低工资要求获得工作。在这样的国家，如果工资不足以维持劳动者的生存或者供养其家庭，劳动者之间的竞争和雇主对其的利用就会很快将劳动工资减少到和最低的人道标准一致的水平。中国一向是最富裕的国家之一，换言之，她是世上土地最肥沃、耕作最精细、人民最勤劳、人口最多的国家之一。然而，她似乎陷入了长期的停滞状态。五百年前马可波罗对中国农业、工业和人口情况的描述，和今天的旅行者所描述的几乎完全一样；甚至早在马可波罗去中国之前很久，中国也许就已达到自然法则和制度所能实现的财富的极致。在旅行者的记载中，对中国其他方面的描述千差万别，但是在劳动工资之低和劳动力供养家庭之难上出奇地一致。在一整天的挖掘工作结束之后，即便所得只能购买少量的粮食，劳动者也满足了。手工业者的情况更加糟糕。和欧洲的手工业者懒洋洋地待在店铺里等待顾客的召唤不同，中国的手工业者带着他们的职业工具，走街串巷，提供服务，像在乞讨。中国最底层人民的贫困程度远甚于欧洲最贫穷的国家。在广州附近，据说有成百上千户家庭在陆地上没有居所，而是常年居住在河沟的小渔船上。他们的食物如此匮乏，以至于急切地打捞从欧洲轮船上扔下来的废弃物。一切腐烂的动物尸体，例如死猫或死狗，哪怕已经腐烂一半并且散发出恶臭，也会受到他们的欢迎，就像欧洲居民得到最健康的食物一样。在中国结婚的激励因素不是孩子的价值，而是杀婴的自由。几乎在所有的大城市，每天晚上都会有数名婴儿被遗弃街头，或者像小狗那样被溺死。甚至有传言说，这项可怕的行为居然是一些人公然赖以生存的职业。

中国没有倒退，劳动者的数量保持不变。

中国尽管可能处于停滞状态，但是似乎并未倒退。居民没有废弃任何一个城镇，也没有将耕种的土地撂荒。因此，每年同样的或大致相同的劳动工作延续着，而用于维持劳动的年工资基金显然也没有减少。因此，最底层的劳动者即便极度缺衣少食，但总还能勉强传宗接代，维系劳动力的总量不变。

但是，在一个衰退的国家，情形就不同了。

但是，如果一个国家的工资基金显著减少，情形就不同了，每年对社会各阶层的服务和劳动的需求量都会比上年有所下降。许多原本在高一阶层谋生的劳动者，由于其专业无法实现就业，他们就会乐意到最底层寻找工作。结果是，职业的最底层不仅存在大量的本阶层过剩的劳动力，而且充斥着从其他阶层溢出的过剩劳动力，从而使得该阶层的就业竞争异常激烈，以至于工资水平将减少到衣食不足的最悲惨的境地。许多人即便接受最苛刻的就业条件也无法找到工作。他们要么忍饥挨饿，要么只能被迫通过乞讨或暴力犯罪求得一饭一食。贫穷、饥饿和死亡即刻在社会最底层盛行，并很快蔓延到所有上层社会，直到社会人口减少到经过政治动荡或自然灾害的破坏后、硕果仅存的收入和资本能够轻易维持的水平。这种情形与现如今的英国在东印度的孟加拉及其他殖民地的情形极其类似。在一个经历人口锐减的土地肥沃的国家，那里的生活物资并不匮乏，但是每年却仍有三四十万人口饿死。我们可以断言，该国的工资基金一定在大幅减少。英国保护、统治北美洲的制度和那些商业公司压迫、压制东印度的制度之间的本质差别，用两地之间的不同现状来展示再合适不过了。

因此，由于劳动报酬优厚是国民财富增长的必然结果，它也是国民财富在增长的征兆。相反，贫困劳动者生活费用不足乃是经济停滞的征兆，而贫困劳动者处于饥饿状态则是社会急速倒退的征兆。

在大不列颠，工资水平高于最低工资水平。

当前，英国劳动者的工资似乎比供养一个家庭的最低支出额明显要多。为了证明这一点，我们不必通过繁琐而令人生疑的计算，得出供养一个家庭所必需的最低支出额的具体数值。有很多明显的证据表明，在英国各地，劳动工资并不由符合人道标准的最低工资水平来支配。

有以下几点可以证明：(1)冬季和夏季工资水平不同；

首先，在大不列颠各地，即便是最低等的劳动，也分夏季和冬季；一般夏季的工资较高。然而，如果考虑到燃料的额外支出，冬天家庭的生活费应该是最贵的。工资在支出少的时候反而高，由此可见，工资并不由最低生活支出支配，而是由劳动者的数量和劳动产品的预期价值来决定的。实际上，劳动者应当储蓄一部分夏季收入来补贴冬天的支出，从而一年的支出不会超过家庭一年必需的生活费用。然而，奴隶或者完全仰仗他人养活的人所得到的待遇就不是这样了，他的日生活费用是与日常所需等比例配给的。

(2) 工资不随粮食价格上下波动；

第二，在大不列颠，工资并不随食物的价格波动。食物价格年年不同，甚至月月变化。但是在许多地方，劳动者的货币工资在半个世纪里都可能不变。如果在这些地方，贫困的劳动者能够在物价高企的年份维持家庭开支，那么在那些丰收年物价奇低，他们一定可以轻松度日。在过去十年里，大不列颠王国许多地区的粮食价格高企，但是并没有伴随货币工资的明显增长。实际上，某些地区货币工资的增长，与其说是粮食价格上涨引起的，不如说是劳动力需求增加引起的。

(3) 不同地区之间的工资变动幅度大于粮食价格波动；

第三，就不同年份而言，粮食价格的波动幅度大于劳动工资；而就不同地区而言，工资波动幅度却大于粮食价格。在联合王国的大部分地区，粮食价格和肉类价格几乎完全相等。这两种商品和其他一些通过零售购买的商品(零售是贫困劳动者日常购买的普遍方式)，在大城市和遥远的乡村地区一样便宜，甚至在大城市更加便宜，其中原因我稍后会有机会解释。但是，大城市及其邻近地区的工资水平要比几英里之外的地区高四分之一或五分之一，即高百分之二十到百分之二十五。在伦敦及邻近地区，劳动者的日工资普遍为十八便士；而在几英里之外，日工资就降为十四到十五便士。爱丁堡及其邻近地区，日工资可能只有十便士了。在距爱丁堡数英里的苏格兰低地的广大地区，通常日工资只有八便士，在那里，工资的波动幅度远小于英格兰地区。工资的巨大差异似乎不足以引导人们从一个教区迁移到另一个教区，但是足以导致大量体积庞大的货物从一个教区，乃至王国的一端，甚至地球的一端，运送到另一个地区，以至于商品的价格不久就会趋于均衡。尽管世人都说人类本性是见异思迁的，但是经验表明，劳动者的转移是最困难的。因此，如果王国中工资最低地区的贫困劳动者都有能力维持家庭生存，那么在工资最高的地区，他们就一定会生活得非常优裕。

(4) 工资和价格变化趋势常常背道而驰，英格兰的谷物价格低于苏格兰，而工资水平高于苏格兰。

第四，劳动工资的变化不仅在不同时间、不同地区和粮食价格波动不一致，甚至常常背道而驰。普通人食用的谷物，其价格在苏格兰高于英格兰，苏格兰每年都要从英格兰输入大量的谷物。尽管英格兰谷物在进口国苏格兰的售价肯定要比在出口国英格兰高，然而其售价却不能高于在同一市场上与其竞争的同品质苏格兰谷物。谷物的品质决定于能够从中磨出多少面粉，从这个角度衡量，英格兰的谷物品质大大高于苏格兰。因此，尽管从标价或从体积来看，等体积的英格兰谷物比苏格兰谷物昂贵，但实际上，就其品质而言，或者从其重量来看，等重量的英格兰谷物比苏格兰便宜。与此相反，英格兰的劳动力价格却比苏格兰要高。如果贫困劳动者在联合王国的苏格兰可以维持其家庭生存，那么在另一地区英格兰，他们就可以生活得非常优裕了。燕麦片在苏格兰是普通人最常用的最好食物，但是在其邻国英格兰，它只是普通阶层的较次等选择。这种生活方式的差异并非两地工资差异的原因，而是工资差异的结果，然而，我常听人不可思议地倒果为因。一人以车代步，另一人步行，不是前者比后者富有的原因，而是前者因为富有所以用车，后者因为贫穷只能步行。

上世纪和本世纪相比，谷物价格更高而劳动工资却更低。

上世纪和本世纪逐年相比，无论是英格兰还是苏格兰，谷物的价格都更贵。现在，这是不容置疑的事实，如果可能证实的话，该现象在苏格兰比在英格兰更加明显。苏格兰每年的官方谷物价格就是证据，这个官方谷物价格必定依据苏格兰不同乡村各种谷物的实际市场情况制定。如果这个直接证据还需要辅助证明，我将证明，这个情况和法国的情形类似，也许欧洲的大部分地区也是如此。就法国而言，证据最为确凿。但是，即便可以很肯定地说上世纪联合王国的两个地区谷物价格都高于本世纪，但同样明确的是，上世纪劳动力的价格却更加低廉。如果贫困劳动者在上个世纪能够养家糊口，那么本世纪他们可以轻松赡养家庭。上世纪，苏格兰大部分地区的劳动者的日工资一般为夏季六便士，冬季五便士。在苏格兰高地部分地区和西爱尔兰，几乎相同，工资依然是每周三先令。而如今，低地大部分地区普通劳动者的一般工资为一天八便士。在爱丁堡附近，受到英格兰影响的英格兰边境地区，以及最近劳动力需求急剧上升的一些地区，如格拉斯哥、卡伦、艾尔郡等地区，工资高达十便士甚至一先令一天。英格兰的农业、工业和商业的发展都早于苏格兰，劳动力的需求及其价格必然随着产业的进步而提升。据此，无论是上世纪还是现如今，英格兰的劳动工资都高于苏格兰。从那时起，英格兰的工资已经有了大幅增长，然而，考虑到英格兰不同地区存在巨大的工资差异，想要确定工资的具体增长幅度非常困难。一个步兵的饷银在1614年和今天一样多，都是八便士一天。最初确定这个饷银水平时，依据的自然是普通劳动者的一般工资，因为步兵大多来自这个阶层。查理二世时期，高等法院大法官黑尔斯推算，一个劳动阶级家庭假设有六口人，父母双亲，两个有劳动能力的孩子，两个没有劳动能力的孩子，每周必需的生活费支出为十先令，即每年二十六英镑。他设想，如果这个家庭不能通过劳动得到必要的收入，那么他们只能通过乞讨或者偷窃来弥补。黑尔斯似乎深入研究过这个问题。格列高利•金先生因专长于政治算术而备受戴夫南特博士推崇，他在1688年计算出，假设一个普通劳动者或者户外服务员的家庭平均人口是三点五人，他们的家庭年收入是十五英镑。从表面上看，金的数据和黑尔斯法官似有出入，但是二者在人均数上近乎一致。他们都认为，每个家庭平均每人每周的开支为二十便士。联合王国大部分地区的这类家庭，无论是货币收入还是支出，从那时起都有了大幅增长，只不过一些地方增长得多些，一些地方增长得少些罢了。然而，很少地区的工资增长速度有最近公布于众的数据那么高，最近的研究结果过于夸张了。必须注意的是，劳动力的价格无论在何地都不可能非常精确。同种工作在同一个地方时常支付不同的价格，这个现象的出现不仅因为劳动者的能力不同，而且因为有些雇主比较慷慨，而有些却比较吝啬。在没有法律规定工资的地方，我们试图确定的只不过是最可能的工资水平。经验表明，法律无法恰当地调节工资，但是法律还是时常作出干预工资水平的决定。

其他必需品和便利品也更加便宜。

劳动者的实际报酬，即劳动者通过劳动工资能够支配的生活必需品和便利品的数量，在本世纪增加了，且在比例上大于劳动者的货币工资的增加。不仅谷物的价格有了某种程度的下降，而且其他使得勤劳的穷人得到满意和卫生的食物的价格也便宜了许多。例如，不限于今，王国大部分地区马铃薯的价格只及三四十年前的一半。那些从前用铁锹耕作、而现今用犁种植的蔬菜，如芜菁、胡萝卜、卷心菜等的价格也有同样的变化。各种瓜果蔬菜都比以前便宜了。上个世纪，大不列颠所需的大部分苹果甚至洋葱都还要从佛兰德进口。麻布和呢绒粗纺织业工艺的改进可以让劳动者穿上物美价廉的服装，贱金属加工业的改良不仅使得人们有了物美价廉的劳动工具，而且为他们提供了许多快意舒适的家具。诚然，肥皂、盐、蜡烛、皮革制品及发酵酒由于加诸其上的关税而价格大涨。但是，由于这些商品在贫困劳动者的必需品中占比极小，因此其价格的上涨不会抵消其他大量商品价格的下降。人们普遍抱怨这些奢侈品消费甚至延伸到最低阶层人民的生活中去了，而贫困劳动者现如今不再满足于从前的衣食住行条件了。这些抱怨可以向我们证实，劳动者的货币工资及其实际报酬都增加了。

劳动工资高对社会有利。

低等阶层人民生活水平的改善，应当视为有利于社会还是不利于社会呢？一看即知，这个问题的答案非常明显。仆人、劳动者和各行各业的工人构成每一个伟大的政治社会的绝大部分，而社会最大部分人群境况的改善绝不能看作对社会整体不利。任一个社会，其人民中的绝大多数生活贫困而悲惨，那绝不是繁荣幸福的国度。此外，只有那些供养社会全体人民的劳动者本身也能够分享一份劳动产品，得到说得过去的食物、衣服和居住条件，这样的社会才算是公平的社会。

贫穷不能阻止生育。

毫无疑问，贫穷会使人不想结婚，但是并不能阻止结婚。它甚至好像还能激励生育。苏格兰高地的贫困妇女常常生育超过二十个子女，而有时娇滴滴的贵妇人却连一个孩子也生不出来，一般人最多生两三个。时尚女性中常见的不育症，在下等女性中很少有。女性的奢侈生活，虽然能够刺激享乐的欲望，但看来总是会削弱甚至破坏生育能力。

但却不利于孩子的抚养。

贫穷虽然不会阻止生育，但是对于子女的抚养却绝对不利。柔嫩的植物种植在寒冷的土壤和恶劣的环境中，不久就会枯萎死亡。我时常耳闻，苏格兰高地生育二十个子女的母亲，最后只有两个能够存活的情况非常普遍。一些经验丰富的军官告诉我，军营中所有士兵的孩子补充军乐队都不够，更不要说补充兵力了。尽管如此，士兵驻地附近的健康儿童看上去比其他任何地方都要多。然而，他们中很少能活到十三四岁。一些地方，一半的孩子四岁之前就夭折了，而许多地方的孩子活不过七岁，而包括所有地区在内的数据是九岁或十岁。这个严重的问题在任何地方都发生在普通民众的孩子身上。显然，普通人不能像上流社会的人们那样给予其子女周全的照顾。尽管他们的婚姻给他们带来更多的子女，但是这些孩子中只有很小的比例能够活到成年。育婴堂和郊区慈善机构收养的孩子中，夭折的情况比普通民众家庭还要严重。

从而遏制了人口的增加。

各种动物的繁殖数量都和它们的食物来源成比例，没有一种动物繁殖的比例能够超过食物来源的数量。然而在文明社会，只有社会底层的人们才会因为食物的缺乏限制其总人口的增长。这种限制只能通过多子女婚姻中大部分孩子的夭折来实现。

而优厚的劳动报酬则刺激人口增加，

劳动者报酬丰厚使得他们能够为子女提供更好的条件，从而可以养活更多的孩子，自然就可以放宽乃至于扩大上述限制。应当指出的是，劳动报酬增加往往和劳动力需求增加成比例。如果劳动力需求持续增加，劳动报酬的增加必然激励更多的婚姻和生育，人口的增加又使得劳动阶层得以源源不断地满足递增的劳动力需求。只要劳动报酬低于激励人口增殖的水平，人手不足就会拉高工资；与之对应，一旦劳动报酬高于这个水平，人口的过度增长将会压低工资水平至必要的数值。在一种情况下，劳动力市场将会存量不足；而在另一种情况下，劳动力市场将会存量过剩。任何一种情况的发生都会很快将劳动工资拉回到和当时的社会条件相适应的程度。因此，劳动力的需求，恰如其他所有商品的需求一样，必然支配着劳动力的生产数量。当进展缓慢时，加速生产；当进展过快时，抑制生产。正是劳动力的需求调节、决定世界不同国家人口繁殖的状态，如北美、欧洲和中国。劳动需求加速北美的人口繁殖，减缓和稳定欧洲的人口增长，而保持中国的人口存量不变。

同时，自由雇工的损耗和奴隶形式相似，但数量更少。

据说，奴隶的损耗是其主人的损失，而自由雇工的损耗则是其自身的损失。实际上，自由工人的损失既是工人自身的损失，同样也是雇主的损失。支付给短工和各类仆佣的工资必须足以使夫妇俩维持短工或仆佣群体的繁衍，以适应递增、递减或不变的社会需求。虽然自由雇工的损耗也是雇主的损失，但是其承担的损失比奴隶主承担的奴隶损耗要小得多。如果可以这样说，用于更替或维持奴隶人口的专用基金一般都由疏忽大意的雇主和粗心的监工管理。考虑到自由雇工，同样目的的基金由他们自己掌管。在富人中日渐盛行的无序，自然而然地引发雇主对上述基金的无序管理；穷人天生的节俭和吝啬，必然使得他们对该基金的使用锱铢必较。在不同的管理模式下，实现同样的目的所必需的支出水平非常不同。相应地，如各民族自古以来的经验所示，我相信，由自由雇工所完成的工作，其耗费最终会低于奴隶劳动。即便是在普通劳动工资非常高的波士顿、纽约和费城，情况也是如此。

高工资增加人口。

因此，劳动报酬优厚是国民财富增长的结果，也是人口增长的原因。抱怨工资上涨，是对最大社会繁荣昌盛的必然原因和结果的哀叹。

社会进步的状态对于贫困劳动者最有利。

也许需要强调的是，不是在社会已经实现绝对富裕的时候，而是在社会走向更加富裕状态的过程中，占人口绝大多数的贫困劳动者的生活状态似乎是最幸福、最舒适的。在停滞状态中，贫困劳动者的生活是艰难的；而在衰退过程中，他们的生活则是悲惨的。对社会各阶层而言，进步的社会状态是最欢欣鼓舞的，停滞状态是萧条沉闷的，而衰退状态则是令人担忧的。

高工资激发勤勉。

劳动报酬优厚既刺激了人口的增长，同时也激发了人民的勤劳。勤劳就像人类的其他品质一样，受到的鼓励越多，进步越大。生活资料的充裕增进了劳动者的体质，而对更优越的生活条件及轻松、富裕的晚年生活的美好向往，可以激发劳动者竭尽全力工作。我们的确发现高工资地区相比低工资地区，例如英格兰和苏格兰相比，大城市的邻近地区和遥远的乡村相比，劳动工人总是更加积极、勤劳和高效。的确，当一些工人四天的劳动收入可以维持一周的生活时，他们将在剩余三天里游手好闲。但这绝不是工人群体的主流。相反，当工资是计件工资制时，劳动工人大多倾向于超负荷劳动，没几年就把身体搞垮了。伦敦和其他一些城市的木匠，能够维持其身强力壮的状态不超过八年。在其他许多计件工资制的职业中，类似的情况时有发生。这个现象逐渐遍及工业、农业，以及任何工资高于平均水平的地方。几乎各类技术工人，由于在其特定职业上过度劳动，往往罹患各类职业病。意大利著名医生拉穆奇尼曾经写过该主题的专著。我们不认为士兵最勤劳，但是，当某些特定工作雇用士兵劳动、并计件付酬时，军官必须与工头约定，士兵每天只能根据此前的军饷水平领取规定数量的报酬。如果没有这个规定，士兵间的相互效仿和得到更高报酬的欲望，时常激励他们超负荷劳动，从而损害了士兵的健康。一周中有三天游手好闲时常引起最多和最强烈的抱怨，但其实的原因却是四天的过度劳动。大量劳动，无论是脑力的还是体力的，在持续数天之后，大多数人都会渴望休息，除非受到暴力限制或者某种强烈需要的抑制，休息极具诱惑力。过度劳动后的放松符合人类本性，劳累有时只要稍事休闲就可缓解，有时却要通过放荡和消遣来释放。如果不能放松，后果常常是危险的，有时甚至是致命的，迟早会导致职业病的发生。如果雇主能够时常听从理性和人性的指引，他们就会适度使用工人而非过度激励他们劳动。我相信，在各行各业中，如果工人适度劳动，他们持续的工作时间会更长，不仅可以长期保持工人的健康，而且工人在一年中的工作总量也会最大化。

物价低的年份鼓励懒惰的观点是错误的。

有人说，在物价低的年份里，工人总是更加懒惰，而物价高的年份，工人更加勤勉。因此，他们总结道，生活资料丰富的时候，劳动积极性不高，生活资料不足时，劳动积极性较高。认为生活资料较日常富足时，劳动者常流于懈怠，这点毫无疑问。但是，认为大多数劳动者都是这样，或者认为人们在食物缺乏时比在食物丰富时工作更出色，在精神萎靡时比心情愉悦时勤奋，在疾病缠身时比身体健康时更卖力，这不大可能。实际观察到的情况是，在一般劳动者中，饥馑的年份多疾病和死亡，而这势必减少他们的劳动产出。

物价低的年份工资高，

在物资充裕的年份，仆役往往离开雇主独立创业，自给自足。但是，粮食价格低廉也变相地增加了维持仆役的专用基金，激励雇主和农场主雇用更多的人手。此时，农场主期望用粮食供养更多的劳动力以获得更多的利润，而不是在市场上低价出售它们。仆役的需求增加，而供给减少，因此，劳动力的价格在物价低廉的年份里多数是上涨的。

物价高的年份工资低。

在物资缺乏的年份，获得生活资料的难度和不确定性加大了，这促使人们倾向于恢复雇佣劳动。但是，粮食高价减少了维持仆役的专用基金，使得雇主倾向于减少而不是增加劳动力的雇佣。同样，在高物价年份，贫穷的个体劳动者时常要消耗掉原本用于购买劳动资料的小额资金，最终不得不沦为帮工赚取生活资料。更多的劳动者想要就业，而就业却更加困难，许多劳动者情愿接受更低的工作条件，从而仆役和帮工的工资在物价高的年份往往是下跌的。

所以，雇主喜欢高物价。

因此，几乎所有的雇主在高物价年份比在低物价年份更有谈判力，他们发现劳动者在高物价年份比在低物价年份更加恭顺和依赖。他们自然认为高物价年份有利于激发勤勉。雇主中绝大多数是地主和农场主，他们还因其他理由喜欢物价高的年份。地主的地租和农场主的利润数额，和粮食价格的高低密切相关。不过，如果假设人们为自己工作更懈怠，为别人工作更勤奋，那么就太荒谬了。一个贫穷的个体劳动者甚至比获得计件工资的帮工更加勤勉。前者独享工作的成果，后者却要和雇主分享。个体劳动者单独工作时不受风气不良的工厂作风的影响，那些大工厂中的不良风气时常导致雇工们道德败坏。尽管雇工按月或按年被雇用，无论干多干少，工作和生活资料都一样，但是个体劳动的优势依然十分明显。物价低廉倾向于提高个体劳动者对帮工和各类仆役的比例，而物价高企倾向于降低这个比例。

梅桑斯先生是一位博学多才的法国作家，他在圣埃蒂安被选为皇家税收官。他致力于说明穷人在物价低的年份比在物价高的年份工作更多。他考察了三个不同的工厂，对比它们在两种不同背景下的产品数量和产值。一个是开设于埃尔伯夫的粗毛纺织厂，另两个是鲁昂遍地皆是的麻纺厂和丝织品厂。据其从政府记录员那里复制的数据来看，所有三个工厂的产量和产值在物价低的年份都比在物价高的年份多。极大值出现在物价最低的年份，极小值出现在物价最高的年份。这三个工厂的生产似乎非常稳定，尽管在不同年份之间，产量也会有所波动，但是整体而言，产出不增不减。

苏格兰的麻纺织业和约克郡的粗毛纺织业产量的变化和物价的高低没有关系。

苏格兰的麻纺织工业和约克郡西区的粗毛纺织业正在扩张，其产量和产值尽管在不同年份间有所波动，但是整体而言是不断增长的。然而，当我查阅它们每年记载的账目时，我却没有发现产量的变化和季节性的物价高低有明显的联系。1740 年物资缺乏，两个产业的产出下滑幅度确实很大。但是，1756 年也是一个物资匮乏年，而苏格兰麻纺织业产量却高于常年。与之对应，约克郡的粗毛纺织业产量下滑，而且直至 1766 年美洲印花税法取消前都没有恢复到 1755 年的产量水平。此后两年里，约克郡的粗毛产量空前高涨，并从那时开始一直不断增加。

产量依赖于其他因素，低物价年份的大量产品没有记录。

所有大规模的出口产业的产量与其说必然依赖于生产国季节性的物价波动，还不如说必然依赖于消费国那些影响产品需求的因素，战争或和平、竞争性行业的繁荣或衰退、主要消费人群的需求高低等等。此外，在物价低廉时，生产的大部分超额产量很可能没有记录在案。男仆役脱离雇主开始独立工作；那些返回父母家中的妇女们，常常为自己和家人织布缝衣；甚至个体劳动者也不总是为公开出售而生产，他们常常被邻居雇用制造家庭自用的物品。因此，他们的劳动产品时常不进入公开公布的记录中，这些记录有时极其夸张，而我们的商人和工厂主却时常据此妄断伟大帝国的盛衰。

然而，劳动力价格和粮食价格之间却有联系。

尽管劳动力价格的变动不仅不与粮食价格一致，而且有时还反向变化，但我们并不能从中推断粮食价格对劳动力价格没有丝毫影响。劳动力的货币价格由两个因素调节：其一是对劳动力的需求，其二是生活必需品和便利品的价格。对劳动力的需求是增、是减还是维持不变，或是需求人口增加、减少还是维持不变，将决定必须支付给劳动者的生活必需品和便利品的数量，而劳动的货币价格又由这些生活必需品和便利品的市场价格决定。因此，尽管有时粮食价格低廉时，劳动力的价格很高，然而在劳动力需求不变，而粮食价格高企时，劳动力的价格将会更高。

由于对劳动力的需求在突如其来的丰年会增加，荒年会减少，因此，劳动力的货币价格在丰年时有时会上升，而在荒年时有时也会下降。

丰年对劳动力的需求多，

在突如其来的丰年，许多产业雇主手里掌握大量资金足以维持和雇用比上年更多的勤劳工人，但是他们未必能雇到这么多人手。那些需要更多工人的雇主，为了得到人手，竞相抬价，有时导致劳动力的货币价格和实际价格都增加了。

荒年对劳动力的需求少。

相反的情形发生在突如其来的荒年。雇用工人的专用基金在荒年比前一年减少了。大量工人失去了工作，为了获得就业岗位，他们竞相压低工资，有时导致劳动力的货币价格和实际价格都减少了。1740 年是一个格外歉收的年份，许多工人只要有饭吃就愿意工作。而在此后的数个丰收年中，很难找到劳动者和仆役。

因此，粮食价格的变化对劳动力价格的影响相互抵消。

荒年物价高，减少了对劳动的需求，降低了劳动力的价格，而高粮价又倾向于提高劳动力的工资。相反，丰收年物价低，增加了对劳动的需求，提高劳动力的价格，而低粮价又倾向于降低劳动力的价格。在粮食价格正常波动的年份，这两个对立因素相互作用，这也许是劳动力价格处处都比粮食价格稳定的部分原因。

工资上涨提高商品价格，但是使得工资提高的原因又会降低物价。

劳动工资的增加必然导致商品价格上涨，它增加了商品价格中分解为工资的那一部分，从而导致工人国内产品和进口产品消费量的减少。然而，资本的积累既是劳动工资增加的原因，同时也提高了劳动生产率，它促使少量劳动能够生产更多商品。雇用大量工人的资本所有者，必然为了自身的利益尽力采取最合适的劳动分工方式，以实现可能的最大产量。为着同样的目的，他必然为劳动者提供他们能够想到的最好的机器设备。在某个工厂的劳动者身上发生着的这一切，因为同样的理由，在全社会的劳动者群体中同样发生着。劳动者的数量越大，他们的分工自然就越细。更多的头脑在为发明合适的机器设备以完成工作而冥思苦想，更多的机器设备就会被发明出来。因此，分工完善和机器发明的结果是大量产品的生产，而这些产品的生产现在使用了更少的工人。因此，由劳动工资增加的产品价格上涨，更多地被由资本积累导致的产品数量的增加所抵消。

第九章　论资本利润

本章导读：斯密认为资本利润率波动太大，无法确认一般的平均利润率，但是可以参考货币利率水平。他指出，在长期经济增长、财富积累过程中，利润呈现下降的趋势。最低利润必须能弥补运用资本的可能损失，最高利润是商品价格扣除最低工资水平后的剩余，侵占了全部的地租。本章中斯密还讨论了影响利润和利率水平的几个因素。

利润决定于社会财富的增减，

资本利润增减与劳动工资增减的原因一样，都决定于社会财富的增减状态。但是，社会财富对二者的影响方式却大不相同。

社会财富增长，利润下降。

资本积累倾向于提高工资，降低利润。当许多富有商人将其资本转入同一个行业时，他们相互间的竞争自然导致利润下降。同时，如果在同一个社会中所有行业的资本都开始积累，同样的竞争将会在所有行业中产生相同的结果。

利润水平难以确定，

前文已经论证，即便是在一个特定的时空，确定劳动者的平均工资水平都不容易。而且，即便可以，我们最多只能确定那些最常见的工资。而当涉及到资本利润时，连这一点也做不到。利润波动频繁，就连商人自己也未必总能告诉你他的年平均利润是多少。利润不仅受到他所经销的商品价格波动的影响，而且受到他的竞争对手及消费顾客运气好坏的影响，还要受到商品经由海运或陆运过程中、堆放在仓库的时间里可能遇到的无数意外事件的影响。所以，资本利润不仅年年不同，日日不同，甚至每一个钟头都不一样。要想确定一个大国所有行业的平均利润势必更加困难。而要以某种精确度判断从前的或更久远时期的利润水平，当然也是不可能的。

但可以从货币利率中估计。

尽管如此，现在或以前资本利润的平均水平可以从货币利率中得到一些提示。可以指出一个基本原则，当利用货币所获颇丰时，才会为使用货币支付较高的利率；当利用货币所获很少时，自然为其支付的利息也少。因此，由于各国市场利率时常波动，我们可以确定，一般资本利润将随其波动，并且同升同降。从利率的变化过程中，我们可对资本利润的变化进程窥见一斑。

英格兰的利率水平在下降，

亨利八世三十七年，所有百分之十以上的利率都被宣布是非法的。似乎在此之前，利率有时高于此数。在爱德华六世时期，宗教狂热禁止所有利率。然而据记载，禁止利率和所有其他类似的禁令一样，没有起到任何效果，反而可能刺激而不是遏制罪恶的高利贷。亨利八世时期，百分之十的法定利率由于伊丽莎白女王十三年的第八号法令而重新启动，一直延续到詹姆士一世二十一年，那一年法定利率降低到百分之八。复辟后不久，法定利率降低至百分之六的水平，而安妮女王十二年更将法定利率水平降至百分之五。所有这些不同利率水平的调整过程看似非常得当。它们的调整好像是跟从市场利率或信用良好的借款者普遍接受的利率而变化着，而不是在其之前变动。自安妮女王以来，百分之五的法定利率似乎高于而不是低于市场利率。在晚近战争之前，政府常用百分之三的利率借款，信用良好的借款者在首都或王国的其他许多地方常以百分之三点五、百分之四、百分之四点五的利率借款。

而财富在增加。

自亨利八世时期以来，我国的财富和收入持续增加。在此过程中，财富和收入似乎在以递增的速度而不是递减的速度增长，即财富和收入不仅在增长，而且增长的速度越来越快。劳动工资在此时期内不断提高，而大部分工商业的资本利润却在下降。

在资本充足的大都市，利润水平低；而在资本不足的乡村，利润水平高。

在大城市开展各种商业活动往往需要比在乡村更大的

资本。在大都市，大量资本运用于各商业领域，并且存在大量资本实力雄厚的竞争者，从而减少了资本利润率，并使其低于乡村的利润率水平。但是，大城市的工资水平却高于乡村。在繁华的大都市，资本雄厚的企业家时常雇不到他想要雇用的工人，因此，他们竞相提高劳动者的工资水平，以尽可能多地雇到他想要的劳动者，然而此举却减少了利润。在偏远的乡村，资本不足以实现所有人的就业，因此劳动者竞相降低工资以获得工作岗位，此举提高了资本利润的份额。

利率水平在贫穷的苏格兰高于英格兰。

在苏格兰，尽管法定利率水平一样，但是市场利率却比英格兰高。在那里，信用最好的人也很难以低于百分之五的利率借得款项。爱丁堡的私人银行甚至为其随时全部或部分支付的本票支付百分之四的利息。伦敦的私人银行对存款是不支付利息的。需要大资本才能经营的产业，在苏格兰比在英格兰少。因此，苏格兰的一般利润通常要高一些。如前所述，苏格兰的劳动工资水平低于英格兰。苏格兰不仅更贫穷，而且进步的速度似乎更加迟缓，尽管它已经有了明显的增长。

在比英格兰穷的法国，利率水平也高。

在本世纪，法国的法定利率并不总是由市场利率调节。1720年，利率从二十分之一降低到五十分之一，即从百分之五降至百分之二。1724年，利率又升至三十分之一，即百分之三点三三。1725年，利率又回到二十分之一，即百分之五的水平。1766年拉弗迪执政时期，又将利率降至二十五分之一，即百分之四的水平。此后，神父特雷再次恢复原先的百分之五水平。一般认为，多次强制降低利率的目的是为减少公共债务做准备。这个目的确曾实现过。也许法国当前没有英格兰富裕，然而，它的法定利率水平却低于英格兰，而市场利率水平却往往高于英格兰，因为在那里和在其他许多国家一样，有很多安全有效的途径可以规避法律制裁。同时在两国经商的英国商人曾向我证实，法国的贸易利润高于英格兰。毫无疑问，正因为如此，许多英国商人不愿意把资本投在重商的英国，而是将其投向轻商的法国。法国的工资低于英格兰。当你从苏格兰到英格兰，你会注意到两国普通老百姓在衣着和面色上的差异，从而可以得出两国生活条件的差异。当你返回法国时，会发现差异更加明显。法国毫无疑问比苏格兰富裕，但似乎进步速度不如苏格兰。在该国国内甚至流行这样的观点：这个国家在退步。我认为这个观点就法国而言，依据不足。但是就苏格兰而言，一个既看到今日苏格兰，也见过二三十年前的苏格兰的人，绝不可能接受这样的观点。

但是，比英格兰富裕的荷兰利率水平更低。

另一方面，荷兰省就其领土面积和人口数量之比例而言，比英格兰富裕。在那里，政府以百分之二的利率筹款，而信用良好的个人以百分之三的利率借钱。据说，荷兰的劳动工资高于英格兰，而且荷兰因经商利润全欧洲最低而闻名。许多人都在说，荷兰的商业正经历衰退。的确，在某些商业领域这是事实，但是这些征兆似乎足以证明，在荷兰并没有普遍地衰退。当利润率下降时，商人时常抱怨商业衰落了，然而利润率的减少却是商业繁荣的自然结果。它也可以证明，在荷兰运用于商业的资本数量大于从前。在晚近的战争中，荷兰得到了所有法国的运输贸易，至今荷兰人还控制着相当大的部分。据说，荷兰持有的法国和英国的国债数额巨大，仅持有的英国国债数量就高达四千万镑（当然，我认为这个数字被夸大了）。荷兰人借出巨额款项给利率较高国家的私人部门，这个事实毫无疑问地证明了荷兰人拥有充裕的资金，或者说，资金量太大了，将其投入本国普通业务实现的利润已经不能让人满意了。但这一切并不能说明荷兰人的商业在衰退。当私人拥有的资金量超过他能够运用于某一特定产业所需的数量，并且该行业仍然在继续增长时，大国的资本也会呈现同样的情形。

在新殖民地的特殊案例里，高工资和高利润并存，但是利润呈下降趋势。

在我们北美洲和西印度的殖民地，不仅劳动工资高于英格兰，而且货币利率从而资本利润也高于英格兰。各殖民地的法定利率和市场利率都由百分之六上升至百分之八。然而，高工资和高利润并行的情况，除了在新殖民地的特殊条件下，很少能够出现。新殖民地在一段时期内，资本相对于其土地面积而言总是不足的，而相对于其资本总量而言，和其他国家的大部分地区相比，劳动力更加不足。他们的土地资源丰富，却没有足够的资本耕作。因此，他们往往将其资本运用于那些最肥沃、条件最便利的土地，例如沿海和运河沿岸地区。这些土地也时常以低于其自然产出的价格被购买。购买和改良该土地的资本往往产生巨额利润，从而可以支付非常高的利息。资本在利润如此丰厚的领域迅速积累，使得耕作者急需更多人手，对劳动的需求超过了新的定居点所能提供的数量。因此，雇工的待遇很好。但是，随着殖民地的开发，利润率会逐渐下降。当最肥沃、位置最好的土地开发殆尽之后，耕作肥力和位置较次的土地所产生的利润就减少了，从而支付给所使用资本的利息也更少了。相应地，本世纪以来殖民地的绝大部分地区，法定利率和市场利率都有了明显下降。当财富、生产改良和人口都增长的时候，利率就下降了。劳动工资并没有随资本利润一同下降。无论资本利润高低，随着资本的积累，对劳动的需求增加了。而且在资本利润下降之后，资本不仅在继续增长，而且比之前增长得更快。勤劳的民族得到财富，这一点和个人一样。利润少、数量大的资本一般而言积累的比利润大、数量小的要快。俗话说，钱能生钱。当你已经得到一些，很容易能得到更多。最大的困难在于掘取第一桶金。资本积累和经营项目的增加，或资本积累和有用劳动需求之间的关系，我们已经作了部分说明，在以后论述资本积累的相关章节中会更加充分地解释。

即使在不断积累财富、快速发展着的国家，获得新的领地或者新的贸易项目往往也可以提高利润和相应的货币利息。新开拓的领域呈现在众人面前，他们需要资金开展这些新业务。当国家积累的财富不能满足所有新增业务的时候，有限的资本将会被运用到那些提供最大利润的特定行业。那些此前投入到其他行业的资金，如今被抽回后转入那些

即便是在财富不断增长的国家，新领土和贸易的获得也可以提高利润。

新开发的、利润更加丰厚的行业中。因此，在所有的老产业中，竞争程度下降了，市场上许多种产品的供给不似从前那么丰富了。这些产品的价格多多少少会上涨，从而会为经营此行业的人们提供更多的利润，使得他们可以支付更高的借款利息。在晚近战争结束后不久，伦敦信誉良好的私人和一些大公司一般以百分之五的利率借款，而在此之前他们通常支付的利率不会超过百分之四到百分之四点五。我们在北美洲和西印度获得的领土和贸易，在社会资本存量不减少的情况下，足以支付这样高的利率。如此大规模的新业务依靠原始的资本存量来开展，必然减少运用于许多其他特定产业的资本数量，那些行业的竞争将会减弱，利润份额一定会更高。我相信，大量的晚近战争开支并没有减少大不列颠的资本存量，其原因，我会在下文中提及。

资本存量减少会提高利润。

然而，社会资本量的减少，或者用于维持产业的基金数量减少，正如它将减少劳动工资，它会增加资本的利润，从而提高货币的利息。由于劳动工资的下降，社会现存资本的所有者可以以更低的成本为市场提供产品，并且由于运用于该产业的资本数量减少，他们可以在市场上以更高的价格出售产品。他们的产品成本更低了，而他们从中得到的却更多。因此，他们的利润从任何一个角度计算都增加了，也可以支付更多的货币利息。从孟加拉和东印度的其他英属殖民地如此迅速容易地获得了大量的财富足以向我们证明，在那些贫穷的地方劳动工资非常低，而资本的利润非常高，货币利率也相应地非常高。在孟加拉，货币常常以百分之四十、百分之五十或百分之六十的高利率借给农夫，用本季的收成作为抵押。能够支付如此高利率的利润一定会侵占所有地租，与之类似，巨额高利贷反过来又侵占了利润的绝大部分。罗马共和国衰亡之前，在各地方总督毁灭性的统治之下，类似的高利贷很常见。我们从西塞罗的信中读到，有道德的布鲁图也曾在塞浦路斯以百分之四十八的高利放贷。

一个国家在其自然资源、气候条件，以及相对于他国的地理位置所能允许的范围内，实现了最大限度的富裕。在这个不再进步、也不会退步的国家里，劳动工资和资本利润都会很低。当一个国家的人口达到了其国土和资本存量能够维持的最大数量的时候，就业竞争将会大幅减少劳动工资，直至仅足以维持劳动力现有数量的程度。此时，这个国家的人口数量已达极限，不能再增加了。当一个国家的资本存量能够满足它必须开展的生产经营活动所需要的全部资本数量的时候，各行各业需要多少资本就能得到多少资本。因此，各行业的资本竞争要多大有多大，相应地，一般利润率也降至最低点。

实现最大限度富裕程度的国家，资本利润和劳动工资都会很低。

但是，也许至今没有一个国家实现此种程度的富裕。中国长时间的停滞状态似乎表明，这个国家也许很久以前曾经达致与其法律和制度相适应的富裕程度。但是，那个程度的富足好像没有实现在另一种法律和制度条件下，其自然资源、气候和地理位置所能允许的极致。一个国家如果忽视或者轻视对外贸易的重要性，只向外国船只开放一两个口岸，那么它能够开展的业务就会比不同法律制度下所能做到的要少。此外，一个国家如果只能保证富人和大资本所有者的权利，而穷人或小资本所有者的权利不仅很少，而且以维持公正为名，时常被地方官吏无情地掠夺，那么，这个国家运用于各行业的资本数量不可能达到各种行业的性质和市场范围所能允许的极限。在各个行业，对贫困者的压迫必然建立起有钱人的垄断，他们包揽所有业务，得到巨大的利润。据说在中国，百分之十二的利率是通常情况，那么一般资本利润一定很高才能负担起如此高额的利息。

但是，似乎从未出现过这样的国家。

无论贫富，法律制度的缺陷有时会将利率提高到大大超越这个国家的条件所能获取的程度。当法律不能强制合同的履行，借款者就会处于和法律修明国家的破产者和信用不佳者同等处境。收回款项的不确定性促使出借者索取的利息，和通常要求破产银行支付的一样高。在那些侵占罗

法律制度的缺陷可能会提高利率，

马帝国西部地区的野蛮民族中，合同履行与否完全仰仗合约双方的诚信，国王的执法部门从不干预此事。以上理由恐怕可以部分解释当时利率为何如此之高。

法律禁止取息也一样。

当法律禁止收取利息的时候，它并不能阻止高利贷。许多人需要借钱，但是出借者不会借款，除非得到一笔补偿，这笔补偿不仅和使用货币实现的价值相适应，而且还要和违法放贷招致的困难和危险相匹配。孟德斯鸠说穆斯林民族中的高利率不能用他们的贫穷解释，而应当部分归因于禁止取息的法律，部分归因于收回款项的困难。

最低利润必须多于足以弥补损失的数量。

最低利润率总是必须高于足以弥补使用资本可能遇到的通常损失的水平，剩余部分才是净利润。通常所说的毛利润往往不仅包括这部分剩余，而且包括用于补偿额外损失的保留部分。借款人能够承担的利息仅仅和净利润成比例。

最低利息率也一样。

最低的一般利率和最低利润率一样，必须高于足以弥补即便相当谨慎出借货币仍可能遭遇的损失。如果没有这个补偿部分，那么出借货币纯粹是出于慈善或友谊了。

达到最大富裕的国家，利率如此之低，只有最有钱的人才能依赖利息生活。

在那已实现最大限度富裕的国家，那里各行各业的资本量已达到行业允许的极限，由于一般净利润率将会非常低，由其支付的一般市场利率也会很低。结果是，只有那些最富有的人才能依赖利息生活，所有其他小额资本或资本中等的人还必须参与其资本的具体运用。几乎所有人都必然要么参与到一个具体实业，要么参与到一种贸易中。荷兰省的现状与之相似。在那里，不是实业者就不时尚。需要使得几乎每个人都习以为常地去经营某项实业，而习俗又到处支配着时尚。不按潮流穿着打扮会遭人讥笑，不和大家一样经营实业同样会成为被嘲笑的对象。一个文官身处军营，一定会很尴尬，甚至会被轻视，而一个无所事事的人在生意人中间也会有同样的遭遇。

最大利润将侵蚀所有的地租，只留下工资。

一般利润率的上限大致是这样一种水平，它占到商品价格的一大部分，完全侵蚀了本应归于地租的部分，并除去根据当时可得到的最低劳动工资水平，即劳动者最基本的生活费用，或在生产商品和把商品运向市场中所使用的必要劳动支出的部分。工作中的劳动者，无论用什么方式总是必须供养的，但不一定必须向地主付酬。东印度公司的职员在孟加拉经营的贸易利润率恐怕与最高利润率相去不远。

利息率对利润率的比例和利润率同升降。

市场一般利息率与一般净利润率之间应有的比例，必然随着利润的涨落而变化。在大不列颠，商人们宣称两倍于利息的利润是好的、适当的、合理的。我想，这不外就是通常的、一般的利润。如一国通常净利润率是百分之八或百分之十，任一通过借款经营的业务，其中的一半支付利息是合理的。资本风险由借款人承担，就像他向放款者保险似的。在大部分贸易中，百分之四或百分之五的利润足以支付这个保险的风险，并补偿借款者运用资本的辛苦和麻烦。但是，无论一般利润率有多低或有多高，国家间的利率对一般净利润率的比例并不相同。如果一国的净利润率相当低，也许不能把利润率的一半用来支付利息；而利润率高的国家，可能支付的利息要多于利润的一半。

低利润国家的商品可以和低工资的国家一样价格低廉。

在那些快速致富的国家，其商品价格中利润所占比例较低，低利润率在支付较高的工资后，保证该国的商品可以和进步程度稍逊、但工资水平较低的邻国以同样低廉的价格出售。

实际上，高利润比高工资更倾向于抬高物价。

实际上，高利润比高工资更倾向于抬高商品价格。例如，如果在一个麻纺织厂，梳麻工、纺工、织工等不同工种工人的工资都增加了二便士每天，那么一匹麻布的价格提高的幅度，等于生产这匹麻布所雇用的工人的数量，乘上他们生产这匹麻布所需要的时间，再乘以两个便士。那些最终分解为劳动工资的商品价格的组成部分，经由生产的不同阶段步步分解，其最后增加的份额和劳动工资增加的份额呈算术级数增长。但是，如果雇用这些工人的所有雇主的利润率都上升五个百分点，那么商品价格中最终分解为资本利润的份额，经由生产的不同阶段逐级分解，和利润增长率呈几何级数增加。梳麻工的雇主出售梳好的麻时，在其全部原材料加上支付给劳动者工资的价值之上要求额外的五个百分点。纺工的雇主出售纺好的麻布时，不仅在已经加价的梳好的麻的价格上再加五个百分点，而且在纺工的工资支付额上也加了五个百分点。织工的雇主也会要求在织好的布上以类似方法加价。所以，工资增长抬高物价就像单利提高增加债务总额一样，而利润则像复利。我们的商人和工厂主时常抱怨工资增长抬高物价，并造成了商品的国内外销售额下降的不利结果。然而，他们却从不提及高额利润率的恶果。考虑到自身所获的利益，他们对此保持沉默；而对于他人得利所产生的不良影响，他们却总是大声抱怨。

第十一章 论地租

本章导读： 本章的核心观点是地租是商品价格中扣除一般工资和一般利润之后的剩余。它是商品高价的结果，是地主凭借土地垄断权获得的收入。需求大于供给，是土地产生地租的直接原因。随着社会进步，从食物到衣服再到住宅，商品需求不断增加，因此按照生产食物、服装原材料、住宅原材料的顺序，不同用途的土地先后开始提供地租。

地租是农产品中超过必须支付给农场主一般利润以上的部分。

地租是使用土地的代价，当然也是承租人根据土地的实际情况能够缴纳的最高价格。在签订租约时，地主会尽可能留给承租人足够的份额，以弥补种子、支付工资、购买和维护耕畜及其他农用工具，加上周边地区一般的农业利润。显然，这是承租人愿意接受的最小份额了，而地主很少愿意让他们保留更多。农产品超过这个份额的部分，无论是实物形式还是实物的价值形式，地主都尽可能将其作为地租留在自己手里。显然，这是承租人根据土地的实际情况能够缴纳的最高价格。诚然，有些时候出于慷慨大方，更多的时候出于不了解情况，地主也会接受低于这个比例的地租；同时，有些时候（比较少见）承租人也可能出于不了解情况，和周边的一般农业利润相比，缴纳了更多的地租，留下了更少的利润。但是，这个比例依然被视为自然地租，或者说大部分出租土地理应获得的地租。

地租不仅是改良土地的资金的收益，

也许有人会认为，土地的地租通常不会超过地主为改良土地垫付的资金的合理利润或利息。毫无疑问，在某些情况下，这在一定程度上是对的，但这不是问题的全部。即便是没有改良的土地，地主也会索取地租，而改良土地的资金利息或者利润通常是另加在原始地租之上的额外部分。不仅如此，这些改良资金并不总是由地主支付的，有时甚至是由承租人支付的。虽然承租人实际支付了改良费用，但是，当重新签订租约时，地主通常会提高租金，好像土地改良是由他出资实现似的。

有时取自于人力无法改良的土地，例如大型褐藻生长的岩石，

有时，地主对人力根本不能改良的土地也会索取地租。大型褐藻是一种海草，燃烧后可以产生一种含碱的盐，可用于制造玻璃、肥皂及其他产品。这种海草出产于大不列颠的几个地区，尤其是苏格兰地区。它生长在最高水位恰能淹没的岩石上，这些岩石每天会被海水淹没两次。因此，生长在这种岩石上的海草产量是不可能通过人力增加的。然而，地产以此类岩石为界的地主常会对这些岩石索取地租，就像他们对农田索要地租一样。

以及方便捕鱼的临海地区。

设得兰群岛附近的海域渔产丰富，鱼是当地居民的主要食物。但是，如果要从海产品买卖中获利，他们就必须居住在临海地区。因此，对该地区征收的地租不仅与使用这块土地的农场主的土地产品成比例，而且同时与其土地产品及海产品成比例。地租的一部分用海产品缴纳，这是那个国家少见的、地租成为海产品价格组成部分的例子。

因此，地租是垄断价格。

因此，视为使用土地代价的地租本质上是一种垄断价格。地租完全不与地主支付的土地改良费用成比例，也不与他能够从土地上获得的收益成比例，而是与农场主能够承受的缴纳份额成比例。

某种农产品的售价是否能够提供地租决定于农产品的需求。

在土地的所有农产品中，只有那些价格能够足以支付投入生产、运输商品的资本折旧加上通常的资本利润的产品才能被运送到市场上销售。如果普通价格超过以上部分，多出的部分自然而然转化为土地的地租。如果普通价格不高于以上部分，即便商品能够被运往市场销售，也不能为地主缴纳任何地租。而价格是否高于这个部分，决定于市场需求。

有些农产品的价格需求旺盛，总是能够支付多于以上部分的价格，而其他农产品的需求所能够承受的却可能等于或者少于以上部分。前者总是为它们的地主提供地租；后者则根据不同的情况有时能够提供地租，有时不能提供地租。

一些农产品的需求足够提供地租，另一些却不能。

因此，必须指出，地租进入商品价格的方式同工资、利润不同。工资、利润的高低是商品价格高低的原因，地租的高低则是商品价格高低的结果。商品价格有高有低，是因为将该商品供应市场必须支付的工资、利润有高有低。但恰是因为商品价格有高有低，远远多于、稍许多于或者根本不足以支付上述工资和利润，才能够提供高额地租、小额地租或者根本不能提供地租。

工资和利润是价格的原因；而地租是价格的结果。

本章将分成三个部分来研究三项内容：首先，研究那些总是能够提供地租的土地产品；其次，研究那些时而能够提供地租，时而不能提供地租的土地产品；最后，研究在经济发展的不同时期，以上两种初级产品相互比较或者和工业制造品相比较，其相对价值自然发生的变化。

本章分为三个部分。

第一节 论总能提供地租的土地产品

既然和所有动物一样，人类繁殖的速度依据可获得的生活资料的数量，那么对食物总是或多或少有所需求。食物总是能够购买或者支配或多或少的劳动数量，我们总能找到为了得到食物而愿意工作的人。诚然，考虑到有时会向工人支付高工资的情形，食物能够购买到的劳动数量，并不总是和用最经济的使用方式食物能够供养的劳动数量相等。但是，等量食物总能够按照周边地区的工资水平雇用到等量劳动。

食物总是能够购买到它能负担的劳动数量。

但是，无论位置如何，即使用最慷慨的方式供养劳动，土地产品也总是远多于维持那些生产、运输这些产品的必要劳动所需要的食物数量。剩余部分也总是多于重置雇佣

几乎所有土地生产的产品都多于维持劳动者生存、支付资本利润所需的程度，从而能够提供地租。

劳动的资本以及支付其利润所需要的数额。因此，土地产品总有剩余部分可以转化为地租。

挪威和苏格兰最荒凉的旷野产出一种牧草，在这片旷野上饲养的牛群，其产奶量和繁殖的小牛除了足以维持养牛的工人、支付农场主或牛群主人的普通利润之外，通常还能为地主提供小额的地租。牧草的质量越好，牧场的租金越高。同样面积的高品质牧场，不仅能够饲养更多的牛群，而且由于牛群集中，因此照看牛群及收获相关产品所需要的劳动力数量将减少。因此，地租以两种方式增加：其一是产品数量的增加；其二是产品数量中用于维持劳动力的比例减少。

地租依据土地位置和肥沃程度不同而不同。

无论生产什么，地租不仅依据其肥沃程度不同而不同，而且还依据位置不同而不同。肥沃程度相同，邻近城镇的土地提供的地租高于远离城镇的土地。虽然在其上耕作需要的劳动力数量一样，但是将远距离土地上的产品运往市场所需要的劳动力更多。因此，农产品中用于维持劳动力的比例增加，而作为农场主利润和地主租金来源的剩余部分比例减少。但是，正如前面说明过的，远离城镇地区的利润一般都比城镇近郊要高一些。因此，那已缩减了的剩余部分中属于地租的份额将会更小。

良好的交通状况使得地租减少了。

良好的道路、运河及可通航的河流减少了运输费用，使得偏远地区的运输费用接近于都市邻近地区。它们是所有改良中最有实效的。它们促进了偏远地区的耕作，而在乡村，这些偏远地区范围最广。因为打破了其邻近乡村的垄断，这些改良对都市有利。它们甚至还有利于原先具有垄断特权的乡村。尽管交通改良向传统市场引入了一些竞争性的商品，但是，与此同时，交通改良也为乡村的产品打开了新市场。除此之外，垄断是优质管理的大敌，优质管理只有在自由、普遍的竞争条件下才能够建立，因为只有自由、普遍的竞争才能迫使每一个人为了自身的利益采取优质管理。就在不到五十年前，伦敦附近的一些郡县向议会请愿，反对将征税道路延伸到偏远的乡村。[①]他们指出，这些偏远的乡村由于可以雇用到廉价劳动力，因此能够在伦敦市场上以低于他们的价格出售牧草和谷物，从而导致他们的地租减少及农业耕作衰败。从那时起，他们的地租和农业耕作状态都得到了改善。

扣除维持劳动力的产品后，农田比牧场生产的剩余多。

一块中等肥沃程度的农田，其粮食产量要高于同等面积最优质牧场的产量。尽管耕作同等面积的农田需要的劳动力更多，但是扣除补偿种子和维持劳动者的部分之后，剩余同样也更多。因此，如果一磅肉的价值不高于一磅面包的价值，那么更多的剩余意味着更多的价值，就为农场主和地主提供了更多的利润和地租基金。这种情况在农业社会早期阶段似乎非常普遍。

早期，肉类比谷物便宜，

但是，在农业社会的不同时期，这两种不同食物——谷物和肉类——的相对价格差别很大。在农业社会最早期，国内大部分未开发的土地都用于畜牧。彼时，肉类的数量多于面包，因此，面包是需求竞争最大的产品，从而出售的价格最高。据乌略亚说，四五十年前在布宜诺斯艾利斯，四里亚尔，合二十一便士，是一头牛的通常价格，而且可以在两三百头牛中任意挑选。乌略亚没有提到面包的价格，可能是因为他认为它不值一提。他说，在布宜诺斯艾利斯一头牛的价格略高于逮到一头牛耗费的劳动的价格。但是，无论在什么地方，没有大量的劳动是无法生产谷物的，而且阿根廷位于普拉特河附近，这条河当时是欧洲人前往波托西银矿的直达线路。在这个地方，劳动力是不可能很便宜的。当耕作延伸至国家的大部分地区时，情况就不一样了。此时，面包的数量多于肉类，竞争的方向发生转换，肉类的价格将高于谷物的价格。

但是，后来肉类变得更贵了，

由于大量耕作未开发荒地，肉类需求的供应开始短缺。大量耕作的土地必须被用来饲养牲畜，因此，牲畜的价格除

① 这句话的意思可能是这些路原本是不通向偏远地区的，而不是说对已建好的路段征税。——译者注

了足以支付饲养它们所必需的劳动力之外，还必须能够支付土地用于耕作时地主能够从中得到的地租，以及农场主能够得到的利润。在未开垦的荒地上饲养的牲畜，在同一个市场上依据其重量和品质，与在充分开发的土地上饲养的牲畜按照相同的价格出售。因此，荒地的所有者将从中获利，地租将根据牲畜的价格成比例地提高。就在不到一个世纪以前，苏格兰高地上的许多地区，肉类的价格等于或者低于燕麦面包的价格。英格兰和苏格兰统一后，为苏格兰的肉类打开了英格兰的市场。现在，苏格兰肉类的价格大约是本世纪初的三倍，同时，许多苏格兰高地的租金增加了两到三倍。现在，大不列颠的大部分地区，一磅优质肉类的价格一般而言高于两磅优质白面包的价格，而在丰收的年份，甚至能值三到四磅优质白面包的价格。

并且，牧场的地租和谷地一样高，

所以，伴随着改良的进程，未改良牧场的地租和利润，在一定程度上受到已改良牧场的地租和利润的支配，而已改良牧场的地租和利润，又受到农田的地租和利润的支配。谷物每年收获一次，而肉类的生产周期需要四到五年。因此，同一亩土地，肉类的产量将比谷物产量低得多，产量低的劣势必须用高价格来弥补。如果弥补过头，更多的谷物耕地就会转化为牧场；而如果弥补不足，部分牧场就会复垦耕作谷物。

有时甚至更高，

我们必须了解，生产牧草的土地和生产谷物的土地，即直接生产牲畜的消费品的土地和直接生产人类消费品的土地，它们的地租和利润的相等只发生在一个大国大部分已改良的土地上。在局部地区，情形则不相同。种植牧草的地租和利润有可能高于种植谷物。

就像大城市附近的情形，

因此，在一个大城镇的周边，对奶制品及马饲料的需求，再加上肉类的高价，通常会提高牧草相对于谷物而言的价值。这些局部地区的优势显然不能延伸到偏远地区。

或者一个人口众多需要进口粮食的国家的情形，荷兰和古代意大利就是如此。

有些特殊原因有时会导致一国人口过多，乃至于全部国土，像大城市的周边地区一样，不足以生产维持其居民所需的牧草和谷物。因此，这些国家的土地原则上都用于种植牧草，或者此类体积大、难以远距离运输的商品；而谷物，作为大部分居民的食品，主要从国外进口。荷兰现在的情况就是如此。在罗马的鼎盛时期，古代意大利的大部分地区也出现过这种情形。西塞罗告诉我们，老加图曾说，经营私人土地时，牲畜饲养得好是最有利可图的，占第一位；牲畜饲养得一般，占第二位；牲畜饲养得差，占第三位；而耕作土地仅名列第四。实际上，当时位于罗马附近的古代意大利，那里的农业耕作时常因为罗马将谷物无条件或者以低价格分配给它的人民而受到极大损害。这些谷物来自于被征服的省份，其中一些省份被迫按照大约每配克六便士的价格将产出的十分之一出售给共和国，以此代替税收。谷物按照如此低价分配给人们，必然压低了从拉丁或罗马其他原有领地上运往罗马市场的谷物的价格，当然也会抑制这些地区的谷物种植。

有时在围圈土地比较稀少的国家也会发生类似的情形。

在一个主要产品是谷物的开放国家，一块围圈种植牧草的草地通常比附近谷地的地租要高。围圈草地便于饲养用于耕地的牲畜，因此它和使用牲畜耕作的谷物地不一样，它的高地租并不和自身的产物价值成比例。如果围圈草地周围的土地都同样围圈起来，那么围圈草地的地租将会下降。苏格兰目前围圈土地的高地租似乎因为围圈土地的稀少，一旦围圈土地多起来，地租就会下降。围圈土地用于畜牧比种植谷物有利，因为它不仅可以节省照料牲畜的劳动，而且牲畜在没有看护人和守护狗干扰下的饲养效果更好。

正常情况下，谷物地地租支配牧场地租。

但是，在那些没有以上地域性优势的地方，最适于种植谷物或其他人们日常食用的蔬菜，这类土地的地租和利润将支配牧场的地租和利润。

饲养牲畜的新方法的使用，降低了肉类相对于面包的价格。

人工饲料的使用，如白萝卜、胡萝卜、卷心菜，以及使用其他方法，将使得同一块土地上饲养的牲畜比用天然牧草饲养的更多，这些方法将会或多或少地缓解发达国家肉类价格高于面包价格的预期。实际情况似乎印证了这个说法，现实证明，相对于上个世纪初而言，至少现在伦敦市场上的肉类和面包之间的比价下降了很多。

十七世纪初，肉类价格较高，

伯奇博士在《亨利亲王传》的附录中列举了亲王日常支付的肉类账单。购买一头重六百磅的牛通常花费亲王九英镑十先令左右，即每一百磅牛肉值三十一先令八便士。亨利亲王于1612年12月6日去世，时年十九岁。

高于1763年和1764年；

1764年3月，议会曾调查当时食品价格高企的原因。在各种证据中，一位弗吉尼亚商人作证如下：1763年3月，他为其商船配备补给时，一百磅牛肉需要二十四到二十五先令，这是当时的中等价格；而到了1764年，物价高涨，同质同量的牛肉需要二十七先令。我们看到，即便是1764年的高价，还是比亨利亲王时期的中等价格便宜四先令八便士。需要强调的是，只有上好的牛肉才适于腌制以便在远距离航海途中食用。

亨利亲王支付的平均价格是每磅三又五分之四便士，其中包括上等肉和下等肉；根据这个推算，当时上等肉的零售价格不可能低于每磅四又二分之一便士或五便士。

1764年议会调查时，证人证明，当时上等牛肉的价格是每磅四便士或四又四分之一便士，而下等牛肉的价格大约从一又四分之三便士到二又二分之一和二又四分之三便士之间。他们说这个价格总体而言比3月要高出二分之一便士。但是，即便价格如此高涨，也比我们能够推测的亨利亲王时期的一般零售价格便宜许多。

而小麦则很便宜。

在上个世纪的头十二年里，温莎市场上的上等小麦的平均价格为每夸特（合九温彻斯特蒲式耳）一英镑十八先令三又六分之一便士。

但是，包括1764年在内的此前的十二年里，在同一个市场同样数量的上等小麦的平均价格为二英镑一先令九又二分之一便士。

因此，上个世纪的头十二年和1764年之前的十二年相比，小麦便宜得多，而肉类则贵得多。

谷物地和牧场的地租和利润支配其他土地的地租和利润。

所有大国开发土地的大部分，要么用于生产人类的食物，要么用于生产牲畜的食物。这些土地的地租和利润支配着其他开发土地的地租和利润。如果其中某种产品提供的利润或地租较少，那么土地很快就会转用于种植谷物或牧草，而如果其中某种产品提供的利润或地租较多，那么用于种植谷物或牧草的土地也会很快转用于生产这种产品。

其他土地明显的额外地租或利润，只不过是额外支出的利息

诚然，为了使得土地能够适用于这些产品的生产，也许需要一大笔初始的改良费用，或者需要每年投入较多的开发费用，但是生产这些产品和种植谷物、牧草相比，在前一种情况下往往能够提供更多的地租，而在后一种情况下往往提供更多的利润。然而，这些额外的收入只不过是额外支出的合理利息或者报酬而已。

例如，种植啤酒花和水果的园子，

种植啤酒花、水果或者蔬菜的园子，一般而言，其地主的地租和农业资本家的利润，都会高于种植谷物或牧草的土地。但是，将土地改造成适于种植以上产品的状态，需要投入额外的费用，因此一个较大的地租必然应当属于地主。它们同样需要更加精细和专业的管理。因此，一个较大的利润必然应当属于农业资本家。况且，啤酒花和水果的收成波动还很大。因此，价格除了补偿所有通常的损失之外，还必须能够提供类似用于保险的利润。园林工作者的技术水平一般而言属于中等，这向我们证明了，他们卓越的技能一般并不会得到过多的报酬。很多有钱人为了自娱也在学习这些精巧的技艺，以至于为了获利而学习该项技能的人并没有太多的优势，因为那些本该是他们首选客户的人都亲手种植珍稀植物。

或者菜园。

地主从这类土地改良中得到的利益，似乎仅能弥补初始投入的费用。古代耕作中，除了葡萄园之外，灌溉良好的菜地似乎是所有农业用地中产品价值最高的部分。但是，被古人尊为农业技术之父的德谟克利特，大约在两千年前写了一本关于农业的书，他认为围圈菜地不是明智之举。他说，菜地的利润不足以弥补石墙的成本，而且那些砖块（我

想他指的是太阳晒干的那种)受到日晒雨淋的侵蚀,时常需要修补。西班牙人科卢梅拉引用了德谟克利特的话,他没有反驳他,而是建议了一个更加多产的方法,即用荆棘制作篱笆。他说,根据他的经验,用荆棘制作篱笆,既经久耐用,又能够防范侵入。然而,在德谟克利特时期,这种方法似乎并不普及。后来瓦罗推荐过科卢梅拉的方法,而帕拉迪乌斯则运用了这种方法。根据这些古代农业家的意见,菜园的产出似乎并不多于特殊的栽培技艺或者灌溉需要的费用。因为,在那些距离赤道较近的国家,那时候的人们和今天一样认识到,需要一股水流来导入菜地的全部地表层。在整个欧洲的大部分地区,今天人们并不认为蔬菜园需要建造一个比科卢梅拉建议的更好的围栏。在大不列颠和其他一些北方国家,没有围墙的保护很难生产出优质的水果。因此,在这些国家,水果的价格必须足以支付建造和维护必不可少的围栏所耗费的成本。人们常常在菜园周边种植果树,这样菜园就可以既得到围栏的保护,又不必用其产品支付成本。

适当耕作、完美维护的葡萄园,是农业中最有利可图的部分,这似乎是古今中外所有葡萄酒生产国公认的毋庸置疑的真理。但是,我们从科卢梅拉那里得知,开垦一个新葡萄园是否有利可图,是古代意大利农业家们争论不休的问题。科卢梅拉像一位酷爱新奇植物的人一样,决定通过对比葡萄园的收益和成本,竭力证明开辟新葡萄园是一项最有利可图的土壤改良,以支持葡萄园的种植。然而,关于新项目的成本收益对比通常并不可靠,在农业中尤其如此。如果新葡萄园的种植收益果真像科卢梅拉估计的那样大,那么就不会有任何争议了。同样的争论在今天的葡萄酒生产国时有发生。这些国家的农业家实际上都爱好并且推广高级的种植,他们似乎都倾向于支持科卢梅拉对葡萄园的偏爱。法国现有葡萄园的所有者竭力阻止开辟新葡萄园的迫切心情,似乎支持了这些人的观点,并且似乎暗示着他们也有类似的经验,即今天在葡萄酒生产国种植葡萄园是最有利可图的。然而，这也同样暗示着其他观点，即一旦现在取消限制自由种植葡萄园的禁令，那么种植葡萄园的超额利润就会荡然无存。1731年旧葡萄园主们得到一条禁令，禁止开辟新葡萄园，停种两年以上的旧葡萄园禁止翻新。除非该省的省长证实他亲自查验了该地块，并且发现该地块的确不适于种植其他任何农作物，国王才会特许经营。这项禁令的出发点在于，当时谷物和牧草稀缺，而葡萄酒过剩。但是，如果葡萄酒的确过剩，经营葡萄酒的利润会降低到谷物、牧草的自然利润率之下，那么不需要任何禁令，就会非常有效地限制新葡萄园的开辟。因为葡萄园的扩张导致谷物供给不足，在法国的葡萄酒生产省份，那些适宜种植谷物的土地耕作最仔细，例如勃艮第、吉耶讷和上朗格多克就是如此。在一种种植业中大量雇用劳动力，必然会激励另一行业中的就业，因为前者为后者提供了现成的产品市场。依靠减少能够购买葡萄酒的人数来刺激谷物种植最不可靠，就像通过限制工业来刺激农业发展的政策一样。

因此，那些需要一大笔初始改良费用才能使土壤适应种植需要，或者需要每年投入更多耕作费用的产品，尽管它们的地租和利润经常比谷物和牧草的多一些，但是，当额外的地租和利润不能弥补额外的费用时，这些产品的地租和利润实际上还是由那些普通作物的地租和利润支配的。

还有，适合种植某种特殊产品的土地可能存在垄断，

诚然，有时会发生这样的情况，适于种植某种作物的土地数量太少，以至于不足以满足有效需求。此时，全部产品就会被分配给那些愿意出更高价格的人，这个高价多于将产品供给市场所必需的自然率水平上的全部地租、工资和利润，或其他大部分耕作土地获得的全部地租、工资和利润。这类产品售价在支付全部开发和耕作费用之后的剩余，在且仅在这种情况下，才会和种植谷物或牧草获得的类似剩余不成比例，而且超过的程度可能或大或小，并且超额收入的大部分自然而然地以地租的形式落到地主手里。

例如，那些生产特殊品质的葡萄酒的土地，

例如，我们必须理解生产葡萄酒的地租和利润与生产

谷物和牧草的地租和利润之间的、通常且自然的比例仅在以下情况下才会出现，即这些葡萄园生产出来的只是优质的普通葡萄酒，它们可以在任何地方被种植，无论土壤是松软的、含有沙砾的还是沙子地，并且，这些葡萄酒除了浓度和养生价值之外没有任何特点值得称道。只有这种葡萄园，一国普通土地才能和它进行比较；而对于那些拥有特殊品质的葡萄园，一国普通土地显然是无法与其竞争的。

和其他果树相比，葡萄树的生长更容易受到土质的影响。据说，在某种土地上生产出来的葡萄具有某种特殊的口味，这是任何工艺或者管理所不能实现的。这种特殊的口味无论是客观存在的，还是源于人们的心理作用，有时仅限于少数葡萄园的产品，有时在一个小地方的大部分地区都可以生产，有时在一个大省的大部分地区都可以生产。这类葡萄酒的全部产量供应市场都不能满足有效需求，或者不能满足那部分人的需要，他们愿意付出的价格足以支付根据自然率或根据其他葡萄园通常支付的、将葡萄酒运向市场所必需的全部地租、利润和工资的人的需求。因此，全部产品将分配给那些出高价的人，这必定会将这类葡萄酒的价格提高到普通酒价格水平之上。价格会差多少，决定于这类葡萄酒的流行程度，以及稀缺程度引致的消费者之间竞争的激烈程度。无论如何，价格差别的大部分都会形成地租归地主所有。尽管这些葡萄园通常比其他葡萄园耕作得更加精细，但是葡萄酒的高价格与其说是精耕细作的结果，还不如说是精耕细作的原因。种植此类高价葡萄时，疏于管理所造成的损失之大，以至于最粗心大意的人也不得不多加小心。因此，高价格中的一小部分是用于支付额外耕作的劳动工资，以及推动这份额外劳动的额外资本的利润的。

以及西印度的产糖殖民地，

欧洲国家在西印度占领的产糖殖民地堪比这些珍稀的葡萄园。所有殖民地的糖产量不能满足有效需求，因此只能分配给那些出价较高的人，这个高价多于将产品供给市场所必需的全部地租、工资和利润，这个水平的地租、工资和利润是其他产品生产通常必须支付的。据精通交趾支那农业生产的普瓦夫尔先生说，在那里优质白糖通常的出售价格是每公担三皮阿斯特，合十三先令六便士。这里所说的公担大约重一百五十到二百巴黎磅，即平均一百七十五巴黎磅。这个价格将英国每百磅的白糖价格降到了八先令，不及从我国殖民地进口的红糖和粗砂糖价格的四分之一，优质白糖价格的六分之一。在交趾支那大部分开垦的土地用于种植当地人们的主要食物——谷物和水稻。谷物、水稻和糖之间的价格必然保持着自然的比例。这个比例是在已开垦的土地上生产的大部分作物之间自然形成的比例，它能够尽可能地按照可计算的通常土地改良的初始投入和耕作的每年投入来补偿地主和农场主。但是，在我们的产糖殖民地，白糖价格和无论来自欧洲还是美洲的谷物、水稻价格都不成比例。据说，甘蔗园主期望糖酒和糖蜜两项就能够支付全部耕作成本，而糖则全部是纯利润。如果这是真的，我实在不敢苟同，就像是种植谷物的农夫期望糠皮和麦秸两项就能够支付全部耕作成本，而谷物全部都是净利润一样。我经常看到，在伦敦的商人社团或其他贸易城市在我国的产糖殖民地购买荒地，他们打算委托代理机构开垦、耕作这些土地以获取利润，全然不顾路途遥远，而且当地的法律制度还不完善，收益也不确定。而在苏格兰、爱尔兰和北美出产谷物的省份，即便是当地司法制度相当完善，可以确保正常收益，也没有人愿意用同样的方式开垦和耕作当地最肥沃的土地。

或者垄断程度较轻的弗吉尼亚和马里兰的烟草种植。

在弗吉尼亚和马里兰，由于利润丰厚，人们更愿意种植烟草而不是谷物。在欧洲大部分地区，种植烟草也许更有利，但是几乎在整个欧洲烟草都是一个基本的课税对象。可以设想，由于国内随处可以种植，对不同的农场征税的难度当然会大于在海关征收单一的进口税。由于这个原因，在欧洲的大部分地区竟然荒谬地禁止种植烟草，这必然赋予那些允许种植烟草的国家某种垄断权力。当弗吉尼亚和马里兰生产出最大产量的烟草时，它们尽管也存在一些竞争者，但是极大地享受着这种垄断的好处。然而，种植烟草好像不如种植甘蔗那么有利可图。我从未听说过居住在大不列颠的商人将资本投入到烟草种植的土地改良和耕作中去，而且我们常常看见从产糖小岛上发财归国的种植业者，而从烟草殖民地归国的人赚得就没有那么多了。尽管在这些殖民地种植烟草相对于谷物而言是首选，欧洲的烟草有效需求未得到充分满足，但是，烟草供给相对于白糖而言和有效需求更加接近。尽管烟草的现价比按照谷物地通常支付的、将其供应市场所必需的全部地租、工资和利润的数量要多，但是超过的份额不如白糖。因此，我们的烟草种植者非常担心烟草的供给过剩，就像法国旧葡萄园主担心葡萄酒供给过剩一样。通过议会颁布的法令，他们规定每个从十六岁到六十岁的黑奴只能种植六千本烟草，预计产量为一千磅。他们计算，这样一个黑奴除了种植这么多数量的烟草之外，还可以耕作四英亩印第安谷物。据道格拉斯博士说（我认为他的资料并不可靠），有时为了防止市场上存货积压，他们甚至在丰收的年份将每个黑奴的产量烧毁一部分，就像传说中荷兰人烧毁他们的香料一样。如果必须采用如此极端的做法才能保持市场上的烟草价格，种植烟草相对于种植谷物而言，即便尚存一些优势，也难以长期维系。

因此，种植粮食的土地的地租支配大部分其他土地的地租。

正是以这种方式，生产人类食物的土地地租支配着其他大部分开垦土地的地租。没有什么产品提供的地租会长期低于这个数量，因为一旦发生这种情况土地即会转为他用。同时，如果有某种商品通常能够提供高额地租，一定是因为适宜种植这种产品的土地数量有限而不能满足有效需求。

在欧洲，谷物地的地租支配生产其他粮食的耕作土地的地租。

在欧洲，谷物是直接供应人们食用的主要粮食。因此，除非位置特殊，欧洲的谷物地的地租支配着其他所有耕作土地的地租。英国不必羡慕法国的葡萄园，也不必羡慕意大利的橄榄园。除非地理位置优越，这些种植园的地租受制于谷物地的地租。而在英国，谷物地的肥沃程度毫不亚于以上两个国家中的任何一个。

如果一个国家的居民通常最喜爱的素食来源于某一种植物，这种植物在相同或相近的耕作条件下，其产量要是大大超过最肥沃谷物地的谷物产量，那么在支付了劳动力的工资、补偿了农场主的资本折旧，以及为他提供一般利润之后，保留在地主手里的地租或者剩余食物的数量肯定较大。无论该国劳动力的通常维持费用是多少，更多的剩余食物意味着可以供养更多的劳动人口，当然也使得地主又能够购买或者支配更多的劳动力。地租的实际价值，即地主真实的购买力和支配力，他人劳动为地主提供的生活必需品和奢侈品的数量必然更大。

如果日常食用的作物产量大、剩余多，地租也会较高。

水稻田的产量大大高于最肥沃的谷物地的产量。据说，每亩稻田每年收获两次，每次收获量是三十到六十蒲式耳。因此，尽管耕作稻田需要更多的劳动力，但是扣除供养劳动力所需之后，依然还有大量剩余。因此，在那些人们习惯于食用稻米的稻米生产国，和谷物生产国相比，将会有大量剩余产品归属于地主。在卡罗来纳，像其他英属殖民地一样，那里的种植业者通常既是农场主也是地主，因此，在那里地租通常和利润混合在一起，人们发现种植稻米比种植谷物更加有利可图，尽管在那里稻米一年仅收获一次，而且秉承欧洲的传统习惯，在那里稻米并不是人们通常最喜爱的食物。

例如，水稻，

好的稻田一年四季都是沼泽地，而且有一季充满了水。这样的地既不适宜种植谷物，也不适宜种植牧草、葡萄。实际上，不适合种植其他任何有用的植物性食品；同样，适合种植其他植物的土地也不适合种植水稻。因此，即便是在水稻生产国，水稻田的地租也不能支配其他耕地的地租，因为后者不能转化为前者。

马铃薯地的产量不比稻田差，而比小麦田好。一英亩马铃薯地产出马铃薯一万二千磅和一亩小麦田产出小麦二千磅相比，并不是什么了不起的产量。实际上，从这两种植物

或者马铃薯。

中提取的粮食或者固体养料并不和它们的重量成比例，因为马铃薯的含水量较大。然而，即便因为含水量减去一半的重量，仍然有很大的剩余。一英亩马铃薯地仍然可以提供六千磅的固体养料，这个数量是一英亩麦田的三倍。一英亩马铃薯地的耕作成本低于一英亩麦田，而麦田在播种前还需要休耕一段时间，这笔费用大大超过马铃薯地通常需要的锄耕等额外的费用。如果这种块茎食物未来能够成为欧洲任何一个地区人们日常喜爱的食物，像一些水稻生产国的水稻一样，从而使得种植马铃薯的土地占全部土地的比重和现在种植小麦及其他人类食物的土地占比相等，那么同样数量的耕作土地将能养活多得多的人口。当劳动者通常依赖马铃薯供养的时候，在弥补资本折旧和维持劳动力生存之后的剩余也会更大，剩余中的大部分也将归地主所有。人口将会增加，地租也会大大高于现在的水平。

适宜种植马铃薯的土地也适合种植其他一切有用蔬菜。如果种植马铃薯的土地面积占比能够和现在的谷物一样，那么，马铃薯地的地租也会以同样的方式支配其他大部分耕作土地的地租。

小麦也许是比燕麦好的食物，但是不如马铃薯。

我曾听说，在兰开夏的一些地方人们认为，劳动者吃燕麦面包比吃小麦面包更不容易饿，在苏格兰我也常听到同样的观点。但是对其真实性，我却非常怀疑。经常食用燕麦面包的普通苏格兰人，和经常食用小麦面包的同一阶层的英格兰人相比，既没有他们健壮，也没有他们有型。苏格兰人工作没有英格兰人努力，看上去形象也不如他们。由于在两个地区上流人群中间没有这种差异，经验似乎表明，苏格兰普通民众的食物不如他们同阶层的邻居英格兰人的食物那么适合人类的体质。但是，就马铃薯而言，情形似乎有所不同。伦敦的轿夫、脚夫、煤炭挑夫，以及那些靠卖淫为生的可怜妇女，他们也许是英国领土上最强壮的男人和最美丽的女人。据说，其中的大部分来自爱尔兰的最低阶层，他们通常的食物就是马铃薯。在所有食物中，马铃薯的营养是最可信的，最适于人类的体质。

马铃薯的储存难以超过一年，更不可能像谷物那样储存两三年。由于担心不能在腐烂之前将它们销售掉，妨碍了马铃薯的种植。也许这同样是在各大国马铃薯不能像面包一样成为不同阶层人民的基本植物性食物的主要原因。

然而，马铃薯容易腐烂。

第二节 论有时能、有时不能提供地租的土地产品

人类的食物似乎是唯一一种总是而且必然能够为地主提供地租的土地产品。其他的土地产品有时能提供、有时不能提供地租，这要依情形而定。

衣、住是仅次于食物的人类两大需求。

土地在其原始状态下能够为更多的人供给衣、住的材料，多于它能够供养的人口。土地改良之后，有时能够供养的人口数量会多于它能够满足衣、住材料需要的人口数量，至少在人们有衣、食、住的需求并且愿意为其支付费用的时候如此。因此，在原始状态下，衣、住的材料总是过剩，从而它们通常价值很低或者没有价值。在改良的状态下，衣、住的材料经常稀缺，从而增加了它们的价值。在一种情况下，这些材料中的大部分被认为是废物而随意丢弃，对于留下以供使用的那一部分，人们愿意支付的价格仅等于为改造它们使其便于使用而投入的劳动成本和其他费用。因此，这个价格不能为地主提供任何地租。在另一种状态下，所有材料都被加以利用，而且还常常供不应求。一些人总是愿意支付超过将其供应市场必须支付的成本的价格。因此，这个价格总是能够为地主提供一些地租。

最初供给过剩的衣、住的原材料后来也能提供地租。

大型动物的皮毛是人类最初的衣服原材料。因此，在那些以动物肉为主食的狩猎或者游牧民族，每一个人在为自己提供食物的同时也为自己提供了穿不完的衣服原料。如果没有对外贸易，这些衣服原料中的大部分都会被当成一文不值的东西随意丢弃。这大概就是在被欧洲国家发现之

例如，兽皮和羊毛，

前的北美洲的狩猎民族的情形。现在，这些狩猎民族用他们过剩的皮货交换毛毡、武器和白兰地酒，从而赋予皮毛一些价值。我相信，在现今已知世界的交换状态下，即便是最原始的民族，那里也建立了土地私有权，也会有一些此类的对外贸易。在这些对外交换中，他们发现他们富有的邻居们对其生产的所有在国内不能加工完和消费完的衣服原材料有这样的需求，这种需求足以将服装原料的价格提高到弥补运输成本的水平之上。因此，衣服原料的价格可以为地主提供一些地租。当苏格兰高地大部分的牲畜在内地丘陵地带被消费掉时，兽皮出口就成为该国出口商品中最大的一项，兽皮出口交换的商品为高地的土地提供了额外的地租。过去，英格兰国内不能消费和加工的羊毛，后来也在更加富裕和勤劳的佛兰德斯人的国家里找到了市场，从此羊毛的价格为生产它们的土地提供一些地租。在那些过去没有英格兰耕作得好、现在没有苏格兰高地耕作得好的国家，它们也没有什么对外贸易，服装的原材料显然严重过剩，以至于大部分都被作为废物丢弃，不能为地主提供任何地租。

例如，石料和木材。

屋舍原材料的运输距离总是不可能有服装的原材料那么远，也不便于对外贸易。当它们的生产国供给过剩时，即便是在当今贸易全球化的状态下，对其地主而言也毫无价值。伦敦附近的优质石矿能够提供相当不错的地租，而在苏格兰和威尔士的许多地区，它却一文不值。在人口稠密、耕作优良的国家，用于建房的无果树木价值很大，种植这些树木的土地也能提供相当不错的地租。但是，在北美洲许多地方的土地，如果有人将其上的大部分大树移走，地主还要多谢他呢。在苏格兰高地的一些地区因为缺乏陆路和水路运输能力，只有树皮才会被运输到市场上，而木材则被随意丢弃任其腐烂。当屋舍的原材料供给过剩时，其被使用部分的价值仅能等于将其改造便于使用而投入的劳动成本和其他费用，它不会为地主提供任何地租。一般情况下，只要有人开口请求使用这些原材料，地主都会同意。然而，富裕国家的需求有时却使得地主可以在其中得到地租。例如，在伦敦铺设道路使得苏格兰沿海一些岩石的所有者从中得到了以前从未有过的地租。又如，挪威和波罗的海的树木在大不列颠的许多地方找到了其国内无法提供的市场，因此为其所有者提供了一些地租。

人口数量的多少决定于食物的数量。

各国的人口数量不与该国产品能够为多少人提供衣、住成比例，而是与该国产品能够为多少人提供食物成比例。当食物的需求得到满足时，很容易发现衣、住需求的必要性。但是，衣和住唾手可得，而找到食物却很困难。即便是在英国领土内的一些地区，建造一栋我们称之为“房子”的东西，大概只需要一个人一天的劳动。最简单的衣服是动物的毛皮，将它裁剪、缝制成适合穿着所需要的时间多一些。但是，这个需求量并不大。在奴隶和原始民族里，一年劳动中的百分之一或稍多一点的数量，就足以提供大部分人口的衣、住需求，其他全部剩余的百分之九十九的劳动用于生产食物，却时常勉强够用。

因此，伴随着食物供给更加容易，对于衣服和住房的原材料的需求也会增加，

但是，通过改良和耕作土地，家庭中一个人的劳动可以供养两个人，从而就整个社会而言，一半的劳动力可以供养全部的人口。因此，另一半，或者说至少其中的大部分劳动力，将会被用于生产其他产品或者满足人类其他欲望或嗜好。其中，服饰、住所、家具，以及成套的设施，是基本的欲望和嗜好。富人不会比他的邻居多消费多少食品。尽管二者在质量上差别很大，选择和准备富人的食品需要更多的劳动和技能，但是在数量上二者几乎相同。但是，将富人奢华的宫殿、数不胜数的服饰和穷人的陋室破衣相比，你将会清晰地意识到，他们在服饰、住所、家具上的数量差别和质量差别一样大。人们的食欲受到胃容量的限制，但是对服饰、住所、家具和设备在便利性和装饰性上的欲望似乎无穷尽。因此，支配的食物超过自己所需的人总是愿意用它们或它们的价格，交换足以满足其他欲望的东西，用超过满足有限需求之上的物品，交换满足无限欲望的物品。而穷人为了得到

食物，则竭尽全力满足富人的这些欲望；为了确保获得食物，他们在其产品的价格和质量上相互竞争。伴随着食物数量的增加，或者改良和耕作的土地数量的增加，工人的人数增加了。由于他们的工作性质允许无限的劳动分工，他们加工的原材料数量增加的比例超过工人的人数，因此，人类的发明创造能够运用于房屋、服饰、装备或家具商的各种原材料的需求，无论是有实用价值的还是装饰性的都会增加；而蕴藏于地壳中的化石、矿石、贵金属及宝石的需要也会增加。

因此，衣、住的原料开始提供地租。

这样，食物就不再是地租唯一的初始来源，后来，其他土地产品也能够提供地租这部分土地产品的价值来源于生产食物的劳动生产率的进步，根源于土地的改良和耕作。

然而，它们并不总能够提供地租，

但是，后来提供地租的土地的这部分产品并不总是能够提供地租。即便是在进步国家，对这些产品的需求并不总是能够将它们的价格提高到这样一种水平，即将这些产品供应市场所投入使用的劳动的工资加上资本的折旧和一般利润的水平。价格会不会有这么高需视情形而定。

例如，一些煤矿贫瘠得无法提供地租，

例如，一座煤矿是否能够提供地租，部分取决于它的矿藏量，部分取决于它的地理位置。

一座矿山是贫是富，决定于一定数量的劳动能够将其矿藏运向市场的数量，是多于还是少于等量劳动在其他大部分同类煤矿工作所能运向市场的数量。

一些煤矿的地理位置非常优越，但是因矿藏量过少而不能开采，产品不能支付成本。当然既不能提供利润，也不能提供地租。

有些煤矿，其产品仅能弥补在其上投入的劳动力成本，以及推动劳动力的资本折旧和一般利润。它们可以为经营者提供些许利润，但是不能为地主提供地租。除了土地所有者之外，没有人拥有开采此类矿山的优势，土地所有者此时兼任经营者，得到投入资本的普通利润。许多苏格兰的煤矿就是在这种方式下开采的，这也是唯一能够开采的方式。地主不会允许任何人不支付地租就开采煤矿，但也没有任何人能够支付任何地租。

苏格兰的另一些煤矿尽管矿藏足够丰富，但是由于地理位置不佳也不能开采。这些煤矿的产量足以支付投入的成本，开采它们所需的劳动力数量等于甚至低于平均水平，但是在一个内陆国家，人口稀少，没有良好的陆路或者水路运输条件，这么多的产量无法销售。

或者地理位置太差。

作为燃料，煤炭不如木柴好用，据说也不如木柴卫生。因此，在消费煤炭的地区，煤炭的费用一般都要或多或少低于木柴的费用。

煤炭的价格比木柴低，

木材的价格就像牲畜的价格一样，随着农业的发展而变化，其变动的原因也几乎一样。最初，一国的大部分地区遍地都是木材，对地主而言这些木材是毫无用处的障碍物，如果有人想要砍伐木材，地主求之不得。随着农业的发展，森林部分由于耕地扩大而被清除，部分因为饲养的牲畜数量增加而遭毁坏。尽管牲畜数量扩张的比例不及同样是人类的勤劳所得的谷物数量扩张的比例，但是在人类的照看和保护下，牲畜也开始繁殖起来。人们在丰收的季节储存粮食，以便在青黄不接的时候喂养牲畜。这样，人类全年为它们提供的食物数量就比在不耕作的自然状态下多得多。不仅如此，人类还为它们驱除敌害，保证它们能够尽情享用大自然赐予的一切。当数量庞大的牲畜群得以徜徉在森林中，即便不会毁坏老树，也会妨碍幼苗的生长，因此，在一两个世纪之内，整片森林就会被毁。结果是，树木的稀缺提高了它们的价格，从而给地主提供了不错的地租。有时他们发现，没有比将最好的土地用于种树更加有利可图的了，木材的利润丰厚足以弥补回报周期长的不足。这似乎是当前大不列颠几个地区的实际情况，在那里，人们发现种植树木的利润和种植谷物或牧草一样多。地主从种植树木中得到的收益无论在什么地方，至少在大部分时期里，不可能超过谷物和牧草为他提供的地租。在一个高度耕作的内陆国家，它

而且伴随着农业的发展而变化。

也不可能经常低于这个水平。实际上，在进步国家的沿海地区，如果能够非常方便地得到煤炭作为燃料，有时从耕作不佳的外国进口无果树木用于建筑房屋，比在国内种植树木要更便宜。近年来，在爱丁堡新建的城镇，也许没有一根木材是苏格兰产的。

无论木材价格高低，如果煤炭的价格使得烧煤的费用和烧柴的费用差不多，我们可以设想，在这样的地方，在这样的条件下，煤炭的价格就会达到极大值。在英格兰内陆的一些地区好像就是这样，尤其是在牛津郡。在那里，即便是普通民众的火炉里，通常都会混用煤炭和木柴。可见，在那里，这两种燃料的价格差别不会太大。

但是，在产煤国，煤炭价格到处都低于最高水平。

但是，在产煤国家，任何地方的煤炭价格都会低于这个极大值。如果不是这样，它们就不能负担长途运费，无论是经由陆路还是水路运输。当销量很少的时候，煤炭的经营者和所有者会发现，与其以高价少量销售，不如以稍低的价格增加销量，这对他们而言更加有利。最富的煤矿也支配着其邻近地区其他煤矿的煤炭价格。煤矿的所有者和经营者发现，以略低于邻近煤矿的价格销售煤炭，要么能够得到更多的地租，要么能够得到更多的利润。很快，邻近的煤矿不得不按照同样的价格销售煤炭，尽管这个低价他们无法承受，尽管这个低价总会减少、有时甚至会完全剥夺他们的地租和利润。一些矿山就这样被完全封掉了，另一些无法承担地租的，只好由矿山所有者来开采。

煤炭的最低价格只能弥补资本折旧加上资本利润。

在大部分时间里，煤炭能够销售的最低价格和其他所有商品一样，仅能够支付将产品供应市场所需的资本的折旧和一般利润。在一个地主无法得到地租的煤矿，要么他自己开采，要么弃之不用，这里的煤炭价格一般必然和这个最低价格大致相同。

煤炭地租在煤炭价格中的比重低于大部分其他初级产品。

即便是能够提供地租的煤矿，这个租金在煤炭价格中的比重也低于土地上的大部分其他初级产品。土地的地租一般占到其产品总产量的三分之一，这个数量一般是确定的，不受收成偶然变动的影响。而在一个煤矿，总产量的五分之一就是很大的租金了，十分之一是正常租金，而且租金的数量非常不确定，随着产量的偶然变动而变化。这个变动的幅度非常之大，以至于在三十倍年租是购买田产的中等价格的国家里，十倍年租就是煤矿的好价钱了。

和煤矿相比，金属矿的地理位置对其影响不大，

煤矿对于其所有者的价值，通常同时决定于其地理位置和矿藏量，而金属矿的价值受到其矿藏量的影响多于地理位置的影响。当粗金属和贵金属从矿石中分离出来之后，它们的价值是很大的，一般可以负担相当长距离的陆路运输和距离最遥远的海洋运输费用。因此，这些金属的市场不会局限于矿山附近的国家，而是遍及全世界。例如，日本的铜远销欧洲，西班牙的钢铁远销智利和秘鲁，而秘鲁的银不仅在欧洲找到了市场，而且从欧洲转销到中国。

世界各地的金属之间相互竞争。

威斯特摩兰或什罗普郡的煤炭价格对纽卡斯尔的煤炭价格影响极小，而里奥诺尔的煤炭价格对纽卡斯尔的煤炭价格毫无影响。相距如此遥远的煤矿生产出来的煤炭不可能相互竞争。但是，距离遥远的金属矿的矿产品则时常会、而且实际上总是会互相竞争。因此，全世界最富的矿山出产的粗金属或贵金属的价格，必然会或多或少地影响其他矿山的金属价格。日本的铜价必然会影响欧洲铜矿出产的铜价。秘鲁的银价，换言之，在秘鲁白银能够购买的劳动或其他商品的数量，必然会影响不仅是欧洲而且是中国的银矿出产的白银价格。在秘鲁发现了银矿之后，欧洲大部分的银矿都被废弃了。白银的价值下降过大，以至于这些银矿的产品不能支付开采它们的费用，即不能承担开采这些银矿必须消费的衣、食、住及其他生活必需品的折旧加上一个利润。波托西发现了银矿之后，类似的情况也在古巴和圣地亚哥的矿山发生过。

因此，在金属价格中，地租的份额很小。

因此，各地的各种金属的价格在某种程度上受到正在开采的全世界最富有矿山的价格的支配，在大部分矿山，这个价格不可能超出开采成本很多，为地主提供高地租的可

能性也极小。据此，大部分矿山的粗金属的价格中地租的比重似乎很小，而在贵金属的价格中这一比例更小。劳动力成本和资本利润占据价格中的绝大部分。

在康沃尔和苏格兰，锡矿和铅矿的地租大约是总产品的六分之一。

据康沃尔锡矿的副总监博莱斯先生说，在这个矿藏丰富全世界闻名的锡矿，平均而言，地租占到总产品的六分之一。他说，一些矿的地租多些，另一些则少些。在苏格兰，几个矿藏最丰富的铅矿，地租也占到总产品的六分之一。

秘鲁银矿的地租大约只有五分之一，现在只有十分之一，

据弗雷齐耶和乌略亚说，秘鲁银矿的所有者常常并不要求经营者的其他承诺，只要求经营者在他们开设的磨坊中研磨矿石，并且支付磨坊的报酬或者支付研磨矿石的一部分。实际上，直到1736年，西班牙国王对矿山征收五分之一的标准银作为税收，这当然可以看作世界上最富有的秘鲁银矿真实地租的大部分。如果不征税，这五分之一的产品自然属于地主，而且原本因为无法承受税赋而被废弃的银矿也可以开采了。康沃尔公爵的锡矿赋税大约是总产值的百分之五或者二十分之一，无论他本人得到了多少，如果是免税的，这个部分都会属于矿山的所有者。但是，如果把二十分之一加上六分之一，你会发现，康沃尔锡矿的全部平均地租和秘鲁银矿相比，大约是十三比十二。但是，即便租金较低，秘鲁的银矿依然无法承受，结果是，1736年秘鲁银矿的税收从五分之一降到十分之一。银税虽然降低了，但是和二十分之一的锡矿税相比，还是刺激了走私，而且走私贵重物品当然比走私大宗商品要容易得多。因此，有人说西班牙国王得不到什么税收，而康沃尔公爵则得到很多。因此，和在最富有的银矿出产的白银相比，地租在最富有的锡矿出产的锡矿石价格中所占比重较大。在弥补开采投入的资本，并支付一般利润之后，粗金属留给矿山所有者的剩余似乎比贵金属要多。

而利润很少。

开采秘鲁银矿的利润通常也很微薄。上述两位受人尊敬并熟知当地情况的权威人士称，如果一个人着手在秘鲁开采银矿，那么他离破产就不远了，因此，大家都会回避他

以免受牵连。在秘鲁开采矿山和在本地一样似乎都被看成买彩票，中彩的少，不中的多，然而，少数几个大奖却驱使许多冒险者将其财产投入到这项高风险的项目中。

在秘鲁，为了统治者的利益，鼓励采矿。

尽管如此，由于统治者大部分的收入都来自于银矿产品，秘鲁的法律尽可能地激励人们去勘探和开采新矿山。任何发现新矿的人有权在他认为是矿脉的方向划出二百四十六英尺长、一百二十三英尺宽的土地归其所有，在这部分土地上开采无须向地主支付任何报酬。出于自身的利益，康沃尔公爵也曾在古公国内设定类似的法律。任何一个人在废弃的或者未围圈的土地上发现锡矿，都可以根据规定划取一定的范围，这被称为矿山定界。为矿山定界的人成为实际上的矿山所有者，可以自己开采，也可以将矿山租给他人开采，不需要得到原土地所有者的许可，但是要向他缴纳小额的开采报酬。在以上两项法律中，私有财产的神圣权利被预期的公共收入侵犯了。

在秘鲁同样激励勘探和开采新的金矿，国王对金矿征收的赋税只及标准金块的二十分之一。秘鲁也曾经对金矿征收五分之一的赋税，和银矿一样，后来降至十分之一，但是对于如此轻微的税赋，金矿依然无法承担。尽管税赋如此之低，但是如果像弗雷齐耶和乌略亚所说的那样，很少有人能够通过开采银矿发财，那么通过开采金矿发财就更不可能了。这二十分之一似乎是智利和秘鲁大部分金矿支付的全部地租。和白银相比，人们更愿意走私黄金，不仅因为同等体积的黄金价值更高，而且因为大自然形成黄金的特殊方式。就像其他大多数金属一样，很少能发现纯净的银块，大多数时候它们和其他物质伴生。要把白银分离出来必须通过非常艰辛而且麻烦的操作，由于代价太高，不可能大量分离白银。而且分离银的工作必须在特设的车间里才能顺利进行，这又非常容易被政府官员监查。黄金则不同，被发现时几乎都是纯金。有时黄金成块地被发现，有时即便掺杂着几乎看不出来的砂土或其他无关物质，也能够很容易地通过简短操作将其分离出来，只要有少量的水银，任何人都可以在任何一间民舍中进行这种简单操作。因此，如果国王仅能在白银上征收少量税收，那么在黄金上，他所获更少。因此，黄金价格中地租的比重比白银更小。

贵金属的最低价格必须能够弥补资本折旧加上一般利润，

贵金属出售的最低价格，或者它们在长期中能够交换到其他商品的最低数量，由那些确定其他所有商品最低价格的相同原则支配。通常投入使用的资本，即那些将金属从矿山运向市场通常必须消费的食物、衣服和住所，决定了其最低价格。最低价格至少要能够补偿资本折旧加上资本的一般利润。

而最高价格仅由稀缺性决定。

但是，贵金属的最高价格好像不必然由任何东西决定，除了这些金属本身实际上是稀缺的还是丰裕的。贵金属的最高价格不由其他商品的最高价格决定，和煤炭的最高价格由木柴的最高价格决定不同，煤炭再稀缺也不能将价格提高到木柴的最高价格之上。然而，黄金的稀缺性增加到一定的程度，一小块黄金可能比一粒钻石还贵，可以交换大量的其他商品。

对贵金属的需求源于它们的效用和美观，而稀缺性增强了贵金属在美观方面的价值。

对贵金属的需求部分源于其有用性，部分因为其美观。除了钢铁之外，它们也许比其他任何金属都有用。因为，它们不易生锈且非常容易保持清洁，考虑到这个因素，它们非常宜于用作餐桌和厨房器皿的原材料。银质的煮器比铅制、铜质或锡制的煮器更清洁，而金质的又比银质的清洁。而贵金属的主要优势在于它们很美观，特别适用于装饰服装和家具。任何颜料或染料都无法像镀金那样光彩夺目。由于稀缺，贵金属的美观更体现出价值。对大部分富人而言，有钱的最大效用在于炫富，而其效用的最高境界在于炫耀自己拥有别人不能拥有的决定性富裕标志。在富人看来，一个有点儿用处，或者比较美观的物件，它的价值会因其稀缺性大大加强。换句话说，得到大量的这种物品需要付出大量的劳动，而只有他们才又能够购买这么多的劳动。对于这类物品，他们愿意花高价购买，而对于更有用、更美观的物品，如果非常普通，他们却出价较低。有用性、美观性和稀缺性是这些金属价格昂贵的基础，换言之，是这些贵金属随处可以交换大量其他商品的基础。贵金属的高价格和它能够用于铸造货币没有关系，在用作铸币之前，它们的价格就已经很高了，高价值恰恰是贵金属宜于铸造货币的原因。尽管如此，铸造货币这种用途引发了贵金属的新的需求，新的需求挤出了贵金属在其他方面的使用，结果可能导致贵金属的价格持续高企，不断增加。

人们需要宝石，因为它们的美观，这份美观因为稀缺性得到加强。

对于宝石的需求完全因为它们的美观。除了装饰，宝石没有其他用处，宝石美观的价值由于其稀缺性而增加，或者由于从矿山中开采宝石的困难和高额费用而增加。在大部分场合，工资和利润是宝石高价的全部组成部分。地租部分极小，有时没有，只有矿藏非常丰富的矿山能够提供大量的地租。当珠宝商塔韦尼耶造访戈尔孔达和维沙波尔两地的金刚石矿时，他被告知，开采矿山全部为了国王的利益，而国王下令除了那些产量最大、品质最好的矿山，全部都要关闭。对于所有者而言，似乎开采其他矿山得不偿失。

贵金属和宝石矿山的地租不和矿山的绝对矿藏量而是和其相对矿藏量成比例。

由于全世界贵金属和宝石的价格都由矿藏最丰富的矿山出产的贵金属和宝石的价格支配，二者能为其所有者提供的地租不和它们的绝对矿藏量成比例，而是和它们的相对丰裕程度成比例，换言之，与它相对于其他同类矿山的优越程度成比例。如果又发现了新矿山，其相对于波托西矿山的优势就像波托西相对于欧洲矿山的优势一样，那么白银就会大幅贬值，以至于连波托西矿都不值得开采。在西班牙发现西印度之前，欧洲最富有的矿山曾经为他的所有者提供的地租数量，同如今秘鲁最富的矿山为其所有者提供的地租一样多。虽然当时白银的数量比现在少，但是白银能够换取的其他商品的数量可能和现在一样多，因此，土地所有者的地租能够使他交换或者支配的劳动或商品的数量和今天一样多。无论是产品还是地租的价值，换言之，无论是它们为公众还是为土地所有者提供的真实收入，可能都和今天一样多。

贵金属和宝石供给丰富不能给世界增加财富。

最富有的贵金属矿山或者最富有的宝石矿山给这个世界增加的财富极少。一种产品的价值主要源于稀缺性，必然会因为供给丰富而贬值。这类产品供给丰富的全部好处在于，人们现在可以用更少的劳动或者其他商品，换取金银餐具或者装饰奢华的服装和家具。

但是，土地产品和土地地租都由土地的绝对丰裕程度决定。

土地就不一样了。土地产品和土地租金的价值，与土地的绝对丰裕程度而非相对丰裕程度成比例。一块出产一定数量食物、衣物和屋舍材料的土地，总是能够为一定数量的人口提供衣、食和住的功能。无论地主占有多少这些产品，它们总能赋予地主支配对应数量劳动的能力，或者支配这些劳动力能够为他提供的产品。最贫瘠土地的价值不会因为其邻近地块的丰裕而下降。相反，它的价值会因之上升。肥沃的土地供养了大量的人口，它们为贫瘠土地的部分产品提供了市场，而贫瘠土地产品自身能够供养的人口不可能提供这样大的市场。

食物的丰裕增加了其他商品的价值。

无论肥沃的土地增加了多少食物的供给，不仅增加了已改良的土地的价值，而且同样增加了其他许多土地的价值，因为增加的食物为其他的土地产品创造了新需求。食物供给丰富是土地改良的结果，许多人因此得到多于其消费需要的分配数量。这是导致对贵金属和宝石需求大增的主要原因。同时，对于服装、房屋、家具和设施的各种便利和装饰需求也增加了。食物不仅是世界财富的主要组成部分，而且丰富的食物供给使得其他财富拥有了价值。古巴和圣地亚哥的穷苦居民，在被西班牙人发现之前，将小金块用于头发和服装的装饰。他们对金块的评价好像跟我们对那些外观不错的小鹅卵石的评价一样，它们值得我们将它们捡起来，但是如果有人向我们索取，却不值得拒绝。新客人一开口，他们就把金块拱手相送，似乎不认为他们送给客人的礼物有多珍贵。看到西班牙人对黄金如此狂热，他们非常吃惊。他们完全不知道还有这样的国家，那里的许多人民都有大量他们常年缺乏的食物剩余，以至于这些人民愿意用足以维持一个家庭多年的食物去换取少量闪闪发光的小东西。如果他们知道原因，就不会为西班牙人对于黄金的狂热而吃惊了。

第三节 论总能提供地租的产品和有时能、有时不能提供地租的产品之间相对价值的变化

伴随着发展的进程，一般而言，其他产品相对于食品越来越贵。

食物供给越来越丰富，是持续不断的土地改良和耕作的结果，这必然会增加其他各种土地产品的需求。这些产品要么具有实用价值，要么具有装饰功能。可以预期，在整个社会发展的进程中，以上两类不同土地产品之间的相对价值会有一种变化。和总能提供地租的产品相比，那些有时能够提供、有时不能提供地租的产品价值总是会不断上升。随着工艺和产业的进步，服装和屋舍的原材料、地球上有用的化石和矿物质、贵金属和宝石的需求会越来越大，从而它们能够交换到越来越多的食物，换言之，变得越来越贵。这就是大多数物品在大多数场合下呈现的情形。如果不是在某些场合中意外事件的发生使得某些商品的供给大大超过需求，那么这样的情形就是所有物品在各种条件下必然发生的情形。

但是，也会出现例外，例如当发现富矿的时候，白银的价格就会下降。

例如，伴随某地的发展和人口的增多，其附近一个自由采石场的石料的价格必定上升，尤其是当周边只有这一个采石场的时候。但是，在同样的条件下，一个银矿的白银价格未必会上升，即便是在一千英里范围内只有这么一个银矿。自由采石场出产的石料市场仅限于方圆数英里之内，其需求必然和这个小范围地区的发展和人口增长成比例。但是，白银的市场可以扩张到人类已知的整个世界。因此，除非全世界共同发展，人口普遍增加，否则，即便是银矿附近有一个大国，其经济发展也不一定会增加白银的需求。即便是全世界共同发展了，但是只要在其发展过程中可以发现

前所未有的白银富矿，那么哪怕是白银需求必然上升，供给也可能以更大的比例增加，以至于可能导致金属的实际价格下降。也就是说，一定数量的白银，比如说一磅重的白银，可能购买的或支配的劳动力的数量越来越少。换言之，其所能交换的谷物的数量——劳动力生活资料中最基本的部分——越来越少。

白银的大市场是世界上那些贸易频繁、文明开化的地区。

在人类一般的发展进程中，白银将会越来越贵，

如果随着一般的发展进程，白银的市场需求增加了，与此同时，白银的供给并没有等额增加，那么相对于谷物，白银会逐渐升值。任一给定数量的白银将交换越来越多的谷物，换言之，谷物的平均货币价格将会逐渐下降。

但是，如果发生多年意外的白银供给增加，那么白银价格也可能下降，

反之，如果白银的供给相对于需求的比例在多年内由于某种意外事件不断增加，那么该金属的价格就会逐渐降低，换言之，即便存在发展和进步，谷物的平均货币价格也会逐渐上升。

或者，如果供给需求等比例增加，白银价格也可能维持不变。

但是，如果白银的供给和需求以近似的比例增加，那么白银就能继续购买或交换近似数量的谷物，从而即便一切都在进步中，谷物的平均货币价格也会近似维持不变。

在过去四百年里，以上三种情况都曾发生过。

以上三种情况似乎穷尽了在发展进程中可能出现的所有情况的组合。在过去的四个世纪里，如果我们可以用在法国和大不列颠发生的历史事实进行判断，我们会发现，在欧洲市场上，以上三种不同组合似乎都曾发生，而且还以同上述大致相同的顺序发生。

本章小结

社会状况的每一次改进都会增加地租。

我将用以下观点结束这冗长的一章，即社会状况的每一次改进都倾向于直接或间接地增加土地的真实地租，增加地主的真实财富，增加他所能够购买的他人劳动或者劳动产品的能力。

土地改良和耕作范围的扩大，倾向于直接增加地主的地租。伴随着土地产品数量的增加，地主在产品中所占的份额必然增加。

改良和耕作的土地范围扩大，直接增加地租，

土地初级产品真实价格的上升，最初是土地改良和耕作扩大的结果，后来却成为土地改良和耕作范围继续扩大的原因。例如，牲畜价格的上升同时在更大程度上直接提升了土地的地租。地主所得部分的真实价值，即他能够实际支配的他人劳动的数量，不仅因为土地产品的真实价值上升而上升，而且因为他在所有产品中所占份额的增加而增加。产品真实价格上涨了，但是，生产它所耗费的劳动却并不比从前多。因此，产品价格中用于支付推动劳动的资本折旧和一般利润的比例小于以往，结果必然是较大的份额归属于地主。

牲畜价格上升等原因也直接增加地租。

所有那些提高劳动生产率的改良，直接减少了工业品的真实价格，间接增加了土地的真实地租。地主用其初级产品中消费不了的剩余部分，换言之，剩余部分的价格交换工业品。因此，凡是减少后者真实价格的因素都会增加前者的真实价格。同等数量的初级产品现在等于更多数量的工业品，而地主得以购买更多他所需要的生活便利品、装饰物或者奢侈品。

降低工业品价格的改良，间接提高地租，

社会真实财富的每一次增加，投入社会的有用劳动的每一次增加，倾向于间接提升土地的真实地租。增加的劳动中自然有一定的比例投入到土地上，更多的劳动力和牲畜用于土地的耕作，从而随着投入土地的资本数量的增加能够生产出更多的产品，进而地租会增加。

投入使用的有用劳动数量的每一次增加，也会间接提高地租。

如果情况相反，忽视土地的耕作和改良，土地初级产品的价格下降，由于工艺和产业衰落而导致工业品的真实价格上升，社会真实财富萎缩，都将会倾向于减少土地的地租，减少地主的真实财富，减少他能够购买的他人劳动和劳动产品的数量。

相反的情况会减少地租。

一国土地和劳动每年的全部产品，或者换一种说法，每年产品的全部价格，按照我们已经研究过的方法自然而然

产品分解为三个部分，社会分化为三个阶级。

地分解为三个部分：土地的地租、劳动的工资和资本的利润。这三部分分别成为三个不同阶级人民的收入，即分给依赖地租生活、依赖工资生活和依赖利润生活的人。这三个阶级构成了文明社会的最基本和稳定的社会阶级，而所有其他阶级的收入最终都来源于他们的收入。

土地所有者的利益和社会普遍利益息息相关。

从上文中可以看出，三大阶级中的第一个，其利益和社会的普遍利益息息相关，不可分离。那些推动或者妨碍其中一个的因素，必定也会推动或妨碍另一个。为了本阶级的利益，在公众集会讨论任何贸易或者公共规则时，地主阶级不会误导政策的制定，至少在他们对本阶级的利益具备足够的知识时不会这么做。实际上，他们却往往缺乏足够的相关知识。他们是三大阶级中唯一一个既不需要劳力、也不需要劳心就能够得到收入的阶级，他们获得收入就像天经地义似的，不需要任何计划和打算。安逸稳定的状态必然使得这个阶级流于怠惰，结果是，他们不仅时常忽视而且没有能力运用必要的智慧去预测和理解每一项公共规则的后果。

依赖工资生存的阶级也是如此，

第二个阶级的利益，即那些依赖工资生存的阶级的利益，和第一个阶级一样与整个社会的普遍利益紧密相连。前面已经证明，劳动者的工资只有在对劳动力的需求持续增加的时候才会上升，或者当雇用的劳动力数量逐年显著增加的时候。当真实财富进入稳定不变的状态时，劳动者的工资很快会下降到维持家庭生存，或者仅能维持本阶级人口不变的水平。当社会衰落时，劳动工资甚至会降到这个水平之下。社会繁荣时，也许劳动力阶级所获不及所有者阶级，但是在社会衰落时，却没有一个阶级像劳动力阶级那样受难深重。尽管劳动力阶级的利益和社会利益紧密联系，但是劳动者既没有能力理解社会利益，也没有能力理解自身利益和社会利益之间的关系。自身状况导致他们没有时间去获取必要的信息，即便他们消息灵通，他们的受教育程度及生活习惯也不适于对这些信息加以判断。因此，公众集会时，很少能够听到他们的声音，他们的意见也很少得到重视，除非在一些特殊的场合，雇主们为了自身的特殊目的煽动、支持他们发表言论。

劳动者的雇主们构成了社会的第三个阶级，即依靠利润生活的阶级。推动大部分社会有用劳动的，正是为了获得利润而投入使用的资本。雇主使用资本的计划和项目支配并引导着各种重要的劳动操作，利润则是这些计划和项目的最终目的。但是，利润率却不像地租和工资那样随着社会的繁荣而上升，衰退而下降。与之相反，在富裕的国家利润率低，在贫穷的国家利润率高，在那些迅速趋于没落的国家，利润率最高。因此，第三个阶级的利益从不像另两个阶级一样和社会普遍利益息息相关。在这个阶级中，商人和工厂主是支配最多资本的两个阶层，由于他们的财富得到社会最多的重视。他们毕生致力于计划各种项目，他们通常比乡绅更加睿智。尽管如此，由于他们通常思考的不是社会整体利益，而是他们自身的商业利益，即便是最公正地评价(并不总是那么公正)，他们的判断与前两个阶级相比会比后一个阶级值得信赖。他们相比乡绅的优越性，并不在于他们更加了解公众的利益，而在于他们和乡绅相比更加了解自身的利益。利用他们对自身利益更加了解的优越性，这个阶级时常利用乡绅的慷慨，使他们笃信一个简单的信念：他们共同的利益而不是乡绅的利益，才符合社会公众的利益，欺骗他们放弃自身和公众的利益。然而，任何一种贸易或者制造行业经营者的利益，在某些方面总是和公众利益不一致，甚至和公众利益对立。扩大市场、减少竞争总是符合经营者的利益。扩大市场对于公众利益而言往往是有利的，但是减少竞争却必然损害公众利益。减少竞争只能使得经营者的利润上升到自然水平之上，而为了经营者的利益，却让他们的同胞承担荒谬的负担。对于这个阶级提议的任何新的商业法律法规，我们都要谨慎地听取，除非小心翼翼地抱着怀疑的态度经过长期的仔细研究，否则不要轻易采纳。因为这项提议出自这样一个阶级，他们的利益和公众的利益

但是，依赖利润生活的阶级利益和公众利益并不一致。

从来都不一致，他们通常能够从欺骗和压迫民众中获利，而实际上他们在许多场合也的确这么干了。

第二篇

论储备的性质、积累和使用

本篇导读:劳动是价值的源泉,推动劳动的却是资本。本篇作为第一篇的后续,介绍了资本的性质,它是如何积累起来的,以及资本如何使用才能最大程度地增进财富。

引言

在原始社会里，物资的积累是不必要的。

在原始社会中，没有劳动分工，也很少有人以物易物，每个人都过着自给自足的生活，因而没有必要预先积累或储存物资来维持社会的运转。人们努力通过自己的劳动来满足不时之需。饿了就去森林里狩猎；衣服坏了，就用猎杀到的第一只大动物的毛皮再做一件；小屋将倾时，就用附近的树枝和茅草尽可能地去修。

劳动的分工使其成为必须。

但是，一旦劳动分工被完全引入后，一个人的劳动产出就只能满足自己不时之需的很小一部分，而绝大部分需求要由其他人的劳动产出所提供，这就要求他以自己的产品或者说自己产品的价格去购买所需的东西；但是要满足一个前提，他才能购买所需的物品，那就是，他不仅要收获自己的劳动产品，而且还要将其销售出去。因此，至少在上述两个行为完成之前，不同种类的产品必须储备充足，以维持他的生活，并为其工作提供原料和工具。在织工织出网并把它卖掉之前，除非有充足的储备来维持其生活，并为其工作提供材料和工具，否则他是无法进行他的工作的。这些物资无论是他自己的还是属于别人的，都要预先储备好才行。显然，这种积累必须在他选择这一特定职业很久之前就要完成。

物资的积累和劳动的分工相互促进，共同发展。

根据事物发展的本质，物资的积累必须早于劳动的分工，所以只有当预先积累的物资越来越多时，相应地，劳动分工才能得以进一步细化。随着劳动分工越来越细化，相同数量的人，其劳动消耗的原材料也大大增加；随着每个工人分工的复杂性逐渐降低到一个相当简单的程度，多种多样的机器被发明出来，以便利劳动和节省劳动。由于劳动分工的不断发展，因此与原始状态相比，为了使相同数量的人被雇用，就必须提前为劳动者准备好相同数量的生活资料及更多的生产原料和工具。但是，随着行业分工的细化，行业工人通常也会增加；更确切地说，正是工人数量的增加才使得行业分工更加细化。

物资的积累使得相同数量的产业获得更多的产出。

因为物资储备的积累是提高劳动生产力必要的前提条件，因此积累自然会带来生产力的提高。以自己的储备投资劳动生产的人，必然希望以能得到最大产出的方式进行生产。因此，他不仅会尽可能地对他的工人做出最合适的分配安排，而且不论是自己发明或是花钱购买，他都会给工人们配备最好的机器。他在这些方面的能力，通常是和他物资储备的多少或是和所能雇用的人员的数量成正比的。因此，每个国家产业的数量，不仅随着投入储备物资数量的增加而增加，而且物资因为储备数量增加的缘故，同样数量的产业也可以得到更大的工作数量。

这就是总体来说储备物资的增加对产业及其生产力的影响。

本篇将探讨储备物资的本质、及其积累的影响，以及它的不同使用。

在下文中，本书将试着解释物资储备的本质及其对各种资本成形的影响，以及其对不同用途的资本的影响又是如何。本篇分为五个章节。无论属于个人的还是属于整个社会的，储备物资都会自然分为几个部分，第一章将说明其中都有哪些部分。第二章将阐述作为社会总储备特殊部分的货币的本质和作用。积累为资本的储备，既可以由所有者使用，也可以借给他人使用。第三章和第四章将讨论这两种情况下储备运行的方式。第五章将探讨资本的不同用途对国家产业数量及土地和劳动的年产出数量的直接影响。

第一章 论储备的划分

本章导读： 这一章的主要内容就是储备的划分及其组成部分之间的关系，由此引出了下文中重要的资本概念。储备根据用途分为用于直接消费和带来收入的两大部分。资本就是储备中用于带来收入的部分。资本又分为固定资本和流动资本，前者不需要改变形态和变更所有权就可以带来收入；后者则必须改变形状或变更所有权才能带来收入。

当储备不大的时候，人们不可能考虑从中获利，

当一个人的储备不足以维持他几天或几周的生活时，他几乎不会考虑能从储备中获利。他会尽可能节省地去使用这些储备，并努力通过自己的劳动来获取更多的物资，以备不时之需。在这种情况下，他的收入仅来自于劳动所得。这就是所有国家里大部分劳苦大众的生活状态。

但是，当储备数量应付即时消费还有剩余时，人们将尽力从剩余物资中赚取收入，

但是，当储备足以维持数月乃至数年的生活时，他自然会尝试用大部分储备投资来获得收入；他只会保留储备中的一部分来满足他的直接消费，以维持他在取得收入前的生活。于是，他全部的储备被分为两部分。他预期能带来收入的那部分，我们称它为资本。另一部分则用于他的直接消费。这部分的构成有三种情况：一是原先全部储备中为直接消费预留的部分；二是逐渐从各个来源取得的收入；三是在以前用以上两项购买的但至今还没用完的物品，诸如衣服、家具之类的东西。人们通常预留用于直接消费的储备包括上述三项中的某一项、两项或者全部。

用于以下两种方式：

资本为其拥有者带来收入或利润有两种方式。

(1)流动资本，

其一，资本可以用于养殖、制造或购买商品，然后再出

售获利。在以这种方式运用资本的情况下，只要资本所有权未发生改变或是其形态未变，它就不会为其所有者带来收入或利润。商品在售出换取货币之前是不会给商人带来收入或利润的，而且在这些货币被再次换为货物之前，商人同样不会有收入或利润。商人的资本不断地以一种形态流出，又以另一种形态被收回，只有通过这种流通或是持续交换的方式，资本才能给商人带来利润。因此，这种资本被称为流动资本。

(2)固定资本。

其二，资本可以用来改良土地、购买有用的机器和工具，或者其他此类可以无须改变资本所有权或进一步流通就可以带来收入或利润的东西。因此，此类资本被称为固定资本。

不同的行业需要不同比例的流动资本和固定资本。

行业不同，所要求的流动资本和固定资本的比例也是大不相同的。

例如，商人的资本就全是流动资本。如果不把商铺或仓库算在内的话，他不需要任何机器或工具。

每个手工业主或制造业主都有一部分资本必须被固定在他们的行业工具上。不过，这一部分在有些行业很小，在另外一些行业则很大。裁缝除了一包针外，不需要其他任何工具。鞋匠的工具要贵一些，但也贵得有限。与鞋匠相比，织匠的工具就要贵上一大截了。然而，所有这些手工业者的绝大部分资本都是流动的，或用来支付工人工资，或用来购买原材料，最后售出产品收回资本并获利。

有一些行业需要的固定资本就多得多了。比如说，在大型炼铁厂里，铁矿石熔炉、锻炉和轧钢厂都是不花大价钱就建不起来的。在煤矿和其他矿业中，置办用来抽水或其他用途机械的花费就更多了。

对农场主而言，用于购买农具的资本是固定的，用来维持雇工生活和支付工资的资本是流动的。他既通过持有固定资本而从中获利，也通过支付流动资本获利。和农具一样，耕牛的价格或价值也是固定资本；而饲养耕牛的费用则和维持雇工生活的费用一样，是流动资本。农场主通过拥有耕牛而从中获利，也通过支付耕牛的饲养成本而获利。为销售而不是为了充当耕作工具买入并养大的牛，其价格和饲养费用都是流动资本。农场主通过支付这些流动资本而获利。在畜牧业国家里，人们购入羊群或牛群，既不是为了利用畜力，也不是为了卖牛羊本身，而是为了出售牛羊毛、奶制品或是增加牲畜的数量，进而从中获利。这样的牛羊群就是固定资本了。而它们的饲养费用则是流动资本，利润通过支付这些流动资本而获得。流动资本收回时的利润，既包括它自己产生的利润，也有作为固定资本的整个畜群带来的利润，具体体现在牛羊毛、奶制品和牲畜数量增长的价值上。种子的全部价值也应当被算作固定资本。尽管种子往来于土地和谷仓之间，它的所有权从未发生改变，因此并没有真正地流通过。农场主获利不是靠出售种子，而是靠出售用种子培育出的作物。

一个国家或者社会的总储备也就是其所有居民或成员的总储备，所以它也自然分成同样的三部分，每部分都有其特殊的作用。

一国储备也以同样的方式划分。

第一部分是为满足即时消费的储备，其特性是它不会产生任何收入或利润。它包括消费者已购买但还未全部消耗掉的食物、衣服和家具等物。国家内仅供居住的房屋，也应该算在这一部分之内。如果某房屋是其所有人的住所，那么投入在该房屋上的储备，从投入的那一刻起就失去了其作为资本的功能，不会再为其所有者带来任何收入。这样的房屋对其住户的收入没有任何贡献。毫无疑问，尽管它对住户非常有用，但也就像衣服和家具一样，它只是有用而已，只是费用的一部分，不会给人带来收入。如果房屋被租给别人，因为其本身不会有任何产出，租户必须总是要用得自其劳动、储备或土地的收入来支付租金。尽管这样房屋可以为其所有者带来收入，对所有者起到了资本的作用，但是它不能为社会带来收入，也无法对社会起到资本的作用，也不会对社会整体的收入带来丝毫的增加。同样的，衣服和家具有

(1) 用于即时消费的部分，

时也会产生收入，并对特定的人起到资本的作用。在化装舞会盛行的国度里，租期为一夜的化装舞会服饰出租也是一门生意。家具商常常按月或按年出租家具。殡仪从业者按天或按周出租殡葬用品。很多人出租装修好的房屋，不仅对房屋收取租金，也对里面的家具收取租金。然而，由此获得的收入最终必然要出自其他的收入来源。在个人或社会用于即时消费的储备中，房屋上投入的储备是消耗得最缓慢的。衣物可穿几年，家具可用半个世纪或一个世纪，而建筑牢固、修缮得当的房屋则可以存在很多个世纪。然而，尽管这些储备被完全消耗掉需要很长时间，但它们同衣物和家具一样，仍然属于是即时消费的储备。

(2)固定资本，它又分为四项：

构成社会总储备的第二部分是固定资本，其特性是在不用进行流通或改变所有权的情况下就能带来收入和利润。它主要包括以下四项：

其一，有用的机器设备；

1. 有用的机器和工具，用来便利劳动和节省劳动。

其二，盈利性的建筑；

2. 所有可盈利的建筑。它们不仅可以为收取租金的房东带来收入，也可以为租用它们的人带来收入，包括商店、仓库、作坊、农舍及其诸如马厩、谷仓之类的附属建筑。这些建筑和供居住用的房屋区别很大。实际上，它们也是一种行业工具，也应该视作工具一样来看待。

其三，土地的改良；

3. 用于平整、排水、围挡、施肥等使土地更适于耕作的改良措施的储备。改良过的农田应视同于便利劳动和减少劳动的有用工具，使用之后，相同数量的流动资本可以为其所有者带来更多的收入。改良后的农田和任何有用的工具有利于耕作且更持久，只需按照最有利的方式投入资本后就不需要常常养护了。

最后，学习到的有用技能。

4. 社会上所有居民或成员学习到的有用技能。通过受教育、学习研究或做学徒获得技能，总是要产生真实的开销，因而技能在某种程度上就是一种固定在个人身上并由其实现的成本。这些才能对个人社会都是一笔财富。工人增加的熟练度应视同于便利和缩短劳动的工具，尽管产生了一定的费用，但是它增加的劳动产出足以支付这些费用且带来利润。

社会总储备的第三部分是流动资本，其特性是该资本只有通过流通或出让所有权才能带来收入。同样，它也由四项构成。

(3)流动资本，它也分为四项：

1. 货币。只有通过货币，本部分其他三项才能流通和分配到合适的消费者手中。

其一，货币；

2. 屠户、牧民、农场主、粮食商、酿酒商等手中希望从中获利但尚未出售的食物。

其二，商人持有的食物储备；

3. 种植者、制造者、布商、木材商、木匠、制砖人等手中衣服、家具和建筑的原材料或经过加工但还不是成品的材料。

其三，服装、家具和房屋的原材料；

4. 商人或制造者手中已制成但未销售的产品，诸如铁匠铺、木匠铺、金店、珠宝店、瓷器店等店铺里的成品。这样，流动资本包括各种商人手中的各种食物、原材料和制成品，也包括货币，后者对成功把前者流通和分配到使用者或者说消费者手中而言是十分必要的。

最后，商人或工厂主持有的制成品。

以上四项中，食物、原材料和制成品这三项，每年或者间隔其他或长或短的时间，都会被定期从流动资本中抽回，或作为固定资本，或用作即时消费储备。

流动资本中的后三项都会定期从中抽出。

所有的固定资本都是源于流动资本，而又持续需要流动资本的支持。一切有用的机器和工具都来源于流动资本，流动资本提供制造工具的原材料和维持制造机器的工人的费用。它们也需要流动资本来保证能够经常得到修理。

所有的固定资本都源于流动资本，并且得到流动资本的支持，

没有流动资本的支持，任何固定资本都无法产生收入。没有流动资本，最有用的机器和工具都无法生产出任何东西，因为流动资本为生产提供所需的原料，也为工人们提供维持费用。如果没有流动资本为劳动者提供维持费用，没有人去耕作和收割，土地无论如何改良也无法产生任何收入。

如果没有它，产生不了任何收入。

固定资本和流动资本的唯一目的，就是维持并增加可供即时消费的储备。人们的衣、食、住、行全都依赖于这一储

固定资本和流动资本的最终目标都是维持和扩大储备的其他部分。

备。人们的贫富也取决于这两种资本能为即时消费提供的储备的多寡。

流动资本不断地从土地、矿山和渔场产出中得到补充，

为了补充社会总储备的其他两部分，流动资本中的很大一部分被不断地从中抽出。流动资本本身也需要不断得到补偿，没有补偿它很快就会断流。这些补偿主要来源于三方面，即土地产出、矿山产出、渔业产出。这些来源不断地提供食物和原材料，之后，其中的一部分被加工为成品，这部分物资被用来替代不断被从流动资本中抽出的食物、原材料和制成品。同时，还要从矿产资源中抽出一部分金属用来维持和增加货币的数量。因为在通常情况下，尽管不像流动资本中的其他三项，货币并不需要常常被抽出来补偿社会总储备的其他两部分，但是像其他东西一样，货币难免磨损消耗，有时也会被遗失或是流失到国外，所以货币也需要时常得到补偿，当然数量上要少得多。

而以上三种产业的生产都同时需要投入固定资本和流动资本。

土地、矿山和渔业都既需要固定资本又需要流动资本来保证其生产，而它们的产品则收回资本并带来利润，收回的资本不仅用于补偿投入的储备，也用于补偿社会其他成员的储备。农民每年为制造者补偿当年消耗的食物和原材料；制造者同时也为农民补偿当年消耗和磨损的工业制成品。这是这两种职业间每年都发生的真实的交换，然而却很少有前者用初级农产品来直接和后者交换工业制成品的，因为很少有农民会正好把他所生产的谷物、牲畜、亚麻、羊毛卖给想要拥有衣服、家具和工具的人。所以，他会把初级农产品售出换回货币，有了货币他就可以在任何地方购买他需要的工业品了。土地收回的资本，至少以部分是用来补偿经营渔业和矿业的资本。正是土地的产出才使得人们能够把鱼从水里捕捞上来，把矿产从地下开采出来。

当它们的丰饶程度相等时，产出和投入的资本数量成比例。

在自然生产力相同的情况下，土地、矿山和渔业的产量与投诸于上的资本大小及其运用是否得当成正比。而当资本数量相同和运用一样得当时，它们的产量就和自然生产力的大小成正比。

在生活相对安定的国家里，一切有常识的人都尽力用自己所能支配的储备来追求当前享受或未来利润。如果用于当前享受，它就是被用于即时消费的储备；如果用于未来利润，它就必须要通过保持所有权或出让所有权来获取利润。前一种情况为固定资本，后者则为流动资本。在安全有保障的地方，一个人不把他能支配的所有储备，不论是自己的还是借来的，用于上述的某些用途，那他肯定是疯到家了。

在长期维持和平安定的国度，所有储备不是用于以上三种用途中的这种，就是那种。

当然，在那些不幸的国家里，人民始终为统治者的暴政所累，认为自己随时都会受到灾难的威胁，他们常常会把大部分储备藏匿起来，以便在灾难降临时，随时可以把储备带到安全的地方。据说，这一情况在土耳其，在印度，而且我相信在亚洲其他大部分国家，都会经常发生。在我们先辈所处的封建统治时期，似乎这也是常有的事情。当时，发掘宝藏可是欧洲各国不容小视的一笔收入。凡是埋在地下、没有人能证明对其拥有所有权的宝藏，都属于这一范畴。这些宝藏十分受到重视，除非有特许状，它们既不属于发现者，也不属于土地所有者，一概被视作为统治者所有。金银矿产亦是如此，没有明令特许，是从不被视作含在土地所有权之内的；而铅、铜、锡和煤这些相对不重要一些的矿产，则不在此列。

而在暴政盛行的国度，大量的储备被埋在地下，或被藏匿起来。

第二章 论作为社会总储备的特殊部分或维持国家资本支出的货币

本章导读:在本章中,斯密着重讨论以货币形式存在的资本,尤其是讨论纸币和金银货币的异同点。纸币代替金银是一种进步,它能够节约交易费用,便利资金融通,促进一国的净收入、就业量及生活福利水平的提高。但是,斯密强调,发行纸币应当以交易中所需要的金银数量为上限,如果超过这个限度,将会引发纸币贬值,银行挤兑,乃至银行破产。

从第一篇中,我们了解到,大部分商品的价格都会分为三个部分:一为支付劳动的工资,一为资本的利润,还有一个是在生产和销售商品过程中使用的土地的租金。而有些商品的价格只包含其中两部分——劳动工资和资本利润;极少数商品的价格只由劳动工资这一部分构成。不管怎样,所有商品的价格都是由上述的一个部分、两个部分或三个部分构成的,既不属于工资也不属于地租的部分,必然是某人的利润。

我们已经证实,单独就各特定商品而论,情况就像上述的一样;如果就一个国家劳动和土地全年产出这个整体而言,情形也必然如此。全年产出的整体价格或可交换价值也必然分成同样的三部分,并以劳动工资、资本利润或土地租金的形式分配到该国的不同居民手中。

尽管每个国家土地和劳动的全部年产品价值将以上述方式分配,并且构成不同居民的收入,但是,就如同论及私有土地租金时我们要区分毛租金和净租金一样，一国全体居民的收入也要分为总收入和净收入。

私有土地的毛租金包括农场主支付的一切费用；毛租金扣除管理费、修缮费及其各种必需费用后，地主可自由支配的剩余部分被称作净租金；在不损害土地的前提下，净租金是可被地主用于即时消费的储备，也可以用于购买桌子、设备、房屋装饰、家具，以及个人的休闲娱乐。地主实际财富的多少不决定于毛租金而决定于净租金。

毛收入包括全部年收入，而净收入则是毛收入中扣除固定资本、流动资本的折旧之后的剩余部分，它将归居民自由支配。

一个大国全体居民的毛收入包括他们拥有的土地和劳动的全部年产品。毛收入首先要扣除固定资本的折旧，其次要扣除流动资本的折旧，剩余归居民自由支配的部分被称作净收入。换言之，净收入是指在不侵蚀资本的条件下，居民可以用于即时消费，或用于支付其生活必需品、便利品及休闲娱乐的部分。居民的实际财富的多少同样不决定于他们的毛收入，而是决定于他们的净收入。

固定资本的折旧必须从中扣除，

固定资本的全部折旧最终必定都会从社会净收入中扣除。无论是维护生产性机器设备的原材料、维护盈利性建筑物的原材料，还是将原材料加工成适合形态的必要劳动，都不能算作净收入的一部分。诚然，那些劳动的价格可能是净收入的一部分，因为从事这种劳动的工人可能将其全部工资收入都划作即时消费储备。但是，对于其他类型的劳动来说，不仅劳动价格而且劳动产品都可能属于这类储备，劳动的价格是工人即时消费的储备，而劳动产品则成为其他人即时消费的储备，这些人的生活必需品、便利品及休闲娱乐活动都因工人的劳动而增加。

因为固定资本的唯一目的就是提高劳动生产力，而每一次的成本降低和技艺简化都被视为一种进步。

固定资本的功能是增进劳动生产力，换言之，使得等量劳动能够承担更多的工作。两个农场面积相等、土地质量相同，其中之一的屋舍、篱笆、排水系统、交通运输等基本条件都处于最佳状态，而另一个则设施配备不足，那么在前一个农场相同数量的工人和牲畜能够生产出多得多的产品。同样的，在工厂里，数量相等的工人配备最先进的设备时，其制成的产品数量将比配备较差设备的工人多得多。在各类固定资产之上投入适当的改良费用，总是能够带来更多的利润回报，并且，所实现的年产品价值增值大大多于用于改良这些设备的成本。然而，实现设备改良也是需要占用一部分社会产品。原本可能直接用于生产食物、服装、屋舍，一切社会必需品和便利品的那部分原材料和工人劳动，现在要改作他用了。诚然，这种重新配置极度有利，但与原来的用途还是有所区别的。考虑到各种机器设备的改良，因为使得相同数量的工人在完成相同的工作量时，和以前相比，工具却更加方便和便宜，因此普遍认为，机器设备的改良对各国都是有利的。从前为那些复杂而又昂贵的机器设备配备的那部分原材料和工人的劳动，以后就可以直接用来增加产量了，而原先增加产量则必须增加这种或者那种机器设备才能实现。一些大型工厂的管理者，每年需要花费一千英镑用于维护机器设备，如果他能够将维护费用减少到五百英镑，自然就能够用剩余的五百英镑购买更多的原材料和雇用与之相应的劳动者。因此，机器设备所生产的产品数量自然也就增加了，从而，社会将从技术进步及其所带来的便利中获益。

固定资本的维持成本类似于私人土地的折旧成本，

一个大国固定资本的折旧费用可以和私人土地的折旧费用大致类似。私人土地的折旧费用通常是维持土地产量，以及地主的毛收入、净收入所必需的。处理得当的话，折旧费用的扣除并不会引起产量的减少，总地租至少和以前一样多，而净收入必然会增加。

但是，流动资本后三项的维持费用却不能从社会净收入中扣除。

虽然固定资本的折旧因为上述原因必须从社会净收入中扣除掉，但是流动资本的折旧却并非一定如此。流动资本组成的四个部分——货币、食物、原材料、制成品——中的后三者，前文已经论述，通常会从流动资本中转化出来，要么转化为社会的固定资本，要么转化为用于即时消费的储备。可消费产品中凡是没有用于维持固定资本的，必然全部转化为后者，这样就成为社会净收入的一部分。因此，流动资本中的这三个组成部分的维持费用，并不会从作为社会净收入的那部分年产品中提取，与之不同，固定资本的维持费用则必须从中提取。

从这个角度来看，社会流动资本和私人流动资本，性质不同。私人流动资本绝不能算作他的净收入，净收入全部由利润构成。虽然个人的流动资本是其所在社会流动资本的一个组成部分，但是，社会流动资本并不因此完全从社会净收入中扣除。虽然商人店铺中的全部商品不可能全部作为商人本人即时消费的储备，但是却可能全部作为他人即时消费的储备，其他社会成员使用的从其他基金中得到的收入，不断将商品的价值附加利润转移到商人手中，既没有减少商人的资本，也不会减少其他社会成员的资本。

从这个角度观察，社会流动资本和私人流动资本不同。

因此，在社会流动资本中，货币的维持费用要从社会净收入中扣除。

货币维持费用必须扣除。

固定资本和流动资本中以货币形式存在的部分，对社会收入的影响极其相似。

货币和固定资本非常相似，因为：

首先，经营中使用的机器工具需要一笔费用，最初用于机器工具的建造，随后用于机器工具的维护，这两种费用尽管都是毛收入中的一部分，但是最终都要从社会净收入中扣除掉。各国流通中使用的货币也一样，也需要一笔费用，最初用于货币的铸造，然后用于货币的维护。同样的，二者尽管都是毛收入中的一部分，但最终都要从社会净收入中扣除掉。一定数量的贵重材料——金、银，以及重要的劳动，在这种情况下没有用于增加即时消费的储备——生活的必需品、便利品和娱乐享受，而是用于维持商业社会中这种重要而又昂贵的工具。借由这个工具，社会成员得以按照适当的比例获得日常生活必需品、便利品和娱乐休闲服务。

(1) 货币储备的维持费用是毛收入但不是净收入的组成部分。

第二，构成私人和社会固定资本的、经营中使用的机器工具，既不是毛收入的构成部分，也不是净收入的构成部分。实现社会全部收入的、在各社会成员间分配的货币，同样也不构成毛收入或净收入的组成部分。流通中如此重要

货币本身也不是净收入的组成部分。

的工具和经由其流通的商品完全不同。流通中的商品全部进入社会收入的组成部分，而流通的工具则不属于社会收入的组成部分。不管是计算社会毛收入还是净收入，我们必须从全部货币和商品的社会流通量中减掉货币的全部流通价值，一个铜板都不能计算在内。

唯一使之可疑的原因是语言的歧义，

使得这个观点显得可疑而模糊的唯一原因，是语言的歧义。

(2) 一定数量的货币经常既用于表示它所能够购买的商品，还用于表示货币本身。

当我们提及特定金额的货币，有时仅指构造货币的金属块，有时又模糊地包含它所能交换到的商品的意思，或其货币所有者所拥有的购买力。所以，当我们说英格兰流通中的货币有一千八百万英镑的时候，我们表达的只是金属的数量，这个数量是一些作者通过计算甚至只是设想而得到的国内货币流通量。但是，当我们说一个人一年有五十或者一百英镑的收入时，我们通常不仅表示他每年得到的金属数量，而且表示他每年可以购买或者消费的商品价值量。通常我们确认的是他可能实现的生活水平，即他花费得当时，可以纵情享受的生活必需品和便利品的数量和质量。

但是，我们不能将两种数量重复相加。

任何数量的货币，当我们既指一定数量的金属，又大致包括它所能交换的一定数量的商品的时候，该数量货币所代表的财富和收入的多少，只能用以上两种含义之一来表示，但是往往就会和另一个产生一些混淆。不过，表示第二种含义比第一种含义更合适，即该数量货币代表的财富的多少用货币所值而非货币本身的数量表示更好。

如果一个人每周有一几尼的收入，表示他可以消费一几尼的生活必需品或其他商品，

因此，如果某人每周可得生活费一几尼，他可以用它购买一周所需的生活必需品、便利品或用于娱乐活动。他的真实财富或者说他每周的真实收入，和实际消费品成比例。当然，他的周收入不能同时既等于一几尼又等于用它购买到的商品，只能等于这两个相等价值中的一种，与其说等于前者，毋宁说等于后者，与其说等于一几尼本身，毋宁说等于一几尼所值。

他的真实收入就是交换来的那些生活必需品及其他产品。

如果这个人一周得到的不是一个几尼的金币而是一个

几尼的纸币，他的收入当然不是由那张纸构成的，而是由那张纸所能购买的商品构成的。一几尼的纸币在周边地区被所有商家接受，可以交换商人手里相应数量的生活必需品和便利品。支付给这个人的收入不是由金块构成的，而是由凭借这金块能够得到或者交换到的东西构成的。如果金块什么都换不到，那么金块也就像倒闭的银行所发行的纸币一样，只是一张一文不值的纸。

一国全体居民的收入也是如此。

尽管各国居民的周收入或者年收入，可能按照同样的方式在实际生活中大多以纸币的形式支付，但是，他们全部的实际收入的总额，必然总是和居民以这些纸币购买到的可消费商品数量成比例。显然，收入总额不能同时既等于货币又等于消费品，而是等于其中之一，那么，与其说等于前者，不如说等于后者。

虽然我们经常用一个人每年获得的金属数量表示他的收入，但是之所以这样，还是因为这些金属的多寡决定了他的购买能力，换言之，决定他每年能够消费的商品价值。既然如此，我们依然认为他的收入是由购买力或者消费能力构成，而不是由蕴含这个力量的金属块构成。

每年支付给个人的金属货币总是和他的收入相等，而社会流通中的货币总额不可能和社会总收入相等。

但是，以上论证仅适用于个人，不适用于整个社会。每年支付给个人的金属块总量通常精确地与其收入相等，因此是个人收入多少简洁有效的表达方式。但是，一个社会流通中的金属总量从不和社会成员的收入总额相等。因为同一枚几尼，今天作为周薪支付给这个人，明天可能支付给另一个人，后天可能支付给第三个人，所以一国一年流通中的金属块总量必定大大少于一年中用它们来支付的收入价值总额。但是，这些不断支付出去的货币收入总额的购买力，即它们能够购买的商品数量，总是和那些收入价值相等，支付给各人的收入必定也是如此。因此，收入不可能是由金属块构成，这些金属块的数量远远小于其价值量，收入只能是由金属块的购买力构成，或者由这些金属块在不同人手中流通时相继购买的商品构成。

货币因此不构成社会收入的一部分。

因此，货币这个流通中的大轮毂是商业中的重要工具，就像所有其他贸易中的工具一样，货币尽管构成资本中一个部分，而且是一个特别重要的部分，但是却并不构成它所在社会的收入的部分。尽管在每年的流通过程中，作为货币的金属块实现每个个体的收入分配，它们却不是个人收入的组成部分。

(3) 每一次货币储备的维护费用的节约都能增加社会的净收入。

第三，也是最后，属于固定资本的生产经营活动中的机器设备等，和流动资本中的货币资本更加相似。建造和维护这些机器设备的成本的每一次节约，并不会降低劳动生产效率，而会增加社会净收入。同样，收集和维护流动资本中货币部分的成本的每一次节约，也会增加社会净收入。

节约固定资本的维护费用以增加社会净收入的机制非常明显，而且业已得到部分解释。每个项目经营者的所有资本必然划分为固定资本和流动资本两个部分。当资本总额固定不变时，其中一部分减少，另一部分必然会增加。其中流动资本执行为劳动者配备劳动资料和工资的功能，以此推动生产经营活动的运转。因此，如果固定资本的维护费用节省了，而并不影响工人的劳动效率，那么就必然会增加推动项目运转的其他基金，相应地，土地和劳动的年产量、各国的真实收入也都会增加。

纸币代替金银是一种进步。

纸币代替金银，大大降低了商业流通的成本，而且往往同样便利。现在，这一种新的运转工具开始执行货币的流通职能，而且这种新工具的创造和维持成本比原先低得多。不过，纸币流通的机制是什么，它又是通过什么方式增加社会总收入和净收入的，这些问题的答案却并不是显而易见的，因此，需要作进一步的解释。

银行券是最佳纸币。

纸币有好多种，其中最为人们熟知的是由银行或者银行家发行的银行券，它似乎最适合执行纸币的功能。

当一国居民完全信任某个银行家的财富、诚信、严谨的时候，他们就会相信这个银行家一定能够根据持票人的需要随时见票承兑他发行的银行券。所以，最初这些银行券具有和金银一样的流通性，因为人们相信银行券随时可以兑换金银。

假设一个银行家向他的客户出借总值高达十万英镑的银行券。当这些银行券执行货币全部功能的时候，他的债务人就得向他支付等额利息，就像他借给他们的不是银行券而是实实在在的货币一样。这份利息是银行家收入的来源。尽管一些银行券不断流回银行家手中要求承兑，但是，其中的一部分会持续不断地在外流通数月乃至数年。尽管在流通中银行券的全部金额最高可达十万英镑，但是银行家在手里通常只要保留二万英镑的金银就足以应付日常的兑换需要了。因此，经由这种机制，二万英镑金银现在可以执行此前十万英镑金银的功能。经由这些银行券，总值达十万英镑的交易可以进行，或者等值的消费品可以在相应的消费者之间流通和分配，就像等量金银货币能够完成的一样。如此一来，八万英镑的金银就可以从国内流通中节约出来，如果类似的操作在许多银行和银行家那里同时进行着，那么此时执行全部流通职能的金银货币数量只是此前必要量的五分之一。

如果一个银行家借出十万英镑的银行券，而手里只要保有两万英镑的金银就可以了，那么八万英镑的金银就可以从流通中节省出来。

假设一国在某一时刻流通中的货币总量为一百万英镑，这个数量足以实现该国全部土地和劳动年产品的流通。再假设此后某一时刻，许多不同的银行和银行家向持有者出借了一百万英镑的银行券，而仅在各分支机构保有二十万英镑金银应付日常的承兑需要。从而，流通中将有八十万英镑的金银及一百万英镑的银行券，总金额为一百八十万英镑。但是，该国此前土地和劳动的年产量只需要一百万英镑进入流通就可以分配到相应的消费者手中，而且年产品并不能随着银行券的发行旋即增加。所以，在纸币发行之后，流通中依然只需要一百万英镑就足够了。买卖的商品和此前完全一样，因此，同等数量的货币也足够了。流通渠道，如果可以这么说的话，也和以前一样，我们假设一百万英镑完全足以填满这个渠道。因此，无论向其中多注入多少货

如果许多银行家都这样做，那么此前流通中的五分之四的金银就会被输出到国外，

币，都无法在其中运行，而是必定从中溢出。因此，超过该国流通所需的八十万英镑货币一定会从流通中溢出。尽管这些货币无法在国内正常流通，但是，如此宝贵的货币闲置在那里就太可惜了。因此，多余的货币将会被输送到国外去寻找在国内无法觅得的更加有利可图的运用方式。由于在远离发行纸币的银行、远离法律强制执行纸币流通的国家，纸币在日常支付中不会被接受，所以纸币是无法在国外流通的。因此，高达八十万英镑的金银将会被输送到国外，而国内流通的管道内则被一百万纸币充满了，代替此前的一百万金属货币。

换回商品，

如此大额的金银被输出国外，却绝对不是毫无所求的，也绝不是其所有者奉送给外国人的礼物。它们将会换回这种或那种商品用于满足他国或本国的消费需求。

或者用于满足他国的消费需求，此时，利润是该国净收入的增加部分。

如果他们使用货币在外国购买商品以满足第三国需要，即用于转口贸易，那么无论赚到多少利润，都将增加本国的净收入。这就像一份为推动一项新产业而创立的新基金，国内贸易现在使用纸币，而将金银转入新的外贸基金中。

或者用于本国的消费：(1)奢侈品；(2)维持和雇用更多生产阶级的原料、工具和给养品。

如果他们使用货币购买外国产品以满足本国消费需要，他们可能首先购买那些满足游手好闲的不生产阶级所需要的产品，例如外国葡萄酒、外国丝绸等；或者，他们还可能购买更多的原料、工具、给养品的储备，以维持和雇用更多的生产阶级。他们除了再生产出自己每年消费品的价值之外，还将产出一份利润。

如果用来购买奢侈品，就助长了浪费和消费；

当金银用作第一种用途的时候，它助长了奢侈浪费，增加了开支和消费而没有增加产量，也没有建立任何可以长期支撑这份开支的基金，因此从任何角度来看对国家都是有害的。

如果用来购买原材料等商品，则提供了支持消费的永久基金。

当它用于第二种用途的时候，它提升了生产力，尽管也增加了社会的消费总量，但是却建立了支撑这些消费的永久基金。人们将再生产出他们每年所消费商品的总价值，并且附带一份利润。那些工人将他们的劳动加诸于原材料之上所增加的价值，增加了社会总收入、土地和劳动的年产品价值，从这部分增加值中扣除维持产业用机器工具所必需的费用之后，剩余的部分将形成社会的净收入。

大部分输出的金银用于购买原材料等物品。

由于国内银行大量发行银行券而输出国外的金银，如果用来购买用于本国消费的外国商品，那么就有大部分是而且必定是用来购买第二种商品。尽管有些人有时可能在收入没有增加的情况下增加自己的开支，但是，我们可以确信没有哪个阶级或者阶层全体人员会这样做。因为，即便通常而言，实现繁荣的基本规则也并不总是为每个人所遵守，但是这些规则却常常影响着各阶级、阶层的大部分人。既然不生产阶级的收入完全不可能因为银行业的经营活动而有所增加。那么不生产阶级一般不会因为银行业的经营活动而大量增加其开支；尽管他们中的个别人有时的确会因之增加支出。因此，不生产阶级对进口商品的需求和以前完全一样，或者大致相等，这类需求仅构成由于银行业的经营活动而流往境外的、用于进口外国商品满足国内消费需求的货币中的一个非常小的部分。货币中的大部分自然被用来雇用生产阶级而非用于满足不生产阶级的需要。

流动资本可能雇用的劳动者数量由给养品、原材料和制成品构成，完全和货币数量无关。

当我们计算任意一个社会的流动资本可以雇用多少生产阶级时，我们必须仅计算由给养品、原材料和制成品组成的部分，而由货币组成的部分，用以推动以上三者的运动，必须排除在外。为了推动生产阶级劳动，以上三项资本品是必要条件，原材料是劳动对象，器械是劳动工具，工资和给养品是工人劳动的目的。货币既不是劳动对象，也不是劳动工具。尽管工资通常是用货币支付的，工人的实际收入和其他人一样，却不是由货币而是由货币所值构成的，即不是由金属块而是由金属块所能交换的物品构成的。

任何资本可以雇用的劳动者数量显然等于资本所能为之配备给养品、原材料、工具及与工种相适应的维持费用的工人人数。货币可能是购买原材料、工具及工人生活必需品所必需的，但是全部资本所能雇用的生产阶级的数量显然不同时等于货币数量与购买的原材料、工具和生活必需品之和。只能等于其中之一，而且与其说等于前者，毋宁说等于后者。

纸币代替金银增加的原材料、工具和生活必需品的数量，等于原来这种用途的金银的支出。

当纸币代替金银时，由流动资本提供的原材料、工具和工人生活必需品的数量，其价值增量等于原来用于购买它们的金银的价值。实现流通和分配的这个大轮毂的全部价值，就此加诸于经由它们流通和分配的商品价值之上。从某种意义上说，纸币的发行者作为近似于一项伟大事业的开拓者，他们在机器改良之后，拆除他们的旧机器，将新旧机器之间的价值差额加入流动资本，即增加为工人配备原材料和工资的基金。

货币相对于全部年产品而言比例很小，但是相对于维持生产阶级的年产品部分，比例很大。

也许，计算任何一个国家流动资本相对于经由它流通的全部年产品价值之间的比例，是一件不可能的事情。不同的研究得出的结果有五分之一、十分之一、二十分之一、三十分之一。但是，无论流动货币相对于全部年产品价值的比例多小，由于年产品中仅有一部分，通常是一小部分用于维持生产阶级，因此，流动货币和用于维持生产阶级的年产品之间的比例却是相当大的。因此，当被纸币代替之后，流通中的必要的金银也许减少到只占纸币的五分之一。如果剩余的五分之四中的大部分添加到用于维持生产阶级的基金中去，就必然会大大增加生产阶级的数量，进而增加土地和劳动的年产品数量。

苏格兰发行货币的效果非常明显。

在最近的二十五年至三十年间，苏格兰开始流通纸币。在苏格兰的每一个大城镇，乃至于一些小村庄都开设了银行，其效果和上述情况非常相似。国内业务几乎全部由这些银行发行的纸币经营，各种买卖和支付都通过纸币完成。银币仅在兑换二十先令的银行券时才少量使用，而金币的使用则更少。尽管各银行公司的行为并非无懈可击，以至于需要政府出台法令进行调节，但是毫无疑问国家从银行的经营活动中获利颇丰。我得到的确切消息是，格拉斯哥的贸易量在那里开设第一家银行之后的大约十五年内翻了一番，而整个苏格兰的贸易量在爱丁堡最早开设了两家国有银行之后增长了四倍以上。其中之一被命名为苏格兰银行，是根据1695年通过的议会法案设立的；另一个叫苏格兰皇家银行，是在1727年由皇室特许设立。我很难设想，无论是整个苏格兰国家的贸易，还是格拉斯哥单个城市的贸易，在如此短的时间内实际增长幅度如此之大。如果其中有一个情况属实，那么效果之大不是银行这一个因素可以解释的。然而，毋庸置疑的是，苏格兰的贸易和生产在此期间内的确大幅增长，而银行业对此作出了巨大贡献。

联合之初，苏格兰至少有一百万英镑的金银币，而现在不到五十万英镑。

1707年，苏格兰和英格兰还没有合并，苏格兰国内流通的银币价值，以及合并后交到苏格兰银行重铸的货币总价值达四十一万一千一百一十七镑十先令九便士。没有金币的统计数据，但是，从苏格兰铸币厂的历史账户中我们可以看出，每年铸造的金币价值稍稍多于银币。有不少人过于担心，因害怕不能收回银币而不把银块交到苏格兰银行去。此外，一些英格兰银币也没有缴存入库。所以，合并前在苏格兰境内流通的金银货币的总价值不应低于一百万英镑。这似乎是当时苏格兰全部的通货数量了，因为尽管苏格兰银行当时还没有竞争者，它发行了不少纸币，但是仅占全部通货很小的部分。如今苏格兰全部的通货数量已经超过二百万英镑了，而其中金银币的比重大概不超过五十万英镑。虽然在此期间苏格兰金银币流通数量急剧下降，但是它的实际财富和繁荣却没有遭受任何损失。相反，土地和劳动的年产品，它的农业、制造业和对外贸易都显著增加了。

银行券通常通过汇票贴现发行。

银行和银行家发行银行券的主要方法是汇票贴现，即在汇票到期之前预付款项。他们总是以预付款项的数额为基础扣除到期之前的法定利息。当汇票到期时，回收的金额将会抵消银行预付的款项，还能附带一笔利息作为净利润。银行家向贴现汇票的商人预付的不是金银，而是他自己发行的银行券，他将根据以往的流通经验利用贴现的机会发行大量的银行券，从而可以从中得到大量的利息作为净利润收入。

但是，苏格兰银行还发明了现金账户系统。

现在，苏格兰的商业规模并不怎么大，而在两家公立银行开设之前，苏格兰的商业规模更小。如果这两家银行仅限于汇票贴现业务，它们只能开展少量的业务。因此，它们发明了另一个发行银行券的方法，称之为开设现金账户，即给予个人一定的信用额度(例如，二千或三千英镑)，如果这个人能够找到两个信用良好且拥有优质土地的人为其担保，这个人就可以在此信用额度内提款，这笔钱在银行需要的时候可以收回，并且收回法定利息。我相信，此种信用在世界各地都是通过银行或银行家授予的。但是，苏格兰银行承兑偿还款项的条件之简便，据我所知是独一无二的，也许这才是这些银行业务量巨大，而国家从中获利丰厚的最重要的原因。

它使得银行可以随时发行银行券，

例如，任何一个拥有这种银行信用账户的人，当他从银行借取一千英镑之后，他可以分期还款，一次偿还二十或三十英镑，而银行在收到款项之后，将会在收款当天将相应比例的利息扣除，直到全部款项付清为止。这样一来，所有的商人及几乎所有的经营者都发现，开设这样一个现金账户是非常方便的，从而有利于提升这些银行的业务量。因为他们随时愿意接受银行券作为支付手段，并且也刺激了那些和他们有关系的人大量接受银行券，而银行在其顾客向其申请资金的时候，总是向他们预付银行券。商人用银行券向厂家支付货款，厂家又把银行券支付给农场主作为原材料和生活资料的货款，农场主用银行券缴纳地租，地主又把银行券再次支付给商人用于购买生活便利品和奢侈品，最后，商人将货币返还到银行平衡他们的现金账户，或偿付他们从银行借取的东西。这大概就是一国使用银行券进行交易的全部货币业务种类了，也是银行的最大生意。

并且，使得商人可以比此前开展更大规模业的务。

利用现金账户，每一个商人只要不草率行事，都可以开展更大规模的业务。如果有两个商人，一个在伦敦，另一个在爱丁堡，两个人在同样的贸易领域拥有同样的资本，爱丁堡的商人只要比较谨慎就可以比伦敦的商人开展更大规模的业务，雇用更多的工人。伦敦的商人总是必须随时在自己的保险柜或者银行的保险柜里保有大量的现金，当他把钱存放在银行的时候，银行并不向商人支付分文利息，商人这样做是为了履行因赊购商品而不断到期的支付义务。假设他留在手里的货币总金额是五百英镑，那么他就不能将全部资金用于购买商品囤积在仓库里，而必须留下五百英镑，尽管并没有人强迫他这么做。假设他的资本或者等值于全部资本的商品每年周转一次。由于必须在手里保有五百英镑的现金，他每年销售出去的商品数量比最大可能数量要少五百英镑，年利润也将比最大可能利润少相应的数额，雇用的劳动者数量同样将比可能的最大雇用量少相应的数量。相反，爱丁堡的商人不必为了应付日常所需在手里保有现金。当有支付需要的时候，他利用银行的现金账户履行支付义务，并且用日常销售收入回收的货币逐渐偿还借款。因此，利用这个账户，只要不行事草率，爱丁堡商人在仓库中储存的商品总是可以比伦敦商人多，当然也可以赚取更多的利润，雇用更多的生产性劳动者。这是国家从这项业务中获取的最大好处了。

苏格兰银行在需要的时候当然可以贴现汇票。

诚然，人们可能会认为，汇票贴现的便利给英格兰商人带来的好处和现金账户给苏格兰商人带来的好处一样多。但是必须记住，苏格兰商人除了可以和英格兰商人一样方便地贴现汇票之外，还能够得到现金账户的好处。

发行的纸币数量不能超过在没有纸币发行前的流通中所需要的金银数量。

任何一个国家，能够顺畅流通的纸币总额不能超过其所代替的金银总额，即假设商业条件相同的情况下可能流通的金银总额。例如，如果在苏格兰境内纸币的最小面额是二十先令，那么，能在全苏格兰流通的面额二十先令的纸币总额，绝不可能超过国内每年交易额为二十先令及二十先令以上的全部交易价值所必需的金银总量。如果任何时候流通中的纸币超过了这个数量，如果超出部分既不能输出国外，又无法在国内流通，纸币必然立即回流到银行，要求兑换成黄金或者白银。许多人会立刻意识到也许他们拥有的纸币太多了，超过了国内交易所必需的量，他们将立即要求银行承兑纸币。一旦过剩的纸币转换成金银，人们会发现，将货币输出国外很容易就可以有利可图，而当货币以纸币的形式持有的时候是无法输出国外的。因此，人们立即要求银行兑换流通中过剩的全部纸币，而一旦银行在兑换过剩纸币时流露出丝毫的困难或者踌躇的话，更加严重的挤兑就会出现。这将引起恐慌，而恐慌必然会加剧挤兑。

银行的特殊成本包括：(1) 为了兑换纸币保持现金储备的成本；(2) 不断恢复储备的成本。

除了其他各行业通常都会发生的房租、仆役、店员、会计工资等成本之外，银行还有特殊的经营成本，主要包含以下两个部分：第一，在金库中随时保持大量现金用于满足银行券日常兑换需要所损失的利息；第二，一旦金库因为日常兑换而储备不足时，迅速恢复充足储备的成本。

发行过剩货币的银行，将会同时大大增加第一种成本和第二种成本。

一家银行的纸币发行量如果超过该国流通的需求量，过剩的纸币将会不断流回银行要求兑换，那么这家银行就应当增加库存金银的储备，增加的数量不仅要和流通中过剩的纸币额成比例，而且还要超过这个比例，因为银行券回流的速度比过剩银行券发行的速度快得多。如此一来，这家银行必然增加了第一项成本，增加的比例不仅要按照不得不兑现的数量而增加，而且还要大于这个比例。

同时，这家银行的金库枯竭的速度也比发行合理数量货币时快得多，尽管这些金库的储备原本就更充足。因此，不断填充这些金库不仅需要投入更多的成本，而且需要持续不断地投入成本。铸币也因此不断大量地投入到金库中而不能在社会中流通。这种铸币是为了代替超过流通需要的纸币的，因此它也超过了流通的需要。铸币是不可能被闲置不用的，它必然以这种或那种形态输出国外，追求国内无法实现的利润。金银的持续输出增加了银行寻找新的金银以充实快速枯竭金库的困难，这必然进一步增加银行的成本。所以，银行因为不得不增加的兑现数量而增加的第二种成本比第一种成本还要多。

假设一国流通中能够顺利吸收和使用的某一银行的全部纸币的精确数量为四万英镑，同时为了满足日常的兑换需要，这家银行必须时刻在金库内保有一万英镑的金银。如果这个银行试图向流通中投放四万四千英镑的纸币，超过需要的四千英镑纸币将会几乎在发行出去的同时流回银行。因此，为了满足日常的兑换需要，银行在金库内时刻保有的金银数额将不是一万一千英镑，而是一万四千英镑。不仅过剩的四千英镑纸币得不到任何利息收入，银行还要损失不断收集四千英镑金银的成本，这些金银在每一次流入金库的同时立刻就又流了出去。

举例说明一下。

如果所有的银行都深知自身的利益所在，并且高度关注自身的利益，流通中就永远不会有过剩的纸币。可惜的是，并非所有的银行总是能够做到，因而流通中时常充斥着过剩的纸币。

银行有时并不明白这个道理。

英格兰银行就曾发行了大量纸币，其中超额部分不断回流要求兑换金银。为此，英格兰银行多年以来每年都必须铸造八十到一百万英镑的新硬币，平均每年铸造额约为八十五万英镑。由于如此大规模的铸造硬币(因为多年以来金币不断磨损、贬值)，就在一盎司黄金兑换三英镑十七先令的规定颁布后不久，英格兰银行就开始不得不时常按照每盎司四英镑的价格购买金块。这样一来，如此大规模的铸造硬币，损失比例在两点五到三个百分点之间。尽管银行因此被免除了铸币税，而且政府承担了铸币的成本，但是政府的扶持政策并不能完全抵消银行的成本。

例如，英格兰银行和苏格兰的银行。

苏格兰的银行同样因为发行过剩货币不得不在伦敦长期雇用代理人为他们收集金属货币，收集成本很少低于一点五或两个百分点的。收集的硬币通常要用马车运送到苏格兰，护送运输的费用又是零点七五个百分点，或每一百英镑十五先令。这些代理人并不总是能够及时补充其雇主的金库。于是，银行的资金来源就必须依赖于向他们在伦敦的往来银行开具汇票筹集。当这些往来银行此后要求他们支付这笔资金并且附带相应的利息和佣金时，一些苏格兰的银行因为陷于发行过剩货币的困境无法脱身，有时不得不再次向对方开具汇票来承兑先前的汇票，再不然就是向伦敦的其他往来银行开具新汇票承兑旧汇票。如此这般，同样一笔货币，或者同样金额的汇票，有时往来达两三次之多，而欠债的银行必须支付累计金额的全部利息和佣金。即便是那些从来不过度发行货币的苏格兰的银行，有时也不得不求助于这种毁灭性的资金来源。

无论是英格兰银行还是苏格兰的银行，都必须支付金币兑换超过国内流通需求和全部流通需求的纸币。这些金币此后有时以硬币的形式输出国外，有时熔成金块输出国外，有时熔成金块以每盎司四英镑的高价出售给英格兰银行。输出国外或者熔铸的硬币，是从全部硬币中挑选出来的最新、最重、最好的硬币。当这些分量重的货币以硬币的形式在国内流通的时候，它们并不比分量轻的货币值钱。但是，当它们输出国外或者熔铸成金块的时候，它们显然更加值钱。尽管每年大量铸造新硬币，但英格兰银行吃惊地发现，硬币依旧年年短缺，不仅如此，尽管每年银行大量发行优质的新硬币，但流通中的硬币品质不是越来越好，反而越来越差。他们发现，每年短缺的黄金数量几乎和上一年铸造的一样多。由于金块价格的持续上涨，而金币又不断受到磨损削刮，铸币成本一年高过一年。前面已经证明，英格兰银行在满足自身金库硬币需求的同时，实际上间接满足了整个联合王国的硬币需求，硬币通过多种途径不断从银行的金库里流入王国。因此，无论维持英格兰和苏格兰流通中的过剩纸币需要多少硬币，无论王国内由过剩纸币引发的硬币需求有多大，英格兰银行都必须满足这些需要。无疑，苏格兰的银行为自己的疏忽大意需要支付高昂的代价。但是，英格兰银行不仅要为自己的疏忽大意，还要为几乎所有的苏格兰的银行更加严重的疏忽大意支付高昂的代价。

联合后的苏格兰、英格兰两国都有一些大胆的过度贸易项目,它们是纸币过量发行的根源。

过度贸易是纸币发行过剩的根源。

一家银行向各商人或经营者预付的适当金额，既不是其商业经营的全部资本额,也不是资本额的大部分,而是商人在得不到银行预付时，所有资本中必须以现金形式随时持有在手里应付日常开支的部分。如果银行预付的纸币数量不超过这部分资金量，发行的纸币数量就不会超过在没有纸币的条件下一国流通中需要的金银货币的数量，也不会超过该国流通环节可以轻易吸收和使用的纸币数量。

银行向商人预付的纸币数量，不该超过商人在没有银行预付条件下必须以现金形式持有在手中的金属货币的数量。

当银行向商人贴现一笔由实际债权人向实际债务人开具的实际承兑汇票时，这个汇票在到期时实际上是由债务人支付的。银行向债务人预付的纸币价值应当只是债务人自己本该以现金形式保留在手里应付日常需要的价值的一部分。当汇票到期的时候,债务人向银行支付其预付的全部汇票金额,其中包含一笔利息。只要银行只和这类顾客发生资金往来,这个银行的金库就像一个水池,尽管不断有水流出,同时也有几乎等量的水不断流入,因此,无需担忧,水池总会是保持充盈或几近充盈的状态。银行为填满金库只需要花费少许费用,甚至分文不用。

这个限制只有在贴现实际汇票的时候才会被发现。

一个不曾过度经营的商人也会时常需要现金，却没有汇票可以用于贴现。如果一家银行按照苏格兰银行的宽松条件,除了向他贴现汇票之外,在类似的情况下还能够通过现金账户向商人预付所需现金，并且允许商人在获得日常销售收入之后分期偿付这笔借款，他将彻底解除商人必须以现金形式预留一定的资本应付日常需要的义务。当商人需要支付现金的时候,他将通过现金账户进行支付。当然,和这类客户进行资金交易的时候,银行必须倍加小心,密切关注在短期内(例如,四、五、六或八个月内)从该客户那里收回的偿付金额是否和向他们借出的金额相等。如果在短期内的大部分时间里，从某些客户那里收回的金额和出借的相等,那么和这些客户打交道基本上就是安全的。虽然在

必须密切关注现金账户,确保收支平衡,

这种情况下，从银行金库里流出的资金量可能很大，但是流入金库的金额至少一样大。所以，无需担忧，这些金库会保持接近充盈的状态，不需要额外的费用用于补足金库存量。反之，如果客户归还的金额时常大大少于借取的金额，和这些客户做生意就不那么安全了，尤其这种情况多次出现的时候。在这种情况下，从银行金库中持续流出的金额必然大于流入的数量，从而，除非不断花费大量成本持续补足金库存量，否则金库必将很快耗尽。

就像苏格兰的银行长期以来所做的那样，要求客户经常定期偿付款项。

为此，苏格兰的银行长期以来严格要求它们的客户经常定期地偿付款项，如果他不能做到，无论他的财产有多少，信誉有多好，银行都没有兴趣和他打交道。如此小心谨慎，不仅节省了维持金库的全部费用，而且还获得两项额外的巨大利益。

这样可以 (1) 判断债务人的经营状况；

首先，谨慎小心使得银行无需收集其他证据，只要查阅自己的业务报告，即可准确判断债务人的业务经营状态。这是因为大部分人在业务上升的时候还款有规律，而在业务衰退的时候则没有规律。个人出借资金时，他的债务人少则数人，多则十数人，他要么自己、要么委托代理人，长期密切跟踪、查询每一个借款人的还款和经营情况。但是，一个动辄借款给五百个客户的银行，它关注的目标完全不同，从而在自己的统计报告之外无法得到大部分债务人偿债和经营业绩的定期信息。苏格兰的银行之所以要求其客户经常定期地偿还借款，可能就是考虑到这个好处吧。

(2) 确保避免发行过多纸币。

第二，密切关注使得银行得以避免发行超过国内流通能够轻易吸收和利用的纸币。当银行观察到某个客户在相当长的时期内偿还的款项金额和借取的完全相等时，它们可以确认，预付给客户的纸币从没超过在没有纸币的情况下客户必须持有在手中以应付日常需要的金银货币的数量。从而，它们通过各种手段发行的纸币数量，从没有超过没有纸币的情形下一国流通中需要的金银货币的数量。客户经常、定期和足额的偿付足以证明，银行在任何时候都没有预付超过在没有银行业的情况下客户必须以现金形式持有在手中应付日常需要的资本数量。客户持有这些资本的目的，是为了维持剩余资本能够正常运转。资本中只有这一部分，在短期内不断以纸币或者硬币的形式流入交易者手里，然后又继续以同样的形式从他们手里流出。如果银行的预付超过了客户这部分资本的数量，短期内，客户偿付的平均数额就无法和银行预付的平均数量相等。这样的交易使得不断流回银行金库的金额和不断从中流出的金额不相等。银行预付的纸币数量超过了在没有银行预付的情况下客户必须持有在手里应付日常需要的金银数量，这些纸币很快将会超过一国在没有纸币的情形下流通中需要的金银的数量(假设贸易情况不变)，进而超过一国流通环节能够轻易吸收和利用的货币数量。这些超额纸币将立即流回银行要求兑换金银。这第二个好处虽然同样实在，却不像第一个好处那样为苏格兰各银行所充分理解。

银行只适合发放短期贷款。

当各国信用良好的商人既得到了票据贴现提供的便利，又得到现金账户提供的便利，从而不再需要以现金形式保留任何资本应付日常开支的时候，他们理应不再期待从银行和银行家那里得到更多的帮助了。而且，银行和银行家出于自身利益和安全的考虑，在业务深入到这种程度的时候，也不该更进一步。一个银行出于自身利益的考虑不能向商人提供经营所需的全部流动资本，甚至大部分也不行。因为，尽管流动资本不断以货币形式流回商人手中，又不断以相同的形式流出去，但是，全部资金在流回和支出的时点上有较大的差异，从而在符合银行利益的时间段内无法归还银行的贷款。银行向经营者提供的固定资本部分应当更少些。例如，炼铁厂建造熔炉、冶炼车间、生产车间、仓库、工人宿舍等所使用的资本；再如，采掘业的经营者打井、建水泵抽水、修筑道路等所使用的资本；又如，土地改良者在闲置未开垦的土地上投入平整土地、排除积水、修建围栏、施肥犁耕，建筑农舍、马厩和谷仓等所使用的资本，大都不宜从银行那里大量借取。一般而言，固定资本的回收要远慢于流动资本，即便是小心谨慎地使用，这类成本大都在多年以后才能收回，而这个期限太长了，是不利于银行经营的。毫无疑问，商业和其他产业的经营者只要非常小心，就可以利用借来的钱经营其大部分项目。即便如此，出于公正起见，经营者的自有资本应当足以确保债权人的资金安全，如果可以这么称呼他们的话，换言之，即便经营的业绩远不如预期，经营者的自有资本也应当能够避免债权人遭受资金损失。即使能够做到这些预防措施，预计多年以后才能偿还的资金依然不该从银行那里借取，而是应当以担保或抵押的方式从私人那里借取。这些人不想自己费心经营资本，只想依靠利息过活，所以，他们愿意把资本借给那些信用良好且长期使用资金的人。诚然，向银行借钱不需要支付担保或抵押的印花税和律师费，而且苏格兰银行的还款手续又非常简便，对商人和经营者而言当然是最好的债权人。但是，这类商人和经营者却不是银行最好的债务人。

二十五年前，苏格兰的银行就已经发行了适度的货币，但是商人们却不满足，一些人求助于循环出票的方法套取资金。

二十五年前，苏格兰的银行就已经发放了国内流通能够轻易吸收和使用的足额纸币，甚至超过了这个数量。因此，这些银行实际上在很久以前就已经给予了苏格兰的贸易和经营者和自己利益相符的最大可能的帮助，甚至有过之而无不及。银行的经营活动已经有点儿过度了，并且已经导致了银行利润的损失，至少是缩减，这是过度经营在所难免的。而那些商人和经营者虽已得到了银行和银行家的全力支持，却还不满足。他们似乎认为，银行可以无限扩张信贷规模来满足他们的全部需要，而付出的代价仅仅是纸张的成本而已。他们抱怨银行家们目光短浅、裹足不前，导致信用规模和国内的商业规模不相称。其所谓的商业规模，无疑超过了他们在使用自有资本，或者通过通常的担保、抵押方式向私人借取款项的情形下所能达致的业务范围。他们似乎认为，银行有义务弥补这个差距，为他们提供贸易所需的全部资本。然而，银行家们的立场却与之相异。当银行家拒绝向他们提供信贷资金时，一些商人想出了一种权宜之计，这个方法一时之间可以实现同样的目的，只不过费用相对较高而已，效果和银行急剧扩张信用一样。这个方法无他，就是人们熟知的循环出票，一些时运不济的商人在濒临破产时往往求助于这种方法。这种弄钱的方法在英格兰已经不是什么新鲜事儿了，在最近一次战争期间，贸易利润出奇地高，诱发了过度贸易的热情，循环出票的规模巨大。后来，这种方法从英格兰传到了苏格兰，相对于那里狭小的商业规模和为数不多的国内资金而言，循环出票的规模很快就发展得超过了英格兰。

这种方法有待解释。

商业人士对于循环出票这种手段相当熟悉，似乎没有必要多加解释。但是，这本书的潜在读者很多并非商业人士，而且也不是每一个商人都清楚这种银行业务，因此，我将尽力解释清楚循环出票是怎么回事儿。

汇票具有特殊的法律权利。

在早期欧洲法律还不强制人们履行契约的时候，商人们就建立起了一些商业习惯，这些商业习惯在最近两个世纪逐步被欧洲各国的法律所吸纳。它们强调汇票的特殊权利，即和其他各种约定相比，汇票有优先承兑现金的权利，尤其是期限仅为两三个月的短期汇票。当汇票到期时，如果受票人见票不兑现，即在当时视为破产。被拒付的汇票将会回到出票人手中，如果他也不立即承兑汇票，也将视为破产。如果汇票在传到受票人手中之前已经转手多次，其中每一个人都向前一个人预付了汇票承诺的现金或者商品，那些在各环节收受现金或者商品的人将按顺序背书，即将他们的名字按顺序写在汇票的背面，那么每一个背书者将按顺序向汇票持有人承担偿还义务，一旦见票不还也将即时被视为破产。虽然出票人、受票人及所有的汇票背书者都可能出现信用危机，但是期限越短，持票人的权益就越能够得到保证。尽管所有人都有可能破产，但是在如此短的时期内同时破产的概率是很小的。就像一个疲倦的旅行者站在一个即将倾倒的茅屋前会对自己说：这房子大概撑不了多久了，但是今天晚上就倒的概率很小，我不如冒险先住一晚再说。

这样，两个分别在爱丁堡和伦敦的人将相互出票。

我们假设，在爱丁堡的商人A向伦敦的商人B开出一张两个月到期的汇票。实际上，伦敦的商人B根本不欠A任何东西，但是他将同意接受A的汇票，条件是他在汇票到期之前可以向A再开一张金额相同但要附加利息和佣金的汇票，同样也是两个月到期。如此这般，B在头两个月到期前就向A开出了这样一张汇票，而A在第二个两个月的期限里又向B开出了第二张汇票，同样两个月到期，然后，B又再次在第三个两个月的期限里向A开出了另一张汇票，依然两个月到期。这种操作有时持续时间不是几个月而是几年之久，每一次汇票回到爱丁堡商人A手中的时候，都会加上前面各期积累的利息和佣金，利息通常是一年五个百分点，而佣金则是每次零点五个百分点。由于一年里佣金可能积累六次之多，无论A通过这种方式筹集到多少款项，一年里必须支付的成本就会高达八个百分点，甚至更多。因为有时候佣金会上涨，有时候A被迫按照复利法支付佣金和利息。此种操作被称为循环借款。

大量资金用这种昂贵的方法借取。

在一个大部分贸易项目的资本利润率平均高达百分之六到百分之十的国家里，这将会是一项非常有利可图的投机生意，其回报不仅能够支付借钱经商的巨额费用，而且还能够给经营者留下相当不错的利润。很多规模大、范围广的业务项目，居然在没有任何其他资金来源的条件下，依靠这种成本高昂的筹款方式经营多年。显然，经营者都在做着获利丰厚的黄粱美梦。然而，无论生意顺利结束还是半途由于资金不足无法维系，我相信，他们将清醒地意识到，有如此好运赚到大钱的毕竟是少数。

向伦敦开出的汇票将在爱丁堡贴现，向爱丁堡开出的汇票将在伦敦贴现，二者将相互清偿。

爱丁堡的商人A向伦敦的商人B开出的汇票，往往在两个月还没有到期的时候就被A拿到某个爱丁堡的银行去贴现了，同样的，伦敦的商人B向爱丁堡的商人A开出的汇票，也是在两个月还没有到期的时候就被B拿到某个英格兰或者伦敦的银行去贴现了。在爱丁堡，贴现汇票预付的是苏格兰银行的纸币，而在伦敦，则是用英格兰银行的纸币贴现汇票。尽管这些用纸币贴现的汇票陆续到期时必须依次清偿，但是，向第一张汇票贴现的预付款却再也不会流回到贴现银行了，因为在每一张汇票期限将至时，都会有另一张金额更大的汇票开出用来支付那张快要到期的汇票。因此，汇票的清偿通通都是假象，通过流通汇票从银行金库中流出的现金，是永远也不会被另一笔流入的现金抵消的。

银行这样预付的资金总额超过了上限，但是最初却毫无察觉。

通过流通汇票发行的纸币总额，在大多数情况下等于开展大规模的农业、商业或制造业经营所需要的资金总量，而大于在没有纸币的条件下经营者必须以现金方式留在手里应付日常开支的部分。因此，纸币中的大部分超过了在没有纸币的条件下流通中所需要的金银价值，而全部纸币也超过一国流通中能够轻易吸收和使用的纸币数量，从而，这些纸币将会立即流回银行要求兑换金银，银行则必须竭尽全力搜罗足够的金银。这些资金往往是项目经营者想方设法从银行巧取得到的，银行并没有在信息充分的条件下慎重考虑，甚至有时也许根本没有意识到它们实际上向这些经营者出借了资本。

当银行家发现真相的时候，他将增加贴现的难度，这警示并且激怒了经营者们。

当两个商人不断相互开出汇票并且总是在同一个银行家那里贴现这些汇票时，银行家肯定会立即发现他们的所作所为，认清他们原来没有自有资金，全部依靠银行贴现给他们的资金在运作。但是，他们时而在这个银行家手里贴现，时而在那个银行家手里贴现，或者这两个人并不总是相互开票，而是不时地和更多其他经营者相互开票。他们发现，这种方法更容易筹集资金。因为这样一来，银行根本无法识别真实的汇票和虚构的汇票，无法识别真实的债权人向债务人开具的汇票和根本没有债权人而仅被银行贴现的汇票，无法识别实际上并没有真实的债务人而只有利用这笔资金的经营者。当一个银行家发现真相的时候，往往已经太迟了，他发现他已经向所有相关的经营者贴现了太多的汇票，以至于如果拒绝继续贴现汇票，经营者就会破产，而一旦经营者破产，银行家也将自身难保。所以，为了自己的利益和安全，银行家发现，在这种危机时刻，尽管必须努力逐步收缩贴现规模，但是在一段时间内还是要继续贴现，只能每天逐步增加贴现的难度，以迫使那些经营者开始转而求助于其他银行家或者通过其他方法筹钱，从而使自己可以尽快脱身。结果是，英格兰银行、伦敦的大银行家和相比而言比较审慎的苏格兰的银行，都在它们深陷泥沼之后开始加大贴现的难度，这不仅为那些经营者敲响了警钟，而且在最大程度上激怒了他们。他们将自己的困扰称之为国家的麻烦，无疑在他们看来，这个麻烦完全起因于银行审慎而必要的储备。他们将国家的麻烦全部归咎于银行的疏忽、无力及糟糕的经营，没有给予和他们的创业精神相符的、足够多的、实质性的帮助，而他们自己才是那群致力于让国家更加美好、进步和富裕的人。他们似乎认为，按照他们想要的期限和规模向他们放款是银行的义务。然而此时，在银行过多地发放贷款之后，拒绝向他们发放更多的贷款，却是维护银行信用及国家公共信用唯一切实可行的方法。

此后设立了艾尔银行，它发行货币非常自由，但是经营很快就陷入困境，在两年内就倒闭了。

在这喧嚣纷扰之际，一种新型银行在苏格兰出现了，其开设的目的是为了缓解当时国家的资金困难。这种银行的设想是很全面的，但是执行却很唐突，关键是，开设这种银行所要缓解的国家危机的本质和原因到底是什么，可能并未为人所深入理解。这家银行无论是在授权现金账户还是在贴现汇票上，都比此前的银行更加自由。就拿贴现汇票来说，该银行似乎并不去区分真实票据和循环汇票，见票一概贴现。它公开声称，只要有合理的保全手段，哪怕是回收最慢、期限最长的改良资金也可以全额放贷，例如土地改良资金。甚至声称，推动此类改良正是该银行开设的主要公益目的。无疑，该银行大量授权现金账户和贴现汇票的结果是发放了大量的银行券，其中的多数超过了国内流通所能轻易吸收和使用的范围，从而必然在发行之后很快流回银行要求兑换金银。这个银行的金库储备由此时常不足。该银行招股募集资金总额为十六万英镑，但实际到账金额只有百分之八十，总注资金额约定分期支付。银行的大部分股东在初次注资的时候就在这家银行开设了一个现金账户，而银行的领导层则认为，他们应当像对待其他客户那样慷慨地对待自己的股东，即允许他们从现金账户中借款，而股东们却用这些现金账户借得的款项缴付后续注资。这种注资方式无非是将现金从银行的一个金库中取出，然后缴纳到另一个金库中罢了。退一步说，即便原本银行的金库是充盈的，但只要过度发行货币，金库将在资金回流之前就耗尽了，除非他们选择向伦敦银行开出汇票这条不归路。尽管如此，当汇票到期的时候，他们还是要从自己的金库中取钱来偿付汇票的本金和利息。实际情况是，这家银行的金库充足率实在太低，听说在它开业后短短几个月内就要通过开具汇票来筹集资金了。银行股东们的实有资产往往有数百万英镑，当他们认购银行的原始股时，这些资产实际上就成为银行的偿债担保。如此大的担保金额赋予了该银行巨大的信用，因此即使在如此宽松的放贷模式下经营，银行依然能够支撑两年以上。而当银行大限已到之时，它已经向流通中注入高达二十万英镑的银行券了。为了支撑这些一发行出去就立即流回的银行券，银行不得不持续向伦敦银行开出汇票，其总金额不断滚动累加，到银行倒闭时高达六十万英镑之多。因此，在两年多一点的时间里，这家银行以百分之五的利率向众人发放的现金总额高达八十万英镑之多。其中，以银行券形式流通的有二十万，这部分资金收取的百分之五的利息可以近似看成银行扣除管理费用之后的纯收入。而其中以汇票形式流通的六十万，银行却要向伦敦银行支付利息加佣金共计百分之八的成本费用。就此计算，该银行全部经营业务中的四分之三是以百分之三的年率持续损失。

该银行的实际经营效果似乎和银行设计者、指导者的本意南辕北辙。设计者们的本意是大力扶持他们认为当时全国各地盛行的创业精神，同时力图争夺所有银行业务以取代其他的苏格兰银行，尤其是那些在爱丁堡的银行，它们在开出汇票方面的退缩引发了民怨。这家银行当然在短期缓解了项目经营者的困难，使它们的项目又苟延残喘了两年多。但是，实际上却将它们置于更加深重的债务负担中，当危机降临的时候，这些巨额债务沉重地落在项目经营者和他们的债主头上。因此，这家银行从长期来看实质上并没有缓解、反而加重了项目经营者给自己和国家带来的灾难。如果他们中的大部分在两年前就被迫倒闭的话，对于他们自己、他们的债权人和国家而言未尝不是件好事。尽管如此，该银行缓解了项目经营者的短期困难倒是彻底解脱了其他苏格兰银行。那些汇票交易者在其他苏格兰银行缩减贴现汇票时，求助于这家新银行，在那里他们有求必应。从而，其他银行得以轻易地从这场虚拟交易中脱身，要不是有了这家新银行，要想从中脱身不蒙受巨额损失才怪，甚至还可能丧失信用。

所以，从长期来看，该银行的经营实际上加重了它原本想要缓解的国家困难，却解脱了它原本想要排挤的对象。

另一个筹钱的方式是用借款者的担保品再担保，这是一项亏损的业务，

设立银行之初，人们的想法是，即便银行金库很快耗尽，也可以非常方便地以它放款客户的担保物做担保来筹集资金充实金库。我相信，经验很快证明，用这种方法筹钱实在是太慢了，根本无法及时满足金库的资金需求。那些原本资本充足率就低，后来又快速被耗尽的金库，除了通过向伦敦开出汇票这条不归路之外，没有别的方法能够筹集资金弥补金库的亏空。结果是，当汇票到期的时候，它不得不向伦敦开出新汇票来支付旧汇票的本金及积累的利息和佣金。虽然这种方法能够及时满足该银行的资金需要，但是，这样筹到的钱不仅没有利润，每次筹钱都要承担一定的成本，以至于采用代价巨大的循环汇票筹钱，银行在长期会和贸易公司一样毁灭自己，只不过有时能撑久一点儿罢了。那些超过国内流通需要而发行的纸币，也不能为它带来利息

收入，因为这些纸币一经发行，立马流回银行要求兑换金银，为了兑换这些纸币，银行自己不得不经常借钱。与之相应的是，所有借钱的成本，包括雇用代理人寻找资金源，以及与资金供给者接洽并签订借款合同的成本，都将由这家银行承担，而且形成银行资产负债表的实际成本。用这种方法填满金库的银行，就像一个水池的拥有者，当水池的水不断流出却没有水源持续流入时，水池拥有者却想通过雇用一些人用桶从远处的水井里提水将池塘填满。

甚至会损害国家的利益。

尽管这种经营纸币业务已经被证明，对以盈利为目的的银行而言，不仅实际可行而且还可能有利可图，但是国家从中却得不到任何好处，甚至相反，国家肯定还会因此蒙受不小的损失。因为，这种行为丝毫不会增加出借的资金数量，它只是将银行变成整个国家的放贷机构而已。那些有资金需要的人开始向该银行申请贷款，而不是向曾经借钱给他们的私人借贷。但是，银行可能同时借钱给五百个人，其中大部分银行的管理层都不甚了解，这样的银行不太可能比私人在选择债务人方面更加公正，私人往往只借钱给几个他所熟知的人，私人放款者从其稳健、节俭的经营行为中获取足够的信心。而这家银行债务人的行径正如我已经研究过的，他们中的大部分是不切实际的空想家，是不断开出循环汇票的人，他们将资金投入到野心勃勃的项目中，并且得到了最大可能的资金扶持，但是却很可能永远也不会成功。即便最后成功了，也不可能支付实际耗费的成本，也不可能提供足够的资金维持原来的就业规模。而私人放贷的对象稳健而节俭，他们大多将借取的资金投入到与自有资金相称的、收益稳健的项目中，尽管他们对这些项目设定的目标不是那么雄心勃勃，但是回报却更稳定，这些收入将为项目投入资金提供大量的利润，从而可以提供足够的资金雇用更多的劳动者。所以，银行业务的成功丝毫没有提升国家的资本，而只是将国家资本的很大一部分从谨慎而有利可图的项目，转移到了那些草率而毫无收益的项目上。

劳氏计划已经被迪韦尔内和迪托特先生详细解释了。

著名的劳先生认为，苏格兰产业凋敝的原因是缺乏产业资本。他设想建立一家专业银行，发行总额和全国土地价值相等的纸币，以此来弥补资金的不足。苏格兰议会在初次听取劳先生提议的时候认为，采取这项计划不妥。但是，这项计划做了一些变动之后，却在法国奥尔良公爵摄政时期被采纳。“密西西比计划”可谓是世上罕有的最夸张的银行、股票交易的扩张计划，其理论基础建立在纸币可以无限发行的观点之上。而计划的实际执行情况已经被迪韦尔内先生在其《对迪托特先生〈关于贸易和金融的政治观察〉一书的评论》中全面、清晰、有条理且明确地解释过了，所以我不打算在此赘述。计划的理论基础，劳先生在其最初提出建议时就已发表的论文《关于货币和贸易的考察》中阐明了。以这个理论为基础的宏伟、但不切实际的想法，在其他几个计划中也被提及，至今仍给人们留下深刻的印象，而且可能在某种程度上促成了银行业务的过度开展，苏格兰及其他地方的银行的类似行为最近为人们所诟病。

英格兰银行于1694年建立，

英格兰银行是欧洲最大的银行，它于1694年7月27日由国会议决以敕令方式组建。彼时，它向政府提供了总额达一百二十万英镑的资金，每年收取十万英镑的费用，包括九万六千英镑的利息和四千英镑的管理费用。我们可以推测，通过革命建立的新政府的信用一定不怎么样，所以不得不以如此高的利息借取款项。

于1697、1708、1709、1710、1717年及以后多次扩张资本总额，

1697年，英格兰银行获准扩充资本一百万零一千一百七十一英镑十先令，这样，它的资本总额达到二百二十万一千一百七十一英镑十先令。据说，这次银行增资是为了支持公共财政的信用。在1696年时，国库券要打四折、五折或者六折才能成功发行，而银行券也要打两折。在同期银币大规模重铸时，银行认为应当停止兑换银行券，而此举必然会降低银行的信用。

根据安妮女王七年第七号法令，银行向财政部提供四十万英镑的资金，从而借给国库的总金额累计达一百六十

万英镑，依然收取九万六千英镑的年利息和四千英镑的管理费用。因此，在1708年，政府和私人有了同样的信用等级，因为它可以用通常百分之六的法定市场利率借得款项。根据同一条法令，英格兰银行又购买了总额达一百七十七万五千零二十七英镑十七先令十便士半的财政部证券，年利率为百分之六，同期获准增资一倍。这样一来，1708年，银行的资本总额增加到四百四十万二千三百四十三英镑，其中借给政府的金额就有三百三十七万五千零二十七英镑十七先令十便士半。

1709年，英格兰银行按照百分之十五的比例增资六十五万六千二百零四英镑一先令九便士。1710年，又按照百分之十的比例再次增资五十万零一千四百四十八英镑十二先令十一便士。两次增资使得银行的资本总额增加到五百五十五万九千九百九十五英镑十四先令八便士。

根据乔治一世三年第八号法令，英格兰银行又购买了财政部二百万英镑的证券。因此，到此为止，英格兰银行已经向政府提供了累计达五百三十七万五千零二十七英镑十七先令十便士的资金。根据乔治一世八年的第二十一号法令，银行购买了南海公司总值四百万英镑的股票，所以在1727年为了实施这项购买计划再次增资扩股之后，英格兰银行的资本额又增加了三百四十万英镑。因此，到1727年，银行总共向政府提供了九百三十七万五千零二十七英镑十七先令十便士半的现金，而它的资本总额仅有八百九十五万九千九百九十五英镑十四先令八便士。这样，英格兰银行向政府提供的收息资本首次超过了它的自有资本，即它要支付红利的股东资本总额，换言之，银行开始在分红资本之外有了不分红的资本。从那时开始，英格兰银行一直有不分红的资本。1746年，银行以不同的名目累计向政府共提供资金一千一百六十八万六千八百英镑，而多次募股之后分红资金的总额也达到一千零七十八万英镑。至今为止，这两个数目一直没有改变。根据乔治三世四年第二十五号法令，英格兰银行同意向政府提供十一万英镑资金，用于延续银行的执照，这笔资金不需要还本付息。所以，没有增加以上数目的任何一个。

银行收取的利率已经从百分之八降至百分之三，而它最近支付的红利水平为百分之五点五。

银行的红利时高时低，决定于它在不同时期向政府收取的利息高低及其他因素；而利率水平已逐渐从百分之八降到百分之三了。在过去的几年里，银行红利的水平多为百分之五点五。

英格兰银行作为政府机构运行。

英格兰银行的安全性和不列颠政府的稳定性相关。只要贷给政府的资金是安全的，银行的债权人就不会有损失。除了英格兰银行之外，再没有一个英格兰的银行是由国会颁布法令设立且其股东超过六个人的。它不仅是一个普通银行，更是一个国家机构。它收付政府债权人到期收入的大部分，它发行和流通政府债券，它向政府预支土地税和青苗税，一般情况下，这笔税收要到多年以后才能收清。在各项银行业务中，由于要履行公职，英格兰银行有时不得不过度发行纸币，而这并非银行领导层的疏忽。它也贴现商人的汇票，而且根据情况不仅向英格兰政府，而且向汉堡和荷兰政府提供信用支撑。据说，在 1763 年，有一次出于这个目的，英格兰银行在一周内提供了一百六十万英镑的资金，其中大部分还是金块。尽管如此，我并不是想要妄断英格兰银行提供的资金太多了，也不是想说提供资金太频繁。但事实是，有时这个大公司不得不用六便士的小额货币应付日常支付。

银行经营活动可以盘活闲置资金，但是加大了贸易和生产的风险。

银行细心审慎的经营可以提高一国的生产力，这并不是因为增加了该国的资本，而是激活了该国更多的资本，使其更有生产力。银行客户以前不得不以现金形式留在手中应付日常支付的资本部分，既无法为客户自己也无法为国家生产任何产品，这样的资本毫无活力可言。而银行审慎的经营行为有助于客户将这笔闲置的资金转化为活跃而有生产力的资本，转化为劳动资料，转化为劳动工具，转化为工人为之辛苦劳动的生活资料，转化为既为自己又为国家生产产品的资本。各国流通中的金银币，是每年土地和劳动产品流通的媒介，是将产品分配到适当的消费者手中的媒介。当它们也以同样的方式以现金形式保有在银行客户手中的时候，全部都是没有活力的资本。这是国家资本中非常有价值的部分，但却不从事生产。银行的审慎经营行为用纸币代替大部分金银，使得国家将这部分没有活力的资本转化为活跃而有生产力的资本，转化为为国家生产产品的资本。我们可以把一国流通中的金银比喻成公路，公路发挥着将该国所有牧草和谷物运向市场的功能，贡献卓著，尽管自己没有生产一捆农产品。银行审慎地以纸币代替金银，可以被夸张地比喻为开辟了一条空中通道，使得该国昔日的大部分高速公路转变成多产的牧场和谷地，从而大大增加该国土地和劳动的年产品。尽管如此，必须意识到，该国的工商业固然可能会略有增进，但是风险也可能随之增加。与往昔以坚固的金银为基础的流通相比，像这样由纸币的飞翼悬挂在半空的流通当然更加危险。除了管理纸币的技巧不足导致的工商业危机之外，草率和毫无经验的管理将无法引导工商业远离其他各种危机。

应当提前预防纸币成为主要的流通手段。

例如，在一场失败的战争中，敌人占领了首都，从而控制了支持国内纸币发行的信用体系。在这种情况下，一个国内流通全部依靠纸币的国家和大部分依靠金银的国家相比，混乱状况将更严重。日常所用的交易手段如今丧失了使用价值，人们只能通过以物易物或者赊销的方法进行交易。由于所有的税赋都是用纸币缴纳的，此时，国王无法用丧失信用的纸币招兵买马，维持战备需要。和大部分流通都是由金银实现的国家相比，国家恢复原状将更加困难。因此，一个想要时刻保卫领土不受侵犯的国王，不仅要防范银行因为过度发行纸币而招致自身破产，更要提防国内流通使用纸币过量。

货币流通可以划分为商人之间的流通，以及商人和消费者之间的流通。

国内货币流通可以划分为两类：其一，商人之间的流通；其二，商人和消费者之间的流通。尽管同一货币，无论是纸币还是金属货币，要么用于前一种流通，要么用于后一种流通，但是，由于两种流通总是同时进行，所以每一种流通都需要一定数量的货币作为支撑。商人之间流通的商品价值总和，不可能超过商人和消费者之间流通的商品价值总和，因为，商人买卖的任何商品最终都是要出售给消费者的。商人之间的流通往往都是批发，所以每次需要的货币金额很大；而商人和消费者之间的交易往往都是零售，每次只需要小额货币就行了，如一先令，甚至半个便士就够了。但是，小额货币流转速度却比大额货币快得多。一个先令换手的次数多于一个几尼，而半个便士又比一个先令多。因此，尽管每年消费者购买的价值至少和商人购买的价值一样多，但是，同样的交易额需要的货币数量却要少得多。因为流通速度快，同样一枚货币为消费者所用执行的流通职能，要比为商人所用大得多。

可以通过禁止银行券用于小额交易的方法将纸币流通限制在商人之间。

可以采取措施将纸币用途仅限于在商人间流通，或采取措施将其用途推广至商人和消费者之间的大部分交易。像在伦敦，流通中没有十英镑以下面额的银行券，因此，纸币仅限于在商人之间的交易中使用。如果一张十英镑的银行券流入消费者手里，他将在购买一件价值五先令的商品时将它换开，这样一来，十英镑就回到了商人手中，而此时消费者还没有花掉其中的四十分之一呢。像在苏格兰，那里发行面额小到二十先令的银行券，这样一来，纸币就在商人和消费者之间广泛流通了。在国会颁布禁止十先令和五先令纸币流通的法令之前，流通中的纸币数量更多。北美洲的通货中居然有面值小到一先令的纸币，而它在流通中随处可见。甚至在约克郡流通的纸币中，还有一些面额仅有六便士的纸币。

这些小额纸币的发行使得许多普通人成为银行家。

当如此小额银行券得以发行、普遍使用的时候，许多普通人将受到激励去开设银行。本来人们会拒收一个人开出的五英镑甚至二十先令的期票，但是现在，他发行的面额仅有六便士的纸币也能被普遍接受。当然，这些乞丐般的银行家也非常容易破产，从而引起极大的不便，甚至有时导致接受他们纸币的穷人陷入极大的灾难。

也许，在王国各地发行的纸币面额不低于五英镑更加合适，从而，在王国各地纸币的使用范围将仅限于商人之间的流通，就像现在伦敦不发行十英镑以下的纸币那样。虽然五英镑在王国的大部分地区购得的商品数量只及十英镑的一半，但是，人们看待这五英镑就像伦敦人看待十英镑那样贵重，而一次能花掉五英镑的情形也像伦敦人一次花掉十英镑那样少见。

面值低于五英镑的纸币不应当发行。

如前所述，当纸币仅限于在商人之间流通时，就像在伦敦那样，金银的数量将总是充足的。当纸币流通范围扩张到商人和消费者之间大部分交易的时候，则像苏格兰或者范围更广的北美洲那样，金银就会彻底被驱逐出去，从而几乎所有日常国内交易都将通过纸币流通。苏格兰禁止发行面额为十先令和五先令的纸币，在某种程度上缓解了国内的金银匮乏，而禁止发行二十先令的纸币将更大地缓解金银的匮乏。据说，自从美洲禁止发行部分纸币之后，金属货币的数量开始变得充足了；而在纸币尚未发行之前，美洲的金银更加充足。

这将确保流通中有足够的金银，而又不会影响银行向商人提供足够的资金支持。

虽然纸币应当仅限于在商人之间流通，但是，银行和银行家们向国内工商业提供的资金支持，依然可以像纸币几乎充斥流通领域时一样多。商人留在手里用于应付日常开支的现金，最终都将用于他和其他商人之间的流通，用于从其他商人那里购买商品。他不会为了自己和消费者之间的流通在手中保留现金，因为他的顾客会向他提供现金，而不是从他那里提取现金。因此，尽管只能发行仅限于商人之间流通的纸币，但是，有时可以贴现真实汇票，有时可以通过现金账户借款，银行和银行家们依然能够释放商人手里留存的、用于应付日常开支的大部分现金。银行和银行家们依然能够向各类商人提供他们所能提供的最大限度的资金支持。

一项限制小额纸币发行的法律虽然侵犯了人的自由权利，但是却为维护公共安全所必需。

也许有人会说，银行券无论金额大小，只要人们愿意接受，限制他们在支付中接受纸币，换言之，只要邻人认可，限制银行发行银行券，是对天赋自由权利的侵犯，而法律本该维护而不是妨害这种自由权利。这些管制措施从某些方面看，的确限制了人们的自由权利。但是，少数人过度行使其自由权利，却可能危害社会公众安全。所以，政府法律应当限制过度行使自由权利，无论这政府是最民主的还是最专制的。法律强迫人们建筑隔离墙，防止火灾的蔓延，也可以说是对人们自由权利的侵犯，其目的和我们这里主张限制银行业务的目的异曲同工。

按需兑现的纸币和金银在价值上相等，不会提高物价；

由银行券构成的纸币，如果是由信用良好的人发行，需要时无条件兑换，即只要见票立即兑现，那么无论从哪方面说，这纸币的价值都和金银币的价值相等，因为它随时可以兑换为金银。任何货物用纸币买卖，其标价和用金银买卖时一样，不会上涨。

有人说，发行纸币增加了流通中的通货数量，必然减少其价值，从而会提高商品的货币价格。但是，由于从流通中抽走的金银和向流通中投放的纸币数量相等，纸币不一定会增加流通中的货币数量。从上个世纪初至今，苏格兰的粮食价格在1759年最低。但早年流通中还有十先令和五先令的银行券，其国内的纸币数量要比现在多。现在，苏格兰和英格兰的粮食价格之比，与苏格兰大量开展银行业务之前是一样的。在大多数时候，英格兰的谷物价格和法国一样低廉，然而，英格兰流通中有大量纸币，而法国则几乎没有。当休谟先生在1751和1752年发表他的《政治论》时，以及在苏格兰大量增发纸币之后，粮食价格明显上涨了。但是，这很可能是因为收成不好，而不是因为纸币发行过量。

但是，当纸币不能按需即刻兑现时，价值将低于金银，

诚然，如果构成承兑票据的纸币能否立刻兑现还要决定于出票人的诚意，或者附带某种不是所有持票人都能履行的兑现条件，或者强制执行兑现的法定到期日太久，而且在此期间还不支付任何利息，那么这种纸币的价值就大不相同了。显然，它将低于金银的价值，贬值的程度将决定于

人们预期见票即付的难度和不确定性，或者决定于强制兑现期限的远近。

这种情况出现在苏格兰"选择权条款"盛行的时期。

多年前，苏格兰各银行在其发行的银行券上加印了"选择权条款"。根据这个条款，他们向持票人承诺，他们可以在见票时立即承兑，或者银行经理有权选择在见票六个月后承兑，并支付六个月的法定利率。有些银行经理有时就会利用这个条款，威胁那些持大量纸币要求兑换金银的客户，声称除非他们只兑现其中的一部分，否则就要行使这项权利。这些银行发行的银行券在那个时候占苏格兰通货中的一大部分，而它兑现的不确定性必然导致其价值下跌到金银货币的价值之下。在这项陈规存续期内（尤其是在1762、1763、1764年盛行时期），当伦敦和卡莱尔实行平价汇兑的时候，邓弗里斯和伦敦之间进行兑换有时却要支付百分之四的贴水，尽管这个城市离卡莱尔仅有三十英里远。其中的区别就在于，卡莱尔的汇票是用金银兑换的，而邓弗里斯的汇票则是用银行券兑换的。由于银行券兑换金银存在的不确定性，导致它们的价值比铸币价值低百分之四。后来禁止发行十英镑和五英镑银行券的同一条法令，也禁止在银行券上添加"选择权条款"，从此，英格兰和苏格兰之间的汇兑比例才恢复到自然率水平，即和贸易、汇兑情况相适应的水平。

约克郡流通的纸币，面额小至六便士的，如果要兑换金银，有时要求持票人带上一几尼的找零。这样的条件持票人往往难以满足，这必然降低了流通纸币的价值。据此，国会颁布法令宣布所有类似的条款违法，并且像苏格兰一样禁止发行二十先令以下的银行券。

北美洲的纸币由政府券构成，其兑现期限很远，所以贬值幅度很大。

北美洲的纸币不是由按需承兑的银行券组成，而是由多年以后才能兑现的政府券组成。虽然殖民地政府并不向纸券的持有人支付任何利息，但是它们却宣称，实际上赋予纸券法币地位，是法定的偿债手段，必须按照票面金额接受。但是，即使殖民地政府政局稳定，假设一百英镑的政府券要在十五年后才能兑现，如果该国利率为百分之六，它现在也只值四十英镑而已。既然如此，强迫债权人接受债务人用一百英镑政府券偿还一百英镑现金的债务未免太不公平了，也许还没有一个想要努力实现自由的国家会尝试这么做。这种行为正是诚实而坦率的道格拉斯博士所说的那种狡猾的债务人欺骗债权人的行径。诚然，宾夕法尼亚政府在1722年第一次发行纸币的时候，曾对销售者在同一商品用纸币和金银不同定价施以罚款，试图以此赋予纸币和金银一样的价值。这个措施专横有余，但效果并不理想。积极的法律措施可以赋予一先令纸币拥有一几尼金币的偿债能力，因为它可以命令法庭解除出示这一先令纸币的债务人的偿债义务。但是，没有一项积极的法律，可以强迫一个有自由决定出售或停止出售其商品的商人，将一先令纸币当作一几尼金币来接受。所以，即使有这样的法律条款也没有用，当殖民地的纸币和大不列颠的货币进行兑换的时候，一百英镑银币也许能兑换一百三十英镑纸币，而在另一些殖民地甚至能兑换高达一千一百英镑的纸币。具体兑换数额的大小，决定于殖民地发行的纸币数量，以及兑现这些纸币的期限长短和可能性的大小。

因此，禁止用纸币偿债是公正的。

因此，没有一条法律比国会颁布的这条法令更加公平了，它宣称未来殖民地发行的纸币都不得作为法定的偿债手段，但是不正常的是，这条法令却遭到各殖民地的控诉。

比较各殖民地，宾夕法尼亚的货币发行量是最恰当的。据说，那里的纸币价值从没有跌落到未发行纸币之前金银币价值之下。但是，在纸币第一次发行之前，宾夕法尼亚就已经将铸币的面值提高了。根据议会的法案，规定那里五先令的纯银币当作六先令三便士流通，后来又提高到六先令八便士。这样一来，即便是金银币，一英镑的殖民地通货价值和一英镑纯银币相比，也要低百分之三十以上；而当通货是纸币时，一英镑纸币的价值也很少会大大低于一英镑纯银币百分之三十以上。提高铸币面值的用意是防止金银输出国外，从而规定同样数量的金属货币在殖民地流通所值超过宗主国。但事后发现，从宗主国进口的商品价格却因此上涨了，而且上涨的幅度和铸币面值的提高幅度成比例，以至于金银的输出速度依旧。

各殖民地的纸币都可以用来缴纳税收，不折不扣，纸币必然从中获得了额外的价值，即使纸币实际上或者预期将在很久以后才能兑现。这个额外价值的大小，决定于殖民地发行的纸币数量比纳税所需要的纸币数量多出的份额。我们发现的实际情况是，各州发行的纸币数量都大大超过了这种用途所需要的纸币数量。

殖民地的纸币可以用来纳税，使其得到一些认同。

国王如果规定税收中的一定比例必须用某种纸币缴纳，那么他将能够赋予纸币某种特殊价值，即便最后纸币的兑现期限和可能性全凭国王的喜好。如果纸币的发行银行努力将纸币的发行量控制在略低于这种用途能够轻易吸收的水平，那么对纸币的需求甚至将提高纸币的价值，换言之，纸币在市场上出售换取的金银数量将会多于它的面值。但是，有些人据此解释阿姆斯特丹银行出现的纸币升水，换言之，用来解释银行券价值何以高于金银通货价值。虽然他们说，这种银行券的所有者并不能凭自己的意愿将其从银行里取出，但大部分外国的汇票必须用银行券兑现，或者说，通过银行转账兑现。他们声称，银行经理刻意将银行券的数量维持在这种用途的需求量之下。他们说，这就是该国银行券价值比同等金额的金银通货价值高出百分之四或百分之五的原因。尽管如此，我们在后面将会发现，用这种方法解释阿姆斯特丹银行的升水非常荒唐。

要求某种税收必须用某种纸币缴纳，可能会赋予纸币特殊价值，即便这些纸币是不可兑现的。

纸币的价值跌落到金银币价值之下，并不会降低金银币的价值，即不会减少同等数量金银币换取的其他商品的数量。金银通货的价值和商品价值之间的比例，无论如何都和某种纸币的性质、数量没有关系，它取决于金属矿藏的丰瘠，正是这些金属矿在某个时点上向规模巨大的世界贸易市场提供金银。它取决于向市场供给一定数量的金银和一定数量的其他商品所需要的劳动数量的比例。

纸币价值跌落到金银通货价值之下，不会降低金银的价值。

对银行业唯一必要的限制，是禁止其发行小额银行券，并且要求所有银行券必须见票即付。

如果将银行家发行的流通银行券或者承兑银行券的额度限制在一定的范围内，并且规定他们有义务见票时立即无条件地承兑这些银行券，那么银行的经营活动将于社会公众毫无害处，当然可以任其在各方面自由运作。最近，在联合王国银行的数量激增，引发了众人的担忧，但是大量设立银行实际上并没有减少而是增强了公众的安全性。竞争者众使得银行在其经营活动中更加谨慎，将其通货发行数量与其所有的现金保持适当的比例，以此防范其竞争者时刻想要加诸于它们的恶意挤兑。竞争将单个银行的流通限制在狭小的范围内，将它们发行的流通银行券数量减至较小的规模。将大规模流通分割成大量较小的部分，使得任何一家银行在事物发展进程中在所难免的失败给社会公众带来的负面影响较小。同时，这种自由竞争又使得银行更加善待其客户，否则将被同行取而代之。总而言之，如果某一行业或者劳动分工对社会公众有利，那么竞争越自由、越充分，它的好处就越能得到发挥。

第三章 论资本的积累及生产性劳动和非生产性劳动

本章导读：在劳动价值论的基础上，斯密进一步区分了生产性劳动和非生产性劳动，并指出，只有前者才能够不仅生产出自身的价值，而且能够带来价值的增殖，实现财富的积累。而生产性劳动者的数量和生产力提高都依赖于资本的积累，因为前者需要投入更多的食物，配备更多的劳动对象和劳动工具；后者则需要不断改良劳动工具，不断改进生产组织方式。这二者都需要投入大量资本，因此，资本的积累对于一国财富的增加具有重要意义。那么如何积累资本呢？斯密提倡节俭开支并且谨慎地使用资本，反对奢侈浪费和轻率的投资行为，尤其是强调警惕政府的浪费和轻率。

劳动有两种类型：生产性劳动和非生产性劳动。

有一种劳动，作用于某个物体上，就能增加该物体的价值；另一种劳动则无此效果。前者因为产生了价值，可称为生产性劳动；后者则被称为非生产性劳动。因此，制造工人通常能够将维持自己生活所需的价值和雇主利润，通过劳动附加到他所加工的原材料的价值之上。反之，家仆的劳动则不会增加任何价值。尽管雇主将工资预付给了工人，但实际上雇主并没有任何损失。因为一般说来，工人劳动对象的增加值不仅偿付了工资的价值，还为雇主提供了利润；而家仆工资的价值从来不会因为其劳动而被保存下来。多雇用制造工人，人们就可致富；多蓄家仆，人们却会致贫。然而，后者的劳动和前者的一样，也同样有其价值，应得酬劳。不过，制造工人的劳动可被固定在某一特定物品或商品内，并通过该物品或商品来实现其自身价值，此种物品或商品至少在劳动结束后仍会存在一段时间。这就好像是一定量的劳动被储存起来，在日后需要时再将其提出使用。该物品或者说该物品的价格，在需要时可以转化为当初制造其所耗费的等量的劳动。与此不同，家仆的劳动不会被固定在任何特定物品或商品内，也无法通过物品或商品来实现其价值。他的服务通常在完成的那一刻旋即消失，几乎不会留下任何痕迹或价值，也不会有与服务等量的劳动被储存下来留待日后取用。

除家仆外，还有很多劳动也是非生产性的。

如同家仆一样，社会上一些最尊贵的阶层的劳动也不会产生任何价值，不会固定在任何永久性的物品或商品上，也无法通过物品或商品来实现自身的价值，其劳动价值在劳动结束后就会消失，无法储存起来留待日后转化为等量的劳动。例如，君主及为其服务的司法和军队官员，陆军和海军，都是非生产性劳动者。他们是公仆，由他人劳动年产出的一部分供养。他们的服务，无论多么光荣，多么有用，或是多么必要，都不能被储存下来留待日后转化为等量服务之用，今年的劳动成果——对全体国民的保护、安全和防御——买不到明年的保护、安全和防御。同样必须提到的阶层里，有些职业很尊贵重要，而有些则无足轻重。前者有宗教人士、律师、医生和各种文人，后者有演员、小丑、乐师、歌手、舞者等。此类劳动，即使是最低级的也会有一定的价值，也同样要遵循支配其他一切劳动的原则；而即使是那些最尊贵、最有用的人的劳动，也不会产生任何东西可供日后购买或提取等量的劳动。如演员对白、演说家讲演和音乐家演奏这类工作，在它们完成的那一刻就消失了。

用于维持生产性劳动者的年产出的比例决定来年产出的多少。

生产性劳动者、非生产性劳动者和根本不劳动者，他们都需要用一国土地和劳动的年产出来维持。这一年的产出，无论数量有多大，永远不可能是无限的，而肯定是有限的。因而，如果某一年用于维持非生产性劳动者的产出比例减少或增加了，那么当年用于维持生产性劳动者的比例必然会相应变多或变少，而来年的年产出也会相应变多或变少。如果把土地的自然产出排除在外，那么，所有年产出都是生产性劳动的结果。

虽然每个国家的土地和劳动的年产出，最终都被用来供给其居民消费，为他们提供收入，但是，无论是来自土地还是生产性劳动者，产出在获得的那一刻起就自然分成了两部分。其中一部分，通常是最大的一部分，首先会被用来弥补资本，或是补充从资本中转化而来的食物、原材料和制成品。另一部分或是作为资本的利润，构成资本所有者的收入；或是作为土地租金，构成其他人的收入。这样，在土地产出中，一部分用来弥补农场主的资本，另一部分用来支付他的利润和地主的租金。所以，后者既作为资本的利润构成资本所有者的收入，又作为地租构成其他人的收入。同样的，在大型制造工厂的产出中，一部分，总是最大的一部分，用来弥补工厂所有者的资本，另一部分则作为利润，构成资本所有者的收入。

年产出的一部分被用来弥补资本，而另一部分则构成地租和利润。

在任何国家，用来替换资本的那部分土地和劳动的产出，从来不会立即用于维持非生产性劳动者，而是用以维持生产性劳动者，只用以支付生产性劳动的工资。至于从一开始就作为利润或地租收入的那部分产出，则既可以用以维持生产性劳动者，又可以维持非生产性劳动者。

用来弥补资本的年产出，只能用来维持生产性劳动者，

一个人不论将其储备的哪部分作为资本，他都希望能收回资本并获得利润。因而，他只会将其用于维持生产性劳动者。这部分储备在对该人起到资本的作用后，又构成了生产性劳动者的收入。无论何时，只要他把其中任何一部分用于维持任何一种非生产性劳动者，从那一刻起，这部分储备就从资本中撤了出来，而被放入到作为即时消费的储备中去了。

非生产性劳动者或根本不劳动者，都要靠收入来维持其生活。这里的收入有两种：一是本来就作为地租或是资本利润分配给特定人的收入；二是收入中本来只是用于弥补

而非生产性劳动者和不劳动者，则由年产出的收入部分来维持。

资本或维持生产性劳动者的部分，而当它分配到各人手中后，满足了他们必要需求后剩余的部分，就既可用以维持生产性劳动者，又可以维持非生产性劳动者了。所以，不但是大地主或富商，哪怕是普通工人，只要他的工资还算丰厚，都可以雇一个家仆，偶尔看个戏或是木偶剧，这样，他收入的一部分也用于维持一类非生产性劳动者了；或者他要交些税，这又帮助维持了另一类更尊贵有用但同样没有生产力的非生产性劳动者。然而，在补足生产性劳动力之前，或在一切生产准备完善之前，不会有任何本该用于弥补资本的年产出转而用于维持非生产性劳动者。工人必须先通过完成工作挣取工资，而后才能以这种方式将自己收入的一部分用于维持生活以外的花费，这部分通常也很少。这只是他富余的收入，对生产性劳动者来说一般也不会太多。然而，他们也总还是有些节余的。在纳税方面，尽管他们每人交纳的税款很有限，但是胜在这一阶层的人员数量庞大，因而所纳税款也很可观。所以，在任何地方，地租和资本的利润都是非生产性劳动者获取生活要素的主要来源。这是两种所有者最容易富余下来的收入。它们既可以用来维持生产性劳动者，也可以维持非生产性劳动者。然而，它们似乎偏向于被花费在后者身上。大地主的开销通常花在闲人身上多点，花在劳动人民身上少些。富商虽然将其资本只用于雇用生产性劳动者，但是他的花销与地主却并无两样。

因此，生产性劳动者的比例取决于地租和利润同用于弥补资本的年产出部分之间的比例。

因此，每个国家生产性劳动者与非生产性劳动者的比例，在很大程度上取决于该国年产出中弥补资本的部分与构成地租和利润的收入部分之间的比例。穷国和富国在这一比例上差异很大。

与现代相比，古代的地租在农业产出中所占比例要大得多。

目前，在富裕的欧洲国家里，土地产出的很大一部分，经常是最大的一部分，被用来补偿独立富农的资本；另一部分用来支付他的利润和地主的地租。但是，在封建制度盛行的古代，产出的极小一部分就足以弥补用于耕作的资本了。这些资本通常就是几头瘦弱的牲畜，它们以荒地上的自然生长的杂草为食，因而也可以被视作天然产物的一部分。这些牲畜一般也归地主所有，由地主分配给土地耕作者。其余的产出，或是作为地租，或是作为少得可怜的资本利润，也都归地主所有。土地的使用者通常是农奴，他们的人身财物都是地主的财产。除农奴之外还有佃户，他们所交的地租说起来只不过和免役税一样多，但实际上几乎是全部的土地产出。领主平时可以随意征用他们的劳役，战时又要征召他们服兵役。尽管不住在地主家里，但他们和住在其中的家奴一样要依附于地主。土地的全部产出毫无疑问都属于地主，他可以随意支配这一产出所维持的人去服劳役或兵役。比较而言，现在的欧洲国家，地主所占份额很少有超过全部土地产出的三分之一的，有时甚至少于四分之一。然而，国家发达地区的地租却已经是古代的三倍甚至四倍了；而且，这年产出的三分之一或者四分之一似乎是原来全部产出的三倍或是四倍。随着社会的不断进步，尽管地租在数量上日益增长，但是它占土地产出的比例却不断减小。

在古代，利润在制造业产出中占了较大的份额，

在欧洲的富裕国家里，目前大资本主要都被投入商业和制造业了。在古代国家里，少有商业，家庭作坊式的制造业大多都很简陋，需要的资本很少。然而，这么少的资本却必须能带来非常高的利润。当时的利率一般都在百分之十以上，因此他们的利润必须足以支付这一高利率。在欧洲发达地区，目前利率一般不高于百分之六，而在最发达的地区更是低到百分之四、百分之三，甚至百分之二。尽管富国的居民从资本的利润中获得的收入总是要比穷国居民的收入多得多，但这是因为富国所投入的资本总量多，如果比起利润率来，富国就要小很多了。

因此，用于弥补资本的产出所占的比例也更大。

富国和穷国相比，用于弥补资本的土地和劳动者的年产出，不仅在总量上要大得多，而且在全部年产出的构成中，与地租或利润等收入的部分相比，其占比也更大。富国不仅用于维持生产性劳动者的资金总量比穷国要大得多，而且维持生产性劳动者的资金比重，也要比构成收入部分

的资金比重大得多，尽管构成收入部分的资金既可以用以维持生产性劳动者，也可以维持非生产性劳动者，且通常倾向于后者。

两种资金的比例，决定了一国居民是勤勉的还是闲散的。

在每一个国家，这两种资金的比例都必然会决定该国居民的个性是勤劳还是闲散。与先辈们相比，我们要更勤劳一些，因为与两三个世纪前比较，现在用以维持劳动者的资金相对于用以维持闲散人员的资金在比例上要大得多。因为缺乏足够的激励，我们的祖先会闲散一些。俗话说，劳而无功，不如戏而无益。在工商业城市里，社会下层居民主要依靠资本来维持生活，他们通常都很勤勉、节制和积极向上，很多英国城市和大部分荷兰城市便是如此。而在主要依靠宫廷的常驻或偶尔驻节的城市里，下层居民主要依靠收入部分来维持生活，他们通常都是闲散、穷奢极欲和贫穷的，罗马、凡尔赛、贡比涅和枫丹白露等城市皆在此列。除去鲁昂和波尔多，法国其他任何议会城市都鲜有工商业，那里的下层居民主要依靠法庭人员和前来诉讼人员的花费维持生活，他们通常都很闲散和贫穷。鲁昂和波尔多繁荣的贸易，似乎完全仰仗于它们所处的地理位置。从地理上看，鲁昂必然是大都市巴黎所需物资的集散地，几乎所有来自海外或是法国沿海省份的货物都要在此中转。相似的，波尔多是加龙河流域出产的葡萄酒的集散地，这里有世界上最发达的酿酒业，酒的口味最适合外国人的口味，最适宜出口。如此得天独厚的地理优势，必然吸引大批资本投资于此，这就是这两座城市工商业繁荣的原因。而在其他法国议会城市里，投入的资本仅仅能满足其必需的消费，也就是说，投入的资本已少得不能再少了。谈到巴黎、马德里和维也纳，情况亦是如此。在这三座城市里，巴黎算得上是最勤劳的了，但它自己是本地制造业的主要市场，它自己的消费则是本地所有贸易的主要目标对象。伦敦、里斯本和哥本哈根也许是欧洲仅有的三个城市，既是宫廷所在地，同时又可以视作贸易城市。它们的贸易不仅要满足自身的消费需求，也要满足其他城市或国家的需求。这三个城市的地理位置都极为有利，因而自然成为大量货物转运到较远地方的集散地。与下层居民只靠资本维持生活的城市相比，在主要靠收入部分支撑的城市里，想要将资本投入到满足城市自身需求之外的其他项目上并且实现利润要困难得多。由收入部分维持的大部分人的懒散，很容易同化那些本该由资本维持而勤奋的人，进而使得资本在当地的运用不及别处有利。在英格兰和苏格兰合并前，爱丁堡几乎没有工商业。苏格兰议会迁至他处后，该城不再是达官显贵的必居之所，一些工商业才崭露头角。然而，爱丁堡仍是苏格兰主要法院和海关等部门所在地，因此仍然有大量的收入被投到这里。就工商业而言，它要比居民主要由资本维持的格拉斯哥逊色不少。有时我们也会发现，当大一些的乡村的制造业有所发展时，会因为大地主选择居住在附近而使当地居民变得闲散和贫穷。

一国资本的增减导致了其年产出的增减。

因而，资本和收入的比例似乎在每一个地方都决定着勤勉人群和闲散人群的比例。资本占主导的地方，勤劳盛行；收入占主导的地方，懒惰成风。每次资本的增减，自然会带来真实劳动量和生产性劳动者人数的增减，进而影响一个国家土地和劳动年产出可交换价值的增减，影响全体人民真实财富和收入的增减。

节俭，则资本增。

节俭，则资本增；浪费和对资本处置不当，则资本减。

一个人会将自己收入的所有节余都投入到资本中，他自己将之用于雇用更多的生产性劳动者，或是将之借给他人扩大生产，并从中收取利息，分享利润的一部分。正如个人资本只能依靠其年收入或利得的节余而增加，由个体构成的整个社会的资本，也只能通过这种方式增加。

节俭而非勤奋，是资本增加的直接原因。其实，勤奋仅提供了可供节俭之物，若不将勤奋所得存储下来，资本绝不会增加。

节俭增加了用于维持生产性劳动者的资金，相应地也会增加生产性劳动者的数量，进而增加劳动产品的价值。因此，节俭会增加一国土地和劳动年产出的可交换价值。它带来了更多的劳动量，为年产出增加了额外的价值。

节俭所得被用于维持生产性劳动者。

收入的年节余部分和花费部分一样被循例用掉，而且几乎同时发生，不过消费的人却不一样。在大多数情况下，富人收入的部分花费会被闲散的客人和家仆消费掉，而且这部分收入被消费后不会带来任何所得。其年收入的节余部分，则被加入到资本中以获得更多利润，以同样的方式，几乎在同一时间被消费掉。不过，这次消费者却是劳动者、制造者、技工，他们用这部分投入进行生产，带来新的利润。假设富人的收入都是现金。如果他把它们全部花费掉，所能购买的食物、衣物和住所就会在前一类人中进行分配。如果他从中节余了一部分，或是自己或是借与他人，用作资本以期获利，这一部分购买的衣食、住所则必然会分配给后一类人。消费是相同的，但消费者是不同的。

节俭的人为雇用生产性劳动者留存了一些资金。

节俭的人将其节余不仅用于当年或来年雇用额外的生产性劳动者，而且他会像创办公共济贫院的人设置永久性基金一样，总是留有一些资金确保无论何时都能维持同样数量的生产性劳动者。实际上，没有任何法律、信托权利或永久性营业契约，要求人们保存这样的资金并保证其用途。然而，一个关键因素却确保了这一做法的必要性，那就是资本股份持有人的直接利益。如若将这部分资金挪作他用，而不是用来雇用生产性劳动者，那么损失就不可避免了。

浪费者将此类资金挪作他用。

浪费者就是这样挪用资本的，他不量入为出，结果蚕食了资本。就像把宗教基金的收入用于渎神的目的一样，他将父辈节省下来的资金用于支付游手好闲的人的工资。雇用生产性劳动者的资金减少了，能够为物品附加价值的劳动也会随之减少，最终导致全国土地和劳动的年产出价值及其居民真实财富和收入也随之减少。如果一些人的浪费行为不能被另一些人的节俭行为所补偿，每个浪费者滥用资本的行为，不仅会使自己沦为乞丐，而且会使整个国家陷入贫困。

哪怕浪费的人所消费的全是国产商品，不用一点外国商品，这对于整个社会的生产资金的影响也是一样的。每年总有一定数量本该用于维持生产性劳动者的衣食，现在用来维持非生产性劳动者了。所以，每年一国土地和劳动年产出价值还是会比其应有的价值要少一些。

他将这笔钱花在国内商品还是国外商品上并无什么区别。

确实有人会说，这种花费不消费外国商品，就不会导致金银的外流，因而一国的货币数量还是会和之前一样保持不变。但是，如果这些被非生产性劳动者所消费的衣食用于维持生产性劳动者，他们除了会再生产出他们所消耗的全部价值外，而且还会带来利润。在这种情况下，同量的货币也留在了国内，而且又再生产出同等价值的消费品，所以就会有两个价值，而不是一个。

如果这笔钱没被浪费掉，它不仅会留在国内，而且生产性劳动者还会再生产出等值的产品。

此外，任何一个年产出价值不断减少的国家，都不可能长期保有等量的货币。货币的唯一用途就是使消费品流通。通过货币，食物、原材料和制成品才能被买进或售出，分配到相应的消费者手中。因而，一国每年所需的货币数量，必须由当年该国内流通的消费品的价值来决定。这些流通的消费品不是该国土地和劳动的直接产品，就是用这些产品的一部分购买来的其他东西。所以，它们的价值必然随着国内产出的减少而减少，相应地，该国流通所需的货币数量也必然会随之减少。但是，每年由于年产出减少而应退出国内流通的货币，却不会被闲置不用。货币持有者的利益要求把这些货币使用出去，但是在国内却没有用途，人们就会不顾任何法律和禁令，将这些货币送到国外，用来购买国内需要的各种消费品。用这种方式输出货币会持续一段时间，使国内每年的消费超出国内年产出的价值。该国在繁荣时期用年产出的节余部分购买的金银，会在这种逆境中支撑一小段时间。在这种情况下，金银的输出不是衰退的原因，而是衰退的结果，甚至在短时间内可以减轻衰退的痛苦。

此外，当年产出减少时，货币将会流到国外；

另一方面，每个国家的货币数量必须随着年产出的增加而增加。社会上每年流通的消费品价值增加了，也会要求

另一方面，年产出增加时，货币将会流入国内。

用来使消费品流通的货币数量随之增加。因而，增加的年产出的一部分，自然会被用来从各处购买额外数量的金银，来流通年产出剩余增加的部分。在这种情况下，金银的增加就是社会繁荣的结果，而不是原因。各国各地区都是以此方式购买金银的。金银从矿山到市场之间所需的各色人等的收入和衣、食、住等维持费用，就是金银的价格，无论是在秘鲁还是英国，皆是如此。只要付得起这一价格，任何一国都不会长期缺少它所需的金银，而任何一国也不会长期持有它所不需要的金银。

因此，即使一国的真实财富是由货币构成的，浪费者也是人们的公敌。

因此，无论我们想象一国的真实财富和收入是由什么构成的，是普遍认为的一国土地和劳动的年产出也好，或是通俗偏见所揣测的该国所流通的贵金属数量也好，不管是哪一种观点，都认同每个浪费的人是社会的公敌，而每一个节俭的人都是社会的贡献者。

对资本的不当处置会带来和浪费一样的后果。

对资本处置不当常常会带来和浪费同样的后果。农业、矿业、渔业、商业和制造业上的一切不明智的、失败的计划，都会同样减少雇用生产性劳动者的资金。在每一个这样的计划里，尽管资本都已供给生产性劳动者消费，然而，因为是以不明智的方式进行处置的，所以他们无法再生产出与之消费等值的产品，因而社会的生产资金必然会少于其应有的数量。

节俭和慎重占主导地位。

实际上，就大国而言，个人的浪费和对资本的不当处置，并不会有太大的影响。另一些人的节俭和慎重，总能弥补这些人的浪费和轻率行为所带来的后果，且还有余。

浪费的欲望不如改善自身状况的愿望持久。

说到浪费，其主要原因是个人即时享受的冲动，这种欲望尽管有时强烈到难以抑制，但总的说来还是暂时的和偶然的。而节俭的主要动机则是改善自身处境，这一愿望尽管通常都是冷静的，但却是与生俱来、至死不渝的。终其一生，人没有一刻会对自身处境完全满意，没有一刻不心存改善和进步之念。大多数人认为，增加财富就是改善自身状况的最通俗、最明显的手段。而增加财富最可能的方式，就是从定期收入或意外收入中节省一部分，储存起来。所以，尽管几乎所有人都时有浪费的欲望，也有一些人几乎任何时候都穷奢极欲，但就大多数人而言，就他们一生平均而言，节俭的愿望似乎不仅占主导地位，而且主导优势十分明显。

再讲对资本的不当处置。在任何地方，慎重而成功的事业的数量，总是要比轻率、失败的多得多。虽然我们时常看见失意的破产者，但是在所有经营商业和其他行业的人中，毕竟这仅占很小的一部分，也许不会超过千分之一。破产对于清白的人而言，可能是最大也是最难堪的灾难了。因而，大部分人都会很小心地避免此类事情的发生。当然，也有人不会在乎破产，就像有人不在乎绞架一样。

与谨慎的投资者相比，轻率者在数量上要少得多。

大国绝不会因为个人的行为而贫穷，但是政府的浪费和不当行为却会拖垮整个国家。大多数国家所有或几乎所有的收入，都被用来维持非生产性劳动者。宫廷里的达官显贵和教会里的神父牧师都属此类；海军和陆军也属于这一类，他们在和平年代什么也不能生产，在战争年代也得不到任何东西可以补偿维持他们的费用，即使在战争持续期间也是如此。这类人自己什么也不生产，全靠别人的劳动养活。因此，当他们的数量增加到不必要的程度，也许会在某一年消耗如此之多的年产出，以至于无法雇用足够的生产性劳动者进行来年再生产。所以，来年的产出就会少于上一年的产出，如果这种混乱仍然持续，那么第三年的产出还会少于第二年。那些只应用人民剩余收入的一部分来维持的非生产性劳动者，可能会消耗掉全部收入中相当大的份额，进而令相当多的人民只能减少他们的资本，减少用以维持生产性劳动者的资金，以至于个人的节俭和对资本的得当处置，都无法抵消这些巨大浪费和资本侵蚀招致的产出减少。

与个人相比，政府的浪费和不当措施更应值得担心；

然而，根据经验，在大多数情况下，个人的节俭和资本处置上的慎重不仅足以补偿个人的浪费和不当处置，而且还可以弥补政府的此类行为。每个人想要改善自身状况的

但是，个人的节俭和慎重可以弥补这类行为。

共同的和持续不断的努力，是社会财富和私人财富的主要来源，足以克服政府的浪费和不当措施，使事物不断改善的进程得以维系。就像未知的动物生命之源一样，它常常能战胜疾病，克服庸医的误诊，使身体恢复原来的健康。

要增加一国的产出就必须增加资本。

任何一国想要增加土地和劳动产出的价值，除了通过增加生产性劳动者人数或是提高已有劳动者的生产力的方法外，别无他法。很显然，若要增加生产性劳动者的数量，只有通过增加资本或是用于维持生产性劳动者的资金才能达到。若要提高相同数量的劳动者的生产力，要么需要增加和改进用于便利和节省劳动的机器和工具，要么需要将工作进行合理的分类和分配。无论何种情况，无不需要增加资本。唯有增加资本，任何企业主才能为其工人提供更好的机器或是对工作进行更好的分配。当需要完成的工作由许多环节组成的时候，每个工人一直只做工作的某一道工序要比由一个人同时兼任数道工序要求的资本多。因此，当我们对比一国在两个不同时期的不同状态时，如果我们发现后一时期的土地和劳动年产出明显大于前一时期，且后者的土地耕作更为精细，制造业更为繁荣，商业经营范围更为广泛，那么我们就可以认定，在此期间，该国的资本必然增加了很多。一部分人民的良好行为所增加的资本数量，必然要比私人和政府的浪费及不当行为所减少的资本数量要多。但是，我们也应该看到，在和平时期，几乎所有的国家都会是上述的情况，即便一些不那么节俭和慎重的国家也会有所进步。事实上，为了得到正确的结论，我们在对比时要选取两个相距不是太近的时期。发展进程常常循序渐进，在相近的时间间隔内，不仅事物的进步不易察觉，而且尽管一国整体处于繁荣的阶段，我们往往也会因为发现某种产业或是某个地区出现衰退的现象，而怀疑整个国家的财富和产业都在衰退。

因此，如果产出增加了，我们就可以断定资本增加了。

和平时期，几乎所有国家都是这种情况。

例如，1660 年到 1776 年的英格兰，

例如，和一个多世纪前的查理二世复辟时期相比，英格兰现在的土地和劳动的年产出肯定要多得多。尽管目前我

认为几乎无人会对此有异议，但是在此期间，几乎不到五年就会有人著书立论，宣称国家的财富正在锐减，人口也日益减少，农业疏于管理，制造业在衰退，商业凋敝，而且这些论调还颇得人心。这些书籍也并不全是党派虚假和唯利是图的宣传品。它们中有很多都是由十分公正、聪明的作家撰写的，这些作家只不过写下了他们所相信的东西。

再如，1558年至1660年的英格兰，

与二百多年前伊丽莎白即位时相比，查理二世复辟时期的土地和劳动的年产出当然又要多得多了。而我们有理由相信，与三百多年前玫瑰战争末期相比，伊丽莎白时期的英格兰又要进步许多了。而玫瑰战争末期的英格兰肯定又要比诺曼征服时代要强许多；诺曼征服时代又要强于撒克逊七国时代。即使在那么久远的过去，七国时代的英格兰也肯定要比凯撒入侵时代进步得多了，但那时英格兰居民的状况和北美野蛮人相差不远。

尽管个人和政府曾有这么巨大的浪费，发生了如此多的波折和不幸，

然而，在上述的每一个时期，不仅私人和政府有许多浪费，发生了许多耗资巨大的不必要的战争，很多本该用作维持生产性劳动者的年产出被挪作供养不生产者；而且，有时在内讧的混乱时期，如此巨大的浪费和对储备的破坏，在任何人看来，都不但会妨碍财富的自然积累，还会使国家在混乱结束时比开始时更为贫困。查理二世复辟后，英国处在最幸福和最富裕的时代，那时又有多少波折和不幸发生呢？若能先知先觉，你就会认为这些波折和不幸不仅会带来贫困，而且还会导致整个国家的分崩离析吧。看看都发生了什么吧，伦敦的大火和瘟疫，两次英荷战争，大革命的混乱，爱尔兰战争，1688年、1702年、1742年和1756年四次耗费巨大的英法战争，再加上1715年和1745年的两次叛乱。在四次英法战争期间，除了每年战争所带来的其他巨额开销，英国还欠下了一亿四千五百万英镑的债务，全部加起来可能不下两亿英镑吧。自大革命以来，英国就时常将年产出这么大的部分用于维持数目巨大的不生产者。如果那些战争没有挪用如此巨大的资本，那么其中自然会有一大部分被用来

雇用生产性劳动者，而这些劳动者不仅会再生产出他们消耗的价值，而且还能带来利润。英国的土地和劳动的年产出就会因此逐年显著增加，而每年增加的年产出又会为来年带来更多的年产出。如果这样的话，肯定会新建更多的房子，新改良更多的土地，而已改良的土地也会更利于耕作；新建更多的制造业，而已有的制造业也会进一步发展，那么时至今日，英国的真实财富和收入可以到达怎样的高度，可能也许想也想不到呢。

人民的节俭和慎重默默地抵消着这些逆境。

不过，虽然政府的浪费无疑曾阻碍了英国迈向财富和进步的步伐，但是却没能使它停止发展。目前，其土地和劳动的年产出，毫无疑问要比复辟时期和大革命时期多得多。因而，每年用以耕作土地和维持生产性劳动的资本，也同样要多得多。在政府的众多苛求下，个人的节俭和正确选择，以及为了改善自身状况而作出的持续不断的努力，使得这一资本得以悄无声息地逐渐积累。正是这种努力，受法律保护、秉承自由之意志的努力，以最有利的方式去实现目标的努力，使得英国得以几乎在以往任何时代都能不断走向富裕，实现进步，并像我们所期待的那样，还将在今后的一切时代继续促进英国的不断发展。然而，英国不幸，从未有过一个十分节俭的政府，而节俭也从未成为其居民的标志性美德。国王和大臣们，通过禁止奢侈的法令和禁止进口国外奢侈品的规定，来限制人民的庆典活动，限制人民的花销。这真是最放肆、最无礼的行为了。他们自己才无一例外地是社会中最大的挥霍者。让他们管好自己的费用就行了，人民的费用不需要他们来操心。如果他们自己的浪费不会毁灭国家，那么人民的浪费就更不会了。

除了资本的增减外，我们还要区别不同类别的花费方法。

由于节俭增加资本，挥霍减少资本，那些收支平衡的人们的行为，则既不会积累资本，亦不会侵蚀资本，对资本的增减毫无影响。然而，有些花费的模式似乎对公众财富的增长贡献更大。

个人的收入，既可用于购买即时享用的物品，当天消费对以后的日子毫无裨益；也可以花费在可以蓄积的耐用品上，现在购买或可以减少来日之费用，或可以增强来日使用之效果。例如，一个富人的收入，既可用于享受饕餮大餐，雇用很多仆人，豢养犬马；也可以满足于简单的食物和少量的仆人，而把收入用来装饰房屋，修建亭台楼阁，购置各类家具，收集书籍、雕像、名画；也可以购买各种珠宝、饰品、精巧玩意等美观而无价值的东西；还可像几年前死掉的某王子的宠臣，把收入用在满衣柜的华裳美服上，这算是最无用的东西了。如果两个财富相同的人，一人的收入主要用来购买耐用的物品，另一人则用来购买即时享受的物品，那么前者的生活必然日趋尊荣，其每日的费用都能增加今后费用的效果，而另一个人现在的生活绝不会比原先更好。一段时间后，前者也必然要比后者更富裕些。他拥有种种物品，虽然不一定物有所值，但总归还是有些价值的。后者的花费则不会留下丝毫痕迹，一二十年的浪费不会有任何所得，就好像他从不曾拥有过那些财富一样。

与喜欢即时消费的人相比，将收入花在耐用品上的人会更富有些。

对个人财富更有利的消费模式，对国家财富也有同样的效果。富人的房屋、家具、衣服，转眼就可变为对中下层人民有用的东西。他们可以购买这些上层人士已经厌倦的物品。所以，当所有的富人都如此消费时，全体人民的整体生活状况就会逐渐改善。在长期富裕的国家里，人们常常会发现，下层人士也拥有保存完好、状况上佳的房屋和家具，这些可都是他们自己无力建造和负担的，大大超出了他们的需求。昔日西摩家族的宅邸，今日已成为巴斯大道上的旅馆；詹姆斯一世的婚床，是他的王后作为嫁妆从丹麦带来的，几年前已成为邓弗姆林一家酒店的装饰品了。在一些发展停滞甚至落败的古城里，你有时会发现没有一座房屋是为现在的居民所建的。进到房子里，你又常常会发现很多非常好的家具，虽然古旧却仍合用，绝非其现在的所有者所能打造的。辉煌的宫殿，奢华的别墅，海量的藏书、雕像、名画和其他奇珍异宝，对其周边地区而言，乃至对其国家而言，

对国家而言，亦是如此。

都既增添了亮色，又带来了光荣与骄傲。凡尔赛于法国如是，斯托和威尔顿于英国亦如是。虽然，强盛的国力不再，创造辉煌的天才，也因无用武之地而绝迹，但是，意大利仍然因其数不胜数的名胜古迹而受到世人的敬仰和尊重。

停止前一种花费方式更容易，

把收入花费在耐用品上，不仅有助于积累，而且有利于养成节俭的习惯。如果某人在耐用品上花费太多，他可以很容易地立刻悔改，而不用担心受到公众的责难。但是，大量减少仆人的数量，将原来的山珍海味变成现在的粗茶淡饭，放弃原来的排场，这些行为都难逃邻居的眼睛，就好像是在承认自己以前做得不对一样。因此，除非快要破产垮台了，否则，过去习惯大手大脚的人很少会有勇气改正自己的不良习惯。但是无论何时，如果一个人在房屋、家具、书籍或画作上花费太多，从他行为的改变上，人们并不会推断说他在花费上是不慎重的。这些耐用品购置之后，常常就不必投入后续费用了。而且，当他停止这些花费时，人们也不会认为他是因为财力不济，而是因为他的爱好已经得到满足了。

并且，这种方式也能养活更多的人。

此外，比起花费于大宴宾客，将收入花费于耐用品还可以养活更多的人口。一次大型宴会所用的两三百斤食物中，也许有一半会被倒入粪堆，浪费糟蹋严重。而如果将此宴会的花费用于雇用泥瓦匠、木匠、装潢商、技工等，同等价值的大量食物就会被分配到更多的人手中。这些劳动者会按需购买少量食物，而不会浪费其中的一分一毫。一种花费方式用以维持生产性劳动者，另一种方式用以维持非生产性劳动者；前者能够增加一国土地和劳动年产出的可交换价值，后者则不能。

认为这种方式更具慷慨大方之精神是不正确的。

不过，以上所述不应被理解为，花费于耐用品总是比另一种消费方式更具慷慨大方之精神。如果一个富人将其收入主要用于款待客人，那么他和朋友伙伴分享了其收入的大部分；而当他将之用于购买耐用品时，通常都是把钱花在了自己身上。若不用等价的东西交换，他不会给任何人任何东西，尤其是用收入购买装饰物、珠宝等华而不实的东西。

后一种消费方式不仅常常会让人觉得轻浮，而且给人以卑劣自私之印象。我的意思是说，收入花费在耐用品上，有利于积累有价值的物品，有助于个人养成节俭的习惯，进而有利于社会资本的增加，且因为其维持的是生产性劳动者而不是非生产性劳动者，因而对国家财富的增长贡献更大。

第五章 论资本的不同用途

本章导读：在这一章中，斯密介绍了资本的四种用途：农业、工业、运输和贸易。他认为，四种用途对一国的发展同样必要，但是比较而言，投入农业的资本雇用和推动的生产性劳动最多，因此是一个国家财富增长最快的资本使用方式。对比当时流行的重商主义观点，尽管贸易可能利润丰厚，但是斯密认为，资本大量流向贸易领域应当是一国富有的结果和表现，而不是原因。本章也是本篇的结尾，承上启下，斯密在其中提出一个问题，为什么各国并没有遵循一般规律，将资本首先投入农业而是其他行业呢？这个问题将留待第三篇"论不同国家中财富的不同发展"去论述。

等量资本所能带动的劳动量和附加于一国土地和劳动年产出上的价值，因资本的不同用途而相差极大。

尽管一切资本都只可用于维持生产性劳动，但是等量资本所能推动的劳动量，却因其用途不同而相差极大，而不同用途的资本附加于一国土地和劳动年产出之上的价值，也有极大差别。

资本有四种用途，

资本有四种不同用途：第一，用于获取社会每年消耗使用所需的初级产品；第二，用于制造和加工初级产品，以供即时消费和使用；第三，用于将初级产品或成品由产地运往有需求的地方；第四，用于将一部分初级产品或成品分解成小份，以符合消费者的单次需求所需的大小和数量。以第一种方式使用资本的，包括所有的农场主、矿业主或水产养殖商；以第二种方式使用资本的是所有的制造业主；批发商使用第三种方式；零售商使用第四种方式。一切资本的使用，莫不遵循这四种方式。

上述四种方式的每一种，对其他三种方式的存在或发展而言，以及对社会整体的便利性而言，都是不可或缺的。

而且每一种都是不可或缺的。

如果没有资本用于提供充足的原材料，制造业和商业都无法存在。

(1) 获取原材料，

如果没有资本用于制造业，加工那些要经过处理才适于使用和消费的初级产品，这些产品或因为没有需求，而根本不会被生产出来；或者是天然产物，没有交换价值，不能增加社会财富。

(2) 制造加工，

如果没有资本用于把初级产品或制成品从产地运输到有需求的地方，这些产品的产量就仅限于产地附近地区所需。商人的资本将一地的过剩产品与另一地的进行交换，既促进了工业，又丰富了两地居民可享受的产品。

(3) 运输，

如果没有资本用于将部分初级产品或制成品分割成较小的部分，以符合消费者的单次消费所需的大小和数量，每个人将不得不购买比其实际需要量为多的商品。比如说，如果没有屠夫这一职业，每个人每次都得购买整只的牛羊。这通常对富人造成不便，对穷人更为不便。如果一个贫穷的劳动者一次必须得买一个月或半年的食物，那么他就得被迫把用于购买劳动工具或置办店铺内家具的资本中的一大部分用于即时消费。然而，前者是可以带来收入的，后者则不能。如果这样的人能根据自己的需要，按天甚至按小时来购买自己的生活必需品，那么对他而言就是再便利不过的了。这样，他就可以将几乎所有的储备用作资本，完成更高价值的工作，而他这样获取的利润远大于零售商利润所导致的商品价格上涨的部分。一些政论家对店主和商人的偏见，完全是毫无根据的。对他们多征税或限制经商人数，目前是完全没有必要的。尽管商人之间会竞争相斗，但绝不至于发展到危害公众利益的地步。比如，某一城市所能售出的杂货，会受到该市和周边地区需求的限制。因此，用于杂货行业的资本，就不能超过足以购买这一数量杂货所需的金额。如果

(4) 分销。

这一行业只有两个杂货商，他们的竞争会使他们都以比一个人垄断经营更加便宜的价格销售商品；如果由二十个人来分这块蛋糕的话，他们之间的竞争会更为激烈，而他们串通起来哄抬物价的可能性也会更小。他们的竞争也许会导致其中的一些人破产，但这是参与竞争的人所需担心的事，而且我们完全可以相信，他们是会很慎重的。这永远不会伤害消费者或是生产者；相反，比起整个行业由一两个人操纵的情形，充分竞争使得零售商必须贵买贱卖。也许当中会有一些人哄骗自我保护能力差的顾客购买自己不需要的东西，然而，这种劣行并没严重到值得公众关注的程度，更不应通过限制商人的数量来防止此类劣行的发生。举个显而易见的例子，并不是酒馆多才使得民众爱饮酒，而是由于其他原因导致民众爱饮酒，酒馆才多了起来。

如此使用资本的人都是生产性劳动者。

将资本用作这四种用途的人，本身都是生产性劳动者。他们的劳动，如果使用得当，就可以被固定在某一物品或商品内，并通过该物品或商品来实现其自身价值，通常至少会把其生活开销的价值添加到产品的价格中。农场主和制造商的利润来自其制造商品的价格，而批发商和零售商的利润来自其贩卖商品的价格。然而，用于不同用途的相同数量的资本，其直接推动的生产性劳动数量却不同，因而对其所属社会的土地和劳动年产出的价值所带来的增长比例也很不相同。

零售商的资本只雇用自己；

零售商向批发商购买货物。前者的资本替换了后者的资本，并为其提供利润，使其营生得以为继。零售商本人就是他的资本雇用的唯一生产性劳动者。该资本的使用给社会土地和劳动年产出所增加的全部价值构成他的利润。

批发商的资本雇用水手、脚夫；

批发商向农场主和制造商购买他所经营的初级产品和制成品。前者的资本替换了后者的资本，并为他们提供利润，使他们各自的行当得以继续。他主要通过这种方式间接地支持了社会的生产性劳动，增加了社会年产出的价值。他的资本还雇用了运输货物的水手、脚夫，如此一来，就将他的利润和水手、脚夫工资的价值添加到货物的价格之中了。

这就是该资本所直接雇用的生产性劳动，也是使年产出直接增加的全部价值。批发商的资本在上述两方面所起的作用,比零售商的资本所起的作用要大得多。

制造商的资本雇用工人；

制造商资本的固定资本部分用作购买工具，替换了工具制造商的资本,并为其提供利润。他的流动资本中的一部分用作购买原材料，替换了出卖这些原材料的农场主和矿业主的资本，并为他们提供利润。但其流动资本中的大部分，总是按每年一次或更短的时间间隔分配给他所雇用的各类工人。而原材料上所增加的价值,则包含了工人的工资和制造商在工资、原材料和工具上所投入的全部资本应得的利润。所以,比起批发商来,他的资本直接雇用了更多的生产性劳动，也为社会的土地和劳动年产出增加了更大的价值。

农场主的资本用于劳工和牲畜，比其他资本对年产出增加的价值大得多。

同等数量的资本所能雇用的生产性劳动的数量，农场主的资本可谓最大。他的劳工和干活的牲畜,都是生产性劳动力。在农业上,大自然也和人一起劳动,尽管它的劳动不需任何花费，但是它的产物却和最昂贵的工人的生产物一样,也有价值。尽管农业生产也可以增加大自然的生产力,但是最为重要的却是要引导这种生产力，使之生产出对人类最为有用的植物。与耕作良好的葡萄园和玉米地一样,荆棘丛生的土地也能长出很多粮食。与其说是激发了大自然的生产力,毋宁说耕作常常是在调节大自然的生产力。尽了人事之后,就要听天命了,更多的工作还是需要大自然来完成。所以,农业所用之劳动者和牲畜,不仅像制造业工人一样能够再生产出与其自身消耗或雇用其所用资本相等的价值,并为农场主提供利润,而且还生产出更大的价值。他们的再生产,除了要支付农场主的所费资本和利润之外,还要支付地主的地租。这一地租可以视作自然生产力的产出,地主将之借与农场主使用。地租的多少视大家所认为的自然生产力的大小而定，或者说是视大家所认为的土地的丰饶程度而定。除去人们所做的工作后，就都是大自然的工作了。其在全部产出中所占份额，很少低于四分之一，常常比三分之一还多。制造业中雇用的等量生产性劳动，绝不可能完成数量如此之大的再生产。制造业的工作完全没有自然的参与，全部由人来完成；其再生产的规模，总是与从事再生产的人力大小成比例。因此，与制造业相比，农业所用的资本，不仅可以雇用数量大得多的生产性劳动；而且按照其与雇用的生产性劳动数量的比例，农业资本所增加的一国土地和劳动年产出的价值，增加的国内居民真实财富和收入的价值，都要大得多。目前，在资本所有的用途中，农业投资对社会最为有利。

农业和零售业的资本，都必须留在本国。

任何社会农业和零售业的资本，都必须留在本国。它们的使用几乎总限定在某一特定地点，如农场或零售店。虽然也有例外，它们通常也必须为本国成员所有。

批发商的资本可以流动到任何地方。

然而，批发商的资本似乎并不必固定在某一地点，会按贱买贵卖的原则四处流动。

制造商的资本必须留在进行制造的地方，但是这个地方却并不限定具体在哪里。

制造商的资本必须留在生产地，但是这个地方应该在哪里却并不限定。它常常可能与原材料产地和消费者市场都相距很远。里昂就既离为其制造业提供原材料的地方很远，又离消费其产品的市场很远。西西里的时尚人士身着的丝绸衣服，丝绸是别国制造的，但是丝绸的原料却全是西西里本地的。西班牙的一些羊毛会在英国加工，但是英国加工的羊毛织物，又有一部分会送回西班牙销售。

出口商是否是本国人差别不大。

将资本用于国内剩余产品出口的人，是本国人还是外国人，都无关紧要。如果他是外国人，与是本国人相比，其雇用的生产性劳动者的数量仅少一人而已；这些劳动者年产出的价值，也只不过少这一个人的利润而已。与本国人一样，这个外国人所雇用的水手、脚夫，是他自己国家的人，还是生意所在国的人，或是第三国的人，也都不重要。外国人的资本和本国人的资本一样，都出口剩余产品，换回国内所需产品，为这些剩余产品增加了相同的价值。它同样有效地替换了剩余产品制造商的资本，有效地使他们得以继续经营。这正是批发商的资本对维持本国生产性劳动和增加本国年产出价值所应起的作用。

制造商的资本应该留在国内，这一点比较重要。它必然会为本国带来更多的生产性劳动量，对本国土地和劳动年产出所增加的价值也更大些。然而，哪怕假使这一资本不在国内，它对本国也可能会极为有益。英国麻布制造商的资本，每年从波罗的海沿岸各地进口亚麻和大麻进行加工，无疑对出产麻布原材料的国家非常有益。这些原材料是那些国家的过剩产品，如果不能每年换一些当地需要的东西，就毫无用处，之后不久当地人也就不会再种植了。原材料出口商替换了种植户的资本，进而鼓励他们继续生产；而英国的制造商则会替换出口商的资本。

制造商的资本，如果在国内的话，可以雇用更多的生产性劳动；但是，即使它在国外，也会很有益处。

和个人一样，一个国家往往没有足够的资本，既能开垦改良它所有的土地，又可以制造加工其所有的初级产品以供直接消费使用，还能将剩余的初级产品和制成品运到远方的市场以换取国内所需物品。英国很多地方的居民，都没有足够的资本来开垦改良全部的土地。苏格兰南部出产的羊毛，就因为缺少在当地加工的资本，而不得不将其中的大部分通过路况很差的道路运往约克郡加工。英国有许多小制造业城市，因其居民缺少足够的资本，而无法将自己的产品运往远方有需求的市场。其中即使有几个中间商，准确说来，他们也只是住在一些大商业城市中的富商的代理人而已。

一个国家常常没有足够的资本来耕作土地、发展制造业和运输产品。

当一国资本不足以支持所有上述三种用途时，在农业上投入资本的比例越大，其在国内所能雇用的生产性劳动量就越大，同样为本国土地和劳动年产出增加的价值也越多。农业之后，雇用生产性劳动较多、对年产出增加值贡献较大的是制造业。在三者中，出口贸易所起的作用最小。

在这种情况下，农业上投入的资本的比例越大，本国年产出就越大。

资本不足以满足所有三种用途的国家，也就没有实现自然条件所允许的最富裕的程度。然而，当储备和资本不足时就试图同时开展这三项事业，显然不是一国获取足够资

使资本足以支持所有三种用途的最佳捷径，是从获利最多的用途开始投资。

本的最佳捷径。就个人而言，情况亦是如此。和个人情况一样，一国全体国民的资本也有限度，只能用于某一些用途。也像个人一样，一国全体国民的资本，通过他们持续的积累和将收入的全部节余都加入到资本之中而不断增长。因而，当全体国民以获取收入最多的方式投资，他们的收入节余也就会最多，其资本增长也可能会最快。但是，全体国民的收入必然和他们的土地和劳动的年产值成比例。

美洲殖民地资本的使用方式，是其发展迅速的主要原因。

英国的北美殖民地能够迅速富强起来，其主要原因是，在那里几乎所有资本都投入到了农业上。除了伴随农业发展而出现的由妇女儿童承担主要工作的简陋家庭作坊，那里没有任何制造业。美洲大部分出口贸易和沿海贸易，都是由居住在英国的商人投资经营的。甚至一些州，特别是弗吉尼亚和马里兰，很多从事零售的商店和仓库都属于宗主国商人。本国零售业由外国资本运营的事例不多，这就是其中一例。如果美洲人通过联合或其他暴力方式，停止进口欧洲制造业的产品，而由本地人独占制造业，生产类似的产品，把他们资本的的相当大的部分用于此项投资，那么他们将会减慢而不是加速年产值的增长，将会阻碍而不是推进国家富强的进程。同样地，若是他们想自己垄断美洲全部的出口贸易，结果也将一样。

大国很少能有足够的资本来发展所有三种产业。

确实，人类繁荣发展的进程，似乎从未延续得足够长，以使得某一大国能获得充足的资本来发展所有三种产业；若有例外，那就是，如果对中国、古埃及和古印度富余丰饶的描述是可信的，方有可能。即使这三个有史料记载的世界上最富有的国家，也只是因其农业和制造业的发达而闻名，海外贸易似乎并不出名。古埃及人对于海洋有一种近乎迷信的抗拒，印度人也是如此，而中国人在海外贸易上从未有过什么名声。这三个国家的剩余产品似乎全由外国人运往海外，换取它们所需的其他东西，常常就是金银。

不同种类的批发业，雇用的生产性劳动及增加的年产出的价值也不相同。

因此，任何国家同样数量的资本，会依其在农业、制造业和批发业中分配比例的不同，而雇用或多或少的生产性劳动，同时，其所增加的土地和劳动年产出的价值也或大或小。而依据资本投入批发业的种类的不同，其中的差别也十分大。

所有的批发贸易，都是买进商品并以批发的方式卖出，它可以归结为三类：国内贸易、用于国内消费的进口贸易和转口贸易。国内贸易主要是从国内某地买进本国的产品，再在另一地将其卖出。它包括内陆贸易和沿海贸易。消费品的国外贸易是购买国外产品，供国内消费。转口贸易主要从事各外国间的贸易，即把一国的剩余产品贩运到另一国。

贸易可以归结为三类：国内贸易、消费品的国外贸易和转口贸易。

国内贸易的资本，用于购买本国甲地的产品，运往乙地卖出，每次买卖通常都会替换投在本国农业或工业上的两种不同资本，从而使这两个资本能够被继续投入生产。将一定价值的商品从商人所在地运出，通常都至少可以收回等价值的其他商品。如果二者都是国内产业的产品，那么每次交易用于国内贸易的资本必然可以替换两个之前用来维持生产性劳动的不同资本，使它们能再次被投入到生产之中。将苏格兰的制成品运往伦敦贩卖，再把英格兰的谷物和制成品运回爱丁堡，用于这样国内贸易的资本，每次往返必然都可以替换两个用于英国农业或制造业的资本。

用于在本国甲地买进、乙地卖出的资本，可以替换两个国内资本。

用于购买外国商品供国内消费的资本，如果是以国内产业的产品购买外国商品的话，每次交易也可以替换两个不同的资本；不过，其中只有一个资本被用来支持国内产业。将英国产品贩运到葡萄牙，再将葡萄牙的产品运回英国，用于这样贸易的资本，每次交易只能替换一个英国资本，被替换的另一个资本则是葡萄牙的。所以，即使这种贸易能和国内贸易一样快速收回回报，但是与国内贸易资本相比，投在这种贸易上的资本对本国产业或生产性劳动只能起到一半的促进作用。

用于进口贸易的资本可以替换一个国内资本和一个国外资本。

而且，用于国内消费的进口贸易很少能像国内贸易那么快得到回报。国内贸易通常至少每年可以得到一次回报，有时一年可以有三到四次。但是，进口贸易很少能一年有一

它的回报没有国内贸易快。

次回报，有时甚至两到三年才有一次。如果用于这种进口贸易的资本完成一次交易，在此时间里，用于国内贸易的资本有时可以完成十二次交易，即付出又收回了十二次。所以，在资本数量相同的情况下，国内贸易资本与用于国内消费的进口贸易资本相比，可以对本国产业起到二十四倍的促进和支持作用。

间接海外贸易和直接海外贸易有着相同的效果。

用于国内消费的外国产品，有时会用另一种外国产品来购买，而不是用本国产品。然而，第二种外国产品必然是直接用本国产品购买的，或是用本国产品购买的第三国产品购买的。除去战争掠夺的情况，外国货物必然是以本国生产的货物来直接购买，或是用本国货物经过两次或两次以上的交换后间接购得的。资本投在这种用于国内消费的间接进口贸易上，其效果在各个方面都和最直接的此类贸易相同。只是这种间接贸易获得回报的周期更为长久，因为其最终回报的获得将取决于两到三个不同的国外贸易回报的收回。如果用英国制造的产品换购北美弗吉尼亚的烟草，再用烟草换购里加的大麻和亚麻，商人就必须等到两次不同的国外贸易都回收了资金之后，才能用资本再次购买相同数量的英国产品。如果弗吉尼亚的烟草不是直接用英国产品换购的，而是用英国产品换购来的牙买加的蔗糖和朗姆酒换购的，商人就必须要等到三次交易分别获得回报之后。如果这两到三次不同的海外贸易刚好是由两到三个不同的商人来完成的，其中第二个商人购买了第一个商人进口的商品，第三个商人购买了第二个商人进口的商品，在这种情况下，为了将这些商品再次出口，每个商人确实都会较快地获得他们自己资本的回报。但是，此次贸易全部资本回报的最终获得，则依旧会很慢。此种间接贸易的全部资本属于一个商人还是三个商人，或许只影响单个商人，但是对于整个国家而言并没有区别。在上述两种情况下，以一定价值的英国产品间接换取一定数量的大麻和亚麻，与二者之间直接交换相比，需要三倍的资本。因此，在资本数量相同的情况下，与较直接的国内消费品进口贸易资本相比，相应的间接贸易资本对本国生产性劳动的促进和支持通常要少得多。

与其他方式相比，以金银开展海外贸易并没有什么区别。

无论用何种外国商品来购买另一种国内需要的外国商品，都不会改变贸易的性质，也不会增大或减小其对本国生产性劳动的促进和支持作用。例如，用巴西的金子或秘鲁的银子来购买所需的外国产品，就像弗吉尼亚的烟草一样，这些金银必须用本国的产品购买，或是用本国产品换购的其他国家的产品来购买。因此，就本国的生产性劳动而言，以金银来进行的国内消费品进口贸易，与以其他产品来进行的此类间接进口贸易相比，优点和缺点一样，且其替换直接用于支持该生产性劳动的资本的速度也是一样。与其他间接进口贸易相比，它似乎有一个优势。因为其体积小、价值大，所以它的运输费用要比其他价值相同的产品便宜一些。它们的运费低，保险价格也不高，而且在运输途中较不易损耗。因此，金银的介入，与其他外国产品介入相比，往往可以用更少数量的国内产品换取同等数量的外国产品。以这种方式和以其他方式相比，本国的需求就可以以更小的花费得到更充分的供给。此类贸易会不断地将金银出口到国外，这样会不会使整个国家陷入贫困，我们将在后面深入探讨。

一国用于转口贸易的资本，都是从维持本国生产性劳动的资本中抽取出来的，并被用来维持他国的非生产性劳动。尽管它每次贸易也可以替换两个资本，但是其中没有一个是属于本国的。荷兰商人将波兰的谷物贩运至葡萄牙，又将葡萄牙的水果和酒运至波兰，每次贸易都可以替换两个资本，但没有一个是用来维持荷兰的生产性劳动。其中一个用来维持波兰的生产性劳动，另一个是用来维持葡萄牙的生产性劳动。只有资本的利润被定期送回荷兰，才构成该资本对荷兰土地和劳动年产出的增加部分。的确，如果转口贸易雇用的是本国的船和水手，那么该资本中用于支付运费的部分将在本国一定数量的生产性劳动者之间分配。实际上，几乎所有占转口贸易较大份额的国家都是这样进行转口贸易的。转口贸易的名词也许就是由此而来的，此类国家的国民将货物从一个港口转运至另一个港口，充当了别国的运输者。然而，就该贸易的自身性质而言，是否雇用本国的船和水手并不重要。比如，荷兰商人在波兰和葡萄牙间从事转口贸易，将两国各自的剩余产品从一国运往另一国，他就可以用英国的船，而不一定非是荷兰的船。有些时候，他也确实是这么做的。基于这个原因，转口贸易被认为对英国这样的国家特别有利，因为其国防与安全取决于水手和船的数量。但是，国内消费品的进口贸易，甚至国内贸易，以近海航船进行运输，如果投以同样的资本，它们也能雇用和转口贸易一样多的水手和船。某一资本所能雇用的水手和船的数量，并不取决于贸易的性质，而是部分取决于货物体积与其价值之比，部分取决于运输港口之间的距离。在这两个因素中，主要取决于前者。例如，纽卡斯尔至伦敦间的煤炭贸易，尽管两港之间的距离很短，但是雇用的船只却比英格兰所有的转口贸易还多。因此，以非常的激励措施，强制将一国大部分资本投入到转口贸易中，而非顺其自然，并不一定会促进一国的航运业。

在促进和维持本国生产性劳动量及为本国年产出增加价值方面，国内贸易资本所起作用最大，消费品进口贸易次之。

因此，一国用于国内贸易的资本，与用于国内消费品进口贸易的等量资本相比，可以促进和维持更大的本国生产性劳动量，并为本国年产出增加更大的价值；而后一种贸易的资本在这两方面所起的作用，又要比等量的转口贸易资本更大一些。当今时代，财富决定力量。每个国家的财富和力量，一定和该国年产值这一税收的最终来源成比例。而每个国家政治经济的最大目标，就是增长该国的财富和力量。

因此，政治经济不应吸引资本进入消费品进口贸易或转口贸易领域，

因此，国家政策既不应倾向和鼓励国内消费品的进口贸易，不重视国内贸易；也不应倾向和鼓励转口贸易，而不重视另外两种贸易模式。国家也不应强制或吸引多于自然流入的资本，进入到消费品进口贸易或转口贸易中去。

尽管若是任其自然发展，它们都是有利的。

不过，每一种不同的贸易种类，如果不加限制或不用外力干涉，而是任其自然发展，都不仅是有利的，而且是必要

且不可避免的。

行业剩余产品必须要出口到国外。

当某一行业的产品超出了本国的需求，就必须把剩余部分运到国外，换回国内所需的产品。如果没有此类出口贸易，国内的一部分生产性劳动就不得不停止下来，本国的年产值也会随之减少。英国的土地和劳动通常出产超出了国内市场需求的谷物、毛织品和金属制品。因此，必须将这部分剩余产品送到国外，换回英国所需的产品。只有通过这种出口贸易的方式，这部分剩余产品才能得到足够的回报，来补偿制造它们时所消耗的劳动和花费。沿海和沿河地区都适于建立工业，因为它们便于出口剩余产品，并换回国内更需要的产品。

交换而得的外国产品常常必须再次出口。

当以国内剩余产品换购的国外产品超出了国内市场需求的时候，这些剩余的国外产品就必须再次出口到国外，换取其他国内所需的产品。英国每年以其剩余产品从弗吉尼亚和马里兰购入大约九万六千桶烟草，但是，也许英国每年所需不超过一万四千桶。因此，如果剩余的八万二千桶烟草不能再次出口到国外，换回国内所需的产品的话，就必须停止进口这么多的烟草，而每年制造换取这八万二千桶烟草产品的所有英国居民的生产性劳动，也会随之停止。这些剩余产品是英国土地和劳动年产出的一部分，它们在国内没有市场，在国外也没有市场，所以必须停止生产。因此，在有些情况下最间接的消费品进口贸易，与最直接的此类贸易一样，也是支持本国生产性劳动和增加本国年产值的必要途径。

当一国资本有所富余时，剩余的资本自然会流入到转口贸易中，这是一国富裕的结果和表现，而不是原因。

当一国的资本储备增长到一定程度，在投入到供给消费和支持本国生产性劳动后还有剩余时，剩余部分自然会流入转口贸易，在别国供给消费和支持生产性劳动。转口贸易似乎是国民财富充盈的结果和表现，而不是其自然原因。有些政客赞同并特别鼓励转口贸易，但他们似乎倒果为因了。就土地面积和人口数量而言，荷兰这个欧洲目前最富有的国家，在欧洲转口贸易中所占份额亦是最大。英国也许是欧洲第二富有的国家，同样也应在欧洲转口贸易中占有相当大的份额。但是，在英国通常被认为是转口贸易的业务，其实是间接的消费品进口贸易。这些贸易主要是把东印度、西印度和美洲的商品运到不同的欧洲市场。这些商品要么是用英国产品直接换购的，要么就是用英国产品换购的其他产品换购的，贸易最终的回报通常都会在英国使用或消费。可能只有通过英国商船在地中海港口间进行的贸易，以及英国商人在印度港口间进行的同类贸易，才能贴切地算得上是英国主要的转口贸易。

转口贸易的可能范围最大。

国内贸易及其资本的范围，必然受到国内不同地方需要相互交换的剩余产品价值的限制。消费品进口贸易的范围，必然受到一国剩余产品价值及其能换购的外国产品价值的限制。转口贸易的范围，必然受到世界所有国家剩余产品价值的限制。因此，与前两种贸易相比，转口贸易的可能范围在某种意义上是无限的，从而可以吸收最多的资本。

农业产生的利润不足以吸引到其所能容纳的全部资本。

资本所有者将其资本是投入农业、制造业，还是批发业或零售业，其唯一的动机就是私人利润。而投入到某一行业上的资本能雇用多少生产性劳动，能为一国土地和劳动年产值增加多少，从来都不在资本所有者的考虑范围之内。因此，在农业利润最大、农耕最易致富的国家里，个人资本自然会流入到对整个社会最有利的行业里。但是，在欧洲各地，似乎农业都不比其他行业更有利可图。的确，近几年，欧洲各地的规划家们都大书特书土地开垦和改良所获的利润。不需要深究他们是如何计算的，只要简单观察，我们就可以发现他们的言论是虚假的。一个人只有很少的资本，甚至有时没有资本，白手起家，从事制造业和商业，最后却能获得巨额的财富。我们常常能看到这些例子。可是在同样情况下，以经营农业起家的例子，在本世纪的欧洲，我们还从未有所耳闻。然而，各欧洲大国都有很多很好的土地还未开垦，而大部分已耕作的土地也没得到充分改良。因此，几乎所有地方的农业都可以吸收比以往更多的投入资本。欧洲到底制定了什么样的政策，使得城市贸易远比乡村产业更加有利可图，进而使个人常常宁愿将资本投入到遥远的亚洲和美洲，而不愿将之用于开垦自己周围肥沃的土地。关于这一问题，我将在后两篇详细讨论。

将在后两篇解释这一问题的原因。

第三篇

论不同国家中财富的不同发展

本篇导读：围绕一国如何致富这个主题，和前面两篇偏重基础理论的构建不同，斯密在本篇中偏重历史实践的考察。其中，在第一章中介绍一国实现经济富裕的自然进程，而在随后的三章中则主要介绍例外的情形，即为何欧洲各国的农业发展受到抑制，而城市工商业发展较快。

第一章 论达致富裕的自然进程

本章导读: 首先是农业,其次是制造业,最后是对外贸易,这是一国产业发展的自然顺序。但是,也有例外。

城乡间的商业是很重要的,其显然对二者都有利。

城乡居民之间的交换,是每一个进步城市商业的重要部分。它主要是初级产品和工业制成品之间的交换,有时是以物易物,有时是以货币或者代表货币的纸券为交换媒介。乡村为城市提供生活资料和工业原材料,城市则以部分工业制成品反馈乡村。城市没有、也不可能有物质的再生产,可以说,其全部财富和生活资料都来源于农村。但是,我们不能因此推断城市所得就是农村所失。城乡双方是互惠互利的关系,此时的劳动分工和其他场合一样,对在所有进一步细分的职业中就业的人们都有利。乡村居民从城市购买大量的工业制成品,而用以交换的农产品中所耗费的劳动时间,却少于他们自己生产这些产品所需要的时间。城市为乡村的剩余产品提供了市场,这些产品超过了耕作者维持生存的需要,耕作者在市场上用剩余产品交换他们需要的其他物品。城市居民的数量和收入越多,能为农村剩余产品提供的市场范围就越大,市场范围越大,对广大人民越有利。在距城市一英里以内种植的谷物在城市出售的价格,与二十英里以外种植的谷物相等。但是,后者的价格通常不仅能够补偿种植成本和运输成本,而且能够为农夫提供一般农业利润。由于两种产品售价一致,因此,邻近城市的地主和种植业主在他们产品的售价中不仅得到一般的农业利润,而且还将额外获得等量产品从远方运至城市的运输费用。同理，他们也将节省购买物品的运输费用。比较任一大城市邻近地区的土地耕作和偏远地区的土地耕作，你将明白城市的商业对农村的好处有多大。即便是各种宣扬贸易平衡论的错误观点，也没有妄称城乡贸易会有损于城市或者农村的任何一方。

尽管城市有时与其生产资料来源地的乡村相距甚远，但乡村种植业必然先于城市镇发展。

从本质上讲，由于生活资料与生活便利品、奢侈品相比，是人们的基本需要，因此，生产前者的产业必然先于生产后者的产业而得到发展。同理，提供生活资料的农村种植业和生产技术的进步，必然先于仅提供生活便利品和奢侈品的城市的发展。由于超过维持种植业者自身生存所需的生活资料的农业剩余产品才能用于维持城市人口的生存，因此，城市只有在农村剩余产品增长之后才能得到发展。诚然，城市并不总是从其邻近乡村得到全部生活资料，甚至也不总是从本国领土上，而是通过距离遥远的外国获得。这种情况尽管没有偏离一般规律，但却致使不同时代不同国家致富的进程明显不同。

这个事物发展的规律是人类偏好农业的天性使然。

尽管不是各国皆同，一般而言，事物发展的这种规律由必然性所致。在各个国家，这个规律皆由人类的天性使然。只要人类的制度不曾压抑人类的天性，无论何处，城市的发展不可能超越其所在地区农业耕作和改良所能支撑的程度。至少在所在地区完全得到耕作和改良之后，城市才能发展起来。假设利润率相同或相近，人们更愿意将资本投入到土地的耕作和改良上，而不是制造业或者对外贸易上。将资本投入到土地上的人，其资本在自己的监督和控制之下，他的财富和商人的相比也更少受不可控事件的影响。商人不得不承认，他们的财产不仅受到大风大浪这类自然条件的影响，而且还要受到人类的愚蠢和不公正这类更加不确定的主观因素的影响，因为他们必须给身处遥远国度、鲜有深入了解的贸易伙伴提供大量商业信贷。相比而言，地主的资本专门用于土地改良，在人类所有事物中，这是最安全的使用。除了乡村生活悠闲、民风淳朴、能够保证个人的独立性

（如果人类的不公没有破坏它的话）之外，乡村美景独具魅力也吸引着每一个人。既然对人类而言，其最初的目标就是耕作土地，那么在其存续的每一个阶段，这份原始的职业自然为人类所偏爱。

种植业者需要手工业者的协作，后者时常居住在一起形成村落，其就业规模随农村的发展而扩大。

实际上，如果没有一些手工业者的帮助，土地耕作起来难免遭遇不便，而且时常要中断。铁匠、木匠、制造木车轮和耕犁的人、生产扒犁的人、泥水匠、瓦匠、皮革匠、鞋匠、裁缝，他们的劳动时常为农夫所需。而且，这些工匠之间也时常互相需要对方的服务。由于不像农夫那样受特定居所的限制，他们自然而然地聚集在一起，形成了小城镇或者村落。很快，屠夫、酿酒师、面包师加入进来，继而许多其他手工业者，尤其是为这些人提供日常所需产品的零售商也加入进来，他们的存在进一步有助于扩大城市的规模。城乡居民互相为对方提供产品和服务。城市对农村居民而言是无限的市场，他们在这些集市上用初级产品交换所需的手工制造品。正是这样的交换为城市居民提供了劳动原料和生活资料。他们出售给乡村居民的制成品的数量，必然支配着他们能够购买的生活资料和原材料的数量。因此，无论是城市居民的生活资料还是就业的扩大，只可能与乡村居民对手工制造品需求的扩张成比例，而乡村居民对手工业品需求的扩张，又受制于土地耕作和土地改良程度的影响。因此，如果人类的制度没有打乱事物的自然进程，那么，任何一个政治社会的财富积累和城市增长都是农村土地种植和改良的结果，而且发展程度与之成正比。

在北美洲殖民地，一个手工业者只要得到足够的资本就会经营种植业，而不是经营远销外地的制造业。

我们北美洲的殖民地，由于获得未开垦土地的条件非常简单，所以在那里没有一个城镇建立的工业是为了远距离销售的。在北美洲，如果一个手工业制造者所获资本多于其眼下为供应周边农村需要所经营的产业的资本，他就不会用这份资本新建一个工厂，以便为远距离的消费者提供产品，而是将多余资本投入到购买和改良土地上。从此，他就由一名手工业者转化为种植业者。无论是城市的高工资，还是乡村能够轻易为手工业者提供的生活资料，都不能诱使他为别人工作，他更愿意为自己工作。他认为，手工业者好似顾客的奴仆，依靠顾客过活，而种植业者耕作自己的土地，从自己家庭成员的劳动中获得生活资料，他们才是自己的主人，完全独立地生活。

在没有土地可开发的国家，手工业者会经营远销外地的制造业。

相反，在那些既没有未开垦土地，又不能轻易购得土地的国家，每一个手工业者只要获得多于日常为邻近地区的居民服务所需的资本，他就会尽力为远距离的销售做准备工作。铁匠将会建立一个钢铁厂，纺织工将建立麻纺厂或毛纺厂。随着时间的推移，这些不同的制造业将会逐渐细分，从而通过各种方式得以改进和完善技术。这一点非常容易理解，因此没有必要进一步作解释。

自然地，制造业优先于对外贸易。

在利润相等或相近的条件下，资本的运用将会首选制造业，然后才是对外贸易，其原因和农业优先于制造业是一样的。就像地主或农场主的资本使用比制造业者的资本安全一样，制造业者的资本在绝大多数的时间里由他自己监督、控制，当然也比进出口商的资本要安全。诚然，无论何时何地，一国剩余的初级产品、工业制成品，或其他国内不需要的产品，都将被运往国外以交换国内需要的其他产品。但是，将这些剩余产品销往国外的资本是属于本国所有还是外国所有却无关紧要。如果一国全部的社会资本不足以在用于耕作所有土地的同时，将这些土地的初级产品完全加工成工业制成品，那么借助外国资本将初级产品出口到国外还是有利可图的。这样，国内资本就可以投入到更加有利的用途上。古埃及、中国、印度的财富充分证明，即便一国大部分对外贸易由外国人经营，它们也可以达到相当程度的富裕。如果北美洲和西印度的殖民地除了自己的资本之外，没有其他资本能够投入到其剩余产品的出口上，它们进步哪会像现在这么快！

事物发展的自然进程是农业第一，然后是制造业，最后是对外贸易。

因此，根据事物的自然进程，每一个社会在发展过程中首先会将其大部分资本用于农业，其次是制造业，最后是对外贸易。这个发展规律是一则自然规律，因此，我相信，在每一个拥有领土的国度都可以在一定程度上观察到这条自然规律。在规模可观的城市建立起来之前，一定先耕种了一些土地，在它们能够想到经营对外贸易业务之前，在那些城市里必定已经开始了一些比较原始和简易的制造业。

但是，这个顺序在许多方面被颠倒了。

尽管这个自然顺序在所有进步国家中肯定都以某种程度出现了，但是，所有现代欧洲国家在许多方面却和这个顺序相反。一些城市的对外贸易引致了本国精细制造业，以及适于远距离销售的制造业的发展；而制造业和对外贸易又同时引发了农业的大改良。在原统治制度下形成的风俗习惯，即便在政权剧烈更迭之后依然存留下来，但这些风俗习惯会自然地迫使该国以一种违背自然的、甚至是反向的规律发展。

第二章 论罗马帝国崩溃后古代欧洲的农业抑制

本章导读：罗马帝国崩溃后，在欧洲实施的长子继承制和限定继承人，以及在土地上实施奴隶制、佃农制和短期土地租赁制，加上农民负担沉重的劳役、徭役和捐税，以及各种抑制农产品自由贸易的政策，最终阻碍了农业的发展。

罗马帝国崩溃后，西欧所有土地被吞并，并且主要被大地主吞并了。

自从日耳曼和塞西亚民族侵犯罗马帝国西部之后，罗马帝国经历了一场巨大的变革，国家在长达好几个世纪的时间里处于纷乱的状态。野蛮民族掠夺和迫害当地的居民，打断了原有城市和乡村之间正常的贸易往来。城镇一片废墟，乡村土地荒芜，在罗马帝国统治之下曾经相当繁荣的欧洲西部省份，倒退到最低级的原始贫困状态。在延绵不绝的纷扰中，侵略者的头领将国家大部分土地据为己有，其中大部分是没有开垦的土地。但是，不管是已开垦的还是未开垦的土地，都被侵略者据为己有。所有的土地都被侵略者吞并了，其中的大部分被少数大地主占有。

长子继承制和限定继承制，限制了大地产拆分成小块土地。

对未开垦土地最初的吞并行为即便危害巨大，但也只是暂时的。这些土地原本应该很快通过继承和转让重新划分，分割成小块土地。但是，长子继承制限制了通过继承分割土地的可能，限定继承人制度的引入则消除了通过转让分割土地的可能。

如果土地被看作如动产一样是生活资料和享乐的手段，那么按照自然继承法，土地就会像动产一样在家庭的所有孩子中分配。因为家长同样关心所有孩子的生活和享乐。在长幼平等、男女平等的罗马，采用的就是自然继承法，所有的子女都可以继承地产，和我们现在分配动产一样。但是，如果土地不仅仅被看作生活资料和享乐的手段，而且被看作权利和保护的手段，那么人们会觉得将整块地产完整地传给一个孩子比较好。在那些社会秩序混乱的年代，大地主往往是某种小封建主。他的佃户就是他的臣民，他是他们的裁判官，在某种意义上还是和平时期的立法者，是战争时期的统帅。他根据自己的需要发动战争，有时对他的邻国宣战，有时甚至对他的君主宣战。因此，地产的安全性，及其主人为其居住者提供保护的能力，都决定于地产的大小。拆分地产无异于毁灭它，其每一部分都将置于邻国的觊觎之下。因此，在这种情况下，长子继承制虽然没有即刻盛行，但是随着时间的推移逐渐成为盛行的土地继承制度。出于同样的理由，王位继承也开始采用长子继承制，尽管最初的制度也并非如此。国家的权力，进而主权的安全，如果不可以因为分割而弱化，那么必须由一个孩子完整继承。谁将能够获得如此重大的优先权决定于一些一般规则。这些规则不会建立在类似于个人素质差异这样不可靠的基础之上，而会建立在一些毫无争议的、简单明了的差异之上。同一个家庭的所有孩子中，只有性别和长幼顺序是毫无异议的。一般来说，男性相对于女性具有优先权，其他条件相同，年长者较年幼者具有优先权。由此，长子继承制推行开来，同样得到推广的还有直系继承制度。

之所以建立长子继承制，是因为每一个大地主同时也是一个小封建主。

一项法律法规的确立必定有其时代背景，时代背景赋予该法律以合理性。但是，法律常常在世事变迁后依然长期有效。现代欧洲社会，仅拥有一亩土地的小地主和拥有千万亩土地的大地主，他们的产业拥有同等的财产安全保证。然而，长子继承制依然得到尊崇，而且在所有制度中，长子继承制还是维持家族尊严的最好制度，因此，也许它还会持续好几百年。然而在其他方面，长子继承制却是人口众多家庭

长子继承制度在当前是不合理的制度，但是却维持着家族的尊严。

实际利益最大的限制因素，它让家庭中的一个孩子富裕，而其他所有的孩子陷于穷困。

限制继承出于同样的起因，

限定继承是长子继承制的自然结果。它在本质上是一种为了维护体现长子继承制精神的直系继承制度，用以防止原始地产中的任何一部分因任何一个继承人的愚蠢或者不幸，以赠予、遗让或割让的方式旁落非直系继承人之手。罗马人完全不知晓长子继承者与限制继承制。他们的预备继承人法和嘱托遗赠法与限制继承法毫无相似之处，但是一些法国律师却喜欢将现代制度附会那些古代制度。

但是，对于现在却很荒唐可笑。

当大地产就是某种诸侯国时，限定继承也许并非不合理。就像一些君主国家所谓的基本法一样，限定继承制可以防范千万人的安全受到某个人任意妄为挥霍无度的威胁。但是，就当今欧洲的形势而言，小地产和大地产得到国家法律的同等保护，因此限定继承再荒唐不过了。限定继承建立在最不合理的假设条件之上，它认为人类的子孙后代对于土地及土地上的所有物没有同等的权利。当代人的财产权利要服从那些也许已经死了五百年的人的意旨。但是，如今在欧洲的大部分地区，限定继承依然受人推崇，尤其是在那些只有出身贵族才有资格享有文官或者武官荣誉的国家。限定继承被认为是维持贵族享有国家高官厚禄排他特权的必要手段。这个阶级据此获得了一种凌驾于其同胞之上的不公正的利益，但是，经济拮据却使这个特权贻笑大方，因此，他们认为还需要另外一种特权避免这种尴尬。据说，英格兰习惯法反对永续年金，那里对这项制度的限制比任何其他欧洲君主国家都要严格。但是，即便在英格兰，这项制度也没有完全革除。而在苏格兰五分之一以上，也许三分之一以上的土地，现在仍然受限定继承制的严格限制。

大地主通常不是伟大的改良者。

在这种情况下，大面积的未开垦土地不仅由某个家族兼并，而且完全没有可能再分割成小块。然而，大地主很少是伟大的改良者。在产生这些原始制度的混乱年代，大地主将自己所有的精力都投入到保卫自己的领土，以及向邻国扩张自己的管辖权、支配权上。他根本无暇关心土地的耕作和改良事宜。当法律法规建立起来，社会有序运行之后，他开始有闲暇了，但是他却不仅无心耕作，而且缺乏必要的耕作技能。而且，就像时常发生的那样，如果他的房屋和人员开支等于或者超过他的收入，他就没有任何节余资金用于土地耕作。即便他是个精打细算的人，通常也会发现，以其年储蓄购置新的产业比改良现有土地更加有利可图。和其他商业项目一样，要从土地改良中获利，必须密切关注哪怕是蝇头小利。但是，对于一个出生巨富之家的人而言，即便他天生俭朴，也鲜有这样的能力。这类人的生活境遇自然而然地使其更加关注满足自己嗜好的装饰摆设，而对于他不屑一顾的利润毫不关心。从婴儿时期起，他就培养起热爱精美高雅的衣饰、陈设、房屋和家具的习惯。当他开始考虑土地改良的时候，那些自小习得的观念对他影响深远。他装饰住宅周围四五百英亩土地的支出，等于其全部土地改良后价值的十倍。他发现，如果要将所有地产用同样的方法改良，即便没有其他嗜好，在完成全部任务的十分之一前他就会破产了。如今在英格兰和苏格兰两地，仍然存在一些大地产，它们自封建割据时代以来就由同一个家族掌管，从未中断。将它们的现状和附近地区小地产比较一下，你将不需要任何证据就可以确认，如此大面积的地产是多么难以改良。

如果不能期待大地主改良土地，那么期待在大地主统治之下的土地占用者改良土地一样毫无希望。在古代欧洲，土地的占用者是自由佃户。他们全都近乎于奴隶，只是隶役和已知的古代希腊、罗马甚至我们的西印度殖民地相比要轻一些。他们依附于土地而不是主人。因此，他们可以和土地一起出售，但是不能单独出售。只要获得主人的许可，他们就可以结婚，并且，他们的主人不能将夫妻二人分卖给他人从而拆散其婚姻。如果主人残害或杀害奴隶，也要受到一

土地的实际耕作者也不会改良土地，因为他们是依附于土地的奴隶，不能拥有财产。

些惩罚，虽然只是些小惩罚。然而，奴隶们并不能拥有财产。他们的全部收获属于主人，主人可以任意取用。所以，经由奴隶之手对土地进行的耕作和改良，最终还是由主人承担的。主人负担了全部的费用，所有的种子、牲畜和农具都是主人的，改良所获也全归主人所有。这样的奴隶除了日常生活资料之外一无所获。所以，确切地说，在这种情况下，地主自己占有自己的土地，而由他的奴隶负责耕作。此类奴隶制度现今在俄罗斯、波兰、匈牙利、波西米亚、摩拉维亚和德国的一些地区依然存在，只有欧洲西部和西南部的一些省份，这个制度已经逐步被废除了。

奴隶劳动最昂贵。

如果不能指望大地主自己实施大改良，如果他还使用奴隶进行耕作，那么就完全没有希望了。我相信，一切时代一切国家的经验都表明：使用奴隶的工作看上去仅仅花费奴隶的生活资料，但是整个算起来却是最昂贵的。一个不能得到任何财产的人，一心追求的就是多吃饭、少干活。但凡他的工作量超过购买其生活资料所必需的工作量，他是不会主动增加劳动的，除非用暴力从他身上榨取。普林尼和科卢梅拉都曾记载，在古代意大利，当谷物耕作由奴隶经管时是如何衰微，奴隶主如何无利可图。在古希腊的亚里士多德时期，谷物耕作状况也不好。当论及柏拉图式的理想国时，他说，如果要维持五千名（假设这是保卫理想国所必需的武士数量）不劳动的人及其妻子、仆役的生活，需要一片像巴比伦平原那样辽阔富饶的土地才行。

现在，甘蔗和烟草种植可以承担奴隶耕作的费用，而谷物不能。

人类的好胜心使得大地主喜好说一不二，没有什么比还要俯就一个下等人更让他感到丢脸的了。因此，只要法律允许，工作性质也允许，他总是优先选择奴隶的服务而不是自由人的服务。现在，种植甘蔗和烟草可以承担奴隶耕作的费用，而种植谷物则不能。在主要作物是谷物的英格兰殖民地，大部分工作由自由人承担。最近，宾夕法尼亚的教友派信徒决议释放他们所有的黑奴，从中我们可以推测他们拥有的黑奴数量不大。因为如果黑奴是他们财产的绝大部分，这项释放令是肯定不会被通过的。与之对应的是，在我们种植甘蔗的殖民地，所有的工作都是由奴隶承担的，在我们种植烟草的殖民地，大部分工作也是由奴隶承担的。我们西印度殖民地种植甘蔗的利润，总的来说比我们在欧洲或者美洲种植任何现有作物的利润都要高很多。而种植烟草的利润尽管不如甘蔗，但是正如我们已经证明的，要比谷物强。这两种作物的种植都可以负担奴隶的耕作费用，当然，种植甘蔗要比烟草的承担能力更强一些。所以，在我们的甘蔗殖民地，黑人奴隶的数量对白人数量的比例要大于烟草殖民地。

继奴隶之后是对分佃农。

继古代奴隶之后，逐渐出现的是现在在法国被称为对分佃农的农夫，拉丁语称之为农奴。对分佃农制度在英格兰早已废弃，现在我不知道英语应当如何称呼他们。在对分佃农制度下，地主为佃农提供种子、牲畜、农具，简而言之，耕作农田所需要的全部资本，收成则在地主和佃农之间平分。当然，在此之前要事先预留必要的资本折旧，它在佃农退租或者地主回收土地时要归还给地主。

最大的不同是对分佃农可以占有财产。

土地由佃农耕作和由奴隶耕作一样，成本都由地主承担。但是，二者存在实质性的区别。对分佃农是自由人，有权利占有财产，可以按比例拥有土地的收成。因此，他们有极大的兴趣实现尽可能多的土地产品，这样属于他们自己的部分当然也能随之最大化。反之，奴隶除了生活资料之外不能占有任何财产，因此，在其生活资料部分之上，他们尽可能地少生产，而贪图安逸。可能部分是对分佃农的这个优势，部分是君主嫉妒大地主，增强了奴隶反抗地主的力量，结果导致奴隶制度非常麻烦，从而逐渐在欧洲大部分地区消失了。不过，在近代历史上，如此重大的改革在什么时候、以何种形式发生，仍是未解之谜之一。罗马教廷宣称它在废除奴隶制度上贡献卓著。的确，早在十二世纪亚历山大三世时代，罗马教皇就曾发布全面释放奴隶的诏书。但是，它似乎只是一个虔诚的劝告，而不是一条忠实的教徒必须完全遵守的信条。在此之后，奴隶制度继续普遍存在了几个世纪，最终因为上述两个利益因素（一方面是地主的利益，一方面是君主的利益）共同起作用才逐渐被废止。一个获得人身自由、同时被允许继续耕作土地的贱奴，自己却没有资本，他只能在地主预支资本的条件下耕作，进而必然成为法国人所说的对分佃农。

但是，他们对于投入资本进行改良毫无兴趣。

尽管如此，甚至对分佃农这种耕作者，也没有兴趣从属于自己的产品份额中节省出小额资金用于进一步的土地改良，因为地主可以不费分文却得到产量的一半。人们发现，教会的什一税，尽管只占土地产品的十分之一，却构成了土地改良的极大障碍。因此，高达产量一半的税收不啻是土地改良的拦路虎。对分佃农可能会有兴趣使用地主配备的资本实现产量最大化，但是，对于将自己的资本也投入其中毫无兴趣。在法国，据说整个王国六分之五的土地现在仍以对分佃农制度的方式进行耕作，那里的地主抱怨道，他们的佃户抓住一切机会将牲畜用于运输而不是耕田，因为运输所获全部归佃户所有，而耕作所得则必须和地主平分。在苏格兰的某些地方依然残留着此类佃户，他们被称为“铁弓佃农”(steel-bow tenants)[①]。古代英格兰的那些佃农也和他们类似，大男爵吉尔伯特和布莱克斯通博士认为，他们与其说是农民，不如说是属于地主的大管家那一类。

四十先令财产所有者就拥有投票权的制度，保证了英格兰农民的安全。

在对分佃农之后渐起的可谓是真正的农民，他们使用自己的资本耕作土地，向地主缴纳一定数量的地租。当这样的农民拥有一份包含时间条款的租约时，他们有时发现，安排一些自有资本用于农田改良是有利可图的。因为他们预见在租约到期之前可以得到丰厚的利润，这些利润足以弥补投入的资本。然而，即便是此类农民，他们的财产权利长期以来都是非常不稳定的，甚至现在在欧洲的许多地方依旧如此。一笔新的土地买卖就可以在合约到期之前将农民

---

① 即根据合约由地主供给农业资本，佃农提供劳动力，收成平分的土地制度。——译者注

合法地逐出土地，而在英格兰，甚至一项平常的恢复财产的假定诉讼就可以做到。即便农民是被地主以暴力手段非法逐出土地的，法律扭转事态的能力也非常有限。农民并不一定能够恢复土地的使用权，而且支付给他们的补偿也无法弥补实际损失。即便是在欧洲最尊重自耕农权利的英格兰，一直到亨利七世十四年左右才订立了关于收回不动产诉讼的法规。依据这条法规，农民不仅能够得到损失补偿，而且可以收回土地的使用权。农民的要求不会在单一一次审判的不确定性决策中结案。人们发现，这项法案是一个非常有效的改进。在现代的法律实践中，如果地主需要通过法律程序获得土地的所有权，他不会利用其地主的身份起草一份要求土地所有权或者收回土地权利的令状，而是利用其租地的农民身份起草一份要求收回不动产的令状。因此，英格兰的农民和地主的财产安全得到同等的保护。在英格兰，每年支付四十先令的终身租约就是一份自由保有的财产，承租的选举议会成员的投票权。因为大部分农民拥有这种自由保有的财产，因此获得的政治权利使整个农民阶级赢得了地主阶级的尊重。我相信，在欧洲除了英格兰之外，没有一个地方的农民敢在没有任何租约的土地上修建屋舍，而不担心地主会夺走这项重要的改良成果。这些法律和风俗习惯对农民非常有利，它们为现代英格兰的伟大荣光作出了巨大的贡献，也许这贡献超越了重商主义者所有那些自我吹嘘的法则的总和。

苏格兰的法律没有英格兰那样有利。

据我所知，保障期限最长、能够对抗各类继承人的租约是大不列颠所特有的。早在1449年，这项制度就经由詹姆士二世颁布的一项法令传到了苏格兰。但是，由于限定继承制度，这项法规的好处没有泽被四方，限定继承的继承人受到制度的约束不能签订长期租约，通常情况下不能超过一年。后来，议会的一项法令多少缓解了这方面的束缚，但是还是相当严厉。此外，苏格兰的租地农民因为没有议会选举权，因此不像英格兰的农民那样受到地主的尊重。

在欧洲的其他地区，农民的财产安全更没有保障。

在欧洲的其他地区，人们也发现，保障农民权利不受继承人和购买人的侵害是非常有利的，但是，农民财产权利的保障期限依然很短。例如，在法国，这个保障期开始只有九年，后来尽管延长到二十七年，却依然不足以鼓励佃农进行重大的土地改良。从古至今，欧洲各地的地主同时又是立法者。因此，和土地相关的法律都是以维护地主的利益为前提的。他们自认为，为了土地所有者的利益，他的祖先不该签订可能导致土地所有者在长期不能获得全部土地价值的租约。贪婪和不公正必定是短视的，他们无法预料到这样的条款必定会阻碍改良，从而损害地主的长期实际利益。

来源于习惯的劳役让农民深受其害。

除了缴纳地租之外，古代农民还要为地主提供大量的劳役，这些劳役既不包含在租约中，也没有详细的明文规定，仅决定于领主和贵族的习惯。因此，这些劳役通常都是主观任意的，佃农为此吃了很多的苦。苏格兰近几年废止了所有未在租约中规定的劳役，极大地改善了农民的处境。

修桥筑路的徭役也是如此，还有为王室提供食宿的义务，

农民承担的劳役如此繁重，而徭役同样不轻。为了修建和维护公路而承担的徭役，我相信在不同的国家尽管程度不同，但是依然到处可见，这只是一个例子。当国王的仪仗队、皇亲国戚或者政府官员经过领土的任何一个地方，农民必须提供车马食宿，而获得的补偿仅由粮食征收官决定。我相信，欧洲各国只有大不列颠完全解除了食物征收官对农民的压迫，而在法国和德国这项制度继续实施着。

还有捐税，都是如此。

捐税和徭役一样无常和沉重。尽管古代的贵族打心眼里不愿意向君主提供任何经济援助，但是却允许君主对他们的佃农征收捐税。其实，他们并不明白捐税最终对他们自身收入有多大的影响。贡税至今仍在法国残存，它是古代捐税的一种形式。这是一种对农夫预期利润征收的赋税，预期的依据就是农场的资本存量。因此，出于自身利益的考量，农民会尽可能地装穷，当然也会尽可能地减少对耕作的投入，而在土地改良方面则完全不投入分毫。即使法国农民手中积累了一些资本，捐税的存在却是限制农民将其投入土

地的障碍。此外，贡税压低了纳税人的身份，使他们的地位不仅不及乡绅，而且还低于普通市民，而任何一个租种他人土地的人都必须缴纳贡税。没有一个乡绅或市民会认同这种身份的降低。因此，这种税收不仅阻碍了在土地上积累的资本用于土地改良，而且阻止所有其他社会资本用于土地改良。古代英格兰曾经盛行十分之一或十五分之一的税赋，就其对土地的影响，似乎和这种贡税本质相同。

即便法律贤明，农民改良土地的条件也十分不利。尽管如此，大量的农民仍然是继小地主之后主要的土地改良力量。

处境如此不利，无法指望土地的占用者对土地进行任何改良。尽管这一阶级人民的自由和安全得到了法律保护，但是实施土地改良的条件却极为不利。农民和地主，好比一个借钱经商的商人和一个用自己的资本经商的商人。尽管如果同样经营得当，在两种情况下资本都可以有所积累，但是考虑到在一种情况下大量利润会被利息侵蚀，因此和另一种情况相比，资本改善的程度就会缓慢很多。相同的道理，即便同样管理得当，由农民耕作的土地改良速度要比由地主耕作的慢得多。因为大量的产品将会被地租侵蚀，而这份地租在农夫和地主同为一人时，将会投入到土地的进一步改良中去。不仅如此，从本质上讲，农夫的身份要比地主低贱。在欧洲大部分地区，农民是所有社会成员中身份比较低微的一个阶级，甚至比不上一些境况不错的小商贩和技工，当然，在大部分地区都无法与大商人和大工厂主相比。因此，鲜有一个拥有大资本的人会放弃优越的地位而屈就低微的身份。所以，即便是今天的欧洲，人们也很少把资本从其他产业转入农业，投入到土地的改良上。大不列颠大概是资本投入农业改良最多的国家，然而，在一些地方投入到农业中的大资本通常都来源于农业本身，而农业资本积累在所有产业中可能是最缓慢的了。尽管如此，继小地主之后，富农是各国土地改良的主力军。和欧洲其他君主国家相比，在英格兰尤其如此。据说，在荷兰联合政府和瑞士伯尔尼的联合政府中，农民的地位不亚于英格兰。

除了上述几点之外，古代欧洲的政策也非常不利于土普遍的禁止谷物出口和对农产品国内贸易的限制，进一步阻碍了农业的发展。

地的耕作和改良，无论实施改良的主体是农民还是地主。首先，欧洲盛行谷物出口许可证制度，没有出口许可证，不允许出口谷物；其次，严格限制谷物和其他农产品的国内贸易，还有对抗独占者、囤积货物者和零售者的荒谬法律，以及贸易特权和市场特权。我们已经论证了，古代意大利这个欧洲土地最肥沃的国家，在其位居世界霸主时期，那些限制谷物出口的政策，加上鼓励谷物进口的政策，如何妨碍了土地的耕作。这些农产品国内贸易的限制，再加上普遍限制出口的政策，将在何种程度上影响那些土地并不肥沃的国家的土地耕作，简直难以想象。

第三章 论罗马帝国崩溃后城市的兴起与发展

本章导读：这一章介绍了罗马帝国崩溃之后西欧城市兴起的过程。城市获得政治权利源于君主和大贵族之间的权力斗争，君主为了和占有大量土地的大贵族对抗，放权给城市的居民，建立城市的行政系统，建立起联邦共和国，从而城市最终获得了政治上的独立。在经济方面，城市制造业的繁荣有时是对外贸易发展的结果，有时候是一国农业发展的结果。

罗马帝国崩溃之后，城市居民的境况并不比乡村居民好。实际上，此时城市居民的阶级构成与最初古希腊和古罗马共和国城市居民的阶级构成非常不同。后者多由地主构成，共和国的土地最初在他们之间分配。他们发现，毗邻而居，并在其周围建筑围墙共同防御，是非常方便的。与之对应，古罗马帝国崩溃之后，地主好像普遍在自己地产上设防的城堡中居住，环绕四周的是他们的佃农和属民。城市中的主要居民是商贩和技工，在那个年代，他们好像是奴仆或者处于接近奴仆的境况中。我们今天发现的在古代宪法中赋予欧洲一些大城市居民的那些权利，足以反映出他们在赋权之前的境况。宪法赋予人民这样的权利：其一，他们可以不经领主许可自由嫁女；其二，他们死后将由其子孙而不是领主继承他们的生意；其三，他们可以按遗嘱分配他们的遗产。此等宪法的颁布反映了，在赋权之前，城市居民的境况完全等同于，或者接近于乡村占用土地的贱农的实际情况。

城市居民的境况最初并不比农民好。

他们的境况和奴仆差不多，

实际上，他们是非常贫苦和卑贱的群体，时常随身携带货物穿行于各地和各大集市之间，就像今天沿街叫卖的小贩一样。那时的欧洲各国和今天若干鞑靼统治的地区一样，当这些人经过领主的领地，经过他们的桥梁，在市集里运送货物，或者设摊销售的时候，都要被征收人头税或者货物税。在英格兰，这些课税的名目分别是过境税、过桥费、市场税和摊位费。有时，国王或者在某些情况下拥有征税权的大领主，对某些特定的商人，尤其是居住在其领地内的商人免征各项赋税。这样的商人，尽管在其他方面依然是奴仆或者近似奴仆的状态，却因此被称为自由商人。这些人通常向他们的保护人每年缴纳一种人头税作为回报。在那个年代，如果不支付高额的费用，很难获得保护，而这种人头税可能就是保护人免除自由商人其他税收时可能损失的一种补偿。最初，无论是这种人头税还是免税机制都是个别事件，只影响个别人，其有效期有时是终身的，有时仅凭保护人的个人喜好。英国土地调查清册曾公布了英格兰几个城市不完善的账目，其中常常会提及一些相关信息，有时提到某某市民向他们的国王或某个大贵族缴纳类似的税赋，有时还会提到这种税赋的总数是多少。

但是，他们早于乡村居民达致自由状态，承包自己城市的税收。

无论城市居民最初的境况如何卑贱，事实证明，他们实现自由和独立的时间远远早于乡村的土地占用者。在过去，每一个城市居民缴纳给国王的人头税通常被包给郡县的治安官或者其他个人，他们负责在一定的期限内征收固定的数额；有时城市居民自己会取得足够的信用获许征收本市的人头税，他们对全部税收承担连带责任。我想，对欧洲不同国家的君主而言，包税制是经济的征税方法。他们曾经常将整个庄园承包给庄园所有的佃农，这些佃农对所有的地租承担严格的连带责任，好处是允许佃农用自己的方法集中税额，而且税赋通过他们自己的管事人之手缴纳到国库中，从而完全避免了政府收税官的横征暴敛。这在当时是非常重要的一件事。

最初，城市的税收承包给市民，与承包给其他包税商一样，有一定的期限。然而，随着时间的推移，实际上包税成为永久性的，即税额维持在固定水平上永远不再增加。这样，纳税额永久不变，作为回报，其他因此免征的税赋也就永久免征了。从此，免税就不再局限于个别人，那些税收也不再是因为征税对象的个人特征而免征，而是因为征税对象是某个城市的市民而免征，这样的城市被称为自由城市，同理，那里的人民被称为自由市民或自由商人。

最初的包税有一定的期限，后来则是永久性的。

伴随着这项权利，上文提到的一些重要权利，如自由嫁娶、子承父业、按遗嘱分配财产等权利，一般而言都会同时赋予该市的市民。这些权利此前是否通常会伴随着自由贸易权利而同时赋予作为个人的某个特定市民，我不知道。我推测，他们不大可能会得到这些权利，但是对此我无法提供任何直接证据。无论如何，贫贱农民和奴隶的主要属性从城市居民身上消失了，至少从那时开始他们成为现在意义上的自由人。

同时赋予的还有其他和自由同等重要的权利，

这还不是全部，他们通常建立自治组织，选举自己的市长和议会，颁布自己城市的地方法规，修建城墙保卫城市，强制居民守卫城市，让居民服从军事管理，即按照古代的理解，日夜护卫城墙，防范各种进攻和意外事件。在英格兰，他们普遍免受地方法庭的裁决，对他们提起的所有诉讼，公诉除外，交给他们自己的市长裁决。在其他国家，交由市长裁决的诉讼案件更加重大，范围更加广泛。

以及他们城市的行政权。

当一个城市获许承包自己的税收时，也许必须赋予它们某种强制裁判权，以迫使他们的市民依法纳税。在那秩序纷乱的年代，让他们从其他地方的法庭寻求公正的裁决也许非常不方便。但非常奇怪的是，欧洲各国的君主竟然用这种方法，以他们的部分税收为代价换取了一种永远不会增加的税收，而放弃的那部分税收会随着社会的自然进程，既不需要君主费心，也不需要他们费钱，成为最有可能增加的部分。同样奇怪的是，君主们还用这种方法在他们领地中心

很奇怪，君主们竟然放弃收入增加的预期，并且建立独立的共和政体。

主动建立起一种独立的共和政体。

那是因为，城市居民是君主抵御贵族天然的同盟。

想要理解其中的原因必须牢记，在那个年代，也许没有一个欧洲国家的君主有能力保护全部领土上所有最卑微的子民，使其都能免受大贵族的压迫。那些既无法得到法律保护，又没有足够能力自卫的人，要么不得不臣服于某个大贵族的脚下，成为他的奴隶或者封臣以寻求庇护，要么结成防御同盟以寻求相互之间的保护。城市单个居民没有自卫的能力，但是当与其邻里结盟时，他们的抵抗力量不可轻视。贵族轻视市民，不仅将其视为不同的阶级，而且将其视为除去镣铐的奴隶，好像完全是异类。自由市民的富裕激起了地主阶级的嫉妒，让他们恼羞成怒，一抓住机会就毫不怜悯、肆无忌惮地掠夺他们。自然而然地，自由市民对大贵族又恨又怕。国王对大贵族也是又恨又怕。对自由市民，尽管国王本该不屑一顾，但是却没有任何理由嫉恨或者害怕他们。因此，共同的利益使得自由市民支持君主，而君主也支持自由市民，他们共同抵抗大贵族。自由市民是君主的敌人的敌人，尽力保障他们的安全，独立于敌人的控制之外，对君主是有利的。通过允许他们选举自己的市长，修筑保卫自己的城墙，以及以某种军事纪律管理居民，君主给予市民们他的王权所能及的安全保障和不受贵族控制的独立性。如果没有建立起这种正规的政府，如果没有赋予这政府强制其居民按照某种制度行事的权威，自发结盟的防御体系，既不可能给予结盟者长期稳定的保护，也不可能给予君主强有力的支持。通过包税制度，君主消除了那些他想结为朋友，或者结为同盟的自由市民的戒备和疑虑，他们不再担心君主以后会通过提高税额或将税赋承包给他人使其受到迫害。

对贵族意见越大的君主，对市民越宽大。

国王和领主之间的关系剑拔弩张，但是在赋予市民此类权利时似乎极为开明宽大。例如，英格兰的约翰王似乎对他的市民最为宽容。菲利普是法国第一个丧失对领主统治权的君主。据丹尼尔神父记载，在菲利普王朝后期，他的儿子路易（后被称为“肥路易”）与贵族领地上的主教们协商，讨论遏制大地主暴行的妥当方法。他们的建议可以归纳为两大类:其一,在他领地上的所有大城市建立市政管理,设立议会,从而建立起全新的管理制度;其二,建立新的军事制度,让这些城市的居民听从他们自己市长的指挥,在需要时派兵援助国王。据法国的考古学家考证,法国正是从那个时期开始形成城市的市长和议会制度。而在土瓦本王室衰落时期,德国大部分的自由城市开始得到各种政治权利,也正是在这个时期,著名的汉萨同盟开始壮大起来。

那时,城市的民兵自卫队并不比国家的正规军力量薄弱,由于他们能够迅速集结以应对各种突发事件,因此在和毗邻的贵族发生争端时还时常能占据优势。在意大利和瑞士等国家,一些城市或者因为地处偏远,或者因为自身原本就很壮大,或者其他原因,君主逐渐丧失了全部的统辖权。这些城市逐步成为独立的共和国,并且征服了所有当地的贵族,命令他们拆除乡村的城堡,像其他和平居民一样居住在城市里。历史上昙花一现的伯尔尼共和国,以及其他几个瑞士城市大抵如此。如果将历史轨迹与众不同的威尼斯排除在外,在十二世纪末期到十六世纪初期,所有意大利重要的民主共和国的兴衰历程亦是如此。

城市民兵经常能够战胜当地的贵族,例如,在意大利和瑞士就是如此。

在像法国和英格兰这样的国家,尽管君主势力同样衰微下来,但是并没有完全丧失,因此,城市没能获得完全的独立。即便如此,这些城市发展得极为壮大,以至于君主在事先规定的包税额之外,如果没有征得市民的一致同意,就不得另外强征任何赋税。因此,市民应诏派代表参加全国的大国民议会,在那里和牧师、贵族一起应紧急情况向国王提供某种特殊援助。由于他们普遍更加支持国王,这些城市的代表有时被国王利用,作为他在议会中对抗大贵族的平衡力量。这就是在欧洲各大君主国市民代表出席议会的由来。

在法国和英格兰,没有市民的同意,国王不得对他们随意征税。

当农村土地的耕作者还在备受地主贵族欺凌的时候,城市已经建立起了管理有序的政府,那里的市民用上述方式获得了个人的自由和安全。当人类处于一种不安全状态

城市的这种更大范围安全保障的结果是:在那里,产业兴盛、资本积累的时间都比农村早。

时，往往满足于获得生活必需品，因为积累更多的财富只会招致压迫者更加恶劣的不义之举。相反，当人类可以安全地享用他们的劳动成果时，他们自然会竭尽全力改善他们的境况，不仅生产生活必需品，而且生产便利品和奢侈品。因此，以非生活必需品为生产对象的产业在城市开展的时间通常远早于乡村。如果受压迫、受奴役的卑贱的贫苦耕作者积累了一些资本，他自然想要小心翼翼地逃过主人的眼睛藏匿这些财富，一有机会就会带着这些资本逃到城市去，否则这些财富就会被主人没收。那时，法律对城市居民相当宽容，极力削减乡村贵族的势力。因此，只要农民能够在城市里成功藏匿一年，他将获得永久的自由权。所以，乡村的勤劳农民一旦手里积累些许资本自然会到城市寻求庇护，城市是人们能够安全保有其财产的唯一避难所。

沿海沿河的城市并不依赖邻近的农村。

城市居民的生活资料、所有的生产资料和生产工具，归根结底最终都是来源于农村。但是，那些邻近海岸线或者运河沿岸的城市，这些资料的来源并不仅限于邻近的乡村。他们的可选余地大得多，它们可以从地球上最遥远的角落获得这些产品，有时用它们自己生产的制成品交换这些产品，有时自己在相距遥远的国家之间经营运输业或对外贸易。用这种方法，一个城市可能逐渐发展成繁荣昌盛的大都市，而其邻近的乡村，甚至所有与之进行交换的乡村，还处于贫穷困苦的状态。这些乡村，单个拎出来也许只能为城市提供极少的生活资料和就业岗位，但是，如果合在一起，就可以为城市提供大量的生活资料和充足的就业岗位。即便是在那个年代，在极小的商业圈内，仍然有一些国家实现了经济富裕和产业繁荣。例如，灭亡前的希腊帝国，在阿巴西德王朝统治下的萨拉逊人的帝国，未被土耳其征服时的埃及，巴巴里海岸的一些地区，以及摩尔人统治下的西班牙各省。

意大利的城市位于中心位置，得益于十字军东征，最早达致富裕。

意大利的城市是欧洲最早经商致富的城市。意大利是当时全世界文化和经济的中心。十字军在东征过程中毁坏了大量的资本，造成居民的死伤，这必然延缓了欧洲大部分地区的发展进程。即便如此，十字军东征依然非常有助于这些意大利城市的发展。各路大军为了征服圣地浩浩荡荡地向圣地进发，极大地刺激了威尼斯、热那亚、比萨的水路运输业。他们有时将军队输送到那里，更多的时候是运送补给品，简直可以说是大军的辎重部队。那些对欧洲各国造成严重破坏的十字军，可以说是这些共和国发迹的源泉。

贸易城市从富裕国家进口手工业品和奢侈品，交换初级产品。

这些商业城市的居民，从富裕国家进口加工产品和昂贵的奢侈品，以满足大地主们的虚荣心，这些大地主非常愿意用大量的土地上的初级产品与之交换。据此，欧洲大部分地区的商业，主要是用大地主的初级产品交换进步国家的手工业制造品。这样，英格兰的羊毛就经常和法国的葡萄酒、佛兰德斯的精纺呢绒相交换，和今天波兰的谷物经常用于交换法国的葡萄酒、白兰地，以及法国、意大利的丝绸和天鹅绒一样。

对这些手工业品的需求逐渐变大，这些城市逐渐建立了自己的制造业。

对这些加工精细、制作精良的制造品的嗜好，经由商业引入了那些还没有开展这些产业的国家。但是，当对这些产品的嗜好广泛普及，以至足以产生大量需求的时候，商人们为了节省运输费用，自然会尽力试图在国内建立类似的产业。这就是罗马帝国衰落之后，欧洲西部各省建立起以出口为目标的产业的由来。

各国都曾有某种制造业。

必须指出的是，任何一个存在过的大国都有手工制造业。当我们说一个国家没有制造业的时候，我们的意思是说这个国家没有制造精良、技术先进的制造业，或者说没有适合出口的制造业。在每一个大国，大部分居民所穿的服装和所使用的家具都是在本国生产的。甚至在那些所谓的没有制造业的国家，这样的情形比在那些制造品丰富的国家更加常见。和贫穷国家相比，反而经常会发现，富裕国家的贫穷阶层穿着的衣物和使用的家具，大部分都是从国外进口的。

那些出口的制造业似乎总是以两种不同的方式引入各国。

有时，为了出口的制造业是通过模仿外国制造业而建立的。

有时，这些制造业如上文所述是由一些商人和承办人义无反顾地投入资本建造起来的，如果可以这么说的话，他们的目的是模仿外国的制造业。因此，这些制造业是对外贸易的结果，十三世纪在意大利卢卡省繁盛起来的古老的丝绸、天鹅绒和锦缎织造就属于这种情况。后来，这些产业被马基雅维里的英雄之一卡斯特鲁乔·卡斯特拉卡尼所排挤。1310年，九百个家庭被逐出卢卡，其中三十一个家庭退往威尼斯，他们提议在那里引入丝绸业。他们的建议得到了批准，不仅如此，还获得了多项特权，从此，他们带领三百个工人在那里开展这项产业。古代佛兰德斯兴起的精纺织业，在伊丽莎白王朝初期被引入英格兰，似乎也是这种情形。而今天里昂和斯皮塔菲尔德的丝织业也是如此。这样引入的制造业由于仿效外国产业，通常使用外国的原材料。最初威尼斯发展制造业的时候，原材料都是从西西里和黎凡特运来的。更加古老的卢卡制造业，也同样使用外国原材料。在十六世纪之前，种植桑树和养蚕在意大利北部似乎还没有普及。这些技艺直到查理九世统治时期才被引入法国。佛兰德斯的制造业主要使用西班牙和英国的羊毛。西班牙的羊毛开始并不是英格兰毛纺织业的原料，但却是英格兰最初用于出口的毛纺织业的原材料。里昂今天一半以上的制造业使用的是外国蚕丝，而在当初刚建成的时候使用的全部都是外国蚕丝。斯皮塔菲尔德制造业使用的原材料似乎从来不是来自英格兰本地。由于这些制造业通常都是某些人蓄意引入的，因此制造业的选址有时定于沿海城市，有时定在内陆城市，到底定在哪里，取决于他们自身的利益、主观判断，有时是主观臆断。

有时，制造业从本国原始的手工业中发展而来。

在另一些时候，适于出口的制造业在国内自然发展起来，就像按照产业发展的自然秩序。即便是在最贫穷和原始的国家，总是会有一些生产生活用品和低级产品的制造业。这些制造业在国内不断得到改良，日益精进，自然而然地发展起来。这样的产业通常使用本国生产的原材料，而且似乎最初都是从距离海岸线相当遥远、甚至有时是在完全没有水路运输的内陆国家发展起来的。一个土地肥沃易于耕作的国家生产的产品，将会大大超过维持耕作者所需要的数量，因为陆路运输费用高昂，而水路又不便利，将这些剩余产品运往国外销售非常困难。因此，丰富的物产导致那里的食物价格非常低廉，诱使大批的手工业者在周围定居。他们发现，他们自己的产品在这里能够比在其他地方换取更多的生活必需品和便利品。他们将土地产品作为原材料进行加工，然后用制成品，换句话说，制成品的价格交换更多的原材料和生活资料。由于节省了将剩余产品运往河边或送往市场的运输费用，他们在剩余初级产品上添加了新价值。他们还为耕作者提供了即实用又满意的物品，而交换这些物品的条件前所未有地简单。耕作者的剩余产品现在也能够卖得一个更好的价钱，可以用更低的价格交换他们需要的便利品。因此，他们现在既有愿望又有能力，通过进一步的土地改良和耕作来增加剩余产品的数量。如同肥沃的土地滋生了制造业，制造业的发展反过来进一步增加了土地的产品。这些制造业者最初为邻近地区提供产品，后来当他们技术日益进步、工艺更加精良之后，开始为距离遥远的市场提供产品。尽管土地初级产品乃至于低级的手工业，无法负担高昂的陆路运输费用，但是工艺精良、技术进步的制造业却可以轻易做到。体积很小的工业品价格等于数量庞大的土地初级产品价格。例如，一匹精纺织布只有八英磅重，但是它的价格却等于重八十英磅的羊毛，甚至有时候值几千英磅重的谷物，这么多的粮食足以养活生产布匹的所有工序的工人及其雇主。通过这种方式，以其原状运往国外困难重重的谷物，现在以其最终的工业制造品的形态毫不费力地运往世界最遥远的角落。利兹、哈利法克斯、谢菲尔德、伯明翰和伍尔夫汉普顿就是这样自然而然发展起来的。这样的制造业是农业发展的结果。在欧洲近代史上，用这种方式推广和改进的制造业，在时间上迟于那些因为对外贸易得到发展的制造业。在上述地区的产品适于出口的一个世纪之前，英格兰就以将西班牙的羊毛加工成精纺毛呢而闻名于世了。如果没有农业的推广和发展，没有对外贸易的巨大影响，没有对外贸易引致的手工业的发展，上述地区的制造业的兴起不可能发生，我将在下文中对此作出解释。

第四章 城市商业发展对农业改良的贡献

本章导读：本章介绍了城市工商业的发展反过来如何刺激了农业的发展。除了工商业为乡村提供市场、资金及良好的管理秩序之外，斯密在这里浓墨重彩地描述了城市工商业如何为大领主提供了大量的制造产品，大领主如何为了独享这些产品而放弃了用土地初级产品控制佃农和门客的权力，进而农民如何和城市居民一样获得了财产安全和人身自由权，社会关系如何从封建的人身依附关系进入到商业社会的雇佣关系。当农民获得长期租赁权的时候，激发了农民改良土地的积极性，从而解放了农村的生产力。

城市的发展有利于乡村，因为：

工商业城市的发展和富裕通过以下三种途径促进了所属乡村的改良与进步。

(1) 他们为乡村提供了便利的产品市场；

第一，工商业城市的发展和富裕，为农村提供了巨大而便利的市场，刺激了农村土地的开发和进一步改良。这个好处不仅仅局限于城市所在的农村地区，而且多少扩展到所有和城市有贸易往来的地区。城市为这些地区的部分初级产品及加工产品提供了市场，从而激励这些产业的劳动者更加勤勉，生产技术更加进步。当然，与之邻近的当地农村近水楼台，必然获利最多。因为邻近地区的初级产品所需运输费用较少，商人可以向农民支付较高的价格，与此同时，向当地消费者索取的价格却并不高于距离遥远的消费者。

(2) 商人在农村购买并且改良土地；

第二，城市居民获得的财富通常用于购买土地，其中大部分是尚未开垦的。商人总是渴望成为一名乡绅，当他们实现这个愿望时，他们就是最好的土地改良者。商人习惯于将钱财投入到有利可图的项目中，而一个纯粹的乡绅却习惯于将钱财花费出去。前者通常期望以钱生钱，获得利润；而后者只会花钱，从不指望能从花钱中获利。这些不同的习性使得他们在各项业务上的态度大不相同。商人往往是勇士，而乡绅却是胆小鬼。前者只要预期到能够按投入比例获得一定利润，他们就会毫不犹豫地投入大量资金进行土地改良。而后者手里如果积蓄了一些资金(实际上他们不是常有积蓄)，很少会冒险进行土地改良的投资。即便他真的这么做了，所用货币一定不是来源于资本，而是来源于其年收入的节余。如果有幸居住于未开发乡村的商业城市，你就可以经常看见商人在这方面的行动比纯粹的乡绅要积极得多。此外，经商活动自然造就了商人的规则意识、节约观念和小心谨慎等品质，这些品质使得他更加适合执行土地改良的每一项任务，而且最终能够成功获利。

(3) 向农村引入秩序和良好的管理。

第三，商业和制造业的发展，逐渐为乡村居民引入了良好的秩序和管理。与此同时，个人也获得了自由和安全，而此前，乡村居民长期生活在与邻人敌对的状态里，臣服依附于其领主。工商业对乡村的这个影响虽然得到的关注最少，但却是最深远的。据我所知，休谟先生是迄今唯一一位注意到该效果的作家。

在对外贸易和精细制造业引入之前，大地主周围簇拥着成群的门客。

在一个既没有对外贸易、又没有精细制造业的农村，大土地所有者的土地产品大大超过维持耕作者所需要的数量，这些剩余的大部分无法交换到任何其他产品，只得在家里全部用于供养本地人。这些剩余除了能够维持一百个或者一千个人的生活之外，没有别的用途。因此，他的周围总是簇拥着大量的仆役和门客，他们没有等值的产品和大地主交换生活资料，完全依靠大地主的慷慨生存，当然也必须服从于他，就像士兵服从支付军饷的君主一样。当欧洲的商业和制造业扩展之前，有钱和有权的人，上至君主，下至级别最低的贵族，其好客程度超出我们今天的想象。威斯敏斯特大厅是威廉·鲁弗斯的餐厅，彼时时常人满为患。款客的盛大程度从托马斯·贝克特那里也可见一斑。据说，在宴请期内，他在大厅的地板上铺满干净的干草，以让那些没有座位的骑士和卫士们坐在地板上进餐时不至于弄脏他们精美的华服。据说，沃里克伯爵每天都在不同的庄园里宴请三万宾客，即便言过其实，也肯定不是毫无根据，实际数量一定相当可观。类似的好客行径不久前在苏格兰高地也极盛行。在那些不精通工商业的民族，这是普遍现象。波科克博士说他曾见过一个阿拉伯酋长在其卖牲口的城市街道上设宴，邀请所有的路人甚至乞丐同席而坐，分享盛宴。

自由农民和仆役一样依赖地主。

佃农在各个方面都和仆役一样依赖于大地主。即便是摆脱了贱农身份，成为自由农民，他们向地主缴纳的地租在各方面都无法抵补土地为其提供的生活资料的价值。数年前，苏格兰高地一块能够维持一个家庭生活的土地，所纳地租通常只有五先令、两个半先令、一只羊或者一个小羊羔。如今在一些地方依然如此，而且在那里货币所能购买的商品并不比其他地方多。如果一个乡村的所有土地产品必须在当地消费，对土地所有者而言，以充当地主的门客或者仆役为条件，使部分产品在距离他住处不远的地方被这些人消费，对地主更加有利。这样，他就避免了随从太多、家庭太大的麻烦。自由农民拥有的土地足以维持其家庭的生存，而缴纳的地租并不多于免役租。他们对地主的依赖和仆役、门客一样，必须毫无保留地服从地主。像这样的地主养活农民和养活仆役没什么两样，只不过前者在他们自己的房子里生活，而后者在地主的房屋里生活而已。二者的生活资料都来源于地主的施舍，能持续多久则取决于地主的善心。

古代贵族的权力也建立在人身依附的基础上。

在这种状态下，大土地所有者必然掌握着驾驭佃农和仆役的权威，古代贵族的权力也建立在这个权威的基础之上。他们必定是定居于其领地内的居民们和平时期的裁判官，战争时期的统帅。在其辖区内，他们可以维持社会秩序，执行法律，因为他们可以集所有居民的力量来对抗任何人的不法行为。这样的权威无人能及，甚至国王都不行。古时候，国王只是其领土上最大的领主而已，其他领主为了防御共同的敌人才给予他一定的尊重。如果国王要依靠自己的力量在一个居民全副武装、并肩对敌的大领主的地盘上强制收取一笔小额债务，他所需要付出的努力几乎足以平息一场内战。因此，在其领土的大部分地区他不得不放弃司法权，将其转移给那些有能力执行的人。同理，他也不得不将军权转移给那些军队服从其号令的人。

地方性司法早于并且独立于封建法律。

认为这些地方性司法起源于封建法律实属谬误。在欧洲还不知道封建法律为何物之前的几百年，大土地所有者就不仅自由地握有最高的民事和刑事裁判权，而且把持着征兵权、铸币权，甚至制定地方法规的权力。在被征服前，英格兰撒克逊的贵族拥有的统治权和执法权，并不亚于被征服后诺曼贵族的统治权和执法权。但是，直到被征服之后，封建法律才成为英格兰的习惯法。在封建法律被引入法国之前，该国的大领主就拥有广泛的统治权和执法权，这是不争的事实。这些统治权和执法权是随着上述财产制度和风俗习惯自然形成的。不需要追溯到远古时代的法国或英国，我们就可以在晚得多的时期找到许多该因果关系存在的证据。不到三十年前，在苏格兰洛哈伯地区有个名叫卡梅伦的绅士，在当时称不上贵族领主，甚至也不是佃农首领，只不过是阿盖尔公爵的大管家。他没有任何法律授权，甚至不是太平绅士，却对其人民拥有最高的刑事裁判权。据说，虽然没有正式的司法程序，但他执法却极公正。也许在当时当地的形势下，他有必要承担此项维持治安的职权，而并无不妥之处。这个一年地租收入从未超过五百英镑的绅士，在1745年甚至率领八百人参加了一场起义。

地方权力为封建法律所弱化。

封建法律引入的最初目的倒不在于推广，而在于尝试弱化大自由领主的权力。封建法律建立了一套日常的自上而下的等级制度，上自国王，下至小领主，皆有职责和义务。在领主未成年之前，其土地的地租包括管理权都掌控在直接监护人的手里。相应地，各大领主未成年之前，他们的地租和土地管理权都掌控在国王的手中，国王对被监护人负有养育之责。根据权力规定，国王作为他们的监护人有权处理他们的婚姻大事，条件是双方门当户对。尽管这套制度本意在于强化王权，弱化大领主的权力，然而事实上，它却不足以为乡村的居民建立良好的社会秩序和妥善的政府管理。原因在于，这项制度并不能彻底改变财产制度和风俗习惯，而这些才是社会秩序混乱的根源。中央政府的权力依然微弱，而地方政府的权力则很强大，实际上，后者正是前者的原因。封建等级制度建立之后，国王和从前一样对于大领主的暴虐行径无能为力。大领主之间依然相互任意发动战争，时常将矛头指向国王；而广大的农村地区依然呈现一片硝烟四起、巧取豪夺的景象。

为对外贸易所根除。

但是，封建制度的强制力所不能及的事，却在对外贸易和制造业不知不觉的发展中逐渐实现了。对外贸易和制造业的发展，提供了能够和大地主的全部土地剩余产品进行交换的产品。这些产品可以仅供地主自己消费，而无需和佃农仆役分享。毫不利人，专门利己，这似乎是有史以来人类首领可耻的座右铭。因此，只要他们发现独享地租的途径，就绝不会再和他人分享。为了一对钻石纽扣，或者其他同样毫无用处的小玩意儿，他们愿意用一千个人一年的生活资料或其价值与之交换，同时放弃的是这些物品原本能够给予他的全部权威。不过，这对钻石纽扣归他一人独享，他人无法分享，而按照从前的方法，他不得不与至少一千个人分享。如果根据上文所述的行事原则，区别是非常明显的。就这样，为了满足最幼稚的需要，为了满足最无知可鄙的虚荣心，大领主们逐渐舍弃了他们所有的权威。

在既没有对外贸易，也没有精细制造业的乡村，一个拥有年收入一万英镑的人，除了供养一千个家庭任其驱使之如今，一个富翁可以供养的人口数量和古代的贵族一样多，但是只贡献每个人生活资料的一小部分。

外，没有其他更好的花钱方法。今天的欧洲，一个年收入一万英镑的人完全可以将其收入全部消费掉，一般而言不必直接供养二十个人，也不会驱使超过十个没有使用价值的仆役。但是，通过间接的方式，他所供养的人口数量也许比用旧方法所供养的更多。他用全部收入交换的珍贵物品也许在数量上极小，但是采集制造这个珍贵物品所使用的劳动者数量却必定非常多。昂贵的商品价格一般来源于所投入的大量劳动者的工资及其直接雇主的利润。当他为商品支付价格的时候，他就间接支付了所有的工资和利润，也就间接供养了所有的工人及其雇主。尽管如此，他只贡献了每个人生活资料的一小部分，对极少数人而言可能是十分之一，对一些人而言可能是百分之一，对有些人而言可能是千分之一，甚至万分之一。所以，尽管他为所有人贡献了生活资料，但是，他们却和他没有多少关系，因为没有他的贡献，他们一样可以维持生存。

当大领主将其地租用于供养他们的佃农和仆役时，他们供养的是各自的佃农和各自的仆役。但是现在，当他们将其地租用于供养商贩和手工业者的时候，作为一个整体，他们供养的人口数量也许和从前一样多，如果考虑原先乡村式消费的铺张浪费，现在供养的人口可能比从前更多。然而，他们中的每一个作为个体时，通常只为这大量人口中的每一个人贡献其生活资料中的一小部分。每一个商贩和手工业者，不是从他们中的一个人、而是从千百个顾客手里讨生活。虽然在某种意义上说，每一个商贩和手工业者都仰仗土地所有者这个群体生活，但是，他不完全依附于其中的任何一个。

为了满足他们的新开支，大领主打发了他们的门客和不必要的佃农，给予剩下的佃农长期租约，

这样，大领主的个人消费日益增加，他们所供养的门客必然会日渐减少，直到最后全部被打发走。同样的原因，他们慢慢地将不必要的佃农也打发走了。农田规模变大了，尽管人口在减少，土地的实际耕作人口降低到用当时不甚完善的技术耕作土地所需要的最少程度。通过减少不必要的

吃饭人口，又极力压榨农夫的全部农产品价值，更多的剩余，即更多的剩余价值为大领主所有。这个剩余部分很快经由商人和制造业者提供的方法完全由他自己消费掉，就像他以前消费其剩余部分一样。同样的原因持续发生作用，大地主渴望从土地上获得土地处于实际改良状态所能承担的更多的地租。他的佃农们只在一个条件下能够答应这个要求，即他们能够在一定期限内安全拥有这土地的所有权，在这个期限内，他们有足够的时间获得所投入改良资金应当获得的利润。地主不断膨胀的虚荣心，使得他愿意接受这样的条件，这就是长期租约的起源。

长期租约使得佃农完全独立了。

即便是向地主缴纳全部土地产品价值的自由佃农，也并不完全依赖于地主。他们在经济上是互利平等的关系，这样的佃农不会为领主贡献他们的时间或者金钱。但是，如果他拥有一个长期租约，他就完全独立了。除了租约中明文规定的义务或者习惯法强加给他的义务之外，地主不要想从他那里获得哪怕是最简单的服务。

大领主日渐平庸。

如此一来，佃农完全独立自主了，门客则被解散了，大领主再也不能干扰日常法律的执行了，也不能打破乡村的和平了。他们出卖了与生俱来的权力，而理由却不像以扫那样是在饥寒交迫的紧急关头为了眼前的利益，而是在丰裕富足的时候，为了那些完全是满足孩童贪玩心理而不值得成年人追求的无关紧要的小玩意儿，他们变成了和城市中殷实的市民和商人一样的普通人。这样，在农村建立了和城市一样的日常管理制度，没有人有足够的权力扰乱城市的正常管理，也没有人能够扰乱农村的正常管理了。

在商业社会，古老家族非常罕见。

也许和主题无关，但我还是要提一下，那些拥有大地产并且世代相传多年的古老家族，在今天的商业社会已经很少见了。与此不同，在那些商业不发达的国家，例如威尔士或者苏格兰高地，这些却非常普遍。阿拉伯人的历史似乎就是一部家族史，其中有一本是由鞑靼的可汗写就的，现在已经被翻译成多种欧洲文字，那里除了家族史，什么也没有。

这就可以证明，在那些民族，古老的家族是非常常见的。在那些有钱人的收入除了用于供养尽可能多的人口之外别无他用的国家，富人很少会破产，而他的仁慈之心也很少能够强烈到激励他采取行动供养更多人的程度。但是，在那些富人可以将巨额财富全部花在自己身上的国家，富人的开销通常没有节制，因为个人的虚荣心是永无止境的。因此，在商业社会里，即便有最严苛的法律防止财产的消散，财富也很少能够长期保有在同一个家族手里。与之相反，在原始社会里，没有这样严苛的法律，财富却能长期保有在同一个家族里。像那些游牧民族，例如鞑靼和阿拉伯民族，他们财产的消费性质使得设定这样的法规毫无可能。

一场革命不知不觉地发生了。

这样，两个本无意于服务大众的阶级推动了对公众福利意义最大的革命。满足幼稚的虚荣心，是大领主的唯一动机。至于商人和手工业者，虽然不那么可笑，也仅仅是从他们自身利益出发，遵循商贩的原则，唯利是图罢了。大领主的愚蠢和工商业者的勤劳，逐渐引发了这场重要的革命，但是，他们中的任何一个对此既不了解，也没有预见。

城市工商业是农村开发和改良的原因。

遍及欧洲城市的工商业的发展，不是农村改良和开发的结果，而是农村改良和开发的原因。

按照这个顺序，发展得既慢又不确定，北美殖民地按照自然秩序，发展的速度非常快。

和社会发展的自然顺序相反，这样的发展秩序必然是缓慢且不确定的。与财富积累依赖农业的北美殖民地的快速发展相比，财富积累非常依赖工商业的欧洲国家的发展进程相当缓慢。欧洲大部分地区的居民数量，在近五百年的时间里增长不到一倍，而在北美的几个殖民地，人口在二十到二十五年里就翻了一番。在欧洲，长子继承制和各种永久年金制阻碍了大地产的分割，从而限制了小地主数量的增长。然而，那些小地主对每一寸土地都了如指掌，地产规模越小，越发爱护有加。小地主不仅喜欢耕作土地，而且喜欢改良土地，他们是所有改良者中最勤奋、最聪明、最成功的群体。除此之外，长子继承制和永久年金制将大量土地排除在土地交易市场之外，以至于市场上闲置大量资本而无地可售，导致土地总是以垄断高价出售。地租总是无法抵消购买土地的资本的利息，更不用说还有修缮费用和其他意外支出了。在欧洲各地，用小额资本购买地产是最无利可图的投资。固然，还有一些中产阶级在结束他们的工商业经营之后，为了安全起见，会选择将他的少量资本用于购置田地。从其他来源获得收入的专业人士，也可能会喜欢用同样的方法保障资本的安全。但是，如果一个有两三千英镑的年轻人，不是将他的资本投入贸易或其他职业，而是用来购买和耕作一小块土地，那么虽然他可以期待过上非常幸福和独立的生活，但是想要发大财、出大名，像将资本用于其他用途的人那样，却不可能。这样的人虽无成为大地主的希望，但是也不屑于做一个农民。因此，市场上的土地供应不足，而价格又高，阻碍了大量资本运用于土地的开发和改良。与此不同的是，在北美洲的殖民地，只要五六十英镑就可以开展种植业。在北美洲的殖民地购买和改良未开发的土地，小资本和大资本有同等的盈利机会。在那里，这也是通往名利的捷径。诚然，这样的土地在北美几乎不费分文就可以得到，或者价格远远低于土地自然产品的价格，这在欧洲各国或者土地早已建立私人财产权利的国家，是绝不可能发生的。然而，如果一个子女众多的大土地所有者在其去世时将地产均分给所有的孩子，那么地产就会被逐渐出售。当如此大量的土地供应市场时，它再也不能以垄断高价出售了。土地的自由地租将能够抵消购买土地的资本的利息，而小资本用于购买土地也能和其他投资途径一样有利可图。

英格兰按照这个顺序，尽管存在有利于农业发展的条件，但发展得依然非常缓慢。

英格兰土壤天然肥沃，相比国土面积，海岸线特别长，许多适合通航的水路交错其间，为内陆运输提供了极大的便利。因此，和其他欧洲大国相比，自然条件同样适合对外贸易、出口制造业的发展，以及由其引发的各项技术进步。自伊丽莎白时代以来，英格兰的立法也非常关注工商业的利益，事实上，欧洲各国，即便荷兰也不例外，总体而言，法律对这些产业的关注度没有英格兰高。因此，在这个时期英格兰的商业和制造业持续发展。毫无疑问，农村的土地开发和改良也不断推进。但是，相对于工商业的快速发展，农业发展速度明显滞后。国家的大部分土地，也许在伊丽莎白时代之前就已经开始耕作了，但是至今为止，还有很多土地尚未开垦，而且大量已开垦土地的耕作情况也不尽如人意。实际上，英格兰不仅有间接有利于农业的保护商业的法律，而且还有一些直接鼓励农业发展的法律。除了饥荒之年，谷物的出口不仅是自由的，而且还得到奖金鼓励。在正常收成的年份，对进口谷物征收的进口税几乎完全阻止了谷物的进口。除了允许从爱尔兰进口（这也是不久之前才开始的），在任何时期都禁止进口活牲畜。所以，耕作土地的人，在两种数量最多、最重要的土地产品——谷物和畜肉——的生产上拥有他人所没有的垄断特权。我在后面将尽力说明，这些鼓励措施虽然在根本上都是流于幻想，根本无法刺激农业的发展，但是，从中至少可以推断出当时立法者偏袒农业的意图。除此之外，最重要的是，法律尽可能保障英格兰农民的安全、独立和尊严。所以，没有哪个实行长子继承制、征收什一税、许可永久年金制度（尽管有时和法律精神相悖）的国家，能够像英格兰这样鼓励农业的发展。但是，英格兰的农业发展状况也就如此而已。如果法律没有给予农业这么多的直接支持，如果商业发展没有给予农业这么多的间接帮助，如果农民的处境和欧洲其他国家一样，情况还不知道会怎么样呢！从伊丽莎白时代以来已经过去二百多年了，人类的繁荣期一般也就只能持续这么久吧。

法国发展得更慢。

在英格兰成为商业国家之前大约一百年，法国已经在世界贸易中占有相当的份额了。根据当时的记载，在查理八世远征那不勒斯之前，法国的航海技术就已经相当发达了。但是就整体而言，法国的土地开垦和改良状况不如英格兰，该国的法律从没给予农业同样直接的鼓励。

西班牙和葡萄牙也是如此。

西班牙、葡萄牙与欧洲其他地区进行的对外贸易，虽然主要借由他国船只运输，但是其数量相当可观。而它们与自己的殖民地进行的对外贸易，则使用本国的船只运输，考虑到其殖民地地大物博，进出口的数量更大。但是，两个国家都没有引入像样的适于出口的制造业，两国大部分地区依然处于未开垦的状态。葡萄牙的对外贸易，除了意大利之外，是欧洲各大国中最古老的了。

意大利似乎是欧洲各大国中唯一一个经由对外贸易和出口制造业的发展而使得全国的土地都得到开发和改良的国家。据圭恰迪尼记载，在查理八世入侵之前，意大利不仅最平坦、最肥沃的土地，而且最多山、最荒芜的土地都得到了耕作。意大利的地理优势及当时存在的大量独立城邦，可能对土地的广泛开垦贡献颇多。尽管这位审慎缄默的近代历史学家作了这样的描述，但是，当时意大利的耕作程度还不如今天的英格兰也是可能的。

意大利是唯一一个经由对外贸易和出口工业制造品得到土地彻底开发的国家。

尽管如此，一国经由工商业获得的资本，除非将其中的某些部分用于土地的开发和耕作，从而得到保障和实现，否则总是处于不稳定和不确定的状态。对于一个国家而言，商人并不是必要的社会成员，这句话非常正确。对他而言，究竟在哪里经商在很大程度上没什么区别，稍有动荡，他们就会将资本从一国迁移到另一国，随之移动的还有这些资本支持的所有产业。没有什么资本可以说是只属于哪个国家，除非它落实到该国的土地上，或者化为建筑，或者化为土地的永久改良物。据说，汉萨同盟的大部分城市当时都拥有巨额的财富，但是，这些财富如今却消失得无影无踪，仅残存在十三、十四世纪模糊的历史印象里。甚至一些城市究竟坐落在哪里，一些拥有拉丁名字的城市究竟属于欧洲的哪些城市，现在都无法确定了。虽然在十五世纪末和十六世纪初意大利遭遇了严重的灾难，导致伦巴底和托斯卡纳的工商业悉数衰败，但是，这些国家至今仍是欧洲人口最多、土地耕作最精细的国家。佛兰德斯的内战和此后西班牙的统治，虽然削弱了安特卫普、根特和布鲁日的繁华商业，但是，佛兰德斯仍然是当今欧洲最富有、土地耕作最精细、人口最多

在工商业中获得的国际资本，除非投入到土地改良上，否则都是不确定的财富。

的省份。从根基牢固的农业改良中发展起来的城市更加持久，它们不容易被摧毁，除非发生那种对抗蛮族敌人长达一两个世纪的蹂躏和欺凌的严重暴乱。在罗马帝国崩溃前后，西欧各省就发生了长时间的暴乱。

第四篇

论政治经济学体系

本篇导读：第三篇介绍了各国实际的发展经验，那么理论界对现实又有怎样的理解，提出了怎样的发展经济的学说呢？这一篇，斯密主要就当时两大政治经济学流派——重商主义和重农主义——加以评述。重商主义和重农主义望文生义分别是重视商业和农业的两个学术派别。尽管二者之间有所区别，但是，就政府和市场之间的关系而言，都要求政府干预市场，重视某一个产业的发展。重商主义要求实行限制进口、鼓励出口的政策；重农主义则要求政府扶持农业。斯密反对二者中的任何一个，他明确指出："一旦所有倚重或者限制的制度完全取消，那么天赋自由的最浅显明白的制度就会自动建立起来。"他要求政府放弃干预市场、引导产业发展的义务。在反思这两种干预主义思想的基础上，斯密在这一篇中正面提出了政府不干预的自由放任主张。这个主张当然是建立在第一篇和第二篇关于财富性质和来源的理论研究的基础之上的。

引言

政治经济学被看作政治家或立法家的科学，它有两个目标：首先，为人民提供充足的收入或生活资料，或者更确切地说，使人民有能力为自己提供充足的收入或生活资料；第二，为国家或社会提供充足的收入以履行公共服务的职能。概括起来说，就是富国裕民。

政治经济学的首要目的是为人民提供生活资料。

不同年代和民族实现富裕的进程不同，这产生了两种不同的富国裕民的政治经济学体系。其一可称为重商主义，其二可称为重农主义。我将尽力全面细致地解释这两种体系。首先解释重商主义。重商主义是当今流行的政治经济学体系，在我国当前非常容易理解。

我们将解释两种以此为目的的政治经济学体系。

第一章 论重商主义的基本原理

本章导读：斯密在本章首先提出了货币是财富、而贸易是财富源泉的当时流行的重商主义观点。接着，就远地作战是否需要国内积累金银，以及对外贸易的最大功能是否是积累金银展开了讨论。围绕他在第一篇中建立的一国每年的劳动和产品才是财富源泉的观点，他正面指出：远地作战不是用金银而是用一国的劳动及其产品维持的；对外贸易的最大功能不是积累金银，而是互通有无，刺激分工的深化和生产效率的提高；美洲大陆的发现给欧洲带来的好处不是提供更多的货币，而是提供更加广阔的市场。最后，简要提及重商主义者以积累金银为目标的六大限制进口、鼓励出口的原则，并留待后六章逐一论述。

财富和货币通常被认为是同义语。

财富由货币或金银构成，这个观点十分流行。这自然是因为货币具有双重职能，它既是交易媒介，又是价值尺度。因为它是交易媒介，手里持有货币就可以随时随地换取我们想要的任何东西，比拥有其他任何一种商品都方便。我们时常发现，挣钱是大事。有钱以后，购买商品就不难了。因为货币又是价值尺度，我们估算各种商品的价值，都是通过商品能够交换到的货币数量来衡量的。我们称那些有很多货币的人是富人，称那些只有少量货币的人是穷人。我们称节俭或热衷于致富的人是喜欢钱财的人，称那些粗心大意、慷慨或者奢侈的人是轻视钱财的人。发财就是得到货币，简单通俗地说，财富和货币是一个硬币的两面。

富有的国家，就像有钱人一样，是一个拥有大量货币的国家。因此，各国将积累金银看成国家致富的捷径。发现美洲大陆后的一段时期，当西班牙人登陆任何一个不知名的海岸，他们的第一个问题通常是：附近有没有金银。根据得到的信息，他们再判断这个地方是否值得定居，或者这个国家是否值得征服。普拉诺•卡尔皮诺是一名僧侣，曾任法国国王的特使，被派去拜见成吉思汗的一位王子。他说鞑靼人时常问他：法兰西王国的牛羊多吗？鞑靼人的问题和西班牙人的有同样的目的，他们想要知道法国是否富裕得足以去征服。在鞑靼，就像在其他游牧民族一样，那里的人们通常不懂得使用货币，他们的交易媒介和价值尺度往往是牲畜。据此，他们认为财富是由牲畜构成的，就像西班牙人认为财富是由金银构成的一样。对比两种观点，也许鞑靼人的认识还更加接近真理。

同样的，鞑靼人认为财富由牲畜构成。

洛克先生曾指出货币和其他各种动产之间的区别。他说，其他动产太容易损耗了，以至于其中包含的价值不可靠，一个国家如果一年中拥有太多这样的动产，即便他不对外出口，仅仅是国内的浪费和奢侈，下一年这些动产就会严重缺乏。而货币则是可靠的朋友，即便它不停地在人们之间流转，只要不流向国外，就不易消耗减损。因此，金银是一个国家最牢靠持久的动产。据此，他认为，增加金银应当作为政治经济学的首要目标。

洛克指出，金银是一国财富中最耐久的部分。

另一些人却认为，如果一个国家可以孤立于世界之外，那么国内流通的货币是多是少就是无关紧要的。在这种情况下，这个国家的问题是，通过货币流通的消费品能交换多少货币，而这个国家实际上是贫是富，完全取决于其拥有的可消费商品的丰裕程度。但是，他们认为，如果一个国家与外界有联系，或者它不得不对外作战，需要在他国维持舰队和军队，情况就不一样了。他们说，除非向外输送货币支付战争费用，否则无法在远地保持兵力。当然，如果一个国家没有贮存大量货币，它是无法向外输送货币的。因此，所有此类国家必定在和平时期积累金银，以便情况紧急的时候

另一些人却认为，必须持有大量货币，以维持国外的舰队和军队。

有财力进行对外战争。

所有欧洲国家都在研究积累金银的方法。

根据这些流行的观点，尽管没有多大成效，但所有欧洲国家都在研究本国积累金银的所有可能途径。葡萄牙和西班牙占有了供给欧洲金银的主要矿山，它们要么用最严厉的惩罚禁止金银的出口，要么对输出金银苛以重税。古代欧洲许多国家的政策都部分包括相似的禁令。最出乎意料的是，我们甚至能在某些古代苏格兰议会法案里看到，用重刑惩罚以防止金银输出国外的法令。相似的政策也曾出现在古代法国和英格兰。

最初的方法是禁止输出金银，但是商人很快发现，这非常不方便，

当这些国家逐渐商业化，他们的商人发现，在许多场合，这些禁令极其不便。他们时常发现，用金银购买他们需要进口到本国或者转口到其他国家的外国商品，比用其他任何商品都方便。因此，他们以妨害贸易为由抗议这些禁令。

因此，他们争辩道，输出金银不一定会减少国家的货币储存量，

他们陈述的理由是：首先，输出金银购买外国商品不一定会减少王国的金属数量。相反，这种行为时常还可能增加金银，因为，如果本国并没有因此增加对外国商品的消费，那么这些商品一定重新出口到其他国家了，而且获得了更大的销售利润，这将为王国带回比最初输出的多得多的金属。托马斯·孟先生用农业的播种期和收获期类比这种转口贸易的过程。他说："如果我们只关注农夫在播种期的行为，我们看到他将那么多的优质谷种撒入田地，我们一定会把他看成一个疯子而非农夫。但是，当我们注意到他收获期的劳动，那是他所有努力的最终目的，我们会发现，他的行为不仅有意义而且有所得。"

只有通过关注贸易余额才能限制金银的输出。

他们还陈述道：第二，由于金银体积小、价值大，极易走私到国外，所以禁令不一定能够防止金银的输出。防止金银输出，只能通过适当关注他们所说的贸易余额来实现。当一个国家的出口总值大于进口总值，就实现了由外国承担的一个顺差，他们必须用金银来支付这个差额，从而增加了王国的货币数量。但是，当一国的进口总值大于出口总值，就

出现了对国外的一个逆差，这个逆差也必须用金银来支付，因此王国的货币数量会减少。从这个意义上讲，限制金银的输出并不能阻止金银的流出，只不过增加了输出金银的危险性，导致金银输出的成本增加了。因此，货币的汇兑对于逆差国更加不利，那些购买在外国承兑的汇票的商人不得不向出售汇票的银行支付各种费用，除了将货币运输到那里的正常风险、麻烦和成本的费用之外，还要包括因禁止货币输出条例而带来的额外风险费用。但是，汇兑越是对一国不利，贸易差额也会不利于该国，这个国家的货币和顺差国的货币相比越发贬值。例如，在英格兰和荷兰之间的汇差是百分之五，这意味着，在英格兰购买在荷兰承兑的一张价值一百盎司白银的汇票，要支付一百零五盎司白银。因此，英格兰一百零五盎司的白银只值荷兰一百盎司的白银，当然只能购买与之成比例的荷兰商品。而荷兰一百盎司的白银值英格兰一百零五盎司，也可以购买相应比例的英格兰商品。这意味着，由于汇兑差异，英格兰的商品以低廉的价格出售给了荷兰，而荷兰商品却以高昂的价格出售给英格兰。荷兰人到英格兰只需携带少量荷兰货币，而英格兰人去荷兰却要按照这个差额带多量的英格兰货币。因此，贸易差额必然对英格兰更加不利，英格兰需要更多的金银用来支付它对荷兰的逆差。

他们的论点有些是强词夺理的。

这些观点中，部分是有道理的，也有部分是强词夺理。他们强调两国通商时输出金银常常有利于输出国，是有道理的。认为如果私人发现输出金银是有利的，政府的禁令无法阻止金银输出，也是有道理的。但是，他们假定货币数量的维持和增加，比其他有用商品数量的维持和增加更需要政府的关注，那些有用商品的数量在自由贸易条件下没有政府的关注可以自动得到供给，这样的观点是强词夺理。他们声称，高的汇兑价格必然提高他们所谓不利的贸易差额，或必然引起更多的金银输出，也是没有道理的。当然，汇兑价格高对那些需要向国外支付的商人非常不利，他们要为本国银行向他国承诺兑换的汇票支付非常高的购买价格。尽管禁令导致的风险可能给银行家带来额外的费用，但是，那也不一定会导致更多的货币输出国外。这种费用一般是在走私货币时在国内支付的，它不会比所需价值多输出一分钱。高汇兑价格当然会促使商人尽力保持进出口总量的平衡，这样他们就可以尽可能少地以高汇兑支付货款。除此之外，高汇兑价格必然像征收进口关税一样提高进口商品的价格，从而减少了进口商品的消费。因而可能致使商人所谓不利的贸易余额减少而不是增加，进而减少了金银的输出数量。

但却说服了内阁和议会。

尽管如此，这些观点却使得倾听它们的人深信不疑。商人们向国会、上议院、贵族和乡绅们陈述这些观点，听取这些观点的人自知对此问题一窍不通，却假设陈述者深谙此道。对外贸易使国家致富，不仅获得商人的经验证明，而且贵族和乡绅都坚信这一点。但是，外贸如何使国家致富，实现国家富裕的机制是什么，他们却一个都不清楚。商人非常了解外贸如何为他们谋取利益，理解其中的奥妙本是他们的分内之事。但是外贸如何使国家致富，却超过了他们的考虑范围。他们从来不考虑这个问题，除非需要向国家申请改变某些相关的外贸法规时。此时，他们当然必须说些对外贸易的有利之处，而现时的法律又是如何妨碍了这些利益实现的。对于那些有事务决定权的人而言，听到对外贸易可以向国内输入金银，而那些有争议的法律却妨碍获得更多的金银，这显然是最令人满意的理由了。从而，这些论点产生了预期的效果。法国和英格兰禁止输出本国硬币，外国硬币和金银块则自由输出。在荷兰和其他一些地方，甚至本国的硬币也可以自由输出。政府的注意力从监管金银的输出转向监管贸易余额，因为贸易余额是引发金属数量增减的唯一原因。政府的注意力就这样从一种毫无用处的监管，转移到另一个更为复杂、更为困难、却同样不会有效果的监管。托马斯·孟的著作《英国得自对外贸易的财富》的主题，不仅

法国和英格兰允许输出外国硬币和金银块，荷兰允许输出本国货币。外贸可以获得财富，成为公认的最高原则。

成为英格兰、而且成为其他所有商业国家政治经济学的最高原则。国内贸易，一切贸易中最重要的部分，那个运用等量资本可以得到最大收入的贸易，那个可以为一国国民创造最大就业的贸易，却被看成仅是对外贸易的补充而已。理由是，国内贸易既不输入也不输出货币。因此，除非国内贸易的盛衰可以间接影响到对外贸易的状态，一国通过国内贸易既不会致富也不会变穷。

无需政府关注，金银也会输入一国。

一个没有金银矿的国家只得从外国获取金银，与此类似，一个没有葡萄园的国家，必须从外国进口葡萄酒。因此，政府部门好像没有必要对其中一项事件的关注比另一项多。一国如果有足够的财力购买葡萄酒，他们就能得到所需要的葡萄酒；一个国家如果有足够的财富购买金银，他们就永远不会缺少这些金属。以某种价格购得金银就像购买其他任一种商品一样，因为其他商品由其标价，同样这些金属的价格也可以通过其他各种商品来表示。我们完全相信无需政府关注，自由贸易总是能够满足我们对葡萄酒的需要，同样我们也坚信，自由贸易总是能够为我们提供我们所能负担的，或者我们需要用于流通及其他用途的金银。

当有市场需求的时候，进口金银比其他商品更容易。

人类力所能及购买或者生产的产品数量，自然由各国的实际需求量来调节，或者由愿意支付全部地租、工资和利润收入的那些人的需要来调节，支付这些收入是将商品生产出来并运向市场所必需的。但是，没有一种商品的数量能够比金银更敏锐、更容易地根据需求的变动而变化。因为这些金属体积小而价值大，从而没有一种商品能够比它们更加容易地从一个地方运输到另一个地方，从价格低的地方流向价格高的地方，从供给过剩的地方流向供给不足的地方。例如，在英格兰，如果出现对金币的额外实际需求，那么一艘邮轮就可以从里斯本或其他可得到金银的地方运回五十吨黄金，用这些黄金可以铸造五百多万几尼的金币。而在英格兰，如果出现等值谷物的超额需求，假设每吨谷物价值五几尼，进口价值五百万几尼的谷物，需要的船运总重达一百万吨，或者一千艘载重一千吨的商船。全英格兰的运力加起来恐怕都不够啊！

当金银的数量超过所需时，无法阻止金银的流出；同样，当金银供给不足时，也无法阻止金银输入。

当输入某国的金银数量超过该国的实际需求量时，无论政府如何监管，都不能阻止其流出。西班牙和葡萄牙所有严酷法律都没能成功将金银留在国内。从秘鲁和巴西不断涌入的金银，超过了这些国家的实际需求，导致其国内金属价格跌落，低于邻国。反之，如果一国金银数量少于实际需求量，其价格就会上涨并高于邻国，用不着政府操心，金银就会自动输入。即便政府想尽力阻止金银输入，也不会有任何成效。莱克格斯设置了重重法律障碍阻止金银输入斯巴达，但是，斯巴达旺盛的购买力使得金银冲破所有障碍最终流入那里。所有严苛的关税都无法阻止从荷兰东印度公司及古登堡东印度公司进口茶叶，因为它们的茶叶比英国东印度公司的价格低一些。尽管如此，一磅茶叶的最高价格是十六先令，通常用银币支付，而茶叶的体积却是等值银币的一百倍，超过等值金币的二千倍，因此走私的难度也等比例地增加。

运输的便利导致金银的价值比较统一。

将金银从丰富地区运向缺乏地区的便利，是导致金银的价格不似其他大部分商品那样持续波动的部分原因。其他商品出现局部过剩或不足时，由于其体积庞大，难以在各地之间运输调剂。这些金属的价格固然不是完全不动的，但是它们的价格往往是缓慢地、逐渐地、统一地变化。例如，我们也许可以近似地假设，由于持续不断地从西班牙和西印度输入金银，在上世纪和本世纪，金银的价格经历了持续而缓慢的下跌。要使金银价格发生剧烈的变动，同时即刻引发所有商品的货币价格显著地涨落，只可能出现在像发现美洲新大陆那样商业大变革的背景下。

如果金银不足，可以用纸币弥补。

尽管如此，一个有财力购买金银的国家，在任何时刻出现了金银的缺乏，补足它们的方法比补足其他商品的方法要多得多。如果原材料缺乏，工业就要陷于停顿；如果粮食缺乏，人民就要挨饿。但是，如果货币缺乏，人们可以以物易物，即使非常不便，人们还可以赊账买卖，赊销双方每月或每年清算一次，以缓解缺乏金银的不足。而一个调节良好的纸币体系的运用，不仅没有任何不便，而且在某些条件下甚至会有一些好处。因此，无论从哪个角度看，各国政府都没有必要过于关注保持或增加金银的数量。

货币不足的抱怨仅仅意味着借钱困难。

然而，人们最常听到的就是关于货币不足的抱怨。货币就像葡萄酒，对于那些没有购买能力或者没有信用能够借款的人而言总是不够的。一个人拥有上述手段之一，在其有需要时就既不会缺少货币，也不会缺少葡萄酒。不过，抱怨货币不足的人，不一定都挥金如土，奢侈浪费。有的时候，货币短缺会困扰整个商业集镇及周边地区。贸易过度是这一现象的常见原因。即便是向来严谨的人，如果经营的项目规模与其资本不成比例，就会像那些消费和收入不成比例的浪子一样，既没有财产去换取货币，也没有信用能够筹借货币。在他们的项目完成以前，他们就用完了所有的货币，接下来耗尽所有的信用。他们四处奔走筹款，但是人人告之无钱可借。即便货币短缺遭到如此普遍的抱怨，也不能证明该国流通中的货币低于正常水平，只是太多的人向往货币而没有能力付出代价罢了。当贸易利润偶尔超过普通利润水平时，过度贸易的错误不仅出现在大商人而且出现在小商人群体中。他们并没有向国外输出多于通常水平的货币，只是凭借信用在国内外购买了超量的商品，他们将这些商品运往遥远的市场，期望在付款期限之前得到汇款。然而，付款期限先到了，他们手里没有任何东西能够交换货币，也没有可靠的担保物能够借取货币。不是金银的缺乏，而是那些借款者发现借钱困难，贷款者发现回款困难，引发了货币不足的普遍抱怨。

货币构成国民资本中最少的部分。

如果力求严格证明，财富不是由货币或金银构成的，而是由货币所购买的物品构成的，并且货币仅在购买商品时才是有价值的，将是非常可笑的。货币毫无疑问总是一国资本中的一个组成部分，只不过，它已经被证明是一国资本中占比很小而且利润最薄的一个部分。

因为货币是交易媒介，所以用货币购买商品比出售商品容易。

商人发现，用货币购买商品总是比用商品购买商品容易，这不是因为财富本质上是由货币而不是由商品组成的，而是因为货币是大家认可并且已经成熟的交易媒介。人们愿意用任何商品交换货币，但是，不是所有商品都能换得货币的。除此之外，大部分商品比货币更容易产生损耗，商人持有商品必然承担更多的损耗。商人手里存有商品，与金库里存有和商品等值的货币相比，他更容易被无法应付的现金需要所困扰。比这些更重要的是，商人的利润直接来源于卖而不是买，综合所有原因，商人一般都渴望将商品换成货币，而不急于将货币换成商品。尽管在一个商人身上可能会出现大量商品积压在仓库中不能及时卖出而破产的情况，但在一个国家却不可能出现。商人的所有资本往往全部由易于损耗、用于出售的商品构成，但是，一国土地和劳动的年产出中用于从邻国交换金银的只是其中很小的一部分而已。绝大部分产品用于国内的流通和消费，即便是运往国外的剩余部分，大部分也是用于交换外国商品的。因此，即便用于交换金银的那些货物不能实现其货币价值，也不会导致国家破产。当然，这个国家会蒙受一些损失和不便，会被迫用一些替代方案弥补货币的不足。然而，一国劳动和土地的年产出和通常几乎一样多，因为有几乎一样多的可消费资本维持这些要素。尽管以商品交换货币没有用货币交换商品易于实现，但是从长远看，用商品交换货币比用货币交换商品更有必要。因为，商品除了交换货币之外还可以胜任多种用途，而货币除了用来交换商品之外几乎一无所用。因此，货币必然总是追逐商品，而商品并不总要追逐货币。购买商品的人不总是为卖而买，他们常常使用或者消费商品，但是，那些出售商品的人必然是为了再次购买。前者常常一劳永逸，而后者最多只完成了任务的一半。人们渴望货币，不是因为货币本身，而是因为货币可以购买其他商品。

据称，可消费的物品易于损耗，而金银则性质耐久，如果不是持续输出，积累数年可以将一国的实际财富增加到令人难以置信的程度。因此，人们自认为，没有什么比用如此耐久的金银换取如此易于腐坏的商品，对一国更加不利的了。尽管如此，我们却不承认，用英格兰的机器设备换取法国的葡萄酒对英格兰不利，虽然机械设备更耐久。如果我们不是持续输出它们，累积数年之后，也可以将一国坛坛罐罐的数量增加到令人难以置信的地步。但是实际上，这些器皿的数量在任何一个国家自然会受到其实际用途的限制，如果一个国家的烹饪工具超过日常烹饪食物所需的数量，就是对这些器皿的滥用。但是，如果食物的数量增加了，那么烹饪工具的数量必同时增加，食物增加量中的一部分将用于交换这些器皿，或者用于维持那些生产增量器皿的工人的生活。同样，一国的金银数量也会受到这些金属的用途的限制。它们的用途包括作为硬币帮助商品流通，或作为家庭使用的金属盘子。一国的硬币数量由借助它流通的商品总量支配，商品价值量增加，立即就有一部分会输出到需要这些产品的外国，换取协助这些商品流通的增量金银。同样，金属盘子的数量受到醉心于装潢富丽的家庭数量及其财富量的支配，这类家庭的数量或财富量增加，这些增量财富中的一部分就会流向任何有盘子的地方，用于购买增量的金属盘子。试图通过强制家庭拥有超过其需要的厨房用品数量，来增加私人家庭的快乐，是非常荒谬的；同样，通过输入或持有超过一国所需的货币，来增加一国的财富，也是荒谬的。就像将支出用于购买不需要的厨房器皿会减少而不是增加一个家庭的食品消费量一样，一个国家的支出过多地用于换取不必要的金银，必然会减少供养和雇用劳动者的衣食住行的产品数量。我们必须记住，金银以硬币或盘子的形状存在的时候，和厨房用品没什么两样。通过增加金银的用途，即增加借助其流通、管理和生产的可消费商品的数量，一定会增加金银的数量。但是，如果你想通过非常手段增加金银的数量，那么结果一定既会减少金银的用途，也

耐久物品没有必要积累超过其所需的数量。

会减少金银的数量，因为金银的数量不可能超过实际用途的需要。即便金银积累已经超出此界限，由于它们运输的便利，而将其闲置不用的损失又很大，从而任何法律也无法阻止它们立即被输出国外。

进行远地作战不需要积累金银，

一国对外作战，或者在远地维系舰队或陆军，也不总是需要积累金银。舰队和陆军是用可消费的物品而不是金银来维持的。一国如果可以用其国内的年产品，即每年从其土地、劳动和可消费资本中产生的收入，在远地国家购买那些可消费物品，它就有能力在那里开展对外战争。

它可以通过输出金银、制造品和原材料来支付。

一个国家在距离本土遥远的国家发动战争，可以通过以下三种途径为其军队购买和支付补给品：(1)向国外输出部分积累的金银，(2)向国外输出部分工业制造品，(3)向国外输出部分原材料。

金银以流通中的货币、金属器皿和国库中的货币三种形式存在。

一国国内积累和储存的金银可以归为三类：(1)流通中的货币，(2)私人家庭中的金银器皿，(3)由于多年节俭业已存入国库的货币。

从流通中几乎不能节省出货币，

一国几乎不能从流通中节省货币，因为在流通中几乎没有金银剩余。各国每年商品买卖的价值量，相应地需要一定数量的金银，用于协助商品的流通，以及将商品分配给不同的消费者，除此之外，不需要更多的金银。商品流通环节必然为自身吸引来足够多的货币，使其运行畅通，一旦饱和了，也就不能再容纳更多的货币了。尽管如此，战争时期还是可以从中抽取出一些。由于大量人口在境外维持，境内需要维持的人口就少了，境内流通中的食品也更少，而食品流通所需要的货币数量也就更少了。在这种情况下，一般而言，像国库券、海军部证券和银行证券之类的增量纸币，就会被发行出来，弥补流通中的金银不足，从而有条件将大量金银运往国外。但是，对于耗资巨大、持续数年的对外战争，用这种方法能够提供的资源就少得可怜。

金属器皿能够提供的更少，

熔铸私人家庭的金属器皿，在任何情况下更是无济于事。最近一次战争开始的时候，法国用这种方法得到的帮助，甚至不足以弥补对社会生活时尚造成的损失。

此前，王室积累的国库能够提供大量持久的资金来源。而今天，除了普鲁士国王，几乎没有一个欧洲王室再以积累国库为政策目标了。

充盈国库的政策已经被放弃了。

本世纪的战争是有史以来耗资最多的战争，但是，其资金似乎没有一个来源于输出流通中的货币、熔铸私人的金属器皿或者输出王室的国库财产。最近一次的对法国的战争，耗费了英格兰达九千万英镑的资金，其中不仅包括高达七千五百万英镑的新国债，而且包括新增的每英镑加收两先令的土地税，以及每年从偿债基金中借出的款项。这些支出中有超过三分之二是在遥远的国外花费的，用于德国、葡萄牙和美国，用于地中海的港口，用于东印度和西印度。英格兰的国王没有什么国库财产，我们也没听说有超额金银器皿被熔铸的数据。人们认为，流通中的货币从未超过一千八百万英镑。然而，自上次金币改革以来，人们相信流通中的货币数据被大大低估了。因此，让我们用我所见过或听过的最夸张的数据来假设，流通中的金银总量也不会超过三千万英镑。如果这次战争是用我国的货币来维持的，那么根据以上最夸张的估计，全部流通中的金银在六七年间至少被运出又运入国内两个来回。根据这个假设，一国全部金银能够在极短的时间内被来回运送两次，而没有任何人发现问题，如果这个假设成立，它将提供最具说服力的证据来证明，政府监控防范金银输出是完全没有必要的。尽管如此，在战争时期流通中的货币从未显现出比正常时期减少的迹象。那些有能力换得货币的人，从未感觉资金缺乏。事实上，在整个战争时期，对外贸易的利润比正常年景还要多，尤其是在战争末期。这种情况就像往常一样引起了大不列颠各港口的过度贸易，再次引致了货币缺乏的抱怨。许多没有财力换得货币、也没有信用借到货币的人，感到货币的缺乏，因为债务人发现借钱更加困难，而债权人发现收回贷款也不容易。尽管如此，那些有相应等价物与之相交换的人，总

本世纪的对外战争显然没有用流通中的货币支付.

是能够拥有他们想要的金银数量。

而是用商品支付的。

因此，新近战争的大额支付，一定不是输出金银支付的，而是主要由大不列颠的各种商品支付的。当政府或其代理人，和国内商人签订一项合同，要求他向国外承兑一笔汇款，这个商人为了兑现这张汇票，并不是直接将金银输出国外，而是尽力向其国外代理商输出商品。如果输出的大不列颠商品在该国没有市场，这个商人就会努力将其转销到其他国家，试图在那里获得一张该国的承兑汇票。如果销路选择正确，总是可以期待商品的转口贸易能够获得丰厚的利润，而输出金银则什么也得不到。当这些金属输出国外购买外国商品时，商人并不从购买行为中挣得利润，而是将商品再次出手赚得利润。但是，如果他输出货币只是为了偿债，他将得不到任何回报，当然也不可能产生任何利润。自然因为这个原因，商人想尽千方百计用出口的商品而不是金银偿付对外债务。据此，《英国现状》的作者指出，在最近的一次战争中，英国出口了大量商品，但是没有带回任何回报。

在国与国之间流通的部分金银块，可能被用于支持战争，但它们也必定是用商品交换而来的。

除了以上三类金银，在各贸易大国有许多金银块不断输出或输入，用于对外贸易。这些金属块在国际间流通的方式，和一国铸币在国内流通的方式一样，我们可以把它们看成大商业共和国的货币。一国铸币的流通和运动方向，受到国内商品流通的支配，同样，大商业共和国的货币流通和运动方向，受到国际间商品流通的支配。二者都是为了便利交换，只不过一个便利了本国不同居民之间的交换，而另一个便利了各国不同居民之间的交换罢了。这些大商业共和国货币中的一部分，可以而且很可能被用于新近的战争了。我们可以设想，战争期间，货币的运动走向将被调节到与和平年代不同的方向。它将更多地在战场周围流通，它将更多地用于在战争所在地区及其周边国家购买交战各国军队所需的军饷或补给品。大不列颠这样使用的货币，无论是大商业共和国货币的哪一个部分，要么是用英国商品交换的，要么是用英国商品交换来的商品交换的，这样，我们仍将回溯到英国的劳动和土地的年产出上来，这才是保证我们有能力开展对外战争的终极资源。实际上，我们可以非常自然地联想到，如此大额的年战争费用，必定是用大量的年产品支付的。例如，1761年的战争费用超过一千九百万英镑，没有什么积累能够支撑如此巨大的年耗费。即便是金银一年的全部产量，也不能维持这样大的开支。根据最大的数据记载，每年输入西班牙和葡萄牙的金银总量不超过六百万英镑，这些金银在某些年份还不能维持此次战争四个月的开销。

精细制造品是最适合此种用途的。

那些最适于输出到远地国家的，或用于在当地换得军饷或者补给品的，或用于交换大商业共和国的货币来支付军饷或购买补给品的商品的，似乎是一国制作精良、工艺先进的工业制造品。因为体积小而价值大，它们可以以很少的费用进行远距离运输。如果一国的工业能够生产出大量此类剩余产品出口到国外，它就有能力长期维持耗资巨大的战争，而无须输出大量的金银，甚至不需要拥有如此大量的金银供输出。事实上，如此大规模的年剩余工业品的出口，并没有为国家带回任何回报，只有商人从中收获颇丰。政府购买了本国商人持有的在外国承兑的汇票，用于为国外的军队支付军饷，购买补给品。即便如此，部分输出的剩余工业品还是会带回一些回报的。战争期间，生产企业的产品需求加倍了。他们一方面要生产足够的商品输出国外，用于换取政府购买的国外承兑汇票，政府用这些汇票在国外支付军饷，购买军队的补给品。第二，他们还要生产足够的商品用于交换在国内日常消费的外国商品。因此，在最具破坏性的对外战争期间，国内的大部分制造业却往往极度繁荣。与之对应，恢复和平的时期，它们往往会走向衰退。它们在国家衰败的时候兴盛，在国家恢复繁荣的时候衰退。将上一次战争期间与战后的一段和平时期的状态相比，英国许多制造业部门情况迥异，这也许可以作为以上观点的明证。

初级产品非常不方便，

任何耗资巨大、耗时很长的对外战争，都不可能简单地通过输出土地的初级产品来维持，因为向国外输出足以支付军饷或购买补给品的初级农产品的运输费用，实在是太高昂了，而且很少有国家能够在生产维持本国居民生存需要的初级农产品之外，生产出大大多于该数量的初级产品。因此，向外国输出大量的初级农产品，无异于夺取国内居民必需的部分生活资料。至于工业制造品的输出，情形就不同了。生产工业品的工人在国内获得生活资料，只是将他们的剩余产品销往国外。休谟先生屡次发现，古代英格兰国王很少能够不间断地进行长时间的对外战争。在那些年代，英国没有任何财富可以用于在国外支付军饷及购买军队的补给品，他们只能一方面通过输出国内节余不多的初级农产品，另一方面通过输出一些同样运费高昂的粗糙的初级工业制造品来维持战争。无力作战不是缺少货币，而是缺少制作精良、工艺精湛的工业制造品。在英格兰，彼时和当下，买卖都是通过货币交易的。那时，流通中的货币数量必须和通常交易的买卖次数和价值总量呈比例，现在也是一样，甚至那时货币数量的比重比现在还要大些，因为当时没有如今这样可以部分替代金银的纸币。在那些不精通商业和制造业的民族，除非情况特殊，君主很少能从其臣民那里得到大量的协助。其中的原因，我以后再说。所以，在这些国家，君主只能倾力积累财富以应不时之需。即便没有这个必要，他也必然处于为积累财富而节约开支的状态。在那样简朴的状态下，君主的开支不是用于满足个人虚荣的华而不实的宫廷衣着或装饰，而是用于馈赠他的佃户，招待他的侍臣。然而，对佃户和伺臣的慷慨不会导致浪费，而满足自己的虚荣心则一定会。因此，每一个鞑靼首领都很富有。据称，查理十二世的著名同盟者、乌克兰哥萨克首领马泽帕有很多财富。墨洛温王朝的法兰西国王也拥有很多财富。当他们将王国分割给不同孩子的时候，同时分割的还有财产。撒克逊王子和征服后最初的几个王子，好像也曾经积累了大量的金银财宝。历代开国君王所做的第一件事，就是攫取前朝国王的财富，作为确保后世统治的基础。然而，开化的商业国家的君主们，就不必这样去积累财富了。当有不时之需时，他们可以从臣民那里得到特别援助。因此，他们也没有那样做的愿望。他们自然而然地，甚至必然地紧随时尚，他们的支出方式受到其领地内各大领主的极度奢侈之风的影响。宫廷内毫无意义的装饰一天比一天奢华，而其高昂的费用不仅妨碍了财富的积累，而且侵蚀了其他必需的支出基金。德西利达斯对波斯宫廷的描述，也适用于当今一些欧洲的王室。他说：在那里，奢华多于力量，仆役多于军士。

对外贸易的主要好处不是输入金银，而是为贸易双方互通有无。

金银的输入不是一国从贸易中获得的主要利益，更不是唯一利益。在通商的不同地域间，各方都会从贸易中得到两种好处。他们将当地没有需求的土地和劳动的剩余产品输出，并带回当地需要的其他商品。贸易通过用剩余产品交换满足自身需要的产品，提升了自身的效用，赋予剩余劳动产品以价值。通过贸易，国内狭小的市场不再是各手工和制造业的分工向着最完善程度发展的限制。由于为超过国内需求的剩余劳动产品开拓了范围更大的市场，劳动者受到激励，不断提升他们的劳动生产效率，将其年产品数量增加到极致，从而提高了整个社会的真实收入和财富。对外贸易持续不断地向所有开展贸易的国家，提供这些伟大而重要的功能。他们皆从贸易中获得巨大利益，当然商人所在的国家获利最大，因为商人一般更多地致力于满足本国而非他国的需求，并且输出本国而非他国的剩余产品。毫无疑问，商业活动的一个部分就是向没有矿山因而缺乏货币的国家输入金银。但是，它是商业活动中最不重要的一个部分。如果一国开展对外贸易的目的仅限于此，恐怕耗时一个世纪也无法装满一艘货船。

发现美洲大陆的好处，不是金银更便宜了，而是为欧洲开辟了一个新市场，提高了欧洲的劳动生产力。

欧洲发现美洲大陆而致富，不是因为金银的输入。由于美洲金银矿产丰富，导致金银价格下跌。现在购买金属器皿支付的谷物价格或者劳动价格，大约是十五世纪的三分之一。欧洲每年花费同样的商品和劳动，可以购买数量大约三倍于十五世纪的金属器皿。但是，当一种商品以其过去价格的三分之一出售时，不仅从前的买主现在可以购买三倍的数量，而且其价格水平下降到了更多的人可以购买的程度，也许买主数量现在十倍甚至二十倍于从前。所以，欧洲如今的金银器皿的数量和美洲矿山发现之前相比，即便是在如今工艺大大改进的状态下，也是从前的三倍以上，而且可能是二十倍乃至三十倍以上。所以迄今为止，欧洲从美洲大陆的发现中毫无疑问得到了实际的便利，虽然这种便利微不足道。金银价格低廉，使得这些金属如今不如从前那样适合作为货币使用。为了同样的目的购买，我们必须随身携带大量金银，口袋里的一个先令等同于从前一枚四便士的银币。很难分辨到底是这种不便更加微不足道，还是前文所述的便利更加微不足道。实际上，二者中的任何一个都不足以使得欧洲的情形发生实质性的改变。然而，美洲的发现的确引发了欧洲一场本质变化。美洲大陆的发现，为欧洲商品开发了新的无限广阔的市场，为欧洲的劳动分工和工艺改良提供了机会，这些分工和改良在此前古代狭小的商业市场范围内，由于市场需求难以消化剩余产品而根本不可能发生。在欧洲各国，由于新大陆的发现，劳动生产力得到了改进，产品数量大大增加，与之相应的是，居民的实际收入和财富增加了。欧洲的商品对美洲而言几乎全是新颖的，而美洲的商品对欧洲而言也一样新颖。此前从未想象到的一系列新交易就此发生了，这些交易本该可以证明不仅对旧大陆是有利的，对新大陆也同样有利。但是，欧洲各国的野蛮侵略，使得本应该对各方都有利的好事，成为导致一些国家惨遭毁灭和破坏的原因。

如果贸易是自由的，那么到达东印度的航线的开辟本该带来更多的好处。

尽管路途遥远，几乎同时被发现的绕过好望角到达东印度的新航线，也许为对外贸易开辟了一个比发现美洲大陆更加广阔的市场范围。当时的美洲从各方面评估只有两个比野蛮人先进一些的民族，即便如此，这两个民族在美洲大陆发现之际就被消灭了，剩下的都是野蛮人。但是，中国、印度、日本等王国和其他东印度的几个王国不同，它们除了没有丰富的金银矿产之外，在任何方面都比墨西哥或秘鲁更加富裕、更加开化，在工艺和制造方面也更加先进。无论我们是否应当相信西班牙作家那些实不足信的夸大其词，只要想到这些古老王国曾经的状态，我们就能想象出它们的文明程度。只有文明富裕国家之间的贸易，才会达到相当的规模，这个规模当然要远大于和愚昧野蛮国家之间进行的贸易。然而，欧洲从美洲获得的商业利益，却一向比从东印度获得的多。葡萄牙人垄断东印度的贸易达一个世纪之久，欧洲的其他国家只能通过葡萄牙间接向东印度输出或输入产品。在上世纪初，当荷兰人开始夺取东印度时，他们也将东印度的所有贸易交由一家垄断公司经营。此后，英国、法国、瑞典和丹麦纷纷效仿，从而至今没有一个欧洲大国得到与印度自由通商的好处。不需要提出其他理由来说明，为什么从东印度的贸易中所获的利益没有从美洲贸易中所获利益大。因为在美洲，几乎所有的欧洲国家与其殖民地之间的贸易对全体臣民都是自由开放的。那些东印度公司所拥有的特权、获取的巨大财富，以及由此从本国政府那里得到的特惠和保护，招致了不少的忌妒。这种忌妒时常以该国每年都要向东印度输出大量的金银为由认定这种贸易是有害的。但是，利益相关方却回应道：尽管持续输出金银确实可能导致欧洲整体变穷，但是直接经营贸易的那些特定国家却不一定会变穷。因为向其他欧洲国家出口一部分回程货物，每年可以为贸易国带回的白银数量，将远远超过输出的白银数量。以上的反对意见和回应，都建立在上文所述流行观点的基础上。因此，没有必要就二者再作进一步的说明了。由于每年向东印度输出金银，欧洲的金属器皿价格可能比此前有所提高，硬币也可能比从前能够买到更多的劳动和商品。前一个影响造成的损失非常小，而后一个影响带来的好处也不大，二者都不重要，以至于都不值得社会公众关注。和东印度开展贸易，由于为欧洲的商品开拓了市场，或用相似的说法，为那些用欧洲的商品将要换取的金银

向东印度输出金银没有害处。

开拓了市场，必然会提高欧洲商品的年产量，从而可以提高欧洲的真实财富和收入。然而至今为止，经由贸易增加的产量很少，原因大概是贸易处处受到限制吧。

那些最初将土地、房屋和可消费商品包括在内的作者，时常在后续的讨论中将这些因素都忘却了。

我认为，有必要详尽地考察财富由货币或由金银组成的流行观点，尽管冒着可能沉闷冗长的危险。就像我已经说过的那样，货币时常是财富的象征，这种模糊的概念形成了我们广为接受的观点。甚至那些非常清楚地认识到这种概念是谬误的人，也非常容易忘记他们自己的基本原则，在他们的推理过程中常常将这个观点作为明确的、不可拒绝的真理不假思索地接受。一些研究商业的优秀英国作家在研究之初就明确提出，一国的财富不是仅仅由金银构成，而是由它的土地、房屋和各种各样的可消费产品构成。然而，在他们的推理过程中，土地、房屋和可消费产品仿佛都被抛在脑后，他们的论证往往认同所有的财富都是由金银构成，而积累金银则构成一个民族工商业最重要的目标。

一旦确定财富由金银构成，政治经济学必然致力于通过各项措施减少进口、鼓励出口，这些限制和鼓励的原则将会在以后六章中逐一考察。

然而，一旦确立财富由金银构成，以及没有矿藏的国家可以通过平衡贸易或者贸易顺差向国内输入金银这两大原则，那么政治经济学的最大目标必然会是尽可能减少从国外进口供国内消费的产品，并且尽可能对外国出口国内的工业制造品。因此，国家致富的两大途径就是限制进口、鼓励出口。

限制进口的方法有两种：

第一，限制从任何国家进口那些本国有能力生产的消费品。

第二，限制从不利于本国贸易平衡的国家进口任何种类的商品。

这些限制有时采用高关税的方法，有时直接颁布限制进口的禁令。

鼓励出口的方法有时是退税，有时是奖励，有时是和通商国家签订有利的通商条约，有时是在遥远的国家建立殖民地。

在以下两种情形下将采取出口退税。当国内生产企业已经缴纳过各种关税或货物税时,在其产品出口时,部分或全部返还税收。当进口应纳税的外国商品是用于出口时,在货物出口时,部分或全部返还税收。

奖金鼓励出口通常使用在一些新建工厂,或者被证明是理应受到特惠待遇的其他产业。

通过签订有利的通商条约,本国的商品或商人可以在外国获得其他国家不能享受的特殊权利。

通过在遥远的国家建立殖民地,为实施殖民的国家的商品和商人不仅带来特殊权利,而且时常是垄断的经营权。

以上两种限制进口、四种鼓励出口的条例,构成了重商主义体系的六大基本原则,各国的重商主义体系试图以这六大基本原则为基础,通过将贸易余额转向有利于自己的方向来增加一国的金银数量。我将在以下各章中逐个检视这些原则。我将主要考察每一个原则会对各国的实体工业年产量产生什么影响,而不再关注它们的目的是增加一国货币这个方面。由于这些原则有可能会增减一国年产品的价值,因此,它们肯定也会增减一国真实财富和收入的数量。

第八章 关于重商主义的结论

本章导读：本章详细介绍了重商主义限制工业原材料、机械设备出口，鼓励原材料进口的各项政策法规。最后指出，所有这些政策法规都是为了工商业者，尤其是加工制造业者的利益服务的，却以国内消费者和初级产品生产者的利益损失为代价。鲜明地表达了斯密反对重商主义，反对国家干预经济的立场。

重商主义限制工业原材料和机械设备的出口，鼓励原材料进口，但不鼓励机械设备的进口。

尽管重商主义指出，鼓励出口、限制进口是一国致富的两大重要途径，但当我们考察一些特殊商品的时候，却往往对它们执行相反的政策，即奖励进口、限制出口。然而，重商主义却认为它们有相同的最终目标，即实现有利的贸易余额使国家致富。重商主义提倡限制工业原材料的出口，限制某些机械设备的出口，试图赋予我国工人以某种优势，使其能够在所有的外国市场上以最低的价格出售制造品。同样，重商主义者提倡限制一些价值不大的商品的出口，以保证其他价值更大的商品更多的出口。它鼓励工业原材料的进口，使得我们的工人可以以更低廉的成本加工工业品，以防止高价工业制成品的大量进口。至少在我国法律全书中，我没有发现鼓励机械设备进口的条例。当制造业发展到相当先进的程度时，机械设备本身也成为大量重要制造企业的生产对象。因此，任何鼓励进口机械设备的条例，都将大大妨碍这些制造企业的利益。所以，往往不是鼓励而是禁止机械设备的进口。例如，根据爱德华四世三年的法令，羊毛梳具，除非从爱尔兰进口，或作为破船残骸或战利品，否则禁止进口。这条禁令在伊丽莎白女王三十九年被重申，此后一直执行，后来还被列为永久性禁令。

鼓励工业原材料进口的方法，有时是免去应纳关税，有时是颁发奖金。

多种原材料进口免征关税。

例如，从一些国家进口羊毛，从所有国家进口棉花，从爱尔兰或英属殖民地进口生麻，进口大部分的染料，进口大部分生皮，从英属格陵兰渔场进口海豹皮，从英属殖民地进口生铁和铁条，还有其他一些工业原材料，如果正常通关，即可免除全部关税。也许是商人和制造业者出于私人利益，胁迫立法机关设置了这些免税条例，以及其他大部分商业规则。然而，如果这些条例是公正合理的，符合国家的需要，并可以推广到其他所有的工业原材料，广大公众将是受益人。

麻纱线是一项制造品，但是却免征进口税，因为纺工贫穷而不受保护，而织工的雇主往往有钱有势。

可是，我们一些大型制造业者出于他们的贪欲，在某些场合已经将这些免税条例，推广到了大大超出被视为他们的工业原材料的产品范围。根据乔治二世二十四年第四十六号法令规定，进口一磅国外的黄麻纱线仅纳税一便士。而此前，帆布纱线每磅纳税六便士，所有法国和荷兰的纱线每磅纳税一先令，而所有云杉纱线或普鲁士纱线每一百磅纳税额为二镑十三先令四便士。即便如此，我们的制造业者对这次减税仍不满足。就在乔治二世二十九年的第十五号法令中，不仅给予每磅价格不超过十八便士的英格兰和爱尔兰麻布出口以奖励，甚至将此前的轻税也取消了。然而，在制造麻纱线的各种必要操作中使用的劳动，比后续生产麻布所需要的劳动多得多。且不说栽种亚麻和梳理亚麻使用的劳动，要保持一个织工持续不断地工作，也至少需要配备三到四个纺工，在制造麻布所需的全部劳动中，超过五分之四的劳动是用于制造麻纱线的。但是，我们的纺纱工人都是贫苦的老百姓，通常是散居在全国各地的无依无靠的妇女。我国大企业主的利润，都是从出售织工的成品而不是纺纱工人的产品中获取的。他们当然想让最后的制成品售价越高越好，而原材料的购买价格越低越好。通过胁迫立法机关立法奖励他们自己生产的麻布的出口，而对进口麻布征收高关税，以及完全禁止国内消费任何种类的法国麻布，这些大企业主就可以尽可能地以最高价格出售其制成品。通过鼓励外国麻纱线的进口，使其与本国生产的麻纱线竞争，他们可以尽可能地以最低价格购买贫苦纺工的产品。他们力图降低纺工和织工的工资水平。因此，他们力图提高制成品的价格，降低原材料的价格，都不是为着劳动工人的利益。我们的重商主义体系的基本原则所支持鼓励的产业，只是为了那些有钱有势的人的利益，而有利于穷人的产业时常被忽视和压制。

进口免税和出口麻布的奖励政策，都是暂时的法律条例。

鼓励麻布出口的奖励和对进口国外麻纱线实施的免税政策，颁布时规定有效期为十五年，但此后却两次延期，其有效期到 1786 年 6 月 24 日国会会议结束时。

进口原材料的奖励措施主要用于美洲产品，例如造船的原料，

给予进口工业原材料的奖励措施，基本上是限定于那些从我国美洲殖民地进口的商品。

这种奖励开始是在本世纪初承诺支付给从美洲进口的造船原料的。在奖励清单里，尤其强调奖励适于建造船桅、帆桁、牙樯的木材，还有大麻、柏油、松脂、松香油。但是，进口每吨船桅用木材给予一英镑的奖励，以及每吨大麻给予六英镑的奖励，也被推广到从苏格兰进口的商品。这两种奖励都按照相同的比例没有任何变化地持续到有效期满。大麻奖励的有效期至 1741 年 1 月，而船桅用木材的奖励有效期至 1781 年 6 月 24 日国会会议结束。

而对柏油、松脂、松香油的进口奖励金额，在其存续期内数次变更。最初进口一吨柏油和松脂的奖励金是四英镑，松香油是三英镑。后来，四英镑的进口柏油奖励只限于某种特殊工艺制造的柏油，其他清洁的、品质良好的商用柏油的进口奖励金降至每吨二镑四先令。同样的，松脂的进口奖励金降至每吨一英镑，松香油的进口奖励金降至每吨一英镑十先令。

殖民地的蓝靛，

按照时间先后，第二项工业原材料的进口奖励政策由

乔治二世二十一年第三十号法令授予，规定奖励从英属殖民地进口蓝靛。如果英属殖民地的蓝靛价格是最好的法国蓝靛价格的四分之三，按照这条法令，每磅蓝靛的进口奖励是六便士。类似于其他的进口奖励措施，蓝靛的进口奖励也有有效期，此后数次延期，最终奖励金额降至每磅四便士，奖励有效期至1781年3月25日国会会议结束。

殖民地的大麻或生麻，

第三项工业原材料的进口奖励由乔治四世四年第二十六号法令授予（在此期间内，英国和美洲的关系时好时坏），规定奖励从英属殖民地进口大麻或生麻。这个奖励期限为二十一年，从1764年6月24日至1785年6月24日。在最初的七年里，奖励金额是每吨八英镑，第二个七年，每吨六英镑，第三个七年，每吨四英镑。这项奖励没有推广到苏格兰，因为那里的气候不适合生产这些产品（尽管那里有时种植亚麻，但是数量很少且质量低劣）。这项进口奖励如果推广到从苏格兰进口亚麻，那么将会极大地妨碍联合王国南部地区的亚麻生产。

美洲的木材，

第四项工业原材料的奖励由乔治三世五年第四十五号法令授予，规定奖励从美洲进口木材。这个奖励期限为九年，从1766年1月1日至1775年1月1日。最初的三年，一百二十条上好的松板奖金为一英镑，而其他方板每五十立方英尺奖金十二先令。第二个三年，上好松板的奖金降至十五先令，其他方板奖金为八先令，第三个三年，上好松板奖金继续降至十先令，其他方板则为五先令。

殖民地的生丝，

第五项工业原材料的奖励由乔治三世九年第三十八号法令授予，规定奖励从英属殖民地进口生丝。其有效期为二十一年，从1770年1月1日至1791年1月1日。最初七年，每价值一百英镑的生丝进口奖金为二十五英镑，第二个七年，为二十英镑，第三个七年为十五英镑。由于养蚕缫丝需要大量人手，而美洲的劳动力价格又十分高昂，据我所知，即便是如此大额的进口奖励，所起的效果却微乎其微。

殖民地的桶板，

第六项奖励由乔治三世十一年第五十号法令授予，规定奖励从英属殖民地进口酒桶、大桶、桶板、桶头板。其有效期为九年，从1772年1月1日至1781年1月1日。头三年，进口规定数量的上述商品奖励金为六英镑，第二个三年，为四英镑，第三个三年，为二英镑。

爱尔兰的大麻。

这类法令的第七项也是最后一项由乔治三世十九年第三十七号法令授予，规定奖励从爱尔兰进口大麻。奖励方式同从美洲进口的大麻和生麻一样，有效期为二十一年，从1779年6月24日至1800年6月24日。同样，该条款分三期，每期实施七年，每一期执行的奖励标准等同于从美洲进口同种商品。然而，这个奖励不像从美洲进口商品那样扩展到生麻。否则的话，将会妨碍大不列颠生麻的种植。当这些奖励措施实施的时候，不列颠和爱尔兰的法律条款设置不若此前那样和美洲协调一致。但是我们期望，针对爱尔兰的优惠条款，和美洲所有的优惠条款相比，能够更加顺利地制定和实施。

这些商品若从他国进口必须纳税，是因为我们视殖民地的利益与宗主国一致。

那些我们给予奖励的来自美洲的进口商品，如果从他国进口，则要征收高关税。我们视美洲殖民地的利益与宗主国同等重要，它们的财富就是我们的财富。据说，输出到美洲的货币将会经由贸易差额全部回流，无论我们向美洲支付多少货币，我们都不会损失一个法新。从各方面看，它们和我们是一体的，在它们身上花钱等于增进我们自己的财富，且有利于本国人民。我以为，当前已没有必要为了揭露这种观念的愚昧再说些什么了，失败的经验已经将其愚昧暴露无遗。如果我们的美洲殖民地真的是大不列颠的一个部分，这些奖励就可以理解为是对生产的奖励，那么它们理应受到不向国内生产者发放奖励的非难，而非其他。

工业原材料的出口有时受到绝对禁令的限制，有时则受到高关税的抑制。

用重罚限制羊毛和活羊的出口，

我们的呢绒制造业者们战胜了其他阶层的劳动者，成功地说服立法者接受了以下观点：民族的繁荣昌盛依赖于呢绒制造行业的成功和发展。他们不仅获得了不利于消费者的垄断地位，即禁止从国外进口呢绒；而且还获得了另一项不利于本国牧羊人和羊毛生产者的垄断地位，即禁止向国外出口活羊或羊毛。那些强制执行以保证国家收入的严苛法律，受到人们的抱怨是公正的。因为，这些法律就像是对那些还没有被宣布为犯罪的行为加以严惩，而实际上这些行为本该被认定为无罪。但是我敢说，在我们保证国家收入的法律中最严苛的法律，和我们的商人、制造者叫嚷着胁迫立法者制定的用以支持其荒谬的、压迫性的垄断地位的法律相比，都是温和宽大的。如同德拉科的法律一样，人们常说这些法律是用鲜血写就的。

有时还要增加惩罚，乃至死刑，

伊丽莎白女王八年第三号法令规定，出口绵羊、小羊和公羊，初犯者没收所有商品，判一年监禁，并在某一赶集日于集市上砍断其左手，钉在集市上示众；再犯，即被判重罪，继而接受死刑。这条法律的目的似乎是为了防止我国的绵羊在国外繁殖。查理二世十四年第十八号法令宣布，出口羊毛为重罪，违反者以重罪犯人处以刑罚，并没收其货物。

但是现在，出口一只羊处以二十先令的罚金，并没收羊和羊的所有者对货船的所有权，

出于国家人道名誉的考虑，我们希望这些法律都不曾实施。然而，据我所知，第一条法令至今还没有明令废除，法学家霍金斯先生认为它仍具有法律效力。但是，查理二世十二年第三十二号法令第三节的颁布，尽管没有直接撤销先前法律规定的强制处罚条款，然而实际上规定了新的惩罚方式以取代先前的法律。即，凡出口或试图出口一只羊，处罚金二十先令，并没收羊及其所有者对货船的所有权。第二条法令则直接由威廉三世八年第二十八号法令第四节明令取消。这条法令宣布："查理二世十三年和十四年颁布的限制羊毛出口的法令，将羊毛出口定为重罪，由于刑罚过重，实际无法执行。因此，该法令规定该行为为重罪一节，现宣布明令撤销，宣告无效。"

出口羊毛处以每磅三先令的罚金，以及其他的惩罚。

然而，这条法令所规定的较为温和的刑罚，以及没有被这条法令明令撤销的先前强制执行的刑罚，依然十分严苛。除了没收所有货物之外，出口或企图出口羊毛的人，每磅羊

毛处罚金三先令，罚金数额是羊毛自身价值的三到四倍。而且，任何触犯此法令的商人和其他人，不得向任何代理人或他人追索债务或要求清偿账目。既对其财产不加保护，又不问他是否有能力支付重罚，该法律力求使其倾家荡产。但是，大部分民众并没有像法律制定者那样道德败坏，因此，至今我没有听说过有人曾利用这条法令谋求私利。如果违法者在法庭判决后三个月内没能支付罚金，将被判以七年的流放，如果流放期未满而归，则很可能被施以重罪，不得享受僧侣的特典。船主有知情不报的，将处以没收对货船和设施的所有权；船长和水手若有知情不报的，将处以没收全部商品和动产及三个月的监禁。后来，法律将船长三个月的监禁改为六个月。

为了防止羊毛出口，整个国内的羊毛贸易被置于非常苛刻琐碎的限制之下。不能用任何盒子、桶、匣、箱等包装物包装羊毛，只能用布匹或者皮革包装，而且在包装表面必须用不小于三英尺长的大字标注“羊毛”或者“毛线”，否则，不仅要没收全部货物和包装物，还要对货主或包装者处以每磅三先令的罚金。除了在日出之后到日落之前的这段时间，用马或马车运输羊毛，或在离海岸线五英里之内运输羊毛，都将面临被没收货物、马匹和马车的处罚。那些沿海的小邑，若有货值不超过十英镑的羊毛从那里出口，或经由那里出口，处罚金二十英镑；如果货值超过十英镑，在一年之内必须缴纳三倍于货物价值及货物费用的罚金。就像惩罚抢劫犯一样，对小邑居民中任何一个人的罚金，将由对其他居民的课税加以偿还。如果有人试图私通小邑官吏以求减免罚金，将被处以五年监禁，任何人都可以举报。这些条例在全国通行。

尤其是在肯特郡和苏塞克斯郡，

但是，在肯特郡和苏塞克斯郡，限制条例更加繁琐。距离海岸线十英里以内的羊毛所有者必须在剪羊毛后三天，以书面形式向最近的海关报告所剪的羊毛数量及存放羊毛的地点。一旦要转移羊毛，转移前，同样要书面报告转移的数量和重量，羊毛买主的姓名和住址，以及羊毛将要运往的地区。在以上两个郡，距海岸线十五英里以内的任何人除非向王国保证，所购羊毛不会在沿海十五英里以内出售给任何人，否则根本无法购买到羊毛。除非预先报告和作出保证，任何运往海边的羊毛一经发现立刻没收，并对违法者处以每英磅羊毛三先令的罚金。除非预先报告和作出保证，将羊毛存于距海边十五英里以内，一经发现立即查封没收。如果有人声称对查封商品拥有所有权，他必须向国库承诺，一旦败诉，除了接受其他惩罚之外，还要缴纳三倍的诉讼费用。

沿海贸易也不例外。

一旦这些限制强加于国内贸易，我们相信，沿海贸易也不会例外。每一个羊毛所有者，如果要将其羊毛运往沿海的任何一个口岸或地点，并经此口岸将货物以海运方式送往任何沿海的其他口岸或地点，在货物距始发口岸五英里以内，必须首先向始发口岸报告货物的重量、记号和包装的件数，否则将没收全部货物及马匹、车辆等运输工具，并且还要承担其他关于禁止羊毛出口的有效法律所规定的惩罚。然而，这个法律（威廉三世一年第三十二号法令）宣布的以下内容又显得非常宽松："一个人如果能够证明在剪羊毛后的十天内，并在他转移羊毛之前，的确向最近的海关确认了羊毛的实际捆数及存放地点，就可以将羊毛从剪羊毛的地点运送回家，即便是在距海岸五英里以内；或者能够证明，在向海关确认以上信息的三天前没有任何转移羊毛的行为，就可以将羊毛运送回家。"必须保证沿海运输的羊毛在它报告的目的口岸登陆，如果其中的任何一部分没有海关官员的在场监督记录，不仅像其他货物一样没收全部羊毛，而且通常要对每磅羊毛处以额外三先令的罚金。

制造商声称，英国的羊毛品质优于外国，实际上完全是错误的。

我们的呢绒制造业者，为了让他们所需要的这些额外的限制和规定看起来公平合理，他们言之凿凿地说，英格兰的羊毛拥有优于其他所有国家的优良品质，而其他国家的羊毛如果没有添加一些英格兰的羊毛，就不能制造出质量过硬的羊毛制品，所有的上乘呢绒都必须使用英格兰的羊毛。因此，英格兰如果能够完全禁止羊毛出口，就可以几乎垄断全世界的呢绒贸易。没有谁能与英格兰竞争，从而英格兰的羊毛制品就可以按令人满意的价格出售，并且在很短的时间内，通过最有利的贸易差额为英格兰获得难以置信的财富。这种教条和其他为大量民众相信的教条一样，在过去，甚至现在，仍有很多人盲从。那些人大多数既不熟悉呢绒贸易，也没有进行过专业的研究。其实，英格兰的羊毛不但不是制造上乘呢绒所必需的，甚至百分之百的英格兰羊毛并不适合制造上乘呢绒。上好的呢绒全部是用西班牙羊毛制成的，而且，在西班牙羊毛中混入英格兰羊毛，还会在某种程度上破坏或降低呢绒织物的品质。

这些法规如愿降低了羊毛的价格，

本书曾经说明，这些法规曾将英格兰羊毛的价格压低，不仅低于现在的自然价格，而且大大低于爱德华三世时期的实际价格。英格兰和苏格兰合并后，这些法规也适用于苏格兰。据说，苏格兰羊毛的价格因此下降了一半。《羊毛回忆录》的作者约翰•斯密，实事求是，聪明过人，他的研究发现，英格兰国内上等羊毛的价格低于在阿姆斯特丹市场上通常出售的质量极差的羊毛。这些法规的目的非常明显，即将羊毛的价格压低至自然的、适当的价格之下。毫无疑问，他们达到了预期目的。

但是，没有大量减少羊群的养殖数量，

根据常识，价格的下降将会抑制绵羊的养殖，从而大大减少羊毛的年产量。即便不会少于从前的年产量，但至少要比开放自由市场条件下所形成的自然的、合适的价格所能允许饲养的数量要少。然而据我所知，羊毛的年产量虽然多少要受到这些法规的影响，但是影响的数量并不大。生产羊毛并不是绵羊养殖者使用他的劳动和资本的主要目的。他的预期利润收入主要不是来源于羊毛而是来源于羊肉。通常情况下，羊肉的平均普通价格可以弥补他在羊毛平均普通价格上的损失。本书曾经证明："在文明开化的国家，任何试图将羊毛或者羊皮价格降至自然水平之下的法规，必然会引起羊肉价格的少许上涨。在改良和耕作精细的土地上养殖的牲畜，无论是大型的还是小型的，其价格必须足以支付地主的地租，以及牧羊人在改良和耕作精细土地上使用的资本有理由预期的利润。否则，牧羊人将很快停止养殖。因此，牲畜的价格要么由羊毛和羊皮支付，要么由羊肉支付，对其中之一的支付减少，对另一部分的支付就必然增多。由于所有的价格都是支付给地主和牧羊人的，因此这个价格如何由羊的不同部位分担，对他们而言都无所谓。因此在一个文明开化的国家，作为地主和牧羊人，他们的利益受法规影响较小，而作为消费者，他们的利益也许会受到羊肉价格上涨的不利影响。”据此推理，在文明开化的国家，羊毛价格的下降不太可能引起羊毛年产量的下降。除非羊肉价格的上涨可能会减少某些品种的羊肉的需求量，从而减少这些品种的羊的年产量。即便如此，这种影响可能也不会太大。

但是，尽管对羊毛年产量的影响不是很大，但可以想象，对羊毛品质的影响必然很明显。英国羊毛的品质虽然不比从前低，但是，已经达不到现今生产技术条件下应有的水平。可以推测，其品质的下降与价格的下降成正比。由于羊毛的品质依赖于羊群的品种、牧草的质量、养殖的管理和羊群的清洁。在羊群的整个饲养过程中，我们可以想象，对这些因素的关注程度，必定和羊毛价格所能补偿的劳动和费用的数量成正比。但是，羊毛品质的优劣在很大程度上取决于羊群的健康、发育和骨骼，对提升羊肉品质的必要关注，在某些方面足以提升羊毛的品质了。所以，英国羊毛的价格虽然降低了，但据说其品质即便是在本世纪也有明显的改善。当然，如果价钱更好，品质的改善将更明显。羊毛的低价格尽管可能妨碍其品质的改进，但实际上并不完全能够阻止羊毛品质的改良。

也没有明显降低质量.

因此，这些粗暴的法规好像不似预期的那样影响羊毛的年产量或其质量，尽管我认为它们对质量的影响要远大于对产量的影响。养殖者的利益虽然多少要遭受损失，但是

所以，牧羊人的利益损失比想象的要小。

从整体上看，其损失比我们想象的要少。

尽管不能证明绝对禁止羊毛出口是正当的，但是，对出口羊毛征税可以以较小的不便为代价弥补国家收入。

这些考察并不能证明绝对禁止羊毛出口是正当的，但是可以充分证明，对羊毛出口苛以重税是正当的。

一国君主应当公正平等地对待不同阶层的全体子民，仅仅为了增加某些阶层的利益而在任何程度上损害其他阶层的利益，都是完全违背公正原则的。禁止羊毛出口的禁令，当然在某种程度上损害了牧羊人的利益，而增加了制造业者的利益。

所有阶层的公民都有义务纳税以支持国家或者君主。出口一托德羊毛纳税五先令甚至十先令，将会给君主提供很大的收入。由于征税不会导致羊毛价格降低太多，因此，牧羊人的利益损失要少于出口禁令。而征税却给制造业者提供了极大的优势，尽管此时羊毛的出售价格不像绝对限制出口时那么低，但是，本国的制造业者却可以用比国外制造业者低五或十先令的价格购买到羊毛，除此之外，还可以节省外国制造业者必须支付的运费和保险费。想要设计一种既能够为君主提供大量收入，同时对每一个人都不会引起太多不便的税赋，是不可能的。

禁止出口羊毛的禁令虽然附有大量的惩罚措施，但是并没有能阻止羊毛的出口。众所周知，羊毛的出口量还是很大。国内外市场的巨大价差，引致了如此高涨的走私热情，以至于再严酷的法律也不能阻止。非法输出商品只对走私者有利；而依法纳税的合法出口，既为君主提供了收入，也因此免除了其他更加沉重、不便的税赋，可能这对国家的全体人民都是有利的。

漂白土的出口和羊毛一样受制于各种处罚。

漂白土由于是制造呢绒和漂白呢绒的必需品，从而其出口和羊毛出口一样受制于各种处罚条例。烟管土尽管和漂白土不同，但是，其在外形上的相似导致漂白土常以烟管土的名义出口，因此同样被施以禁令和处罚。

生皮，

查理二世十三年和十四年第七号法令规定，除非以鞋子、靴子、拖鞋的形式，否则禁止出口生皮和鞣皮。这项法令给予了我国制鞋和制靴者以垄断优势，但是却不利于我们的畜牧业者和鞣皮业者。经由此后的法律，鞣皮业者对每一百一十二英磅鞣皮缴纳一先令的轻税，就可以摆脱垄断特权的压制。即便是出口没有进一步加工的鞣皮，他们还是可以得到已缴纳商品税的三分之二的退税。所有的皮革制成品不仅免征出口税，而且还可以享受出口全额退商品税的权利。我们的畜牧业者依然受制于旧的垄断特权。畜牧业者散居在全国各地，相互隔离，想要联合起来对其同胞施以垄断或者摆脱强加于他们的垄断，都是极其困难的。与之不同，大量的各类制造业者都聚集在大城市，他们想要团结起来非常容易。就连牛角都禁止出口，在这一点上，制造牛角和制造梳子这两类微不足道的行业，都得到了一种不利于畜牧业者的垄断优势。

牛角，

以禁令或税收阻止半成品出口不仅限于皮革业。只要任何物品还需进一步加工才能立刻使用或消费，我国的制造业者就认为再加工的步骤应当由他们来完成。羊毛线和绒线，与作为原材料的羊毛一样，在严格的惩罚措施下禁止出口。就连白坯布出口都要纳税，乃至于我国的染工都因此获得不利于织布业的垄断优势。我们的织布业者本来是有能力对抗这种垄断的，但他们中的大部分往往也兼营染布，所以就没有这个必要了。表壳、钟壳、表针盘、钟针盘全部禁止出口。我们的钟表制造者似乎不愿意这一类配件价格因外国人的竞购而提高。

羊毛线和绒线，白坯布、表壳等，

根据爱德华三世、亨利八世、爱德华六世的一些旧法令，各类金属禁止出口。铅和锡除外，大概是因为这两种金属的矿产丰富，而且其出口又是当时王国贸易中极大的组成部分。为了鼓励矿产贸易，威廉和玛丽五年第十七号法令规定，撤销不列颠矿物制造的铁、铜和黄铜的出口禁令。此后，威廉三世九年和十年第二十六号法令规定，允许出口国内外生产的各种铜块。那些未加工黄铜，即被称为枪炮金属、钟铃金属或货币鉴定金属的，现在仍然禁止出口。黄铜

以及一些金属的出口也受到禁止。

制造品出口则免征出口关税。

其他工业原材料被征收高额出口关税。

工业原材料的出口即便没有完全被禁止，也时常被征收高额关税。

乔治一世八年第十五号法令规定，所有大不列颠的产品和制造品出口，免除先前法律规定的所有关税。以下商品除外：明矾、铅、铅矿石、锡、鞣皮、绿矾、煤炭、梳毛机、白呢绒、菱锌矿石、各种兽皮、胶、兔毛、野兔毛、各种毛、马匹、铅黄。除了马匹，你会发现所有产品要么是工业原材料，要么是需要进一步加工的可视为原料的半成品，要么是机械设备。这条法令规定，所有上述产品要依旧法纳税，即旧补助税和百分之一的出口税。

该法令还规定，免除大部分用于染色的外国染料的进口税。但是，这些染料后来被征收一定的小额出口税。我国的染工，一方面认为鼓励染料进口对他们是有利的，另一方面认为限制染料出口对他们也有利。但是，商人为了满足自己的贪欲而设计的如此精巧的商业策略，恐怕要让这一目的本身大失所望了。因为进口商很快认识到要比以前更加仔细，不要让进口的数量超过国内市场所需的数量。因此，国内市场上这些商品的数量总是不足，价格也总是比自由进出口时要昂贵。

塞内加尔胶有特殊的历史，被征高额出口关税。

根据以上法令，属于染料的塞内加尔胶和阿拉伯胶本应免进口关税的。实际上，当它们再出口时，还要征收每一百一十二英磅三便士的小额重量税。塞内加尔附近国家盛产染料，当时，法国垄断了与这些国家的染料贸易，英国市场很难获得从原产地的直接进口供给。因此，乔治二世二十五年规定，允许从欧洲各地进口塞内加尔胶（该条例和当时的航海条例的宗旨相悖）。然而，由于这条法令又不想鼓励此种贸易达到过于违背英国的重商主义原则，因此，它又对每一百一十二英磅的进口货物征收十先令的关税，此后再出口时，不予退税。1755 年开始的战争的胜利，使英国得到了此前法国享有的对那些盛产染料国家的垄断贸易权。和约一经生效，我们的商人立即着手利用此等优势，建立有利于他们的垄断机制，以对付染料种植者和进口商。因此，根据乔治三世五年第三十七号法令的规定，从英王陛下非洲领地出口的塞内加尔胶只能输往大不列颠，并且实施和我国美洲殖民地、西印度殖民地出口的同类商品同样的限制、法律条款、没收和罚款措施。诚然，其进口只缴纳每一百一十二英磅六便士的轻税，但是，再出口时，则必须缴纳每一百一十二英磅一英镑十先令的重税。我国制造业者的意图是将那些国家的全部产品输入英国，这样他们就可以按照自己规定的价格购买这些产品。如果要让任何数量的此类商品能够再出口到其他国家，需要支付的费用之高完全可以阻止染料出口。他们在这件事情上的贪婪如同其他场合一样最终沦为失败。巨额的关税激发了走私的热情，这些商品大量从大不列颠和非洲出口到欧洲的工业国，尤其是荷兰。由于这个原因，乔治三世十四年第十号法令将出口税减至每一百一十二英磅五先令。

海狸皮每张七便士，

按照旧补助税所依据的地方税则，一张海狸皮估价为六先令八便士。1722 年以前，进口海狸皮需要缴纳不同的补助税和关税，总值达其估值的五分之一，即十六便士一张。这些税费中除了金额仅有二便士的半份旧补助税，其他的当海狸皮再出口时都可以退还。人们认为，对如此重要的工业原材料征收的进口关税太高了，因此，1722 年将海狸皮的估值减低至二先令六便士，从而进口税降至六便士，其中只有一半能够在出口时退还。那场胜仗将盛产海狸皮的国家置于大不列颠的统治之下，从而海狸皮成为垄断商品之一，从美洲只能出口到大不列颠。我们的制造业者很快就想到利用此等优势。1764 年，海狸皮的进口关税降至一便士，而出口关税增至每张七便士，并且没有任何出口退税。该条法律规定，出口海狸毛和海狸子宫每英磅征税十八便士。同时进口关税并未调整，由英国人用英国商船进口的海狸皮每张征收的进口关税在当时为四到五个便士。

煤炭每吨五先令。

煤炭既可视为工业原料，也可看作贸易手段。因此出口煤炭关税极高，现在（1783年）每吨煤炭出口关税超过五先令，或每纽卡斯尔度量衡十五先令。如此高的税额在大多数情况下超过了煤坑所在地的煤炭原价，甚至高于商品已送抵输出港口的价格。

通常禁止出口机械设备。

然而，对被称为机械设备的产品的出口限制，往往不是通过高关税，而是绝对的出口禁令。根据威廉三世七年和八年第二十号法令第八条规定，禁止出口编织手套和长袜的织机，出口或企图出口该机器设备不仅将没收全部货物，而且将处以四十英镑的罚金，一半上缴国王，一半归于告发人。乔治三世十四年第七十一号法令规定了同样的禁令，严禁出口制造棉、麻、羊毛和丝的一切用具，违者除了没收全部货物，并对货物所有者处以二百英镑的罚金，同时对知情不报的货船船长处以二百英镑的罚金。

同样，诱使技工出国是重罪，

就连没有生命的机械设备的出口都要处以如此严重的惩罚，更不要指望有生命的“机械设备”——技工——能够自由在国内外流动了。根据乔治一世五年第七号法令的规定，任何人引诱英国技工或制造业工人去国外的任何地方就业或者传授技艺，初犯处以最高可达一百英镑的罚金，并监禁三个月，直到罚金付清释放；再犯，罚金在法院当堂判定，并监禁十二个月，直到罚金付清释放。乔治二世二十三年第十三号法令规定，初犯每引诱一个技工罚金增至五百英镑，并处十二个月监禁，直到罚金付清释放；再犯，罚金一千英镑，处以二年监禁，直到罚金付清释放。

根据上述两条法令中的第一条，某人若被证实引诱某技工，或任何一个技工若被证实已经承诺或已经签订合约以上述目的为条件去往国外，这个技工有义务在法庭判决时保证不再出国，否则直到作出保证前由法庭拘禁。

技工出国实施或传授技艺可能被勒令回国。

如果有技工私自出国在国外开业或传授技艺，经由英王陛下驻外公使或领事警告后，或在当时阁员的警告后六个月内，该技工仍未归国并一直居住在国外，则从彼时起，他将被剥夺王国内的一切财产继承权，亦不得担任国内任何人的遗嘱执行人或遗产管理人，不能继承、承受或购买国内任何土地。同样，他个人的土地、商品和不动产全部充公，本人则被视为外国人，不再受国王保护。

我想不必说明，这样的法规和我国极其珍视并引以自豪的自由精神是何等相悖。在这种情形下，自由精神为了商人和制造业者微不足道的利益做着无谓的牺牲。

这些法规的目的是抑制邻国的制造业者。

所有法规值得称颂的动机，无非是发展我国的制造业。但是，发展的手段不是改良和完善自身，而是抑制邻国的制造业，尽可能地消灭一切可怕竞争者的恶性竞争。我国的制造业者认为，他们理应垄断本国民众的天赋技能。通过限制某些行业在一个时间段内可以雇用的人员数量，并规定所有行业中必须设定很长的学徒期，他们竭尽全力让尽可能少的人掌握本行业的知识技能。而且，他们不愿意让这少数人中的任何一部分到国外去传授技艺。

重商主义体系荒谬地认为，生产而非消费是工商业的终极目标。

消费是所有生产的唯一目的，而生产者的利益，只有在提升消费者利益的时候，才有必要考虑。这个原则不证自明，毋需多言。但是，在重商主义体系中，消费者的利益几乎时刻为了生产者的利益而牺牲着，该体系似乎认为，生产而非消费才是所有工业和商业的最终目的。

限制进口竞争性的消费品，牺牲了消费者的利益，保护了生产者的利益。

当限制外国商品进口时，这些商品无法和我国的种植业及制造业产品相竞争，结果必然是，国内消费者的利益为了生产者的利益而牺牲了。同时为了后者的利润，前者不得不支付垄断高价。

出口奖励也是一样。

承诺奖励出口商品也是有利于生产者的利润。消费者因此不得不承担为支付奖励金而缴纳的税赋，以及由于国内市场产品价格提高随之产生的增额税赋。

商品原产地原则亦如此。

根据与葡萄牙签订的著名通商条约，我国消费者因为高关税无法从邻国购买本国气候不适合生产的商品，他们不得不从更遥远的国家购买这些商品。众所周知，这些遥远国家的商品品质不及邻国。国内消费者不得不承受此类不便，目的只是为了本国的生产者能够以更好的条件将一些他们的产品出口至遥远的国家。同样的，这些产品的强制性出口也引起了国内市场价格的上涨，这还是必须由国内消费者承担。

但是，管理美洲和西印度殖民地的条例导致的情形最严重。

而为管理美洲和西印度殖民地建立的法律体系，和我们其他所有的商业法规相比，维护生产者的利益，使国内消费者的利益蒙受了更多的损失。我们建立了一个庞大的帝国，其唯一目的就是供养一个消费者民族，这些消费者必须在我国各个生产者开设的商店中购买他们供给的所有商品。为了生产者能够从垄断中获得极小的价格上涨的好处，我国的消费者必须承担维持和保卫庞大帝国的全部支出。为了这个目的，也仅仅为了这个目的，我国在最近的两次战争中，花费了超过二亿英镑的支出，还签订了超过一亿七千万英镑的新债务合同。这些金额比此前为同样目的而发动的所有战争的支出都要多，仅此项债务的利息就超过了人们设想的通过垄断殖民地贸易能够获得的全部额外利润，甚至超过全部贸易额，换言之，超过了平均每年出口到殖民地的商品价值总额。

整个重商主义体系的设计者是生产者，尤其是其中的商人和制造业者。

不难确定，谁是这整个重商主义体系的设计者。我们相信，他绝对不是消费者，他们的利益完全被忽视了。他只可能是生产者，他们的利益得到了全方位的保证。在生产者阶层中，商人和制造业者是主要的制度设计者。在本章所关注的商业条例里，制造业者的利益得到了最特殊的照顾，其他生产者的利益也为着制造业者的利益而牺牲着，虽然作出的牺牲不如消费者那么多。

第九章 论重农主义或将土地产品看作国家收入或财富唯一重要来源的政治经济学

本章导读:根据在维持自身的费用之外能否生产剩余,产业和产业劳动者被划分为生产性的和非生产性的。重农主义者的观点是,只有农业能在扣除各项费用之后缴纳地租,所以是生产性的,地租是纯产品,农业工人包括农场主都是生产阶级。而工商业在扣除各项费用之后好像没有剩余,利润全被用来维持雇主阶级的生活了,因此工商业是非生产性的,而工商业的劳动者及其雇主都是非生产阶级。显然,这是在工业还不发达的历史背景下的一种有失偏颇的思想认识。相对于重商主义重视流通领域,认为金银或者贸易顺差是一国财富的源泉,重农主义将财富源泉的认识深入到生产领域,有其历史进步性。因此,斯密高度评价该学说是当时“最接近真理的学说”。但是,仅仅将农业看作财富的源泉又不免陷于片面性。斯密当然已经认识到工商业的生产性质。他用劳动是否能够固化在可销售商品上作为劳动是否具有生产性的标准,从而将工商业的劳动和农业劳动一同归于生产性劳动,而和家仆的服务性劳动区别开来。继而他成功回归只有自由放任,让所有产业自由竞争、自由发展,各国实现完全自由的贸易,才是一国致富的合理途径的主题中,保证了全书的逻辑一致性。

我认为,解释重农主义没有必要像解释重商主义那样长篇大论。

解释重农主义学说没必要长篇大论。

据我所知，把土地产品看作各国唯一收入和财富源泉的学说，还从未被任何一个国家实际采用过。目前，这种学说只在法国少数博学多能的学者中流传。当然，没有必要对一个过去未曾、将来也不会对这个世界造成任何危害的学说中的理论缺陷长篇大论、吹毛求疵。然而，我只尽量周详地解释这个天才学说的大致轮廓。

科尔贝采纳重商主义学说，重视城市产业，

路易十四时期的著名大臣科尔贝，为人正直，勤奋好学且知识渊博，审查公共账目的经验丰富，感觉敏锐。总之，他非常擅长在公共收支方面引入新的方法，使之井然有序。遗憾的是，这位大臣接受了重商主义的全部偏见。重商主义的本质就是限制和管理。对于一个惯常管理不同政府部门，并设置必要的检查和控制手段，以使各部门各司其职不逾矩的刻板勤奋的人而言，这个本质正合其意。他力图用管理政府部门的模式管理一个大国的工商业。他不允许人们在平等、自由、公正的计划下，按照各自的方式追求自己的利益。他给予某些工业部门以特权，同时对其他部门设限。他像欧洲其他国家的大臣一样，不仅更多地鼓励城市产业，较少地鼓励农村产业，而且为了支持城市产业，不惜压制农村产业。为了给城市居民提供便宜的粮食以鼓励工业和对外贸易，他完全禁止谷物出口，这样就阻止了农户将其产品最重要的部分运往国外市场。这个禁令加上古代法国限制谷物在各省间流通的省级法规，再加上对各省耕作者的横征暴敛，导致了这个土壤肥沃、气候宜人的国家农业发展水平低得不合时宜。全国各地多多少少都能体会到经济的压抑和萧条，许多研究开始探讨经济萧条的原因。原因之一正是科尔贝政府将城市产业凌驾于农村产业之上。

结果是，法国的思想家更加支持重农主义学说，而低估城市产业的价值。

俗话说，矫枉必须过正。看来，那些提出农业是一国收入和财富唯一源泉的思想家们，深刻领会了这句谚语的精神。就像科尔贝主义高估了城市产业相对于农村产业而言的意义，这些思想家们又低估了城市产业的价值。

重农主义设想，人们在各个方面对国家土地和劳动的年产出作出不同的贡献，这些人可以划分为三个阶级。第一个阶级是土地所有者；第二个阶级是土地耕作者、农户和农村劳动者，重农主义者赋予这个阶级生产阶级这一光荣称号；第三个阶级是手工业者、制造业者和商人，重农主义者贬之为非生产阶级。

在重农主义学说中存在三个阶级：(1) 土地所有者阶级；(2) 土地耕作者；(3) 手工业者、制造业者和商人。

土地所有者阶级通过他们的支出为年产出作出贡献。他们的开支有时花费在土地改良上，有时花费在房屋、水利、围墙及其他农业设施上，这些设施的建设和维护都是以土地所有者的支出为基础的。用同一笔资本，通过这种方式，土地耕作者得以大量种植农作物，然后提供更多的地租。这笔增值了的地租，可以被看成土地所有者的利润，他们将支出或资本投入土地改良，从而得到报酬。重农主义将此类支出称为土地费用。

土地所有者支付土地改良费用为生产作出贡献，

土地耕作者和农户通过支出原预付和年预付为年产出作出贡献，他们用这些支出耕作土地。原预付包括农具、在栏牲畜、种子，以及在他第一年经营农业的大部分时期，或直至土地有所收获前，维持其家庭、雇工和牲畜的基本费用。年预付则包括种子、农具的损耗、雇工和牲畜的维持费用，以及耕作者的家庭生活费(如果可以将其家人看作耕种土地的雇工的话)。土地耕作者缴纳地租后的剩余产品，首先应当足以弥补他在合理期间、至少在耕作期间的全部原预付，还有全部原预付的合理利润；其次应当足以年年弥补他的年预付及年预付的合理利润。这两种预付是农户用于耕作土地的资本，倘若这些预付不能逐年回收，并以合理利润作为报酬，经营农业就不如经营其他产业。因此，他必然为了自身的利益尽快抽出资本，放弃农业而追逐其他产业。这部分保证农户继续耕种土地的必要的土地产量，应当被看成农业的神圣基金。如果地主收取高额地租而侵蚀了这部分基金，他必然也会减少自己的土地产品，不久以后，不仅农夫无力支付如此苛刻的地租，甚至连理应能够实现的合理地租也无法支付。归属地主的适当的地租份额，应当不

而土地耕作者支付原预付和年预付。

多于总产品中完全扣除了必须预付的全部产品种植费用之后的剩余。正是因为在完全支付这些必要费用之后，土地耕作者的劳动还能提供上述纯产品，在重农主义体系中，这个阶级才被冠以生产阶级的独特称号。因为相同的原因，重农主义学说将生产阶级的年预付和原预付称为生产性费用，因为这些支出在再生产出原有价值之外，每年还能再生产上述纯产品。

这些费用应当免税。

所谓的土地费用，或地主改良土壤的支出，在这个学说中也被冠以生产性费用的称号。土地带来的增益地租，在完全偿付这些费用及其适当的利润之前，神圣不可侵犯。教会不应对其征收什一税，国王也不应征收其他赋税，否则必然伤害改良土地的积极性。最终的结果是，教会自己妨碍什一税的进一步增加，国王自己也会妨碍其赋税的进一步增加。因此，在一切秩序井然的状态下，这些土地费用除了完全再生产出自身的价值之外，还能够在一段时间之后实现纯产品的再生产，由此重农主义学说将土地费用看作生产性费用。

所有其他费用都是非生产费用，其他阶级的人民都是非生产阶级，

地主的土地费用、农夫的原预付和年预付，是重农主义承认的唯一的三种生产性费用。所有其他的费用，其他阶级的人民，甚至那些人们通常认为最富生产力的人，由于以上原因，都被视为完全非生产的。

尤其是手工业者、制造业者，及雇用他们的费用。

尤其是手工业者和制造业者的劳动，在一般人看来，他们极大地增加了土地初级产品的价值，但在这种学说中，他们却被视为完全非生产阶级。按照重农主义的说法，他们的劳动只能补偿雇用他们所使用的资本及资本的正常利润。这种资本包括雇主垫付给他们的原材料、工具和工资，后者是被指定用于雇用和维持他们生活的基金。而资本利润则是指定用于维持雇主生活的基金。他们的雇主为劳动者垫付雇用工人不可缺少的原材料、工具和工资，从而也给自己预备了维持生活所必需的资金，这部分资金通常和他在产品价格上收获的利润密切相关。倘若产品价格不能偿付雇

主为自己预备的生活费用，雇主为工人预付的原材料、工具和工资的资金，那么就认为这个价格不能完全偿付雇主预支的全部生产费用。因此，制造业者的利润同地主的地租不同，它不是完全偿付生产所必需的全部预付费用之后的纯产品。农夫和制造业者的资本同样能够为他们带来利润，但是，农夫的资本还为他人带来地租，制造业者的资本却不能。因此，用于雇用和维持手工业者和制造业者生活的支出(如果可以这样说)，只能维持自身的价值，不能产生任何新价值。因此，它是完全非生产费用。与之相反，用于雇用农夫和农村劳动者的支出，除了维持自身的价值之外，还生产出一份新价值，即地主的地租。因此，它是生产性费用。

商业资本和制造业资本一样属于完全非生产性资本。它也只能维持自身价值，而不生产新价值。商业资本的利润只是在商人使用资本期间，在得到资本回报之前，用于维持商人的生活而已，而商业资本则只是必须偿付的投资费用中的一部分而已。

商人的资本也是如此。

手工业者和制造业者的劳动，不能为土地年初级产品的总价值增添任何新价值。尽管它极大地增加了某些土地年产品的价值，但是在劳动过程中，它要消耗土地产品的其他部分，消耗的价值量同增加的价值量恰好一样多。因此，无论何时，他们的劳动都不能对总价值有丝毫增加。例如，一个人生产一对花边，有时会把仅值一便士的亚麻的价值提高到三十英镑。乍一看，他好像因此将初级产品的价值增加了约七千二百倍，但实际上，他没有为总价值增加任何新价值。生产花边可能要花费这个工人两年的时间。当工作完成时，劳动者获得的三十英镑并不会多于偿付他在两年劳动时间内为自己预付的生活费用。他每天、每月、每年的劳动为亚麻增加的价值，不会多于弥补他每天、每月、每年的自身消耗的消费品价值。因此，无论何时他也从未为土地初级产品增加任何新价值，他不断消费的土地初级产品的价值和他不断为土地产品增添的价值总是相等。这些费用的

手工业者、制造业者的劳动不能为年产品增加任何新价值。

总数很大，但是，那些并不重要的制造业中的大部分劳动者的生活却极端贫困。这种现象让我们相信，可能他们的产品价格并没有超过其生活资料的价值。但就农夫和农业劳动者的产品而言，情况就不一样了。地主的地租一般都是通过他们的劳动不断生产出来的，而且在支付地租之前，其劳动产品已经完全偿付了生产必需的支出，以及雇用并维持劳动者生活和维持其雇主生活的费用。

手工业者、制造业者和商人只能通过节俭增加收入。

手工业者、制造业者和商人只能通过节俭来增加社会的财富和收入，或像该学说所宣称的，只能通过克己的行为，即自行剥夺自己生活基金的一部分。他们每年再生产的仅仅是这部分生活基金。因此，除非他们每年从生活基金中节省一部分不用于消费，除非他们每年减少部分生活资料的享用，否则，他们的辛勤劳动丝毫不能增加社会的收入和财富。相对而言，农夫和农业劳动者在享受全部生活基金的同时，还能为社会收入和财富的扩大有所贡献。除去他们自身的生活基金，他们的辛勤劳动每年还能提供纯产品，纯产品的增加必然增加社会收入和财富。因此，像法国和英格兰这样拥有大量地主和土地耕作者的国家，可以通过勤劳和消费而致富；然而，像荷兰和汉堡那样以商人、手工业者和制造业者为主的国家，只能通过克己节俭而致富。气候环境不同的国家拥有的优势不一样，国民的个性特征也不相同。前一类国家的人民通常宽容、坦诚而友好；而后一类国家的人民则往往褊狭、卑鄙和自私，排斥各种社会娱乐和享受。

非生产阶级是由另两个阶级供养的.

商人、手工业者和制造业者这些非生产阶级，完全是由土地所有者和耕作者这两个阶级的开支来雇用和维持生活的。生产阶级向非生产阶级提供生产所需的谷物和牲畜，从而既为他们装备了生产原材料，又为他们提供了生活资料。最终，土地所有者和耕作者向不生产阶级的所有劳动者支付工资，为非生产阶级的所有雇主提供利润。这些工人及其雇主实际上是由地主和耕作者供养的仆人。他们和家仆的区别就在于他们在户外工作，而家仆在室内工作；然而，二者都由同一主人出资供养，二者的劳动都是非生产的，不能为土地初级产品增添任何新价值，不仅不能增加土地产品的总价值，还必须从土地产品总价值中支付他们的费用。

但是，非生产阶级并非一无是处，对其他两个阶级而言，他们极其重要。经由商人、手工业者和制造业者的辛勤劳动，土地所有者和耕作者可以用数量少得多的自己的劳动产品，交换到所需的外国商品或本国工业制造品。如果他们试图不得要领地为自己进口外国商品，或为自己生产工业制造品，他们就不得不付出更多的劳动和产品。通过非生产阶级，土地耕作者释放了更多的精力专心耕作土地，不用为其他事务劳神。专心致志的结果是，其种植业收获了更多的产品，这些产品足以偿付土地所有者的全部开支，加上他们必须支付的维持和雇用非生产阶级的全部开支。商人、手工业者和制造业者的劳动，尽管从其自身性质来看是非生产的，然而，却以这种间接的方式增加了土地年产出。它通过解放生产性劳动，使其致力于本职工作——耕作土地，提高了生产性劳动的生产力。通过在业务上毫不相干的劳动者的协助，耕耘土地变得更加简单有效。

但是，对于他们也非常重要。

就各方面而言，限制或者阻碍商人、手工业者和制造业者产业的发展，对于土地所有者和耕作者来说毫无益处。这一非生产阶级享有的自由权越多，构成它的各行业之间的竞争就越激烈，从而其他两个阶级就可以得到更低廉的国外商品和国内其他制造企业产品的供给。

限制非生产阶级对生产阶级不利，

同样，限制其他两个阶级对于非生产阶级而言也是毫无益处的。维持和雇用非生产阶级的是土地的剩余产品，它是土地产品中先扣除耕作者的维持费用，再扣除土地所有者的维持费用之后的剩余。这个剩余越大，可用于维持和雇用非生产阶级的基金就越多。建立完全的正义、自由和平等是最简单的秘诀，它能够最有效地实现所有三个阶级最大程度的繁荣。

限制生产阶级对非生产阶级也不利。

商业国度，如荷兰和汉堡，其国内非生产阶级居多，那

商业国家的维持同样依赖于农业国家的开支，

里的商人、手工业者和制造业者，依然是完全仰仗土地所有者和耕种者的开支维持生存并得到雇用的。唯一的不同在于，为商人、手工业者和制造业者提供所需原材料和生活基金的大部分土地所有者和耕种者，是居住在相距遥远的其他国家的居民。

但是，商业国家对于土地国家极有用。

然而，这些商业国家对于其他国家的居民而言，不仅有用而且用处极大。他们以某种方式弥补了其他国家的不足，他们为其他国家居民提供了本该在国内自发出现的商人、手工业者和制造业者，但由于各种政策制度的缺陷，他们无法在国内产生。

以高关税限制商业国家的发展对土地国家毫无益处。

对于土地国家而言（如果我可以这么称呼它们），对商业国家的贸易或者商品征收高额关税，限制或妨碍这些商业国家的产业发展，对自己毫无益处。这些导致进口商品价格高企的高关税，只会降低交换这些进口商品的本国土地剩余产品的实际价值。这些高关税只会妨碍剩余产品的增加，进一步限制本国土地的改良和耕作；反之，则会提高剩余产品价值，支持剩余产品价值提高，进而鼓励本国土地改良和耕作。最有效的方针政策是，和这些商业国家进行完全自由的贸易。

贸易自由在特定时期为土地国家提供手工业者等。

在特定时期，自由贸易也是为土地国家提供其所需要的全部手工业者、制造业者和商人的最有效途径，也是以最适当、最有利的方式弥补土地国家重大缺陷的最有效途径。

资本增加之后，首先投资于制造业，

在特定时期，土地国家剩余产品的持续增长将产生大量资本，当耕作精良的土地在正常利润水平下也不能完全吸收这些资本时，这些资本必然转向雇用国内的手工业者和制造业者。这些手工业者和制造业者，在国内得到原材料和生活资料的供给，即便技不如人，也能提供和那些商业国家的同类手工业者和制造业者同样价格低廉的产品，因为后者必须从遥远的地方运来所需的原材料和生活资料。有时因为技术水平太低，国内的手工业者和制造业者不能以低廉的价格供给商品，但是因为国内就有市场，他们能够提供和商业国家的手工业者和制造业者同样价格低廉的产品，因为后者的产品必须经过长途运输。当他们的技艺精进之后，就可以以更便宜的价格出售商品了。因此，眼下商业国家的手工业者和制造业者在土地国家的市场上尚能匹敌，但不久之后就不得不低价销售，最终被挤出国内市场。这些土地国家的工业制造品由于技术不断改进，价格又很低廉，在适当的时期就会走出国门，远销外国市场，并以同样的方式将商业国家的各种制造品挤出外国市场。

然后溢出到对外贸易领域。

在这些土地国家，初级产品和加工产品的生产不断增长，特定时期内将产生大量资本，这些资本在正常利润下不能为本国的农业和制造业完全吸收。这些剩余资本自然会转战国际贸易领域，用于向国外出口超过本国需求的剩余初级产品和加工产品。在出口本国产品的时候，土地国家的商人依然比商业国家的商人拥有特殊优势，他们和土地国家的手工业者和制造业者一样，可以在国内找到货物、货栈和食物供给，而商业国家只能在遥远的地方找到这些供给。因此，即便在航海技术上稍逊一筹，他们也能够在国外市场上以和商业国家同样低廉的价格销售货物。当然，如果航海技术水平相当，他们可以以更低的价格出售商品。从而，他们很快就能在对外贸易领域和商业国家竞争，并且在时机到来时将其挤出国际市场。

自由贸易最有利于引入制造业和对外贸易。

所以，根据这个自由大度的学说，土地国家发展本国手工业、制造业和商业最有利的方法是，允许和国外的手工业者、制造业者及商人自由贸易，由此提升本国土地剩余产品的价值。剩余产品价值的持续增加将会形成一笔基金，这笔基金在特定时期将会有助于发展本国所需的手工业、制造业和商业。

高关税和限制贸易的禁令，只能降低本国农产品的价值，提高商业和制造业的利润，

反之，如果一个土地国家通过高关税或者禁令限制和外国通商，必然在两个方面损害自己的利益。首先，国外商品和各类制造品的价格将会提高，这必然会降低交换这些商品的本国土地剩余产品的真实价值，即价格。第二，由于

赋予了本国手工业者、制造业者和商人某种垄断国内市场的特权，必然提高制造业和商业相对农业的利润率。工商业利润的提高，一方面将已投入农业的资本吸引到工商业中，另一方面还阻止了本该流入农业的资本的流动。因此，这个政策在两个方面限制了本国的农业。首先，减少农产品的真实价值，降低农业的利润；第二，提高了所有其他行业的利润。结果是，农业部门获利能力下降，而商业和手工业却得到了本不该得到的利益。为了自身利益的考虑，人人都尽可能地将资本和劳动从前一部门向后一部门转移。

结果是，培育出不成熟的制造业和商业。

尽管这种限制政策和自由贸易相比，能够让土地国家以稍快的速度发展本国的手工业、制造业和商业，但是效果如何值得怀疑。更何况，各种限制政策在这些行业尚未十分成熟以前，就把它们过早地培育起来了。如果可以这么说的话，过快地培育某一类产业，必将压制其他更有价值产业的发展。过快地培育起一个仅能弥补投入的资本和一般利润的特定产业，必将限制那些除了能够弥补投入的资本和一般利润，还能提供诸如纯产品作为地主地租的产业的发展。过快地鼓励完全非生产阶级的劳动，必将限制生产性劳动。

土地产品的分配，用“经济表”展示。

在这个学说中，土地每年的总产出在上述的三个阶级中如何分配，非生产阶级的劳动又为何不能为总产出添加新价值，而只是弥补自身的消费品价值，重农主义学派最富天才、最渊博的创始人魁奈用一些数学公式将其表达出来。这些数学公式中的第一个意义非凡，魁奈特地为之冠名“经济表”以示区别。“经济表”展示了在魁奈所设想的最自由和最繁荣的状态下，当一国的年产出可以提供最多的纯产品，每一个阶级都可以享有全部产出中属于自己的份额时，该国年产出分配的方式。在接下来的几张表格中，魁奈展示了在不同限制及规定的条件下产出分配的方式。在这些状态下，土地所有者阶级和非生产阶级受惠多于土地耕作者阶级，此时，前两者或多或少地侵蚀了本该属于生产者阶级的产出份额。根据这种学说，每一次的侵蚀，每一次对在最完全的自由状态下所建立起来的自然分配规律的违背，必然会或多或少逐年减少年产品的总产量和总价值量，必然会逐渐减少社会收入和财富。财富减少的快慢程度，与对自然规律违背的程度密切相关。根据该学说，后续表格展示了对自然规律不同程度的违背所导致的不同程度的财富减少。

一国的法规制度即便不利于经济发展，仍然可以实现繁荣。

有些理论型的医生好像认为，人类的身体健康只能通过某种精确的食谱和运动方案来维护，稍有违背即会产生程度与之成正比的疾病和紊乱。然而，经验似乎证明，至少在表面上看，最健康的身体状态在各种大不相同的方式下都可能出现，甚至有些生活方式在一般人看来很不卫生，好像健康的人体自身存在一种不为人所知的保护机制，能够在多方面预防和纠正即便是最不好的生活习惯可能带来的不良结果。魁奈先生自己本身是一名医生，极有思想，他似乎对于国家也抱有同样的观念，他以为只有在某种精确的方式下，即最自由和最公正的方式下，一国才能实现繁荣和富强。他似乎没有认识到，对于国家而言，人人持续不断地力图改善自身状况的行为所产生的自然效果，正是一国所拥有的自我保护机制，它能够在许多方面预防和纠正带有某种程度的不公正和压迫性的政治经济体制所导致的不良结果。不公正和压迫的政治体制，尽管无疑会多少限制国家的进步，但是不可能永远阻碍一国向着繁荣富裕迈进的自然进程，更不能使它后退。如果没有完全的自由和公正，一国就无法实现繁荣，那么当今世界就不可能有任何一国享有繁荣。然而，自然的智慧幸运地纠正了许多人类的愚蠢和不公给一个国家带来的不良结果，就像自然的智慧会为我们的身体纠正人类的懒惰和没有节制所招致的不良结果一样。

重农学说错误地将手工业者等阶级看成是不生产的，因为：

然而，这个学说最大的谬误在于，它似乎将手工业者、制造业者和商人列入非生产阶级。下面就这种认识的不当之处作几点说明。

首先，就像这个学说也承认的，该阶级每年都能生产出

(1) 他们至少再生产出每年的消费品以及延续了雇用他们的资本，

他们自身年消费品的价值，至少再生产了维持和雇用本阶级的资本或积累。但仅就这一点，将完全非生产这样的名称加诸于该阶级似乎很不妥当。我们不会因为一对夫妇只生育了一子一女，子女总数仅能代替父母，只延续人类的总数，而不能净增人口，就说这场婚姻是不育的。诚然，农夫和农业劳动者在其维持和雇佣费之上还生产出纯产品，并作为地租无偿支付给地主。就像一场生育了三个子女的婚姻当然比只生育两个子女的婚姻多产，农夫和农业劳动者的劳动也比商人、手工业者和制造业者多产。然而，一个阶级更加多产并不意味着另一个阶级就是非生产的。

(2) 他们和家仆是不一样的，

第二，如果基于这样的考虑，那么将手工业者、制造业者和商人与家仆等同视之，似乎是完全不合适的。家仆的劳动并不能再生产维持和雇用他们的基金。他们的维持和雇用完全仰仗于主人的开支，而他们承担的工作却具备有能力偿付这些开支的性质。他们的工作大多是随生随灭的，不能固定也不能实现在任何可销售商品上，从而也不能偿付他们的工资和维持费用。与之不同，手工业者、制造业者和商人自然地将其劳动固化并实现在那些可销售的商品上。据此，在讨论生产性和非常性劳动的那一章里，我将手工业者、制造业者和商人划分到生产者阶级，而将家仆划分到完全非生产阶级。

(3) 他们的劳动增加了社会的真实收入，

第三，无论根据哪种假设，说手工业者、制造业者和商人不能增加社会的真实收入，都是不妥当的。例如，尽管我们可以假设，就像重农主义所假设的那样，该阶级每日、每月、每年消费的价值量恰好等于其每日、每月、每年所生产的价值量，但也不能据此推论，他们的劳动没有为社会的真实收入，或为社会的土地和劳动的年产出的真实价值增添任何东西。例如，一个手工业者在收获后的六个月里完成了价值十英镑的工作，尽管他可能在此期间消费了同等价值的谷物和其他必需品，但他实际上仍然为社会的土地和劳动的年产出增加了十英镑的价值。当他消费掉半年收入即价值十英镑的谷物和其他必需品时，他还同时生产出具有相等价值的商品，这些商品可以使他自己或他人能够再度购买等值的半年收入。因此，在这六个月内，消费加上生产的价值总额不是等于十英镑，而是等于二十英镑。当然，有可能在任何一个时点上，存在的价值总量都不会超过十英镑。但是，如果手工业者消费的价值十英镑的谷物和必需品现在被一个士兵或者家仆消费掉了，那么六个月之后，实际存在的年产品的价值将比手工业者劳动的场合少十英镑。尽管在任意时点上，手工业者生产的价值可能都不会超过其消费的价值，但是其生产的结果却是，在任何时点上，市场上存在的商品价值量都要多于不生产的场合。

当这个学说的拥护者断言，手工业者、制造业者和商人消费的价值量与其生产的价值量相等的时候，他们可能实际上是说，他们的收入或者维持他们消费的基金和生产的价值量相等。但是，如果他们表达得更确切些，当他们仅仅说这个阶级的收入等于他们生产的价值时，读者可能理所当然地认为，如果从这个阶级的收入中节省些东西，必然会多少增加社会的真实财富。因此，为了使其表达的内容像是某种论点，自然而然地，他们会按照上述表达方式去做。然而，即便事物实际上和这种论点假设的一样，这个论点也显然没有说服力。

第四，农夫和农业劳动者如果不厉行节约，他们能够为社会土地和劳动年产出增加的实际价值，也不会比手工业者、制造业者、商人多。每个社会的土地、劳动的年产出只能通过两种途径增加：(1)通过改进社会维持的有用劳动的劳动生产力来增加；(2) 通过增加这些有用劳动的数量来增加。

(4) 就节约资金增加年产出而言，他们所要做的同农夫一样，

增进有用劳动的生产效率，首先依赖于劳动工人能力的增进，其次依赖于他们使用的机器设备的改进。因为手工业和制造业者的劳动比农夫、农业的劳动更易细分，每一个工人的劳动可以缩减为更加简单的操作，因此，他们的劳动

好像更容易在更高程度上加以改进。因此，在这个方面，耕作者与手工业者、制造业者相比毫无优势可言。

任何社会中有用劳动的实际数量的增加，必然完全依赖于雇用他们的资本数量的增加，同时资本数量的增加实际上必然恰好等于节省的收入份额。这部分节省的收入有时来源于资本管理者，有时来源于将资本借给资本使用者的其他人。如果像重农主义所假设的那样，商人、手工业者和制造业者本来就比土地所有者和耕作者更爱节省，那么，他们也就更有助于增加社会雇用的有用劳动的数量，进而增加社会的真实收入，即其土地和劳动的年产出。

(5) 贸易和制造业可以生产出重农主义者看成唯一收入的生活资料。

第五，也是最后一点，尽管如该学说所述，每个国家居民的收入完全由他们的劳动所提供的生活资料的数量构成，然而，根据这个学说，假设其他条件相同，商业和制造业国家的收入一定比没有商业或制造业的国家要多。通过商业和制造业，一国每年可以从国外输入比自己的土地在现有耕作条件下所能提供的多得多的生活资料。尽管城市居民通常不占有土地，但是，他们依靠自己的劳动获得了大量的土地初级产品，不仅获得了生产的原材料，而且获得了生活资料的基金。城市和邻近乡村的关系，往往类似于一个独立民族或国家与另一个独立民族或国家的关系。这也就是荷兰为何能从他国得到大部分生活资料的原因，它从荷尔斯泰因和日德兰得到活牲畜，从欧洲各国获得谷物。它用少量工业制造品换得大量初级产品。因此，一个商业和制造业国家自然能够用少部分的工业制造品交换他国大部分的初级产品；与之对应，一个没有商业和制造业的国家，不得不总是用大部分初级产品换取他国少部分的工业制造品。前者输出的产品仅能供应和维持极少数人，而输入的产品却能供应和维持大量人口。后者出口大量的生活资料和产品，而输入的产品却只能供应少数人。前者的居民必能享受比其土地在现有耕作条件下所能提供的多得多的生活资料，而后者的居民却只能享受少得多的产品。

尽管存在这些缺陷，重农主义学说仍然是有价值的。

重农主义虽有许多缺点，但也许是现有公开发表的关于政治经济学主题的观点中最接近真理的。据此，该学说值得每一个想要仔细研究这个重大课题的学者的重视。尽管将农业劳动者看作唯一生产阶级的见解未免失之褊狭，但是，这个学说认为国家财富不是由不能消费的货币组成，而是由社会劳动每年生产的可消费产品构成，认为完全自由是达致一国可能最大年产出的有效策略。这样的说法无论从哪方面看都是完全公正而毫无偏见的。这种学说的信徒很多，当人们乐于奇谈怪论，并且装作能够理解常人所不能理解的事物时，这种学说所秉持的关于制造业的劳动是非生产性劳动的奇怪论调，可能为其贡献了不少的支持和赞赏。在过去数年里，他们已然建立了一个相当显著的学派，并以经济学家这个名称在法国的学术界独树一帜。他们的作品对其国家确有贡献，不仅将那些以前从未被仔细研究过的课题引入大众的讨论，而且以某种方式影响了国家管理者，使其更加关注农业的发展。因此，该学说所表达观点的必然结果是，法国的农业成功地从先前的压制政策中解放出来了。为了保护租地者的利益不受潜在购买者和地主的侵犯，土地租赁有效期从九年延长到二十七年；完全取消了限制谷物从王国的一地运往另一地的旧式省级地方法规，自由出口谷物也成为王国在通常情况下的习惯法。该学派在其数量庞大的作品中，不仅讨论真正的政治经济学，即国家财富的性质和源泉，而且讨论国家行政组织的方方面面，所有的一切都绝对遵从魁奈先生的理论，没有丝毫更改。因此，大部分著作都没有什么差别。人们发现，在一本由原任马提尼克监督官的梅西耶•里维埃所著的《政治社会的自然和本质秩序》小册子中，重农主义学说的思想得到了最明确和最连贯的阐述。该学派对其领军人物的尊重，不亚于史上任何一个哲学学派对其创始人的尊重。不过，这位大师自己却极谦虚、极朴实。勤勉可敬的学者马基•米拉博曾说："有史以来最伟大的三个发明，与其他许多丰富和装扮政治社会的发明有所不同，它们为政治社会带来了最重要的稳定。第一，文字的发明，它独自实现了人类法律、契约、历史和发明原封不动地传承。第二，货币的发明，它将所有已开化的社会联系在一起。第三，经济表，它是前两者的结果，但是却完善了它们的目标，从而使其更加完整，它是我们时代的伟大发明，而我们的子孙将从中受益。”

一些国家曾经重视农业。

当现代欧洲社会的政治经济学更有利于城市制造业和对外贸易的发展，而不利于农村农业发展的时候，许多国家却遵从完全不同的规则，它们更加有利于农业而非制造业和对外贸易。

例如，中国就是这样。

中国的政策在所有产业中最有利于农业。据说，在中国，农业劳动者的境况优于手工业者，如同在欧洲大部分地区手工业者的境况优于农业劳动者一样。在中国，所有人的最大野心就是拥有一小块土地，要么拥有其所有权，要么拥有其租赁权；据说，那里的租赁条约非常宽松，对于租赁者的保障极其充分。中国完全不重视对外贸易。当俄国公使朗格去北京商议通商事宜时，北京的官吏通常用的词汇是："你们那下贱的商业！"除了日本，中国很少用自己的船只和国外进行贸易，他们只向外国商船开放一两处口岸。因此，在中国，对外贸易被限制在非常狭小的范围内，要是允许用他们自己的商船或别国的商船进行自由贸易，这个范围自然会扩大许多。

中国自身幅员辽阔，但是对外贸易将使其获益更多。

几乎在所有国家，和大部分初级产品相比，工业制造品由于体积小、价值大，能够以较低的运费在各国之间运输，从而成为对外贸易的重要支柱。而且，由于幅员不如中国辽阔，对内贸易的优势没有中国明显，那些国家一般都会寻求对外贸易的支持。无论是那些领土较小只能提供狭小国内市场的国家，还是那些各省之间交通不便，以至于某地的特定商品不能在整个国内市场畅销的国家，它们如果没有对外贸易的支撑，就不可能实现繁荣。我们必须记住，一国制造业的完善必须完全依赖于劳动的分工，而正如我们已经证明的，在任何制造业中所能实现的劳动分工程度必然由市场范围来调节。然而，中国幅员辽阔、人口众多、气候多变，从而各省份的产品各异，且国内大部分地区水运交通便利。这些优势使得中国的国内市场自身足以支撑相当大规模的制造业，并且足以引起非常显著的劳动分工。然而，中国的国内市场在范围上也许比欧洲各国加总的市场范围要小。如果在这个巨大的国内市场之外加上全球各地的外国市场，尤其是如果能够用中国商船运输大部分货物，更加广阔的对外贸易必将极大地发展中国的制造业，显著增进其制造业的劳动生产力。通过更大范围的出海远航，中国自然可以从各国学到使用和制造各种不同机器的技术，同时也能学习世界其他地区正在实践的工艺上的其他改良。根据中国目前的制度，他们没有机会以其他国家为榜样改善自己，除了日本。

古代埃及和印度政府的政策，同样似乎更加有利于农业而非其他产业。

埃及和印度政府都曾重视农业。

在古埃及和印度，全体人民分为不同的阶层或部族，每一个都专司某一特殊职业，并且子承父业、代代相传。僧侣的儿子必然当僧侣，士兵的儿子当兵，农民的儿子当农民，织工的儿子当织工，裁缝的儿子当裁缝，等等。在两个国家中，僧侣都占据着最高的社会等级，军士次之，并且农业劳动者的社会地位都高于商人和制造业者。

那些国家的人们划分为不同等级。

两国的政府都特别注重农业的利益。古埃及国王为分配尼罗河水资源而兴建的水利工程在古代非常有名，至今其残留的遗迹仍为旅行者所称颂。与之相同的是，古印度为分配恒河和其他河流水资源而兴建的水利工程，尽管不如前者有名，但一样是伟大的工程。因此，尽管两国也时常陷入饥馑，但是仍以物产丰富而著称。两国虽然人口稠密，但在正常的丰收年，都可以向邻国出口大量谷物。

在那里注重灌溉工程。

古代埃及人敬畏海洋，而印度教则不允许教徒在水面上生火，当然也就不允许其在水上烹调食物，所以在事实上

埃及人和印度人的对外贸易依赖他国。

禁止了他们的远海航行。埃及人和印度人必定几乎完全依赖国外的航运来输出他们的剩余产品，这样的依赖必然限制了市场范围，同时也必定不利于剩余产品生产的增加。同时，对于工业制造品的限制还要大于初级产品。工业制造品和土地上最重要的初级产品相比，需要一个更加广阔的市场。一个制鞋业者一年能够生产三百多双鞋，而自家消费不会超过六双。因此，除非他的家乡有至少五十个类似家庭作为其潜在顾客，否则，他不可能将所有产品销都售出去。在任何一个大国，手工业者中人数最多的那个阶级的家庭数量，也不会超过全国总家庭数量的五十分之一，甚至一百分之一。而在法国和英格兰这样的大国，农业生产者的数量据一些作家估计占到全国居民的二分之一，根据另一些估计占到三分之一，但是，在我所知道的作家中，没有人估计少于五分之一的。然而，英法两国的农产品大部分都在国内消费掉了，据此估计，每一个农业家庭在其家乡只需要有一个、二个、三个，最多不超过四个家庭为其客户，就可以将其产品全部销售。因此和制造业相比，农业即使受到市场范围的限制，依然可以维持自身的发展。实际上，在古埃及和印度，许多内陆运输十分便利，它以某种方式弥补了没有国外市场的不足。这些内陆航运以最有利的方式将这些国家的国内市场向各地的各种商品完全开放。而且，印度地域辽阔，国内市场范围本身就很大，足以支撑起种类繁多的制造业的发展。但是，古埃及却地域狭小，面积还不及英格兰，因此国内市场总是很小，不足以支撑多种制造业的发展。据此，孟加拉，一般而言是印度出口大米数量最多的省份，在各类工业制造品出口上的知名度反胜过大米。相反，古埃及尽管也出口一些工业制造品，尤其是上等麻布及其他商品，却以大量出口谷物闻名于世。在很长一段时期内，它曾是罗马帝国的粮仓。

土地税是东方国家的君主们关注农业利益的原因。

中国和古埃及的君主，以及印度各个时期地方割据的不同王国的君主，他们总是从某种土地税或地租中获取王国全部或大部分收入。这种土地税或者地租，类似于欧洲的什一税，根据土地产品的比例缴纳，据说为土地产品的五分之一。它们可以用实物缴纳，也可以按照一定的估价用货币缴纳，从而随土地年产量的波动而年年不同。自然地，这些王国的君主们因其自身年收入的增减直接依赖于农业的盛衰，从而特别关注农业部门的利益。

古希腊和罗马抑制制造业和对外贸易的发展，仅由那些成本高昂的奴隶经营制造业。

尽管古希腊共和国和古罗马的政策，相对于制造业和对外贸易而言，更加尊崇农业，但是，与其说直接有意识地促进了后者的发展，似乎不如说是因为限制了前者的发展。在古代希腊各国，有些国家严格禁止对外贸易，而另一些国家认为，手工和制造业的劳动会使人们的身体丧失军事训练和体育训练倾力打造的那些习惯，以至于不能忍受战争的劳苦和危险，因此将手工业和制造业的劳动看成对人们的体力和精神有害的劳动。他们认为，这些职业只适合奴隶去完成，禁止国家的自由公民从事这些职业。在罗马和雅典，尽管并没有类似的禁令，但是实际上，大部分民众也被排除在那些今天通常由某些城市下等居民所经营的各种职业之外。这些职业在雅典和罗马都是由富人的奴隶从事的，这些奴隶工作的目的完全是为其主人赚钱。主人的财富、权力和保护，使得那些贫穷的自由人想要和富人的奴隶所生产的产品相竞争，为自己的产品找到市场，几乎是不可能的。然而，奴隶却鲜有创新精神，所有重要的、方便或节省劳动的创新，无论是机器设备的发明，还是工作的安排和分配，都是由自由人发明的。如果一名奴隶提出类似的任何创新，他的主人很可能会认为这个奴隶的建议源于懒惰，想要牺牲主人的利益，节省自己的劳动。穷苦的奴隶因此很可能不是得到奖赏，而是遭遇责骂甚至惩罚。所以，和自由人相比，奴隶经营相同的制造业，要完成相同的工作量，必然需要运用更多的劳动力。因此，奴隶生产的产品的价格肯定高于自由人。孟德斯鸠曾说，与邻近的土耳其矿山相比，匈牙利的矿山虽然并不富饶，但是却能以更低的成本开采，并且获得更大的利润。原因在于，土耳其的矿山是由奴隶开采的，他们想到的开采工具仅仅是奴隶的手臂；而匈牙利的矿山则是由自由人开采的，他们大量运用机械设备，从而大大便利和节省了自己的劳动。关于古希腊和古罗马时代制造品的价格，我们所知甚少，但是从为数不多的数据中我们得知，当时精加工的制造品的价格是非常高昂的，丝绸和等重量的黄金一样贵重。当时，丝绸并不是欧洲本地的产品，而是从东印度运来的，因此长途运输也许可以在一定程度上解释丝绸的高价。然而，据说有时一位贵妇人为一匹上好的麻布支付的价格好像也一样高昂。由于麻布总是欧洲或者最远也就是埃及生产的，因此麻布的高价只能用耗费于其中的劳动力的高价来解释了，而劳动力的成本上升不在于别的，必然在于生产麻布所使用的机器设备过于简陋。此外，精纺呢绒的价格虽然没有太过高昂，但是也比今天的贵得多。普林尼告诉我们，一种用特殊工业染色的呢绒，一磅值一百第纳尔，即三英镑六先令八便士，而用另一种特殊工业染色的呢绒，一磅值一千第纳尔，即三十三英镑六先令八便士。别忘了，罗马磅仅相当于今天常衡制的十二盎司。高价格的主要原因好像是染料。但是，如果不是布料本身的价格就比今天的高很多，那样昂贵的染料也不会用在布料上，否则主料和辅料之间的价值比例就失衡太多了。普林尼还曾提到一些放在桌边长椅上、人们用来倚靠的羊毛靠垫或椅垫，其价格也高得离谱。据说，某些价格超过三万英镑，另一些甚至超过三十万英镑。这样的高价也没有人说是因为染料昂贵。据阿巴思诺特博士研究，在两性穿着时尚方面，似乎古代的样式比今天要少很多。我们发现，古代雕像的服装变化很少，这也印证了博士的研究。但是，他以此推论古代服装整体上比现代便宜，似乎并不合适。当新潮服装的成本巨大时，其样式必然很少。但是，如果由于制造工艺和技术的改良实现了生产力的提升，每一套服装的成本都会非常适中，样式自然也会更多。当有钱人不能以单独一套服装的花费炫耀自己时，必定努力以服装的数量多、款式多样而标新立异。

据研究，一国商业中最大和最重要的部分是城乡居民之间的贸易。城市居民从乡村购进初级产品作为其工业原材料和生活资料的储备，并用部分其制造的、适用于立即使用的制成品与农村居民的初级产品相交换。这种在城乡不同居民之间的贸易往来，最终构成一定数量的初级产品和一定数量的工业制造品之间的相互交换。因此，后者价格越高，意味着前者的价格越低。在任何一个国家，只要试图提高工业制造品的价格，必定倾向于压低初级产品的价格，从而抑制农业发展。对于给定数量的初级产品，即给定数量的初级产品的价值，能够交换的工业制造品的数量越少，这给定数量的初级产品的交换价值就越小，无论是地主通过改良土地提高产量，还是农夫通过耕作土地提高产量的激励就越小。此外，任何国家只要试图减少手工业者和制造业者的数量，必然倾向于缩小国内市场的规模，而国内市场是土地产品最重要的市场，从而必然进一步妨碍农业的发展。

任何提高工业制造品价格的因素，都将妨碍农业的发展。

因此，这些学说尊崇农业胜于其他所有产业，为了加强农业，他们对制造业和对外贸易施以各种限制，殊不知，最终的结果与他们最初的愿望大相径庭。他们恰恰间接损害了力图加强的那个产业。因此，他们也许比重商主义者更加自相矛盾。重商主义学说通过鼓励制造业和对外贸易而不是农业，将一部分资本从更有利可图的产业转而支持利润更少的产业。但是，它最终仍然刺激了它原本想要扶持的产业的发展。而重农主义学说则相反，最终妨碍了它们原本想要扶持的产业的发展。

那些限制制造业和对外贸易的制度就是如此。

因此，一种学说如果力图通过某些激励措施将大部分社会资本引入某一特定产业，使其超出自然状态下应该流入的数量，或者通过某些限制措施强制性地撤出原本应当运用于某一特定产业的一部分社会资本，该学说的结果将与其初始的激励目标背道而驰。它将减慢而不是加快社会实现繁荣富强的进程，减少而不是增加土地和劳动年产出

所以，所有激励或者限制的制度，都会妨碍社会发展的进程。

的真实价值。

天赋自由的制度仅为君主留下三项义务：(1) 保卫国家；(2) 司法公正；(3) 维持特定的公共设施。

因此，一旦所有倚重或者限制的制度完全取消，那么天赋自由的最浅显明白的制度就会自动建立起来。每一个人只要不违反公正的法律，就将享有按照自己的方式追求自己利益的自由，并将能够凭借其勤劳和资本与任何其他人或者其他阶级进行竞争。君主则完全免除了一项义务，如果他试图履行这项义务，必将时常作出错误的决定。因为单凭个人的智慧和知识，是不足以履行这项义务的，这义务就是监督私人产业，引导私人产业，使其向着最有利于社会的方向发展。根据天赋自由的社会制度，君主只须履行三项义务，这三项义务极其重要，然则简单明了，世人皆知。第一，保护国家不受外敌侵犯；第二，尽可能保护每一个社会成员不受任何其他社会成员的侵害或压迫，即建立一个严正的司法体系；第三，建立和维持一些特定的公共事业和公共设施，它们的建立和维持绝不是为了任何个人或者少数人的利益，因为对个人或少数人而言，这些设施的收益永远无法弥补成本，然而对一个人数众多的社会而言，实现的收益往往远远大于成本。

下一篇将研究君主的必要支出、向全社会征税的方法，以及政府借债的原因和影响。

这几项君主义务的适当履行，必然需要支出一些费用，同样，这些支出必然需要一定的收入来支撑。在下一篇中，我将尽力解释：第一，君主或国家的必要支出有哪些，其中哪些必须通过对全社会统一征税来支付，哪些仅需通过对社会特定部分成员征税来支付；第二，应由全社会负担的费用，可以用哪些不同的方法向社会全体成员征收，每一种方法的主要优缺点又是什么；第三，是什么原因导致当今大多数政府将其部分收入抵押或者举债，这些债务对一国的实际财富，即国家的土地和劳动年产出的影响有哪些。因此，接下来的一篇自然分作三章。

第五篇

论君主或国家的收入

本篇导读：既然政府免除了干预经济的义务，为了履行其他三项保留的义务仍然需要必要的财政支出。第五篇，斯密具体介绍了政府财政收入的两大主要来源，并提出了征税的四原则，这些原则至今仍具有借鉴意义。

第二章 论一般收入或公共收入的源泉

一国的收入不仅用于保卫国家、维持主权的尊严，而且还要用于维持所有其他的政府开支，国家的宪法并未为这些政府开支提供任何专用经费。用于以上用途的国家收入的可能来源：第一，只属于君主或国家的某些基金，这些基金和人民收入毫无关系；第二，人民的收入。

所有收入的来源：(1)属于君主的财产；(2)人民的收入。

第一节 只属于君主或国家的收入源泉

那些只属于君主或国家的收入源泉，要么由各种资本构成，要么由土地构成。

君主的财产，要么是资本，要么是土地。

一国之君和其他资本所有者一样，通过使用资本或者出借资本获得收入。他的收入在前一种情况下属于利润，在后一种情况下属于利息。

从资本中获得的收入，要么是利润，要么是利息。

鞑靼或阿拉伯酋长的收入主要是利润，它主要来源于畜群的奶和畜群的繁殖。酋长们自己监督畜群的管理，同时他本人是其部落畜牧者的头领。然而，只是在最初和最原始的政治组织里，利润才是君主国家公共收入的主要来源。

鞑靼和阿拉伯酋长从畜群中获得利润。

一些小型共和国的收入中的大部分，有时来源于经营商业项目的利润。据说，汉堡共和国的大部分公共收入，来源于国营的酒窖和药房。一国君主能有闲工夫经营酒或者药品的买卖，这个国家不可能很大。国有银行的利润，可能是相对大一点国家的一种收入来源。不仅汉堡是这样，威尼斯和阿姆斯特丹也都是这样。一些人认为，即便是像大不列颠这样庞大的帝国也不可小视此类收入。考虑到英格兰银行的股息

汉堡则从经营酒窖、药房中获得利润，而许多国家从经营银行和邮局中获得利润。

一般为百分之五点五，资本总额为一千零七十八万英镑，据说，在支付管理费用之后，每年的净利润达五十九万二千九百英镑。假设政府可以以百分之三的利息借得资本，当它亲自管理银行时，每年可以挣得净利润二十六万九千五百英镑。经验表明，威尼斯、阿姆斯特丹的政府管理有序，头脑清晰，开支节俭，他们极其适当地经营着国家的商业活动。但是，像英格兰这样的政府，且不论其德行如何，从未以经济运行良好而著称。这些国家在和平时期时常表现得像君主国家惯常的那样，漫不经心，不思进取，造成大量的浪费；而在战争时期又时常表现得像民主国家惯常的那样，毫无算计地浪费。这样的国家能否管理好商业项目，至少值得怀疑。

邮递货物本来就是一种商业经营活动。政府垫付资金修建各处邮局，购买或租赁必要的马匹车辆，从运输的货物邮费中得到大笔利润作为报酬。我相信，邮递业务可能是唯一一个所有政府都管理成功的商业项目。政府为此垫付的资本的数目并不可观，没有任何商业秘密，资本的回报不仅可靠而且迅速。

但是，一般而言，君主经商都不成功。

然而，王公贵族常常忙于经营其他商业活动，就像私人一样，他们时常为改善其经济状况不惜在普通商业部门冒险。然而，他们极少成功。王室管理的财产数量巨大，这导致其难以获得商业上的成功。君主的代理人总是认为其主人的财富是无限的，他们不在乎购买商品的价格，不在乎出售货物的价格，不在乎商品的运输成本。这些代理人时常依靠主人的巨额财富生活，挥霍无度，有时不仅挥霍主人的财富，还通过天衣无缝的方法伪造账目，将主人的财产据为己有。据马基雅维里说，美第奇家族洛伦佐的代理人，就是这样经营他的商业项目的，而他并不是一个平庸的君主。代理人的挥霍无度，使得佛罗伦萨共和国几度陷入债务危机，被迫偿还债务。后来，他发现放弃其家庭最初拥有的商业项目还更简单些。他在后半生只将剩余财产和由他处置的国家收入，用在那些与其地位更加匹配的事业和花费上。

没有哪两种性格像商人和君主的那样相互矛盾。如果说英国东印度公司的商业精神使得他们成为差劲的统治者，那么统治者的品质同样使得他们成为差劲的商人。当他们仅仅是商人的时候，他们可以成功经营其商业，可以从其商业利润中向股东支付相当不错的分红。自从他们成为统治者以来，虽然据说最初拥有超过三百万英镑的收入，仍然不得不乞求政府给予特别照顾以免立即破产。在前一种状态下，印度的雇员把自己看成商人的伙计，而在当前状态下，那些雇员觉得自己是君主的臣子。

商人和君主的个性是相互矛盾的。

一国不仅从资本利润中获得收入，有时还从货币利息中得到部分公共收入。如果国家积累了一笔财富，它可以将其中的一部分借给他国，或者借给本国的子民。

财富可以出借给国民或者外国。

伯尔尼州将它的部分财产出借给外国，从中获得了大笔收入。其方法是将钱财投入到欧洲各债务国的公共基金中，主要投入法国和英格兰的公共基金。这些收入的可靠性，首先依赖于资金所投入的基金的安全性，或者说管理基金的政府的良好信誉；其次依赖于和债务国之间长期和平相处的可能性。战争爆发时，作为债务国的一方，首先采取的敌对行为恐怕就是没收债权国的公共基金。据我所知，借钱给外国政府的政策是伯尔尼州特有的。

伯尔尼将财富出借给外国，

汉堡市建立了一种国营当铺，它以百分之六的贷款利息向典当货物的国民借出款项。这个当铺，或者叫放债者，为国家提供的收入据说有十五万克朗，按每克朗合四先令六便士，约合三万三千七百五十英镑。

汉堡建有一家当铺，

宾夕法尼亚州政府没有任何财富积累，它创造了一种特殊的出借方式，实际上并不是借钱，而是出借等同于货币的东西给它的子民。它向私人提供一种十五年到期偿还的纸质证券，并收取利息。这个证券以土地作担保，从而获得了土地的双倍价值量，在到期之前，这种纸证券像银行券一样可以在人们之间自由流通，并且由议会法律宣布为本州居民之间的法定支付手段。这个节俭而有序的政府全年正

宾夕法尼亚以土地为担保，出借纸币。

常支出大约为四千五百英镑。通过这种方法，宾夕法尼亚州筹得相当数量的收入，大大有助于其年开支的支付。不过，这类方法的实施效果取决于以下三个条件：第一，除了金银货币之外，人们对其他交易媒介的需求量，或者说，人们对必须输出金银才能交换的国外可消费品的需求量；第二，采用这种方法的政府是否信誉良好；第三，这种方法的适度运用，即全部纸质证券的价值不能超过在没有纸质证券的情况下流通中所需要的金银货币的价值。同样的方法在不同的条件下被其他几个美洲殖民地所采用，但是，由于不适当的运用，大部分采取这种方法的政府从中得到的便利不抵其产生的混乱。

从以上来源中不能获取大笔的收入。

然而，资本和信用具有不稳定性和易变性，不是稳定而持久的收入，从而不适合作为最保险的重要基金来源。只有稳定而持久的收入，才能够维持政府的安全和尊严。没有一个脱离游牧状态的大国，是从资本和信用中获取大部分公共收入的。

从土地中得到的收入更加重要，

土地作为基金更加稳定和持久，因此，国有土地的租金是脱离游牧状态的大国主要的公共收入来源。长期以来，古代希腊共和国和意大利从土地产品和租金中获取大部分政府必要开支的资金。而古代欧洲君主的大部分收入也都来自于王室土地的租金。

尤其是像古代希腊和意大利那样，战争耗费较少的时候，

在近代，发动战争或备战是占据所有大国必要开支大部分的两项支出。然而，在古代希腊共和国和意大利却不是这样，那里的每个城市公民都是士兵，他们自己承担服役期间或为服役做准备的费用。因此，以上两种情况不会为这些国家增加大量的支出。一个适度的地产资金很可能足以支付政府所有其他必要的开支。

或者是封建社会，所有的支出都很少的时候。

在古代欧洲封建国家，当时的风俗习惯足以促使大部分民众时刻为战争做准备。一旦参战，根据其封建租约，他们或者自己承担战争费用，或者由直属的领主资助战争费用，总之不会增加君主的开支。政府的其他开支，也是政府

的最大开支部分，是非常有限的。事实表明，司法行政一项不仅不是政府支出，甚至是一项收入的来源。在收获前三天和后三天，农民必须提供其劳动，修建国内贸易所需的桥梁、公路和其他公共设施，有了这些劳动，基本也就足够了。因此，古代君主的基本开支似乎只是维持自己家族和宫廷的费用。君主宫廷的官吏即国家的高官，财务大臣的工作是为君主收取租金，王室事务长和宫务大臣的任务是管理君主家庭开支，王室的军队由王室警察和将帅分别管理。君主的住所都建成城堡的样式，城堡无疑是君主所拥有的要塞中最重要的部分。这些住所和城堡的守卫者，同时又是某类军事总督，他们似乎是在和平时期唯一需要出资维持的军事人员。在这些条件下，一个大规模地产的租金在正常年景下可以很好地应付政府所有必要的开支。

当前，国家所有的土地租金不足以支付日常开支，而且，如果所有的土地以挥霍的方式管理的话，地租将会进一步减少。

欧洲大部分先进君主国家的现状却是，即便所有的土地都管理得如同它们属于同一个主人一样，国家所有土地的租金可能也达不到和平时期对人民征收的税收的平均数量。例如，大不列颠的一般税收，支付当年的必要开支，加上政府债券的利息及清偿公债中的一部分，总量大约每年一千万英镑。然而，土地税依照每镑四先令征收，一年总共不到二百万英镑。然而，此等对土地征收的税收正如它的名称，预计包括所有土地地租的五分之一、所有房屋租金的五分之一、所有大不列颠的资本利息的五分之一，其中要扣除借给政府的资本利息，扣除用于土地耕作的农业资本的利息。土地税中相当大的部分，来源于房屋租金和资本利息。例如，按照每镑四先令征收，伦敦城的土地税总额为十二万三千三百九十九英镑六先令七便士，威斯敏斯特城的土地税总额为六万三千零九十二英镑一先令五便士，白厅和圣詹姆斯两座宫殿的土地税总额为三万零七百五十四英镑六先令三便士。土地税的一定部分都是按相同的方法从王国其他城市征收来的，其中的大部分来源于房屋租金、商业资本或借贷资本的利息。据此估算，大不列颠从所有土地租金、房屋租金、资本利息(扣除借给政府及用于土地耕作的资本利息)中得到的税收总额每年不会超过一千万英镑。这个数量只是政府在和平时期向人民征收的平均税赋水平而已。此等土地税的估计值是整个大不列颠的平均值,毫无疑问,它低于实际值,尽管据说某些郡的估计值和实际值非常接近。许多人估计,除去房屋租金和资本利息之外,仅土地租金这一项,总值就有二千万英镑。这是一个非常随意的估计。我以为,二千万英镑这个数值大于实际值和小于实际值的可能性一样大。但是,假设在当前的耕作状态下,大不列颠所有的土地租金尚不足二千万英镑一年, 那么如果所有的土地隶属于同一个人,而且置于其代办人、代理人漫不经心、挥霍无度和专制独断的管理之下,土地租金很可能还不到二千万英镑的一半甚至四分之一。现在,大不列颠王室所有的土地租金, 可能还不到这些土地如果为私人所有时所能提供数量的四分之一。如果王室拥有的土地数量更大,其管理很可能更加糟糕。

而人民收入会减少得更多。

大部分居民从土地中获得的收入,不是和地租成比例,而是和土地的产出成比例。每个国家每年全部的土地年产量,除去留作种子的部分,或者用于大部分居民的年消费,或者用于换取其他消费品。所有阻止土地产量增加到它原本应当增加到的程度的因素,都将减少大部分居民的收入,而且减少的幅度大于土地所有者收入的减少幅度。在大不列颠各地,土地产品中归于土地所有者的地租部分,很少超过全部土地产量的三分之一。如果土地在一种耕作状态下每年提供一千万英镑的地租, 在另一种耕作状态下每年提供二千万英镑地租, 假设在两种情况下地租都占总产品的三分之一。地主收入在一种情况下只比在另一种情况下减少一千万英镑, 而大部分人民的收入在除去必要的种子之外,在一种情况下将比在另一种情况下减少三千万英镑。产品总量在扣除种子后减少了三千万英镑, 人口也会按照剩余产品在不同阶级中分配后各阶级的生活和消费标准所能维持的数量减少。

尽管当前欧洲没有哪个文明国家从土地地租中获得大部分公共收入，但是，在欧洲的各大君主国，王室依然占有大量土地。它们大多数是林地，有时那些林地绵延数英里而找不到一棵树木。无论就生产还是人口而言，都是一国纯粹的浪费和损失。在欧洲各大君主国，出售王室土地可以得到一大笔金钱，这笔金钱如果用于偿还国债、收回抵押品，能够为王室提供比这些土地所能提供的多得多的收入。在那些土地经过改良且耕作精细的国家，土地出售时能够轻而易举产生丰厚地租，土地售价通常以三十年的地租为准。而那些没有改良、没有精耕细作的王室土地，通常产生的地租很少，其售价可望等于四十年、甚至六十年的地租。出售土地后，王室可以即刻享受用如此高价赎回的国债抵押品。而在数年之内，王室还可能享受到其他收入。因为王室土地一旦转为私产，在数年之内，就可能得到改良和精耕细作。产量的增加可以增加人民的收入和消费量，进而增加国家的人口。随着人民收入和消费的增加，王室从关税和国产税中得到的收入必然也会增加。

出售王室土地，既有利于君主，也有利于人民。

任何文明的君主国家，其王室从土地中得到的收入，看似对个人毫无损害，实则对社会造成极大损失，甚至大于王室从中得到的享受。无论如何，用其他等值的王室收入替代土地收入对社会是有利的，而将土地分给个人恐怕比将其置于公共管辖的范畴要好得多。

王室从土地中获得收入对人民的损害最大。

在一个大的文明君主国家，用于休闲或者观赏的土地，公园、花园、散步的步道，这些处处被看作消费项目而非收入来源的场所，似乎应当是唯一归属王室所有的土地。

公用的公园等是应当属于君主的唯一土地。

因此，公共资本和公共土地，这两大属于君主或国家的特定收入来源，都不适合也不足以充当各文明大国必要开支的基金。显而易见，国家开支的大部分应当由各种税收收入来支付。人民群众应当贡献私人收入的一部分以弥补君主或国家公共收入的不足。

君主大部分支出必须通过征收税赋来支付。

第二节 论赋税

人们计划对租金、利润和工资这三种收入来源中的一种或全部征收。

如本书第一篇所述，私人收入最终来源于以下三者：地租、利润和工资。所有的税赋最后要么出自于这三种收入之一，要么不加区别地由三种收入共同承担。我将尽力解释以下各点：第一，地租税；第二，利润税；第三，工资税；第四，三种私人收入的统一税。对这四种不同税收的单独考察，将本章的第二部分分为四个主题，其中三个主题进一步细分为其他几个子题目。从以下观点中你会发现，许多税收最终竟然不是来自于原来的税源。

税收一般应当依据四条原则征收。

在讨论单个税种之前，必须事先提出对所有税种都适用的四条征税的一般原则。

(1) 税收公平原则，

1. 一国所有国民都必须为支持政府缴纳税收，缴纳的数额尽可能与其个人能力成比例，即与个人在国家的保护之下所能享用的收入成比例。一个大国的政府为个人支付的费用，就像一个大地产的联合租赁者们的管理费用，他们有义务按照个人从地产中获得的利益份额分担这些费用。尊重还是忽视这项一般原则，体现了税赋是否是公平的。必须注意，各项税收如果最终仅落到以上三种收入来源中的一种上，而其他两种不受影响，那么这种税赋就是不公平的。我在下面对各类税收的考察中不再进一步关注这种不公平，而是大量地将注意力放在另一种不公平上，即有些特定税种仅落在特定私人收入上，并且影响着私人收入的大小。

(2) 税收确定原则，

2. 国民应纳税赋应当是确定的，不能随意变动。纳税时间、纳税方式、纳税数额，都应当让纳税人和其他人清楚明了。否则，每一个纳税人多少会受税务官左右，从而这些税务官得以任意加重赋税，或者以加重赋税为恐吓手段强行勒索赠品或贿赂。税收不确定导致原本就不讨人喜欢的税收官既专横又腐化，而他们原先并不是这样的。确定个人应当缴纳什么作为税赋如此重要，从各国经验来看，我相信，税收上微小的不确定性比其他严重的不公平危害更大。

3. 征税应当以便利纳税人完税为原则选择纳税的时间或方式。地租和房租税，应当在正常缴纳租金的同一时间征收，这样在时间上就便利了纳税人，他在这个时候最有能力支付税收。对奢侈性的消费品征税，最终都由消费者承担，而且往往采用对其非常便利的方式。他有需要购买这些奢侈品的时候，逐笔纳税。由于他是否购买商品全凭个人喜好，拥有绝对的自由，因此，如果缴纳这类税收感到任何不便，就是他自己的问题了。

(3) 便利纳税原则.

4. 一切赋税的征收应当设计得使得人们实际支付的数额和最后缴纳到国库中的数额相比超出的部分尽可能少。下面四种情况使得人们实际支付的税收数额，远远大于最后缴纳到国库中的数额。第一，征税需要大量的税收官员，他们的工资可能就要消耗大量的税收，况且其强行勒索的贿赂进一步增加了纳税人的负担。第二，征税可能会抑制人们的工作积极性，从而妨碍他们发展那些可以供养和雇用大量人口的行业。因为，强制税收会减少甚至完全消耗掉原本可以轻而易举地供养和雇用大量人口的基金。第三，对于那些企图逃税的人处以没收财产或者其他的处罚措施，时常致使个人倾家荡产，这些被罚没的资本本该使社会受益，但却因此消失不见。不当的税赋实乃逃税的诱因，而惩罚逃税的力度又因为逃税倾向增强而加大。和一般公正原则背道而驰，这样的法律首先诱使人们逃税，然后又严惩因此而逃税的人，并通常根据人们的逃税倾向加大而加强惩罚力度，而不去力图减缓人们的逃税倾向。第四，税收官员频繁的造访和令人厌烦的检查给人们带来了不必要的麻烦、困扰和压力。尽管这些困扰严格上说并不造成人们的任何损失，然而，大家更愿意从这种烦心事中彻底摆脱出来。以上四种情况中的种种将导致税收给人们带来的负担时常比为君主带来的好处要大很多。

(4) 低成本征税原则.

这些原则已经得到了所有国家的重视。

上述四原则显然是公平且有效的，这已为各国政府多少注意到了。各国政府已经尽其所能设计公平的税收，同样，这些税赋的设计尽可能地在纳税时间和方式上便利纳税人，并且尽可能地不增加纳税人的额外负担。下面我们将简短地评论不同时期不同国家采取的一些主要税收方式，我们将发现，各国在这方面的努力并没有获得同等的成效。